故事館

故事館

三國演義

經典文學之旅系列

羅貫中◎原著
劉敬余◎編著

目錄

好評推薦

「熱愛閱讀的孩子不會變壞，認識歷史更能創造未來，從經典文學培養孩子們的文學力，更徜徉在想像力與創造力樂園，跳脫框架的美好人生。」

——Choyce 親職教養作家

「經典的文學：古代至今時雋永的悅讀記憶，最美麗的華文珍藏、傳承一代再一代，書座的風景！」

——林文義 散文作家

審訂序

以故事，走進真實人生

這套書含括四部經典，《西遊記》帶給我們一趟魔幻之旅，跟著主角們踏上成長與蛻變之路；《紅樓夢》的人物與故事，讓我們看盡世間百態與無常；《水滸傳》中好漢的反抗與生活的無奈，是真實人生的殘酷；《三國演義》則帶我們走一趟三國時代，看看風雲的英雄，引領整個時代。

有些人會覺得古典小說過多真實人性與殺戮的描繪，這適合孩子閱讀嗎？實際上，讓每個人提早瞭解世界的殘酷反而是好事，殺戮反抗、權謀算計、世事無常，不會因為我們躲避它，它就消失在生活中，我們越是善良，越需要瞭解外在的無常與殘忍，才能在變成一個大人的同時，理解外在的現實，卻也選擇善良。

除了瞭解真實的人性外，少年階段，能夠多閱讀古典名著，是相當重要的涵養與薰陶，能讓我們認識古典小說中的時代背景、古典知識，增進我們對文化的認知；此外，現今學子們的基礎教育，強調閱讀素養，但閱讀素養非一蹴可幾，須從少年時期開始培養，而閱讀古典名著就是奠定閱讀素養有效的方式。

文化的薰陶、教育的栽培都極為重要，然而，我認為閱讀古典名著還有最重要的事，那就是趣味、好玩，孩子不喜歡閱讀名著，很大一部分是覺得不有趣，認為這些書枯燥乏味。但其實經典名著都通過時間的考驗，才能流傳至今成為經典，其中蘊含了豐富的人生故事與哲理，若能夠有人從中帶領和陪伴青少年閱讀，使他們更瞭解書中人物特質、故事背景、趣味性的知識，其實孩子就能感受到閱讀的魅力。

這四部經典《西遊記》、《紅樓夢》、《水滸傳》、《三國演義》在保持小說原著的基礎上，也做了一定程度的白話潤飾和刪修，更適合青少年閱讀，加上插圖、小註解、白白老師的國學小教室，我相信大小朋友們閱讀起來不會覺得艱澀，反而能優游古典小說中。

前言

如史詩般流傳千古的第一奇書

《三國演義》，全稱《三國志通俗演義》，是一部長篇歷史小說，也是中國古代「歷史演義」類型小說的開山之作，在羅貫中眾多的作品中最為人所熟知。《三國演義》根據西晉陳壽的《三國志》和南朝宋人裴松之為《三國志》所作的注，以及後世有關三國的傳說和文學作品，經過綜合熔裁和一定程度的虛構，再創作而成。該書講述了漢末黃巾起義至魏、蜀、吳三國鼎立，到西晉統一百餘年間的歷史，刻畫了眾多的英雄人物形象。

《三國演義》繼承了《三國志平話》「擁劉貶曹」的思想傾向，把蜀漢集團作為全書的中心，把劉蜀與曹魏兩大政治集團作為情節發展的主線，肯定了劉備「上報國家，下安黎庶」的政治理想，頌揚了他寬仁愛民，從而深得人心的政治品質，讚美了他禮賢下士、知人善任的政治風度。反之，對曹操，作者著力批評他「寧教我負天下人，休教天下人負我」的極端利己主義，揭露了他的狡詐、忌刻和專橫。這種「擁劉貶曹」的傾向，寄託了宋元時期在民族壓迫下人們對歷史上漢族政權的依戀，表達了對明君的期盼和對暴君的憎惡。

《三國演義》的作者羅貫中是元末明初的文學家，號湖海散人。他曾漫遊江湖，具有超人的智慧、豐富的實踐和執著的追求，堪稱全才。從他的傳世之作《三國演義》中，我們就能看出他的才氣。他主張國家統一，弘揚民族傳統美德，痛恨奸詐邪惡。

羅貫中所處的元朝末期是一個民族矛盾和階級矛盾都十分尖銳而且複雜的時代，他經歷了元末大動亂，接觸到了廣闊的社會生活，對當時的社會矛盾有了較清醒的認識。而參加農民起義軍的一段經歷，讓他開闊了眼界，豐富了生活知識和鬥爭經驗。之後，他在搜集了大量的三國史籍、雜記、逸聞逸事、野史小說和民間傳說後，融合自己的政治抱負和參加農民起義軍的戰爭生活經歷，創作了《三國演義》，用藝術的形式生動地再現了魏、蜀、吳三國間的政治和軍事鬥爭歷史。

《三國演義》敘事「據正史，采小說，證文辭，通好尚」，以劉備集團作為描寫的中心，對劉備集團的主要人物加以歌頌，對曹操則極力鞭撻。全書分為黃巾之亂、董卓之亂、群雄逐鹿、三國鼎立、三國歸晉五大部分，在廣闊的背景下，上演了一幕幕氣勢磅礡的戰爭故事，反映了三國時代的政治軍事鬥爭和各類社會矛盾的滲透與轉化，概括了這一時代的歷史巨變。

《三國演義》作為中國四大名著中唯一一本根據史實改編的小說，其魅力不言而喻，得到了不少名人的高度評價。金庸說：「在中國的古典小說中，《三國演義》享有崇高至極的地位。沒有任何一部小說比得上，近三百年來，向來被稱為『第一才子書』或『第一奇書』。」俄國作家科洛克洛夫則說：「《三國演義》在表現中國人民藝術天才的許多長篇小說之中占有顯著的地位，它可以說是一部真正具有豐富人民性的傑作。」

本書根據學生學習古典文學名著閱讀的需求，以及在閱讀過程中遇到的難點，採取文中夾註的形式，對小說裡的生僻字詞進行注音，對難解的字詞進行解釋，同時對小說中出現的一些人物、官職、傳說和文化知識進行了必要的說明。文中的夾註簡潔明瞭，能使學生真正地實現無障礙閱讀，更好地理解作品內容。此外，本書還插入了「風雲人物榜」「歷史好奇問」等多種知識小專欄，這些知識小專欄或結合內容，或發散思維，或連結相關知識，使閱讀更加有料、有趣。

為了幫助學生更好地理解原著，更好地把握原著中人物的性格特點、精神風貌，我們特別在書中穿插了豐富多彩的圖片，以加深學生對作品內容的「感性認識」，從而達到更深入、更全面的閱讀效果。

最後，祝願本書的每位讀者都能獲得閱讀的快樂，並提升閱讀的素養和能力。

第一回 豪傑宴桃園三結義

話說天下大事，分久必合，合久必分。秦滅亡以後，楚王項羽和漢王劉邦相爭，最後漢王爭得天下，並建立了漢朝。從此，天下統一。到了東漢末年，朝廷腐敗無能，宦官專權，老百姓生活在水深火熱之中。

建寧二年（西元一六九年），各種災難不斷，漢靈帝向臣子們詢問原因，議郎蔡邕ㄩㄥ上疏，直率坦誠地說：「都是宦官干政導致的。」這句話被曹節偷聽到了，並告訴了他的同黨。他們一夥人想方設法陷害蔡邕，最終蔡邕被貶回鄉里。後來張讓、趙忠、封諝、段珪、曹節、侯覽、蹇碩、程曠、夏惲、郭勝勾結在一起。這十個弄權的宦官人稱「十常侍」，其中的張讓特別受皇帝寵信，皇帝甚至稱呼他為「阿父」。從此天下大亂，盜賊蜂起。

當時的巨鹿郡有弟兄三人，大哥叫張角，二哥叫張寶，三弟叫張梁。張角本是個不第秀才*#，後來卻自稱「天公將軍」，張寶自稱「地公將軍」，張梁自稱「人公將軍」，他們鼓動百姓反抗，並趁機發動了聲勢浩大的黃巾軍起義。此時何進上奏皇帝，建議皇帝立刻發布命令，讓全國各地準備禦敵。

為了挽救統治，朝廷不得不張貼皇榜，到處招兵買馬，用以鎮壓黃巾軍。皇榜到了涿縣城內，引出了一個英雄。這個人平時不是特別喜愛讀書。他性格平和寬厚，少言寡語，喜怒不形於色；胸有大志，喜歡結交天下豪傑；生得身高七尺五寸，兩耳垂肩，雙手過膝，本是漢景帝的後代子孫，姓劉名備，字玄德，時年二十八歲。

劉備看完皇榜後長嘆一聲。此時，他忽然聽到身後有人大聲道：「大丈夫不為國家出力，嘆什麼氣？」劉備回頭看，那人身高八尺，頭像豹子，眼像銅環，燕子下巴，絡腮鬍子根根直立，如同虎鬚，說話就像打雷，樣子十分威武，就問他姓名。那人說：「我姓張名飛，字翼德，祖祖輩輩居住在涿郡，有些家產，靠賣酒殺豬為生，專好結交天下豪傑。剛才見你看榜長嘆，所以來問。」劉備說：「我本是漢室宗親，現在看到天下大亂，想破賊，卻心有餘而力不足，所以嘆氣。」張飛說：「我願意出錢募兵，跟你共舉大事，怎麼樣？」劉備聽了很高興，便邀張飛到一家酒館飲酒。正飲著，見一個大漢推一輛車子到門前停下，進店就對酒保喊道：「快拿酒來，我吃了好去投軍。」劉備見這人身高九尺，鬍子長二尺，臉色如紅棗，丹鳳眼，臥蠶眉，相貌威武，就邀他同坐，問他姓名。大漢說：「我姓關名羽，字長生，後改雲長，河東解良人。我因打抱不平殺了惡霸，現已經逃出來五六年了。這幾天聽說此處招兵，就來投軍。」

劉備將自己和張飛想要殺敵保國的志向告訴關羽後，關羽十分欣喜。於是三人來到張飛家裡，商議大事。張飛說：「我莊後有一桃園，桃花正盛開，明天我們到園中祭拜天地，結為兄弟，齊心協力，共圖大事。」劉備、關羽齊聲說好。

第二天，張飛在桃園中備下烏牛、白馬等祭禮，三人焚香跪拜，立下誓言：「我三人結拜為異姓兄弟，同心協力，救國扶危，上報國家，下安黎民。不求同年同月同日生，只願同年同月同日死。皇天后

＊ 指古時候考不上功名的秀才。

編按：本書生僻字注音以深咖啡標色，註釋則以藍字標色。

士，可鑒此心。背義忘恩，天人共戮！」三人以劉備為大哥，關羽為老二，張飛為三弟。祭罷天地，三人又殺牛擺酒，招募了三百勇士，在園中痛飲。

後來，三人開始準備軍器，正愁沒有戰馬時，來了兩個販馬的客商，贈送他們戰馬五十匹，金銀五百兩，鐵一千斤。劉備謝了客商，請來工匠，為他們打造武器。劉備打造了雙股劍；關羽打造了八十二斤重的青龍偃月刀；張飛打造了丈八點鋼矛。三人又都各自打造了一身鎧甲。沒過幾天，他們聚集了五百餘勇士，去應募了。涿郡太守劉焉見三人**威風凜凜***，非常高興。劉備說起宗派，劉焉大喜，便與劉備以叔侄相稱。

過了幾天，劉焉命劉備、關羽、張飛三人帶領那五百勇士去攻打正進攻涿郡的黃巾軍，這一隊黃巾軍的將領是程遠志。在戰場上，程遠志的副將鄧茂迎戰張飛。只見張飛揮動長矛，正刺中鄧茂的心口，鄧茂從馬上翻下來，死了。程遠志見到這一情景，怒火中燒，一心想要殺了張飛，便騎馬向他奔去。此時，關羽揮舞著大刀迎了上去，程遠志見狀被嚇得驚慌失措，說時遲，那時快，關羽揮起大刀，便將他劈成了兩半。黃巾軍見了，個個丟盔棄甲，狼狽而逃。

後來，劉備等人又受命去解救被黃巾叛軍困住的青州，經過幾次的鬥智鬥勇，青州被成功地解救出來。這時候，劉備說：「聽說中朗將盧植與那黃巾叛軍的頭領張角在廣宗交戰。盧植做過我的老師，我要去幫助他。」於是，劉備、關羽、張飛帶著五百勇士去了廣宗，準備為盧植效命。

盧植大喜，讓劉備等人去打探一下潁川的戰況，沒想到，他們還沒到潁川，皇甫嵩、**朱儁**(ㄐㄩㄣˋ)就已經把那裡的黃巾軍打得抱頭鼠竄。正當叛軍頭領張梁、張寶帶著軍隊逃跑的時候，被一批人馬擋住了路。話說那隊人馬的首領名叫曹操，字孟德，身長七尺，細眼長髯，他見叛軍正在逃跑，截住便是一陣打殺，又斬獲了不少叛軍。

卻說劉備、關羽、張飛到了潁川之後，看見黃巾軍被打敗，就知道張梁和張寶一定會去投靠張角，於是又連忙回廣宗。走到半路時，他們看到一隊軍馬押著一輛囚車走來。車中押著的犯人竟是盧植。劉備詢問原因後，才知道盧植因未給朝廷派來的官員左豐奉送錢財，遭其陷害，被皇上降罪了。張飛聽後大發雷霆，要殺掉押送囚車的官兵。劉備趕忙攔住他說：「三弟先別急，朝廷自有公論。」無奈之下，三人準備先回涿郡，沒走一會兒，就看到張角率領軍隊正在追殺漢軍。三人便快速加入了戰鬥，救出了漢軍將領董卓。董卓被救出後，問三人是什麼官職。當得知他們三人是平民百姓後，董卓不但不對三人的救命之恩表示感謝，反而嫌棄他們的出身。張飛見此情景氣得要殺了董卓，幸虧被劉備、關羽及時攔住。之後，三人想，與其在董卓這裡受屈辱，不如轉向其他地方，於是三人就去投奔了朱儁。

當時的朱儁正在與叛軍交戰，便派劉備為先鋒，攻打張寶。在戰場上，劉備先是一箭射中了張寶的左臂，後又在關羽、張飛的幫助下打敗了張寶。當朱儁帶領軍隊去攻打宛城時，張角兄弟已戰死，叛軍只剩下幾萬人在宛城一帶。於是，朱儁便派兵將宛城死死圍住，由於城中沒有糧草，沒過多久，叛軍就派人來投降了，朱儁沒有答應。劉備說：「現在我們已經將宛城圍得死死的，城裡的人沒有任何出路，到時一定會跟我們決一死戰，我們現在不如放棄對東南地區的圍攻，只攻西北。到時候叛軍一定會逃走，我們再設計抓住他們。」朱儁聽了劉備的建

＊形容聲勢或氣派使人敬畏。威風：威嚴的氣概；凜凜：嚴肅，可敬畏的樣子。

議後，就棄東南而攻西北，城中士兵果然棄城而逃，正當朱儁等人與之廝殺的時候，叛軍的援軍趕到，朱儁見叛軍勢大，只得暫退。

朱儁在離城十里的地方駐紮下來，看到正東來了一隊人馬，為首的將領生得廣額闊面，虎背熊腰。這個人是吳郡人，姓孫名堅，字文台，是孫子的後代。聽聞黃巾起事，孫堅聚精兵一千五百餘人，前來支援朱儁。於是，朱儁讓孫堅打南門，劉備打北門，自己打西門，留下東門供敵人逃跑。孫堅率先登城，殺了二十餘人，大軍趁機殺入宛城，叛軍急忙四處逃竄，被殺者和投降

者不計其數，從此，南陽地區的叛亂都被平息了。

黃巾叛亂被平息後，朱儁回京便被封為車騎將軍、河南尹。朱儁向朝廷奏明瞭孫堅、劉備等人的功勞。孫堅由於與朝廷大官有交情，被封為別郡司馬。而劉備卻遲遲沒有得到任命，郎中張鈞得知此事，就入朝見靈帝，說道：「黃巾造反，就因為十常侍專權，搞得天下大亂。如今應先斬十常侍，再重加封賞有功之人，天下才能太平啊。」十常侍卻反告張鈞欺主，靈帝聽信讒言，命令武士趕走了張鈞。十常侍怕事情鬧大了不好收場，便讓靈帝封賞功臣，於是靈帝封劉備為中山府安喜縣尉。

劉備剛到任不久，朝廷又突然下旨，說要把因軍功而當官的平民淘汰。劉備正擔心自己也在淘汰名單內時，就得知督郵到縣裡視察了。劉備等人忙出城迎接，督郵卻連馬都沒有下。進了**驛站***，督郵南面高坐，讓劉備站在階下，過了好久才問劉備：「你是什麼出身？」劉備說：「我是中山靖王的後代，因為在平定叛軍中立了戰功才受命為安喜縣尉。」督郵聽了大聲喝道：「你竟敢假冒皇親，謊報戰功，朝廷就是要淘汰你們這種官員！」劉備不敢頂撞，只好退回了衙門。

第二天，督郵叫去縣吏，指使他們誣陷劉備禍害百姓。這時張飛從外面喝酒回來，聽到裡面有爭吵聲，就問發生了什麼，聽了緣由之後，張飛氣得不顧士兵的阻攔衝了進去，一把揪住督郵的頭髮，將他拉了出來，並綁在衙門口的馬樁上，折下柳條，往督郵兩腿上亂打，一連打斷了十幾根柳條。

劉備知道後，趕忙跑出來勸張飛，張飛哪裡肯聽，非要打死這**魚肉百姓**†的貪官。督郵慌忙求道：

* 古時專供傳遞政府文書者或來往官吏中途住宿、補給、換馬的處所。

† 比喻用暴力欺淩或任意殘害無辜的人們。

「玄德公救我。」劉備終究是個仁慈的人，他趕緊讓張飛住手。這時關羽說道：「大哥立了大功，只做了個小小的縣尉不說，還被這傢伙陷害，不如殺了他，咱們另謀出路。」於是劉備取出官印，掛在督郵的脖子上，說：「像你這種貪官本來該殺，今天我姑且饒你一命。我還了印綬，告辭了。」

督郵回去之後，立即向定州太守告了劉備一狀，太守發出文書通緝劉備。劉、關、張兄弟三人離開了安喜縣，去投靠了代州太守劉恢，劉恢聽說劉備是漢室宗親，就收留了他。

白白老師的國學小教室

《三國演義》是一部小說

《三國演義》和《三國志》最大的差異在於《三國演義》是一部小說，小說的特點是可以虛構，不需要符合史實，因此《三國演義》可以有很多虛構的成分。當然就整個歷史大框架來說，《三國演義》裡敘述東漢分裂，逐漸發展成魏、蜀、吳三國鼎立，再到晉統一天下，大體的國家發展是符合史實的。

不過為了塑造人物形象和情節的高潮起伏，《三國演義》也搬弄了很多史實，或創造了很多虛構的內容。像是桃園三結義的情節，在史實上就沒有紀錄，不過小說裡的刻劃，更能夠凸顯劉備、關羽、張飛三個人的感情，比起君臣之情，三人在《三國演義》中更像兄弟之情義，更令人動人欽羨。

筆者無意在此分析《三國演義》中哪些內容不符合史實，只是要告訴讀者，不要用嚴肅史學的角度來看待《三國演義》的書寫，我們要用文學性的角度看待這部名著，這樣才能讀出更多的趣味，感受其書的魅力。

第二回

董卓進京、諸侯會盟

十常侍是漢靈帝在位時的宦官集團，黃巾叛亂後，十常侍權力更大了，誰不聽他們的就會被殺害。他們橫徵暴斂，賣官鬻爵*，父兄子弟遍布天下，橫行鄉里，禍害百姓，無官敢管。人民不堪剝削、壓迫，紛紛起來反抗。在朝廷之中，十常侍在皇上與皇后的耳邊說悄悄話，玩弄政權，禍害忠臣。

漢靈帝去世之後，皇位由誰繼承直接關係到宦官的利益與他們今後的地位。於是他們篡改了漢靈帝的遺詔，讓劉辯繼承皇位，稱為漢少帝，何后開始臨朝聽政，張讓等宦官用金銀珠寶討好何后的弟弟何苗和他的母親舞陽君，對何后百依百順，又得到寵幸。宦官的勢力由此達到了極致。

此時，何后的弟弟、漢少帝的舅舅——何進大將軍準備殺掉十常侍。袁紹提出建議：調四方英雄進京，討伐宦官。何進不顧曹操的反對，採納了袁紹的建議，準備從外地招來兵馬。

且說那位攻打黃巾軍時屢戰屢敗的董卓，因為當時買通了十常侍，不僅沒受到處罰，反而被封為前將軍、鼇鄉侯、西涼刺史。他一直想著掌握朝廷政權，當接到何進的假聖旨時，他十分高興，心想正好趁機實現野心，於是便連夜上書，表示自己願意出兵討伐。

大臣們都勸何進不要讓外軍進京，以免他們作亂，特別是董卓，他居心叵測，進京後必然會引起大亂。但何進有勇無謀，非是不聽，堅持要董卓進京。

十常侍中的張讓聽說這件事後，假傳太后旨意，召何大將軍進宮商議事情。陳琳、袁紹等人都認為其中有詐，勸他不要去。何進卻認為袁紹等人的想法幼稚，不以為然。在曹操和袁紹的強烈堅持下，何進才勉強帶領一小隊兵馬進宮。

黃門†傳旨說只請何進一個人，何進只好一人進去，他剛進宮殿，就被十常侍砍成了兩段，頭顱被扔到了城牆外面。曹操、袁紹等人看到，帶兵殺進宮去。十常侍中的張讓、段珪挾持漢少帝和其弟陳留王，從宮中逃出。

張讓等人帶著少帝劉辯和陳留王劉協逃到北邙山，後有追兵趕來，前有軍馬攔路。張讓等人內心十分惶恐，便投河自盡了。劉辯、劉協被當時的情景嚇得藏在亂草中，不敢吭聲，直到被人找到，才被護送著回宮裡。

在回宮的路上，少帝一行人遠遠地看到一隊人馬趕來，經詢問才知道，來者就是正準備進京的董卓。一路上，董卓見劉協的言行舉止都很有規矩，就暗生廢劉辯，立劉協為帝之心。

董卓雖駐兵城外，但每天帶鐵甲軍進城，出入宮廷，橫行霸道，毫無忌憚。大臣們都知道董卓心存異心。一天，董卓召集大臣，準備表明自己的看法，以強迫眾臣同意。待人到齊，董卓才帶劍入席。喝了一會兒酒後，董卓就說他準備廢掉少帝劉辯，立陳留王劉協為帝。席中無人敢作聲，只有荊州刺史丁原站了出來，怒斥董卓是想篡位謀反。董卓拔劍正要殺丁原，卻被身旁的李儒攔住了。原來，李儒見丁原身後站著一位將軍，

＊形容政治腐敗，統治階級靠出賣官職來搜刮財富。鬻，賣。

†指太監。東漢時黃門令、中黃門等官均太監所任，故稱太監為黃門。

長得**器宇軒昂***，威風凜凜，手持方天畫戟，怒目而視，所以才勸下了董卓。丁原聽從百官的勸告，騎馬離開了。董卓又問席中的其他大臣，盧植也站出來斥責了董卓。董卓想殺掉盧植，又鑒於盧植聲望高，只好不了了之。

不久之後，丁原攻打董卓，董卓手下的一名名大將都敗給了丁原的義子呂布，董卓這次吃了大敗仗。戰後董卓非常懊惱，他的謀士李儒對他說：「主公此次不是負於丁原，而是負於呂布。」董卓無奈地說：「為何我軍沒有這樣的猛將啊！」董卓手下的一名將領李肅說：「主公不必擔憂，我與呂布同鄉，甚是瞭解此人，呂布雖然勇猛，但是重利輕義，經不住誘惑，如果主公捨得把那匹赤兔寶馬送給呂布，再拿出些珠寶，我想，他定會歸降。」看董卓猶豫不定的樣子，李儒說道：「我想主公應該知道，有舍才有得，舍小而得大的道理呀。」董卓聽後便派李肅去拜訪呂布，李肅給了呂布那匹赤兔寶馬和一大箱珠寶，呂布見了，心裡甚是歡喜。當夜，呂布就殺了丁原，投奔了董卓。董卓見到呂布，高興萬分，重賞了他，並收其為義子；後又任命呂布為中郎將、都亭侯。

董卓的心腹大患被除掉了，又收買了一名得力幹將，便趁機宣布少帝退位，立陳留王為帝。自此，董卓在朝中更是無法無天了，引得天下無人不恨他。

當時，袁紹在外地得知董卓專權，就給朝中的司徒王允寫信，請他想辦法殺掉董卓。王允想不出計策，就假借生日的名義宴請百臣，痛斥董卓的惡行，說完眾官哭成一片。曹操見此場景，極為不屑，並透露自己有辦法殺掉董卓。王允連忙將曹操請到密室，問他有何辦法。曹操說：「這些日子，我一直都在小心翼翼地侍奉董卓，就是要取得他的信任，然後找個機會殺了他。聽說司徒有七寶刀一口，請借給我，我去刺殺他。」於是，王允給曹操斟了一杯酒，曹操灑酒立誓，王允便把寶刀送給了他。

第二天，曹操來到董卓家，想辦法支走了正在董卓身旁的呂布。趁董卓側身向裡躺在床上的時候，曹操暗暗抽出刀來，正要下手，董卓卻從鏡子中看到了他的舉動，忙坐起來問：「你想幹什麼？」這時，恰巧呂布也回來了。曹操急中生智，跪下說道：「我得到一口寶刀，特地來獻給恩相。」董卓接過刀，只見刀有一尺多長，上面鑲有七種寶石，非常鋒利，便讓呂布收下了。在董卓讚嘆寶刀時，曹操匆匆退下了。

呂布覺得曹操的舉動十分反常，就跟董卓說了自己的想法，董卓聽後也開始懷疑，覺得曹操可能是來行刺的，而不是來獻刀的。正說著，李儒進來了，聽了來龍去脈後，也覺得不對，便建議董卓馬上派人召見曹操，而此時曹操早就快馬加鞭逃出了城。於是董卓發下海捕文書，在全國通緝曹操。

曹操逃到了中牟縣，被人認出，並送去了縣衙，縣令名叫陳宮，字公台。他先是將曹操押進監獄，當天夜裡，又私下見曹操，問道：「我聽說丞相對你很好，你為什麼還要自尋死路呢？」曹操痛斥了董卓的罪行，又表達了自己要殺掉董卓為國除害、扶助漢室的抱負。陳宮聽了之後給曹操松了綁，追隨他一起出逃了。兩人一路逃到了成皋，住進了曹操父親的結拜兄弟呂伯奢的家裡。呂伯奢是個慈祥的老人，非常熱情地收留了他們。待他們坐下後，呂伯奢對曹操說：「你家裡人聽說你刺殺董卓不成，都逃到陳留避難了。」曹操聽後說：「是嗎？那明天我也去陳留吧。」呂伯奢勸道：「用不著這麼急，你還是在這裡住些日子再說吧。你們先歇著，我去鎮上買些好酒回來。」他說完就匆匆離開了。曹操和陳宮在屋裡等了好久，忽然聽見院子裡有磨刀的聲音，於是曹操對陳宮說：「陳宮，你聽見了嗎？」

陳宮聽到磨刀的聲音後也大吃一驚，曹操又接著說：「看來這個老傢伙是想借買酒之機去告發我們。」

＊形容人精力充沛，風度不凡。

他說完，就提起刀，不顧陳宮阻攔，把呂伯奢一家老小殺了個精光。二人走到廚房，才發現有一隻豬被綁著，正在等待宰殺，陳宮見到悔恨地說：「殺錯了，他們是要殺豬款待我們哪！」曹操急急忙忙地說：「快離開這裡。」二人剛剛離開，就碰見了買酒回來的呂伯奢，呂伯奢熱情地說：「孟德，我家人應該正殺豬呢，我也把酒買回來了，你們別著急走哇。」曹操先是逃也似的跑了幾步，隨後又掉過頭來，把呂伯奢也殺了。陳宮看到這一幕，非常氣憤地對曹操說道：「剛才你是不知情，現在你明知道他是好人，為何還要殺他！」曹操說：「我殺了他家八口，如果讓他活著，他一定會去官府告發我們的。寧教我負天下人，休教天下人負我。」陳宮覺得曹操過於心狠手辣，就想在深夜趁他休息的時候把他殺了，但是後來轉念一想：「我為國家跟著他逃到了這裡，現在殺他實在不義，不如就自己走了吧。」於是便悄悄離曹操而去。

第二天，曹操醒來後不見陳宮，猜測陳宮是棄他而走了，便慌忙趕到陳留。曹操一見到父親，就向天下發布倡議，並招兵買馬，準備討伐董卓。沒過多久，樂進、李典、夏侯惇、夏侯淵、曹仁、曹洪等人就都來投奔了曹操，袁紹看到曹操的倡議後，也帶了三萬兵馬來與他會盟。後來曹操的主張得到了十八路諸侯的回應，劉備、關羽、張飛也因路遇公孫瓚而一起前來會盟。大家推舉袁紹為盟主，一同去殺董卓。

袁紹讓他的弟弟袁術總督糧草，供應各路諸侯，又命孫堅為先鋒，去攻汜水關。

李儒得知消息後通知了董卓，董卓聽後大驚，忙派人應敵。此時董卓身邊的大將華雄自告奮勇，說自己願意去迎敵。董卓便命華雄為驍騎校尉，領五萬士兵前往汜水關迎敵。

孫堅帶著程普、黃蓋、韓當、祖茂四員將領來到關前。華雄副將胡**軫**(ㄓㄣˇ)帶五千人馬迎敵。程普出戰，沒幾個回合就刺死了胡軫。孫堅揮軍攻城，但見城上箭如雨下，只好引兵退回梁東，一面派人往袁紹處報捷，一面去袁術處催糧。

但袁術因為聽信了讒言，怕孫堅立功，並沒有給孫堅撥發糧草，華雄便趁機偷襲孫堅的營寨，孫堅因祖茂相救活了下來，但終究是吃了敗仗。

得知孫堅戰敗，袁紹十分吃驚，說道：「沒想到孫堅會敗給華雄，看來賊將華雄不可小覷呀！」這時公孫瓚與劉備等人進入營帳，得知劉備是漢室宗親，袁紹便請他入座。此時正巧遇上華雄前來挑戰，俞涉前去應戰，不到三回合就被華雄斬了腦袋。隨後太守韓馥又推薦潘鳳前去，不一會兒潘鳳也被華雄殺死了。眾人大驚，袁紹問：「誰還願意前去應戰？」大家都默不作聲，袁紹又問：「怎麼？沒人敢應戰嗎？」在座的都面面相覷，沒人敢站出來。袁紹不禁哀嘆道：「要是我的上將顏良、文醜其中一人在此，華雄也不敢如此囂張啊！」

這時站出一人說：「小將願去取華雄首級。」袁紹一看，這個人身高九尺，髯長二尺，面如重棗，丹鳳眼，臥蠶眉，相貌堂堂，威風凜凜。

公孫瓚介紹道：「他是劉備的弟弟關羽，充當**馬弓手***。」袁紹說：「你是在嘲笑我們這裡沒人了嗎？區區一個馬弓手敢出此狂言！你去了不是讓華雄笑話我們嗎？」曹操說道：「關羽氣勢不凡，華雄怎能知道他是個馬弓手呢？」關羽又說：「如果沒有戰勝他，到時您可以砍掉我的頭。」曹操給關羽倒滿了一杯酒，說：「來，祝將軍旗開得勝。」關羽擺了擺手說道：「取了華雄首級再喝也不遲。」關羽說完就提起青龍偃月刀前去應戰了。眾人只聽到外面鼓聲震天，不一會兒就見關羽進營，把華雄的人頭扔在了地上，在座的將領都很吃驚，曹操端著酒杯說：「關將軍請，酒還是熱的。」關羽道過謝後，端起酒杯一飲而盡。

董卓正在營帳內等待消息，傳令的士兵急急忙忙地跑進來說：「華將軍戰敗身亡，賊軍已經逼近虎牢關！」董卓與眾將領商議後，點二十萬大軍，兵分兩路，讓李傕、郭汜率領五萬兵馬去支援汜水關，他自己與李儒、呂布、樊稠、張濟帶兵十五萬守虎牢關。

袁紹這邊，則命王匡、喬瑁、鮑信、袁遺、孔融、張楊、陶謙、公孫瓚八路諸侯往虎牢關迎敵。

呂布領三千士兵出戰，袁紹派出公孫瓚等八路出兵迎戰呂布。袁軍節節敗退，呂布殺進袁紹的兵馬中，好像進入無人之境一般，左廝右殺，如探囊取物一般。公孫瓚不服，親自出馬，最終還是被呂布殺了回來，正當方天畫戟要刺到公孫瓚的時候，張飛大喝一聲：「三姓家奴休走，燕人張飛在此！」張飛說完就飛馬挺矛殺上去，擋

住了呂布的方天畫戟，和他大戰起來，二人大戰五十回合不分勝負，隨後關羽和劉備也加入戰鬥，一起圍著呂布廝殺，這場面讓那八路人馬都看呆了。幾人又戰數十回合後，呂布漸漸招架不住，便在劉備眼前虛晃了一下，趁劉備往後躲的時候逃了出去，他們三人立馬追了上去。眼看呂布進了關，三人才就此作罷。

＊馬弓手是騎馬用弓箭的兵種，以騎射為主要作戰方式，是進行閃電戰和遊擊戰的最佳兵種，可以在行進中射擊，不過其近戰能力較差。

風雲人物榜

姓名：劉備

字：玄德

生卒：西元一六一－二二三年

諡號：蜀漢昭烈帝

歷史地位：三國時蜀漢的建立者

經歷：幼貧，與母販鞋織席為業。東漢末起兵，參與鎮壓黃巾起義軍的戰爭。在軍閥混戰中，曾先後依附於公孫瓚、陶謙、曹操、袁紹、劉表。後採用諸葛亮聯孫拒曹之策，占領荊州部分地區，力量逐漸壯大，於是又奪取益州和漢中。二二一年，劉備稱帝，定都成都，國號漢，建元章武。次年，劉備在吳蜀夷陵之戰中大敗，不久病逝於白帝城，終年六十三歲。

白白老師的
國學小教室

《三國演義》中的人物形象

《三國演義》很會刻劃人物，在這回故事中，許多人物的形象都相當生動。董卓霸占朝廷權力，對官員驕縱無禮，顯得他的野心蠻橫；呂伯奢好心收留曹操和陳宮，結果曹操誤以為呂伯奢家人磨刀要殺人，將其一家人都殺光，避免呂伯奢通報官府，最後連呂伯奢也殺了。透過這件事，我們就知道曹操的手段十分慘忍，他甚至毫不後悔地說了：「寧教我負天下人，休教天下人負我。」表現出他的多疑狠辣，寧可錯殺人，也不願將來為人所害。

除了董卓和曹操兩位領袖之外，這回中的呂布、關羽特質也都很鮮明，因為赤兔馬和金銀財寶，呂布立刻背叛了原本的義父，直接投奔董卓，可見此人的貪婪不義。而關羽則是在人群中跳出來出戰華雄，僅是幾句話就流露他的光芒自信：「如果沒有戰勝他，到時您可以砍掉我的頭。」、「取了華雄首級再喝也不遲。」關羽對自己的能耐十分有把握，斬了華雄的頭，酒都還是溫熱的，可見在場上的時間很短就取勝。

董卓的野心、呂布的不義、曹操的狠辣、關羽的自信，透過文字的敘述，都歷歷在目呈現在我們眼前，這就是《三國演義》的厲害之處。

第三回 貂蟬離間董卓呂布

劉、關、張三人打敗呂布後，各路英雄擺酒席給劉備三人慶功，同時把消息報告給了袁紹，袁紹得知後大喜，立即派人通知孫堅進兵。孫堅帶著程普和黃蓋去找袁術討說法，孫堅拿著手棍往地上使勁一頓，說：「董卓與我本來沒有仇怨，現在我拼命攻打汜水關，一是為國家討賊，二是為袁家報私仇，而你卻聽信讒言，不給我發糧草，導致了這次戰役的失敗，你難道不感到愧疚嗎？」袁術無言以對，就殺了那個進獻讒言的人，來表達對孫堅的歉意。

這時忽然來人稟報說：「汜水關來人要見孫將軍。」孫堅就辭別了袁術，回到自己的營寨，把來者召進來，才知道是董卓的大將李傕。孫堅問：「你來幹什麼？」李傕回答：「丞相佩服的人，只有孫將軍一個，現在他特意命我來跟將軍說一聲，想與您結成親家，丞相有一女兒，想許配給將軍的兒子，您看怎麼樣？」孫堅聽後大怒，說道：「董卓**倒行逆施**＊，作惡多端，我怎麼可能與叛賊結成親家，我現在不殺你，你趁早獻關投降，否則讓你死無全屍！」

李傕嚇得慌慌張張地跑回董卓營地，向董卓反映了孫堅的態度，董卓雖然很氣，卻也無可奈何，就問李儒該怎麼辦。李儒說：「呂布戰敗，士兵們現在無心戀戰，我們不如回洛陽，商議遷都長安。」董卓大喜，回了洛陽就召集百官，商議遷都。

大臣們到齊後，董卓對大臣們說：「洛陽建都已有二百多年，現在氣數已衰，我夜觀天象，長安帝王之氣很旺，現在奉皇上的命令，決定遷都長安。」**司徒**†楊彪站出來勸說道：「丞相，諸侯騷動，百姓不安，如果現在棄舊都、遷新都，恐怕只會勞民傷財。況且天下動亂容易，穩定很難，望丞相明鑒。」太尉黃琬、司徒荀爽也來相勸。董卓大怒，當即罷免了三人的官職，隨後又殺了前來諫言的周毖、伍瓊，朝中就再也沒有人敢反對遷都了。

董卓離開洛陽前，霸占了有錢人家的財產，將洛陽的宮殿一把火燒了，還挖了葬在洛陽的皇帝和妃子的墓葬，到處搜刮金銀財寶，董卓的士兵也趁機挖百姓家的墳墓，搜刮財物，然後就劫了漢獻帝和宮妃們去長安了。董卓的手下李傕、郭汜趕著數百萬的百姓去往長安，死在路上的百姓不計其數，哭喊聲響徹天地。

董卓走後，諸侯紛紛進駐洛陽。孫堅的士兵在打掃宮殿殘骸的時候，看見井中有個閃閃發光的東西，撈上來發現是一個盒子，打開盒子才發現裡面裝的是秦始皇傳下來的、少帝前一陣子丟失的傳國玉璽。孫堅便打算帶著玉璽回江東發展，袁紹知道後要孫堅交出玉璽，孫堅不從，便上馬離洛陽而去。袁紹立即通知荊州的劉表截住孫堅，拿到玉璽。

荊州刺史劉表，字景升，山陽高平人，是漢室宗親。他喜歡結交朋友，與陳翔、范滂、孔昱、范康、檀敷、張儉、岑晊等七位名士號稱「江夏八俊」，又有**蒯**(ㄎㄨㄞˇ)良、蒯越、蔡瑁等人輔佐。劉表看了袁紹的書信後，就命令蒯越、蔡瑁帶領一萬人馬去截住孫堅。孫堅命黃蓋出戰，蔡瑁揮刀迎上，幾回合後，蔡瑁被黃

＊原指做事違反常理，不擇手段。現多指所作所為違背時代潮流或人民意願。

†官職名。《周禮》地官有大司徒，為六卿之一，掌理教化。漢哀帝時改丞相為大司徒，東漢時改為司徒，主管教化，與大司馬、大司空並為「三公」。魏沿用，但「三公」僅為虛銜，不涉朝政。隋唐以後三公參政議事。歷代沿用，至明代而止。清代俗稱戶部尚書為大司徒。

蓋揮鞭打中護心鏡，轉身就逃走了，荊州軍大敗。孫堅正要追殺過去，突然聽到山後有擂鼓聲，原來是劉表親自率軍趕來了，最後把孫堅的人馬團團圍住。

劉表指責孫堅私藏玉璽，想謀反作亂。孫堅**矢口***否認，雙方又大戰一場。程普等將領保護孫堅拼死殺出重圍，但人馬已經折了大半，只好逃回江東，從此孫堅與劉表就結下了仇怨。

再說袁紹在河內屯兵，軍隊缺糧，冀州牧韓馥派人送來。謀士逢紀建議袁紹去攻打冀州作為立身的根本。袁紹覺得兵力不足，逢紀就建議袁紹寫信給公孫瓚，約定雙方攻下冀州後平分。公孫瓚攻打冀州時，韓馥向袁紹求救，但並沒有取得什麼效果。袁紹兵進冀州後，殺了韓馥的心腹，奪了他的軍權，韓馥只好投奔了陳留太守張邈。但公孫瓚派弟弟公孫越找袁紹分冀州時，袁紹卻讓公孫瓚親自來商議。後來，袁紹又派人假稱是董卓的人馬，在公孫越回去的路上把他射死了。公孫瓚知道後大怒，發兵大戰袁紹，不想被殺得大敗。

公孫瓚正走投無路時，一個少年將軍忽然單槍匹馬殺了出來，公孫瓚見那將軍身高八尺，濃眉大眼，闊面重頤，威風凜凜，與文醜大戰五六十回合還未分出勝負，這時公孫瓚的部下也到了，文醜就立馬逃走了。公孫瓚下馬問那將軍的姓名。他說：「我是常山真定人，姓趙，名雲，字子龍，本是袁紹的部下，見他只顧爭權奪利，不顧國家百姓，就來投奔將軍。」公孫瓚大喜，與趙雲回寨，整頓兵馬。第二天，雙方再戰。公孫瓚因趙雲初來，不敢重用，結果再次被顏良、文醜等人殺得大敗。公孫瓚眼看就要被敵軍追上了，幸虧趙雲殺來，一槍刺死了敵將。趙雲衝入袁紹的軍隊，如同虎入羊群，左衝右突，無人抵擋。公孫瓚見狀又帶兵殺了回來，殺得袁軍大敗。袁紹之前派去的探子回來說部將大獲全勝，正在追殺公孫瓚，袁紹聽後得意忘形，帶領一夥謀士出寨觀戰，不料趙雲此時衝了過來，公孫瓚大軍也隨後殺到。袁紹正性命難保間，顏良率大軍趕來，左右夾攻，再次殺敗了公孫瓚，袁紹率軍窮追不捨。正危急時，劉備與關羽、張飛率人馬殺來，直取袁紹。袁紹嚇得驚慌失措，手中的寶刀也嚇得掉在了地上，撥馬就逃，幸虧部下拼死相救，才保住了他的性命。公孫瓚收兵回營，拜謝了劉、關、張三人，讓趙雲與劉備相見。劉備對趙雲非常敬愛。

李傕得知袁紹和公孫瓚在磐河大戰，就勸董卓假傳聖旨，為二人講和，這樣他們就會因感激董卓而歸順。於是董卓就派太傅馬日䃅、太僕趙岐前去，公孫瓚果然與袁紹講和，準備回京覆命。公孫瓚快走的時候，表薦劉備為平原相。劉備跟趙雲相別，執手垂淚，不忍分離。趙雲感嘆道：「我過去認為公孫瓚是英雄，但看他今天的作為，跟袁紹沒有區別。」劉備勸趙雲先跟隨公孫瓚，以後再相會，二人這才依依不捨地分別。袁術在南陽聽說哥哥袁紹得了冀州，就派人向袁紹要一千匹馬，袁紹不給，袁術很生氣。自此，兩人開始不和。袁術沒有辦法，又派人向劉表借糧二十萬石，劉表也不給。袁術就寫下書信，派人送給孫堅，讓孫堅攻打荊州，他去攻打冀州。孫堅接到書信，就要發兵報仇，程普說：「袁術是個奸詐之人，您最好不要輕易相信他。」孫堅卻說自己是為了報仇，並不指望袁術相助。於是就派黃蓋安排戰船，裝上糧草戰馬，挑選吉日發兵。劉表得知這個消息後大驚，急忙召集文武將士商議對策。蒯良說：「主公不必憂慮，可讓黃祖領江夏兵為前驅，主公率荊襄大軍支援。孫堅跨江涉湖而來，不會有用武之地。」劉表就聽從了他的建議，讓黃祖做好準備，隨後便起兵。

話說孫堅有四個兒子，都是吳夫人所生。大兒子孫策，字伯符；二兒子孫權，字仲謀；三兒子孫翊，

＊一口咬定。

字叔弼(ㄅㄧˋ)；四兒子孫匡，字季佐。孫堅第二房夫人是吳夫人的妹妹，生有一子一女。兒子叫孫朗，字早安；女兒叫孫仁。孫堅又過繼俞氏一子，名孫韶，字公禮。孫堅的弟弟叫孫靜，字幼台。孫堅臨走時，孫靜率子侄拜在馬前，勸孫堅不要為報一時之仇輕率用兵，但孫堅心意已決，堅持出戰。這時孫策要跟隨父親出征，孫堅答應了。孫堅率戰船殺到樊城，黃祖命令亂箭射去。於是孫堅就命令士兵伏在船中，讓戰船在江面上來來回回地走以引誘敵方放箭。三天後，黃祖的箭射完了，孫堅讓軍士拔下船上的箭，大約有十萬支，這天正好是順風，孫堅就讓將士們一齊放箭。黃祖支撐不住，只得敗退。孫堅乘勝登陸，揮軍追殺。黃祖嚇得扔掉頭盔戰馬，混在士兵中逃命。黃祖逃回去後，向劉表彙報說孫堅勢不可當。劉表就找蒯(ㄎㄨㄞˇ)良商議，蒯良說：「我軍剛剛兵敗，沒有再戰的心思，只能堅守，再派人向袁紹求救，方可解圍。」蔡瑁卻認為蒯良怯敵，於是就請命領兵再戰，劉表就讓蔡瑁領兵一萬去戰孫堅。孫堅說：「蔡瑁是劉表的妻子的哥哥，誰能把他給我捉來？」程普挺矛出馬，沒幾回合就把蔡瑁殺得大敗。孫堅帶領大軍，殺得蔡瑁的人馬屍橫遍野。蔡瑁軍馬喪盡，逃進了襄陽。蒯良對劉表說：「蔡瑁不聽合時宜的策略，致使大敗，按軍法當斬。」但劉表因為新娶了蔡瑁的妹妹為夫人，便赦免了蔡瑁。

孫堅圍著襄陽，卻久攻不下。忽然有一天，刮起了狂風，大風吹斷了帥旗。韓當認為這是不祥之兆，就勸孫堅退兵。但孫堅不肯，一心想著攻城。此時劉表這邊，蒯良讓劉表寫信給袁紹，向他求助。劉表又問誰敢突圍，呂公表示願意前去。於是蒯良就讓呂公率人馬去峴山設伏，擊殺孫堅。當夜，呂公率五百人馬殺出城，直奔峴山。孫堅聞報，率三十餘名騎兵追擊。呂公見孫堅到來，就設好埋伏，出來與孫堅交戰了一個回合就轉身走了，孫堅趕緊追上去，果不其然中了呂公的埋伏。呂公命人拋石射箭，把孫堅打得腦漿迸裂，死在馬下，年僅三十七歲。其他三十餘騎也無一人生還。呂公放起號炮，城中軍馬殺出來，江東人馬大亂。黃蓋率領水軍支援，活捉了黃祖。呂公在追殺孫策的過程中，被程普殺死。孫策回到漢水，才知父親被害，屍體也被敵軍搶走了，放聲大哭。黃蓋提議用黃祖換回孫堅的屍體，於是軍吏桓階去見了劉表，並說明來意。劉表答應用孫堅的屍體換回黃祖，蒯良說：「孫堅新死，孫策年幼，乘此良機，我們一戰可奪取江東。如果現在跟他們講和了，待到孫策長大，江東肯定是我們的心腹大患。」劉表不忍心讓黃祖被害，堅持講和。孫策放回黃祖，接回父親的靈柩，收兵回了江東。喪事完畢，孫策開始招賢納士，四方豪傑紛紛前來投奔。

董卓得知孫堅已死，大喜，從此更加驕橫。他在長安外役使二十五萬人建了一座叫郿塢的城，裡面囤積了二十年的糧食，金銀財寶不計其數，他把自己的家屬也都安排在這裡。

一天，董卓設宴款待百官，宴席期間，從北方招安的俘虜到了長安，董卓便命令士兵，或砍掉他們的手足，或剜去他們的眼睛，或用大鍋煮，當時慘叫聲震徹天地。

又一天，董卓設宴，從外面回來的呂布悄悄在董卓的耳邊說了幾句話，董卓就笑著讓呂布把司徒張溫拉了出去，在座的大臣們都不明就裡。不一會兒，一個侍從托著個紅盤子走了進來，盤子上放的正是張溫的人頭，大臣們都被嚇得丟了魂。董卓卻笑著對大臣們說：「張溫串通袁術想要謀害我，所以我才命人殺了他，這與你們無關。」大臣們戰戰兢兢地熬到了宴會結束，都急忙離開了。

王允回到家裡，回想起董卓的行為，覺得坐立不安。夜晚，王允走到後花園，突然聽到有人在牡丹亭嘆氣，走過去一看，原來是自己家的歌女貂蟬。王允就問她為何深夜在此嘆息，貂蟬說：「自打我進了府，您就安排人教我唱歌、跳舞、彈琴，待我如親生女兒一樣，現在大人如此煩惱，我卻什麼忙也幫不了，只能在這裡嘆氣。您如果有什麼需要貂蟬做的，貂蟬一定粉身碎骨，在所不辭，絕不會有半句怨言。」王允對貂蟬說：「國家的命運就掌握在你的手裡了！來，跟我到畫閣說。」王允帶著貂蟬進了畫閣，命其他人都出去，自己突然給貂蟬跪了下來，哭著對貂蟬說：「我求你救救天下的百姓吧！」貂蟬天資聰穎，頓時就明白了王允的意思，跪下對王允說：「大人，如果犧牲我一個，能夠拯救千萬百姓，貂蟬答應您。」王允愧疚地說：「我身為朝廷重臣，可對國家的貢獻卻不如你呀！」接著，王允又說了自己的計畫：「董卓老賊想要當皇帝，他有一義子叫呂布，英勇善戰，朝中的大臣們都拿他沒辦法。但據我觀察，他們二人都是好色之徒，我想先把你許配給呂布，再把你獻給董卓，你在他們二人中間，挑撥他們的關係，讓他們反目成仇，再利用呂布殺掉董卓。不知你意下如何？」貂蟬答應了，並發誓絕不洩露祕密。

第二天，王允將家中珍貴的夜明珠鑲在一個金冠上送給了呂布，呂布很高興，親自到王允家道謝，王允便設宴款待呂布。在宴會上，王允對呂布說：「我的女兒十分崇拜溫侯，想見見您。」說完他把貂蟬叫了出來。呂布看見貂蟬的容顏，頓時被勾得神魂顛倒，心裡不禁感嘆世上竟有如此美麗的女子。貂蟬向王允和呂布行禮之後，王允便讓貂蟬挨著呂布坐下，給呂布斟酒，期間呂布一直目不轉睛地看著她。後來王允又假裝醉了，讓貂蟬代他招待呂布多喝幾杯。幾杯酒下肚，呂布問王允：「令愛宛如天仙，不知芳齡幾何？」王允說：「小女十六，尚未許親，如果溫侯喜歡，那我就把她許配給溫侯。」呂布聽後大喜，連連拜謝。王允讓呂布挑個良辰吉日，娶貂蟬回府。呂布喜出望外，多次偷偷看貂蟬，貂蟬也向呂布眉目傳情。過了一會兒，王允說：「本來想留將軍住宿的，但我害怕丞相懷疑我的用心，就不留溫侯了。」呂布再三拜謝才依依不捨地離去。

過了幾天，王允在朝堂上碰見董卓，趁呂布不在他旁邊的時候，跪地拜請說：「下官想請丞相到寒舍*赴宴，不知丞相可否賞臉？」董卓說：「王大人邀請，我一定會去的。」董卓到了王允府上，王允盛宴款待了董卓，宴會上王允對董卓說：「丞相的威嚴，歷史上的伊尹和周公也比不上。」董卓聽後非常高興。晚上王允把董卓請到後室，對董卓說：「我從小學習天文，這段時間夜觀天象，發現漢朝氣數已盡，丞相功德無量，如果像舜接替堯，禹接替舜那樣接管天下，正符合天下人的心意。」董卓聽後更加高興了。

隨後，王允讓貂蟬出來表演了一段歌舞，董卓也被貂蟬的美貌所吸引，王允便將貂蟬獻給了董卓，又親自送董卓回了丞相府。王允在回去的路上，碰見了呂布，呂布上前就要跟王允理論，氣沖沖地說道：「大人既然已經把女兒許配給了我，現在為何又把她送給丞相？」王允急忙制止住他說：「這不是說話的地方，請溫侯跟我一起回去。」回到府上，王允對呂布說：「溫侯，其實你誤會了，沒有這樣的事，丞相聽說我把女兒許配給你，就特意說先把小女接過去，等溫侯回來後，親自為溫侯舉辦婚禮。您說，我怎麼能拒絕丞相的一番好意呢？」呂布道歉說：「呂布錯怪大人了，還請您原諒。」說完就離開了。

第二天，呂布在丞相府找董卓，哪裡都找不到，正好碰見兩個侍妾，就問她們丞相在哪裡，其中一位回答道：「丞相與新人貂蟬小姐共寢，現在還沒起床。」呂布聽後大怒，就偷偷潛入董卓的臥房後面窺探。這時貂蟬剛剛起床到窗下梳頭，看見了呂布，便故意皺眉，裝出憂愁的樣子，又拿出手帕擦淚。呂布看了好長時間才離開，過了一會兒，又回到了董卓的住處，董卓問他有什麼事，呂布說沒事便退下了。

董卓自從納貂蟬為妾之後，整天沉迷於女色，不理朝政。一天，董卓生病了，貂蟬在身旁細心照顧，呂布前來探望，貂蟬看著呂布，用手指著自己的心，又指了指董卓，不停地流淚，呂布看了心如刀絞。董卓蒙矓中看見呂布的神情，又看了看床邊的貂蟬，大怒，讓人把呂布趕了出去，並下令以後不准呂布踏入

＊謙稱自己所住的屋舍。

相府一步。

呂布出門後遇到了李儒，並把這件事告訴了他。李儒忙去勸說董卓，說道：「丞相想要奪取天下，不可拘泥於小節，溫侯勇冠三軍，天下無雙，如果這會兒他造反，後果不堪設想。您現在應該快派人去說些好話，多賜些珍寶給他。丞相覺得呢？」董卓採納了李儒的建議，第二天叫來呂布，解釋說之前是因為生病導致精神恍惚，說話不注意，傷害了他，請他不要放在心上，並賞賜了他金銀財寶。但是呂布這次並沒有像以前一樣，他看到那些金銀財寶並沒有如李儒想的那樣高興起來，因為他心裡一直思念著貂蟬。

貂蟬在董卓身邊小心地伺候著，深得董卓的喜愛，呂布卻心懷怨恨，無處發洩。一天，董卓病癒後去覲見皇帝，商議朝政，呂布見董卓與漢獻帝正談國事，又看四下無人，便快馬回到丞相府找貂蟬。隨後，二人在後園的鳳儀亭你儂我儂，貂蟬更是哭著對呂布說：「我一直盼著溫侯早日歸來，可沒想到，丞相見了我卻起了壞心。我一想到今生今世不能與溫侯在一起，恨不得立刻去死。因為還沒有與溫侯辭別，所以**苟且偷生**＊到現在。如今我倆相見，我也就無牽掛了。」說完她就要跳荷花池尋死。呂布攔住說：「我明白你的情意，只恨找不到機會跟你講清楚。」兩人抱著哭訴起來。

董卓正在與漢獻帝議事，見呂布不在了，就匆忙回府。他在後堂內找了一圈，隨後又出去找。當他見到兩人在鳳儀亭下共語時，心中十分憤怒，連忙跑了過去。呂布看到後嚇得轉身就跑，董卓抄起方天畫戟就朝呂布追去。董卓追到園門，撞到了李儒，李儒得知緣由後，建議董卓不要因為一個女子而損失了一員大將，並建議董卓把貂蟬送給呂布來籠絡他的心。董卓答應了，之後去詢問貂蟬的意見，貂蟬為了離間他們二人，表示自己寧死也不願嫁給呂布，說著就要拔劍自刎。董卓忙摟住她安慰，說要把她帶到郿塢享富貴。

沒過幾天，董卓就帶貂蟬去了郿塢，在出行的路上，呂布看見貂蟬心裡很不是滋味，這時王允走上前去詢問，然後又假裝吃驚地說：「想不到丞相竟然做出這樣的事情，真是禽獸不如哇。」於是王允帶呂布回了家，跟他說：「毫無人性的董卓，搶了我的女兒，奪了您的妻子，讓我們同遭天下人的恥笑，我倒沒什麼關係，但您是英雄，英名受損，不覺得冤屈嗎？您如果能匡扶漢室，那就是名垂青史的忠臣，會流芳百世的。」呂布聽後立即表示要殺死董卓。

第二天，王允派人傳皇帝的旨意，要禪位於董卓。董卓大喜，急急忙忙就上路了。董卓到宮門的時候，文武百官已經在列道迎接了，這時王允突然大喊一聲：「士兵們，拿下老賊。」董卓嚇得驚慌失措，大喊：「呂布，快來救我呀。」董卓被士兵扔下車，呂布在董卓的身後說道：「董卓，我奉旨討賊。」說完便一戟刺穿了董卓的喉嚨，之後，眾人又殺了李儒，把董卓的屍體放到街上示眾，百姓們都來踢打董卓的屍體。董卓死後，他的親信李傕、郭汜、張濟、樊稠便逃到了陝西，他們派人到朝中請求赦免。王允不許，四人便起兵叛亂，一路殺到了長安城，李傕放縱軍隊燒殺擄掠，他們以為董卓報仇為名行造反之事。李傕、郭汜殺了王允和他的全家，還想要殺皇帝，最終被張濟和樊稠攔了下來。李、郭二人雖沒有殺了皇帝，卻向皇帝要了官職。這樣一來，董卓的同黨都升了官，開始參與朝政。

＊得過且過，勉強活著。

詞語收藏夾

周瑜打黃蓋——一個願打一個願挨

徐庶進曹營——一言不發

曹操下宛城——大敗而逃

曹操遇馬超——割鬚棄袍

曹操敗走華容道——兵荒馬亂

張飛擺屠案——兇神惡煞

白白老師的國學小教室

美麗與聰明兼具的貂蟬

貂蟬在歷史上究竟是否有其人，一直存有很大的疑問，但史書上沒有明確的記載過有貂蟬此人，歷史紀錄裡，我們最多只知道呂布和董卓的侍妾曾有過於密切的來往，但根本不知道那位侍妾是誰。

但是《三國演義》中的貂蟬又美又聰慧，為了報答王允，不惜獻上自己，以美貌和智謀挑撥董卓與呂布間的關係，能讓兩位當世鼎鼎大名的男人為之傾心，貂蟬的美似乎超越了文字所述、超越了世間所有。

因為貂蟬太美好，我們甚至遺忘了她究竟存不存在的事實，抑或者說，她是不是真實的，在世人心中根本不重要了。直到現在，想到古代最美的女人，我們腦海中可能也會閃過貂蟬的名字，她不活在史書裡，但她的美貌和聰明卻活在我們心中，活在世人代代相傳的傳奇裡。

第四回 曹操挾天子令諸侯

上回說到，董卓死後，他的同黨都得了官職，掌握了政權。李傕、郭汜掌握了大權之後，殘虐百姓，又私下裡把自己的心腹安排在皇帝身邊，觀察他的一舉一動。漢獻帝此時的境地就像走在滿是荊棘的路上，舉步維艱，朝中官員官職的升降也都由李傕、郭汜二人說了算。因為朱儁的名聲很大，二人就宣朱儁入朝，封為**太僕***，同領朝政。

一天，李傕等人得到消息，西涼太守馬騰與並州刺史韓遂帶領十多萬人馬前來征討，便一同商量禦敵之策。謀士賈詡認為此次戰役只適合堅守，不宜出戰，等到西涼兵糧盡，肯定會不戰自退。但李蒙、王方堅持出戰，賈詡見眾將都想出戰，就建議讓張濟和樊稠在距離長安二百多里的**盩厔**（ㄓㄡ ㄓˋ）山屯兵，堅壁守之，李蒙、王方在此帶兵迎敵。西涼兵派出的是馬騰十七歲的兒子馬超，馬超年紀雖小，但很英勇善戰，不到幾個回合就刺死了王方，活捉了李蒙。西涼軍大獲全勝，隨後，馬騰下令把李蒙斬首。

李傕、郭汜得知李蒙和王方已經被殺死，便採取了賈詡的建議，緊守關防，拒不出戰。不到兩個月，西涼軍就堅持不下去了，只好撤軍。西涼軍正要撤軍的時候，李傕、郭汜率兵殺出來，西涼軍大敗而逃。之後，李傕、郭汜又採納賈詡的建議，安撫百姓，結納賢豪，朝廷漸有起色。不料青州黃巾軍又聚眾數十萬，掠劫良民。朱儁保舉曹操前去，曹操所到之處，無不歸降，朝廷封曹操為鎮東將軍，駐軍**兗**（ㄧㄢˇ）州。

曹操駐軍兗州，招賢納士。沒過多久，荀彧、荀攸叔侄就來投奔他，隨後荀彧又推薦了程昱。程昱後來又推薦了郭嘉，郭嘉推薦了劉曄，劉曄又推薦了滿寵、呂虔，滿寵、呂虔又推薦了毛玠。

後來，武將於禁、典韋又來投奔了曹操。于禁弓馬嫺熟，武藝出眾，所以曹操命他為點軍司馬。典韋勇力過人，所使的雙戟重八十斤，挾之上馬，運使如飛，曹操就命他為帳前都尉。

曹操文有謀臣，武有猛將，算是在山東站穩了腳跟，便派人去接隱居在琅玡的父親曹嵩。接到書信後，曹嵩就帶著曹操的弟弟曹德以及一家老小四十多人前往兗州。眾人經過徐州時，徐州的太守陶謙正想結識曹操，便出城迎接，大設筵席，款待了兩天。曹嵩離開時，陶謙派張闓（ㄎㄞˇ）帶兵五百前去護送。張闓本是黃巾軍的餘黨，勉強歸順了陶謙，看著曹家**輜**（ㄗ）**重**†車輛無數，便起了歹心，殺了曹嵩一家，只有應劭逃了出來，去投奔了袁紹。

曹操得知這個消息後，哭倒在地，咬牙切齒地說：「陶謙放縱士兵殺我父親，殺父之仇不共戴天！只有洗蕩徐州，才能消除我的仇恨！」於是，曹操留下荀彧、程昱領三萬士兵守**鄄**（ㄐㄩㄢˋ）城、範縣、東阿三縣，自己帶領其餘的士兵殺往徐州，所到之處，雞犬不留。陶謙聽說後，仰天痛哭：「是我的罪過呀，讓徐州人民遭受如此大的災難！」之後他就要自縛到曹營謝罪，來救全城的百姓。這時，糜竺（ㄓㄨˊ）站出來說：「我願到北海請求孔融起兵救援，再需一人前往青州田楷處求救，如果兩處軍馬一同前來，曹操必會退兵。」陳登此時表示願去青州，陶謙送走二人後，率眾守城。

糜竺到了孔融之處說明來意後，孔融對糜竺說：「我與陶謙是朋友，發兵是應該的，但曹操與我無

※官名。周代為傳王命的官，秦漢時為掌管車馬及牧畜的官。

†行李。輜。

仇，我先派人去講和，如果曹操不同意，我再發兵。」正在商議期間，黃巾軍餘黨管亥領數萬兵馬前來借糧，將北海團團圍住了。孔融正在無可奈何的時候，忽見一人單槍匹馬殺入敵軍，左衝右突，如入無人之境，孔融大喜，連忙開城迎接。這人名叫太史慈，因他的母親經常受到孔融的照顧，現在聽說孔融受困，便前來營救。孔融對太史慈說：「你雖勇猛，但賊勢太盛，你不能輕易出去迎敵。」太史慈說：「我母親感謝您的恩德，特意讓我來幫您解圍。我如果做不到，也沒臉回去見母親了。我願意與他們決一死戰。」孔融又說：「我聽說平原相劉備是個英雄，如果請他前來營救，必能解圍。」於是，太史慈殺出重圍，到平原求劉備幫忙。劉備問清楚緣由後，便答應出兵。隨後劉備率軍與孔融兩下夾攻，打敗了黃巾軍。後來，劉備又聽說曹操兵困徐州的事情，便答應與孔融一起去徐州解救陶謙。

糜竺回去稟報陶謙，說北海又有劉備來助；陳登也回來稟報，說青州田楷也答應領兵前來救援。陶謙這才安下心來。

話說劉備到了徐州，陶謙一方面設宴款待劉備等人，一方面犒勞軍士。期間，陶謙讓糜竺拿出徐州牌印，要讓給劉備，劉備再三推辭。這時糜竺說道：「現在兵臨城下，當下應先商議退兵之事，等到曹操退兵後，再來處理此事。」於是劉備就寫信給曹操，信上解釋說殺害曹嵩的人是張闓，陶謙並不知情，請曹操退兵。曹操接到書信後大怒，他覺得劉備是在嘲笑他，於是要殺了來使，竭力攻城。郭嘉勸說道：「劉備先禮後兵，主公可說說好話，好好回復他，讓他放下戒心，然後再攻城。」

曹操聽了郭嘉的建議，設宴款待了使者。眾人正在商議如何給劉備回信的時候，突然接到情報說呂布已經攻下了兗州，正在進攻濮陽。

原來，呂布遭遇了李傕、郭汜之亂後，就逃出了長安。他先去投奔了袁術，但袁術認為呂布反復無常，並沒有接納他。呂布被袁術拒絕以後，到處投奔人下，先後投奔了袁紹、張楊、張邈。呂布在張邈手下時，陳宮建議張邈趁曹操東征，兗州空虛時，先破兗州，然後再攻占濮陽。於是張邈就派呂布實施這一計畫，果然一舉成功。

曹操聽說後吃驚地說：「丟失了兗州，我就無家可歸了。」郭嘉獻計曹操說：「主公正好可以賣個人情給劉備，現在退兵回去收復兗州。」於是，曹操給劉備回了封信，便撤離了徐州。

陶謙見曹操退兵，大喜，設宴款待劉備等人，又一次要把徐州讓給劉備，但劉備認為接受徐州是不義，再次拒絕了。陶謙沒有辦法，就把附近的小沛給劉備駐守，一則讓劉備有地方可待，二則可以保證徐州不受攻擊，劉備答應了下來。

曹操退兵後到了濮陽，然後安營紮寨。第二天，曹操列陣出戰，呂布率軍迎敵。曹操指著呂布說道：「我與你無冤無仇，你為何要奪取我的城池？」呂布回答道：「漢朝的城池每個人都有份，難道就只有你能占領嗎？」說完便派出臧霸出戰，臧霸與曹操陣營的樂進大戰了三十多個回合，不分勝負。夏侯惇前去助戰，被呂布部下的張遼截住。呂布大怒，挺戟出戰，此時夏侯惇、樂進都被打敗，呂布趁機追殺，曹軍大敗，後退了三四十里，呂布這才收了兵。

曹操回到營寨後，於禁對他說：「呂布在濮陽的西面有一小寨，沒有多少士兵把守，我們可以帶兵襲擊那裡，如果成功，就能動搖呂布的軍心。」曹操採納了於禁的建議，帶著曹洪、李典、典韋等將領，率兵兩萬人連夜從小路進發。

話說呂布回城後，在軍營中犒勞將士，陳宮讓呂布留心西面小寨，以防曹軍偷襲。呂布不信，陳宮對他說：「曹操是極能用兵之人，我們必須做好防守。」於是呂布派高順、魏續、侯成帶兵去守西寨。黃昏

時分，曹操就殺入了西寨，寨兵難以抵擋，四處奔走，曹操奪了寨。四更時分，高順等人率兵前來，天亮後呂布也趕來了，曹操抵擋不住，只好撤軍，向北逃去。突然張遼、臧霸又從山後殺出來，呂虔、曹洪去應戰，曹操又向西面逃去，不幸又被一支大軍擋住了去路，眾將領拼死抵抗。呂布手下的將士射箭如雨，曹操不能前進，無計可脫身，大喊：「誰來救我？」這時，典韋從軍隊裡跳出來，手持一雙鐵戟，大喊：「主公不要慌！」又對眾人說道：「等敵人距離十步的時候叫我！」於是大家放開腳步，冒箭前行。呂布的騎兵追來，曹軍大叫：「已經十步了！」典韋又說：「距離五步的時候叫我！」大家又放開腳步前行，曹軍又喊：「五步了！」此時，典韋飛身上馬，衝殺出去。呂布手下的將領不能抵擋，各自逃去。

典韋殺散敵軍，救出了曹操。此時呂布又趕來了，大叫：「操賊休走！」曹軍此時人困馬乏，眼看要全軍覆沒，夏侯惇前來救援，截住呂布，大戰一場。黃昏時分，天下起大雨，雙方才各自收兵。曹操回到營寨後，重賞了典韋，升他為領軍都尉。

再說徐州的陶謙已經六十三歲了，突然生了一場大病。他眼看著自己的病情越來越嚴重，知道命不久矣，就請糜竺、陳登前來議事。糜竺說：「曹操退兵，是因為呂布襲擊了兗州，等日後他搶回了兗州，肯定還會回來報仇的。您之前讓位於劉備，他不肯接受是因為那時您的身體還很強健。現在您的病情這麼嚴重，正好可以借機把徐州讓給劉備，他一定不會推辭的。」陶謙聽後很高興，連忙派人到小沛去請劉備來商議軍事。劉備到後，先問了安，得知了陶謙的意思後，仍是推辭不止。但陶謙也十分堅持，又向他舉薦了孫乾，並讓糜竺好好輔佐劉備，然後以手指心而死。劉備無奈，只好答應接管徐州的事務，一面把小沛的人馬調到徐州，一面安排喪事，把陶謙埋葬在黃河之原。

曹操得知陶謙已死，劉備統領了徐州後大怒，說：「我大仇未報，他劉備卻不費一兵一卒占據了徐州，我一定要先殺了劉備，再粉碎了陶謙的屍體！」說完就要下令攻打徐州。荀彧勸道：「您現在去攻打徐州，兵帶得多的話，呂布這邊會趁機進攻；兵帶得少的話不夠用。如今陶謙雖然死了，但是劉備已經接手了，徐州的百姓都很擁戴劉備，必定會幫助劉備，與您決一死戰的。您放棄兗州而去取徐州，是棄大而就小，以安而易危呀，希望您好好想想。」曹操說：「今年蝗蟲災害嚴重，我們糧食不多，停留在這裡也不是長久之策。」荀彧說：「我們不如前往陳地，到汝南、潁川取糧。黃巾餘黨何儀、黃劭等劫掠州郡，有很多的**金帛***和糧食，而且這些人又不堪一擊，我們消滅他們，再奪取他們的糧食來供養我們的軍隊，這樣朝廷歡喜，百姓擁戴，才是順應天意的義舉呀。」曹操聽了大喜，便率兵前去攻打，斬了何儀、黃劭，平定了汝南、潁川。

曹操班師回城，奪回了兗州，進軍濮陽。呂布在戰爭中大敗，落荒而逃。慢慢地，曹操占領了整個山東。

呂布吃了敗仗後來到徐州，劉備不顧其他人的反對收留了他，並把小沛分給了他。呂布就此駐紮在了小沛。

曹操平定了山東，上奏朝廷，朝廷封他為建德將軍、費亭侯。當時李傕自封**大司馬**†，郭汜自封大將軍，二人橫行霸道，朝廷無人敢言。太尉楊彪、大司農朱儁暗奏漢獻帝說：「現在曹操已經擁兵二十多萬了，手下的謀臣武將也有十幾個，如果能讓曹操來扶持社稷，剷除奸黨就太好了。」漢獻帝當然是十分同

---

* 金錢和布匹。

† 官名。周代為主掌武事之官，漢代則為三公之一，後世也常以大司馬稱兵部尚書。

意，因為他已經被郭汜、李傕二人欺淩太久了。隨後，楊彪和朱儁二人利用郭汜之妻的嫉妒心理，讓郭汜和李傕反目成仇。

郭汜和李傕各有幾萬人馬，他們在長安城下混戰，李傕劫持了皇帝，郭汜劫持了眾臣，並放火燒了宮殿。後來多虧楊奉、董承救駕，才把漢獻帝帶回了東都洛陽。楊彪見漢室如此衰微，就提出請曹操前來救駕。曹操在山東得知皇上已經回到洛陽，就召集謀士商議，荀彧提議道：「過去晉文公接納周襄王，從而使諸侯服從；漢高祖為義帝發喪而天下歸心。如今天子蒙塵，您如果能在這時發兵相助，必定收攏天下人心，若去晚了，別人定會**捷足先登**＊。」曹操聽後大喜，正要發兵，使臣就送來了詔書。曹操接詔，即刻起兵。

話說漢獻帝在洛陽，很多事情還未準備好，就得知李傕、郭汜的軍隊殺來，大驚，問楊奉：「去往山東的使臣還沒有回來，李傕、郭汜的軍隊又要殺來，該怎麼辦呢？」楊奉說：「臣願意與賊人決一死戰以保護陛下。」董承說：「我們的城牆失修，兵力不足，如果戰敗怎麼辦呢？不如暫且去山東避一避。」皇帝聽從了他的建議，即日起駕，去往山東。

皇帝和眾位臣子剛出了洛陽，就見一人騎馬飛奔而來，那正是去往山東的使臣。使臣到皇帝的車前稟奏說：「曹將軍已應詔前來，聽說李傕、郭汜侵犯洛陽，就派夏侯惇為先鋒，帶十位上將、五萬精兵前來救駕。」曹操到後，請皇帝回到洛陽，修整了宮殿，掌握了朝中的大權。

一天，皇帝派人到曹營請曹操去宮中議事。曹操與使臣董昭聊天時，發現他是個難得的人才，便問起他朝廷大事。董昭說：「您起兵除暴亂，入朝輔佐天子，這是和春秋五霸一樣的功績。但大臣們人殊意異，未必全部服從。您現在留在洛陽，恐怕多有不便，只有遷到許昌才是上策。只要告訴大臣們，許昌靠近魯陽，運糧方便，他們就沒什麼好說的了。」曹操大喜，和謀士商議後，第二天便向漢獻帝提議遷都，漢獻帝不敢不從，各大臣也不敢反對。從此，朝廷大事必先請示曹操，然後再請示皇帝。

曹操完成了遷都大事後，在後堂設宴，召集謀士議事，說道：「劉備屯兵徐州，呂布又投靠了他，如果二人聯合起來攻打我們，我們肯定抵不過，你們有什麼辦法嗎？」荀彧認為，許昌初定，不宜用兵，可用「二虎競食」的計策，讓劉備和呂布自相殘殺。曹操依計，讓皇帝封劉備為征東將軍、宜城亭侯，領徐州牧，並附上一封密信。

使臣向劉備宣讀聖旨後，劉備謝恩並設宴款待了使臣。使臣在席間說：「君侯得到此恩典，實則是曹將軍在皇帝面前的力薦哪。」劉備道謝後，使臣便拿出曹操的密信，信上寫著要劉備殺了呂布。劉備看後知道這是曹操的計謀，便說此事需要以後慢慢商量。

使臣回見曹操，說劉備不願殺呂布，曹操問荀彧該怎麼辦，荀彧又使出一招「驅虎吞狼」，建議曹操派人告訴袁術，說劉備要攻打他，再讓皇帝命令劉備去攻打袁術，並預想在他們雙方交戰的時候，呂布定會叛變，奪了徐州。曹操聽從了荀彧的建議，布置了下去。劉備雖知是計，但王命不可違，只能奉詔討伐袁術，留下張飛守城。袁術聽說劉備前來攻打，想要吞併他的州縣，大怒，也起兵討伐。

張飛守徐州期間，在一次宴會上與曹豹發生口角，曹豹懷恨在心，便與呂布裡應外合占領了徐州，張飛慌忙逃出去找劉備。見到劉備後，張飛向劉備說明了呂布占領徐州的經過。想到劉備的家人還被困在城中，張飛十分後悔，想要拔劍自殺，被劉備一把攔了下來。劉備說：「我們兄弟三人當初桃園結義，不求同生，但求同死，如今失了城池、家人，怎能再失去兄弟呢？況且徐州本來就並非我有，家人被困，呂

＊比喻行動快的人先達到目的或先得到所求的東西。

布一定不會加害於他們，我們還可以想辦法去救。你因一時的失誤，怎麼就要去死呢？」說完大哭，關羽、張飛聽完也感動得落淚。

歷史好奇問

諸葛亮真的會借東風嗎？

《三國志‧吳書‧周瑜傳》中有黃蓋詐降的情節，而且說：「蓋放諸船，同時發火。時風盛猛，悉延燒岸上營落。」這明顯說明有東南大風相助，但並沒有提及諸葛亮借東風的情節。《三國志‧吳書‧諸葛亮傳》中也沒有提及諸葛亮借東風的事情，所以諸葛亮借東風應該是虛構的。

第五回 呂布轅門射戟勸解

話說袁術得知呂布攻占了徐州，馬上派人找呂布，許給他五萬斛*糧食、五百匹馬、一萬兩金銀、一千匹彩緞，讓他攻打劉備。呂布大喜，連忙命高順領兵五萬去攻劉備。劉備聽說後，乘陰雨撤軍，想著東取廣陵。等到高順領兵來的時候，劉備早已離去。高順見到紀靈，就索要袁術所許之物，紀靈說：「將軍且先回軍，容我與我家主公商議一下。」呂布聽高順說明情況後，正遲疑間，就收到了袁術的書信，說只有捉住劉備才能給之前許諾的物品。呂布大怒，罵袁術不守信用，要去攻打他。陳宮勸道：「袁術占據壽春，兵多將廣，我們不可輕敵。現在您不如去請劉備回來駐紮小沛，為我軍助陣，先取袁術、再取袁紹，然後縱橫天下。」呂布聽從了陳宮的建議，派人請劉備回來。

劉備帶兵東取廣陵，半路被袁術截住，損兵大半。在回去的路上正好遇到了呂布的使者，劉備得知呂布要自己回徐州後，心中大喜。劉備回徐州以後，呂布將他的家人還給了他，並假意要將徐州也還給他，劉備力辭，帶兵駐紮在了小沛，與呂布兩家和好。

再說袁術，袁術回去後在壽春大宴賓客。忽然來人報，說孫策已經成功討伐了廬江太守陸康，袁術大喜，便請孫策也一同赴宴。孫策自從父親孫堅死後，退居江南，禮賢下士†，後來就投靠了袁術。袁術也很欣賞他，常感嘆道：「要是我有一個像孫策這樣的兒子，此生就沒有遺憾了。」當天宴席散後，孫策回到營寨，想著席間袁術那傲慢的態度，心中很是鬱悶，於是走出去散心，想到父親孫堅曾是怎樣的英雄，而自己卻落到這般田地，不禁放聲大哭。這時忽然有一人走過來，笑著對他說：「你為何在此大哭哇？你父親生前很重用我，現在你有什麼不能解決的事，不妨問我，為什麼自己哭呢？」孫策看清後，才發現是父親的老部下朱治。孫策對朱治說：「我只是恨自己不能繼承父親的遺志。」朱治說：「你不妨去跟袁術說，要借些兵馬去江東，假裝救吳景，實際上開創大業。」正在商量的時候，忽然來了一個人說：「你們所商議的事情，我已經知道了，現在我的手上有精兵百人，可以助你一臂之力。」此人是袁術的謀士呂范，孫策聽後大喜，便與他共同商議。呂范怕袁術不肯借兵，孫策說：「我有父親留下的傳國玉璽，以此為質，袁術必然答應。」

第二天，孫策找到袁術說明來意，並說要以玉璽作為抵押。袁術聽後大喜，借給了孫策三千精兵，五百匹戰馬，還升他為折衝校尉、殄寇將軍，讓他領兵前往江東。孫策拜謝後，便帶著朱治、呂範和舊將程普、黃蓋、韓當等人擇日起兵。

在路上，孫策遇到了周瑜，周瑜與孫策同歲，只是比孫策小兩個月，稱孫策為兄長。周瑜得知孫策要去江東開創大業後，當下便決定與孫策一同前往。周瑜向孫策推薦了江東「二張」：彭城張昭和廣陵張紘。周瑜說這二人都有經天緯地的才能，隱居在鄉間。孫策聽後大喜，連忙派人帶禮前去請二人，但都被拒絕了。孫策又親自前去，經過不懈的努力，二人終於答應。隨即孫策封張昭為長史兼撫軍中郎將，張紘為參謀正議校尉，共同商議攻打劉繇（ㄧㄠˊ）這劉繇之前是揚州刺史，屯於壽春，被袁術趕過了江東。他聽說孫策

※ 中國舊量器名，亦是容量單位，一斛本為十鬥，後來改為五鬥。

† 舊指降低身分去敬重、結交身分比自己低而有才識的人。形容君主或高官重視人才。

打來，便準備抵抗。太史慈當初解了北海之圍後，就來投奔了劉繇。這一次，他自薦為前部先鋒，劉繇卻嫌他太年輕，沒有予以重用。在之後的戰役中，劉繇被殺得大敗，人馬大部分都投降了孫策，從此孫策獲得了「小霸王」的稱號。後來孫策又剿滅了山賊，收納了太史慈、董襲等人，壯大了自己的勢力，坐穩了江東。孫策坐穩江東後，一面奏明朝廷，一面結交曹操，一面派人找袁術要回玉璽。

袁術早有稱帝之心，就給孫策回信推託不還，隨後又召集長史楊大將，都督張勳、紀靈等三十多個人商量道：「孫策借我兵馬起事，現在占領了江東地區，不但不報答我的恩情，反而來索要玉璽，該怎麼辦？」長史楊大將說：「孫策憑藉長江天險，又兵精糧足，現在攻打恐怕不合適，不如去攻打劉備，以報當初無故相攻之仇，到時候再攻打孫策也不遲。」然後就獻上了離間呂布和劉備的計謀，袁術聽後大喜，便準備了二十萬斛糧食，派韓胤帶著密信前去見呂布。

呂布接到糧食後很高興，重重犒賞了韓胤。韓胤回去向袁術覆命後，袁術就派出紀靈、雷薄、陳蘭帶領數萬大軍去進攻小沛。劉備聽說此事後，馬上與大家商量對策，張飛表示自己願意出戰。孫乾說：「如今小沛兵力、糧食都不充足，怎麼抵抗得了呢？不如去向呂布求救。」劉備覺得孫乾說得有理，便依其計給呂布寫信求助。

呂布收到信後，與陳宮商議說：「之前袁術送來糧食，就是不想讓我去救劉備，而現在劉備又求助於我，我覺得劉備屯軍小沛，未必能加害於我，如果袁術殺了劉備，並聯合其他人來攻打我，那樣我就不得安寧了，不如我們現在起兵去救劉備。」隨即點兵啟程。

紀靈的大軍在小沛東南安營紮寨，而劉備只有五千餘人，只能硬著頭皮出城安營。忽然傳來消息說呂布帶兵在西南方向上紮下營寨。紀靈知道呂布領兵來救劉備，馬上命人寫信給呂布，責備他言而無信。呂布笑著說：「我有一計，能使袁術和劉備都不怨我。」於是呂布派使者分別去往紀靈和劉備的營中，邀請二人赴宴。劉備先到，紀靈後到，二人見到對方後都大吃一驚，轉身就要離開，卻雙雙被呂布攔住了。呂布對紀靈說：「劉備是我的兄弟，現在被紀將軍困住，所以我來救他。」紀靈說：「那就是要殺我了？」呂布解釋道：「沒有這樣的事。我平時不喜歡打鬥，只喜好勸解，我有辦法讓你們兩家解決恩怨。」於是呂布讓部下把他的畫戟立在**轅門**＊外，他站在一百五十步遠的地方，說：「是戰是和，各聽天命。轅門離中軍有一百五十步，我如果能一箭射中畫戟中的小枝，你們就各自收兵，若射不中，你們就各自回營，安排戰役。」紀靈想：「這麼遠的距離，呂布不可能會射中，等到他射不中的時候再攻打劉備也不遲。」隨即就答應了他。劉備暗地裡盼望著呂布能射中，自然也答應了下來。只見呂布彎弓搭箭，一箭正射中畫戟的小枝，眾將士齊聲喝彩。呂布哈哈大笑，扔下弓箭，拉著紀靈、劉備的手說：「這就是天意呀！」三人回到帳中，各敬一大杯酒，慶賀講和。紀靈沉默了半天，說：「將軍的話，我不敢不聽，但我回去說明情況後，我家主公怎麼會相信呢？」呂布說：「我會寫信向他說明的。」幾個人又喝了一會兒，紀靈就拿著呂布的書信先離開了。呂布對劉備說：「要不是我的話，你就危險了。」劉備拜謝了呂布，帶著關羽和張飛回到了小沛。第二天，三處的兵馬都撤回了。

話說紀靈回到淮南見到袁術，跟他說了呂布轅門射戟和解的事情，並呈上了呂布的書信。袁術大怒，說：「呂布收了我那麼多糧食，現在卻用兒戲之事偏袒劉備，我一定要親自率兵討伐劉備，再去攻打呂

＊古代君王出巡，駐駕於險阻之地，以車作為屏障，翻仰兩車，使兩車之轅相向交接成一半圓形的門，稱為轅門。後指將帥的營門或衙署的外門。

布。」紀靈說：「主公不要硬來。呂布英勇過人，又占有徐州，如果呂布與劉備聯合起來，那就不好攻打了。我聽說呂布有一個女兒，年已及笄（ㄐㄧ）*，而主公的兒子尚未娶親，不如您向呂布求親，雙方結成親家。呂布只要答應了，就一定會殺了劉備的。」袁術聽從了紀靈的建議，就派韓胤到徐州求親。呂布得知後，問妻子嚴氏許不許婚，嚴氏對呂布說：「我聽說袁術兵多糧廣，早晚要成為皇帝。而袁術只有一個兒子，就是太子，我們的女兒嫁過去早晚要當皇后。既然是這樣，就應該答應這門親事。」呂布也同意，就款待了韓胤，許了親事。韓胤回報袁術，袁術立即準備聘禮送往徐州。呂布接受後，安排韓胤在驛館歇息。

陳宮看出了其中的奧妙，第二天，就前往驛館拜望韓胤，暗地裡跟他商量，並說自己會讓呂布儘快送女完婚。韓胤大喜，連連道謝。呂布與妻子商量之後，連夜趕做嫁妝，收拾寶馬香車，派宋憲、魏續與韓胤一同送女兒前去，路上鼓樂喧天。當時陳登的父親陳珪在家養老，聽到外頭有鼓樂的聲音，就去詢問，得知是呂布嫁女後，陳珪就知道劉備危險了，於是帶病去見了呂布。陳珪對呂布說：「之前袁術把糧食、財寶送給將軍，是想讓你殺掉劉備，而你用射戟的方法化解了，他現在又突然派人來求親，其實是想把將軍的女兒當作人質。隨後他來攻打劉備而取小沛的時候，你就不能挺身而出了。到時候袁術要來借糧、借兵，你就得借給他，不借又會得罪他。小沛被攻占後，徐州就危險了。再說，袁術早就想當皇帝，他一造反，你就是反賊的親屬，天下還容得下你嗎？」呂布幡然†醒悟，馬上派張遼帶兵追趕，將女兒搶了回來，隨後又把韓胤監禁起來，不放他回去。另外，呂布又派人回復袁術，說是嫁妝還沒配置齊全，準備好後再把女兒送過去。

不久後，宋憲、魏續來報：「我們奉命去山東買的三百多匹好馬路過小沛時被張飛假扮的山賊搶走了一半。」呂布聽後大怒，隨後就帶兵前往小沛，質問劉備：「我轅門射戟救你於大難，你為何故意搶奪我的馬匹？」劉備被問得莫名其妙，張飛站出來說：「就是我奪了你的馬！我奪了你的馬，你就生氣，你奪了我哥哥的徐州怎麼不說了？」呂布挺戟，出戰張飛，兩人大戰一百多個回合，不分勝負。劉備**鳴金**⁂收兵入城，呂布則派兵將小沛團團圍住。之後劉備又派人向呂布賠禮，並表示願意送還馬匹，請呂布退兵。呂布想要答應，卻被陳宮勸阻了，最後沒有答應劉備。

劉備無奈，只好聽從孫乾的建議，投奔曹操去了。曹操接待了劉備，要與劉備共同對付呂布。晚上，荀彧去見曹操，對他說：「劉備是當今公認的英雄，您如果現在不除掉他，今後他必成為禍患。」曹操沒有回應，找來郭嘉詢問他的意見。郭嘉說：「不可以殺掉劉備。主公起兵是為百姓除暴，只能依靠忠信去招納英雄豪傑，劉備向來就有英雄的美譽，現在遇到困難來投靠您。您殺了他就是殘害賢士，以後天下豪傑肯定也不敢再來投奔您了。」曹操聽從了郭嘉的意見，第二天就向漢獻帝推薦劉備為**豫州牧**‡，程昱勸說道：「劉備不會甘心在別人手下，您不如早點了結了他。」曹操說：「我現在正是用人的時候，不能因為殺一個人而失去天下人心。」於是沒有聽從程昱的建議，並給了劉備三千人馬，一萬斛糧食，讓他進軍小沛，再召回原來的人馬，一同攻打呂布。

曹操正要起兵東征，忽然探子來報，說張繡屯兵宛城，用賈詡為謀士，聯合劉表，準備進攻許昌，劫奪皇帝。曹操大怒，想要起兵去討伐，卻又害怕呂布來侵犯，於是就找荀彧商議。荀彧說：「這件事很簡

⁎ 女子盤發插簪的成婚年齡。
† 快速而徹底地。
⁂ 敲鑼，古代戰爭中收兵不戰的信號。
‡ 古代治民之官。

單，呂布是有勇無謀的人，見到好處一定會很高興，主公可派人前往徐州，對呂布加官賞賜，讓他與劉備和解。」曹操應允後，一面派人許給呂布好處，一面親率十五萬大軍攻打張繡。賈詡見曹兵勢大，勸張繡投降。張繡便派賈詡為使，去見曹操。曹操見了賈詡後十分欣賞他，想讓他做自己的謀士，賈詡卻拒絕了。

第二天，賈詡領張繡來見曹操，曹操款待了二人。曹操在宛城住了數日，張繡每天都設宴款待他。曹操後來終日與張繡寡居的嬸嬸鄒氏玩樂，惹得張繡大怒。賈詡此時獻計張繡，張繡依計不僅打敗了曹操，還殺了他手下的愛將典韋。曹操為此心痛不已，在宛城祭奠完典韋後就班師回去了。

王則帶著聖旨和曹操的書信來到徐州，封呂布為平東將軍，然後王則又在呂布面前道出了曹操對他的尊敬之情。正當呂布高興的時候，袁術派來使者，催促呂布早些把女兒送過去。呂布大怒，殺了來使，又將韓胤用枷鎖鎖了，派陳登將其送往許昌。

曹操知道呂布拒絕與袁術結親後，心中大喜，立即處決了韓胤。陳登對曹操說：「呂布是一條豺狼，應該及早除去。」曹操說：「這個道理我也明白，希望您和令尊能幫我除掉他。」陳登說：「曹丞相如果有行動，我就做內應相助。」曹操大喜，連忙奏明獻帝，賜陳珪二千石俸祿，封陳登為廣陵太守。呂布知道後大怒，對陳登說道：「你不為我求得徐州牧的職位，反而為自己要了官職。你父親讓我協助曹操，拒絕與袁術結親，我到現在一無所獲，而你們父子卻都升官發財！」陳登大笑說：「將軍沒有明白其中的道理呀！曹丞相說了，養呂布如同養鷹，狐兔不抓獲，不能餵飽鷹，餵飽就飛了。我又問誰是狐兔，曹丞相說袁術、孫策、袁紹、劉表、劉璋、張魯都是狐兔。」呂布感嘆道：「還是曹公知我！」後來每當呂布宴請賓客，陳珪父子必為他歌功頌德，陳宮覺得他們心懷叵測，讓呂布提防他們。呂布反怪陳宮用讒言陷害好人。陳宮無奈，只有長嘆，想離開呂布另投明主，又怕受人恥笑，於是整天悶悶不樂。一天，陳宮帶人出城打獵，忽然看見有一人騎馬而來，就抄小路趕上他，問他要去往哪裡。使者知道陳宮是呂布的手下，沒有回答，陳宮便搜了他的身。隨後陳宮從他身上搜出了曹操給劉備的密信，就交給了呂布。呂布看了書信，勃然大怒，殺了使者，命高順、張遼進攻劉備。

劉備在這次戰役中戰敗，不但失去了小沛，還使自己的家人也被困住了。劉備逃出後就投奔了曹操，向曹操哭訴了兵敗的經過，曹操聽後也為之落淚。曹操事後就派人打探呂布的消息，探子來報說，呂布與陳宮、臧霸聯合泰山賊寇，共同攻打兗州諸郡。隨即曹操命曹仁領兵三千，攻打小沛，自己與劉備率大軍去攻打呂布。快要到蕭關時，曹軍碰到了泰山賊孫觀等人，最後賊兵大敗，忙派人去報告給了呂布。呂布與陳珪商量該怎麼辦，陳珪父子商量後，讓呂布把家小都移到下邳，這樣徐州城內就沒有了呂布的親信，然後又讓他帶兵與陳登前去救蕭關。走到半路，陳登要先去偵察一下，呂布就讓他去了。他來到蕭關，對陳宮說：「將軍怪你們不肯向前殺敵，要責罰你們。」陳宮說：「當前保住沛城才是上策。」當夜，陳登寫三封密信，拴在箭上，射下關。第二天，他又去見呂布，說是孫觀等山賊想獻關。呂布聽後大驚，讓陳登通知陳宮做內應，夜間舉火為號，消滅山賊。陳登見到陳宮，卻說呂布讓他們撤回徐州，陳宮無奈只能遵命。這時，陳登在城上點起了火，呂布看到信號便與出關的兵馬廝殺起來。陳登之前就已經告訴曹操，見到關上起火就趁機攻打。直到天明，呂布才知道上了當。呂布等人退到了徐州城下，陳登收起了吊橋，不讓呂布進城，呂布只好跑到下邳。

到了下邳，呂布自認為糧食充足，城外又有泗水作為屏障，便不聽陳宮偷襲曹操的建議，每天不出

門，只和妻妾飲酒作樂，不思進取。宋憲、魏續等人對呂布只戀妻妾、無心征戰的行為大為不滿，便商量著去投奔曹操。於是他們偷呂布的赤兔馬獻給曹操，又偷偷打開城門，呂布就此被擒獲。眾軍押上俘虜，呂布被捆成一團，哀求著說：「捆松些吧。」曹操說：「綁老虎不能不緊哪！」於是就命人在白門樓殺了呂布。曹操本想勸陳宮歸降，但他寧死不屈，最後也被殺死。呂布的其他部下大多投降了曹操，曹操的兵力由此也增強了不少。

三國有名馬

赤兔

「人中呂布，馬中赤兔」赤兔馬一直是好馬的代表，傳說它可以日行千里，還能夜走八百里。《三國志》中有關於「赤兔馬」的記載，但是何以稱之為「赤兔馬」卻沒說。後人認為，「赤」是說其毛色，「兔」是指其跑得快如兔子。還有人認為，赤兔馬的「兔」是指馬的頭形。

白白老師的國學小教室

呂布的反覆無常

呂布雖然武藝極高，十分勇猛，但在後世評價不高，除了是個莽夫之外，此人反覆無常、為人不專、不講信用。先後效力過丁原、董卓、袁術，還趁劉備跟袁術作戰時，獲得利益，占據一方。

呂布的下場是被曹操命人殺死，但實際上是死於自己的人格弱點。沒有占據地時，他反覆無常，不守信用；有了一方之地後，他不相信陳宮的話，被內賊蒙騙，又流於逸樂，不思進取，最後身邊的人對他極其失望，紛紛離開他。所以，呂布的死，都是他自己一手造成的。

英雄應具有俠義精神、英雄氣概，後世的人們提到呂布，可能會誇讚他的武藝，卻很少稱讚他的精神或人品。要成為怎樣的人？怎樣的人被稱為英雄？或許都是我們在看《三國演義》時，可以好好思考的問題。

第六回 關羽無計投降曹操

話說，曹操打敗了呂布，占領了徐州後，便上奏了劉備的功勞，並帶領他去見漢獻帝。漢獻帝將劉備宣入殿中，問道：「卿祖何人？」劉備回答道：「臣是中山靖王的後代，孝景皇帝的玄孫，劉雄的孫子，劉弘的兒子。」皇帝聽後命宗正卿查了**家譜***，發現劉備真是他的本族叔叔，大喜，把劉備請到偏殿，按叔侄輩分行禮，心中暗想：「曹操掌握大權，天下大事我根本做不了主，如今有了這樣英雄的叔叔，就不怕曹操弄權了。」隨後又拜劉備為左將軍、宜城亭侯，設宴款待。從此人稱劉備為「劉皇叔」。

一天，曹操請漢獻帝出城打獵，從樹叢中竄出一隻鹿，皇帝連射三箭未中，曹操要過皇帝的弓，一箭就射中了那只鹿。將士們見了，都以為是皇帝射中的，高呼萬歲。曹操騎馬趕到皇帝前面，很自然地拿走了那只鹿，完全沒把皇帝放在眼裡。將士們大驚。關羽氣得要殺了曹操，被劉備及時攔住了。

漢獻帝回到宮中，想起曹操打獵時**專橫跋扈**†的樣子，不禁向伏皇后哭訴，這時皇后的父親伏完出來說國舅董承可以除曹操。於是漢獻帝就咬破手指，寫了一封詔書，隨後命皇后將詔書縫在玉帶裡。漢獻帝召來董承，把玉帶賜給了他。早有人稟報曹操，說董承與皇帝在祕密交談，於是曹操連忙入宮。

董承出宮時恰好遇到了曹操，無處躲避，只好上前行禮。曹操看到玉帶懷疑有陰謀，就讓董承脫下來給他看。董承為了讓曹操放下戒心，便對曹操說：「丞相想要的話就留下吧。」曹操看了好久，沒有發現什麼不對的地方，就把玉帶還給了董承。董承回去後看到了密令，就召集了劉備等七人，**歃血為盟**⁑，決心要除掉曹操。

劉備自從加入討賊同盟，怕被曹操看破，就在後園開了一個菜圃，每天澆水、種菜。張飛和關羽責備劉備不關心國事，他卻說這樣做自有他的道理。一天，關羽和張飛不在，曹操請劉備喝酒，問他覺得誰是天下的英雄，劉備先後列舉了袁術、袁紹、劉表、孫策、劉璋等諸侯，曹操都否決了，最後曹操指了指劉備，又指了指自己，說：「當今天下的英雄，只有你和我。」劉備大吃一驚，筷子都嚇掉了，正好這時大雨將至，打了一個響雷，劉備以自己被雷聲嚇到為由糊弄了過去，曹操也沒再懷疑他。

袁術稱帝後，由於勢力不大，只好讓位給袁紹。袁紹想取玉璽，袁術便準備親自給他送去，正從淮南前往河北。劉備便借此機會奏明漢獻帝去徐州劫殺袁術，曹操給了劉備五萬人馬，劉備立即啟程了。當時郭嘉、程昱**考較**[‡]錢糧剛回來，對曹操說不該放虎歸山，曹操聽後十分後悔，但已經來不及了，只好由著劉備去了。

劉備回到徐州，先回家探望了妻子，又派人打探袁術的情況。探子回來報告說：「袁術只顧享樂，已經眾叛親離，袁紹召他去，所以他現已收拾好稱帝的物品，往徐州來了。」劉備在袁術快要到的時候，領兵出城迎敵，張飛在戰場上刺死了紀靈，殺散了袁軍。袁術大敗，士兵死傷逃亡者不計其數。當時正值盛

---

* 家族裡記載本族世系和重要人物事蹟的書。
† 專斷蠻橫，任意妄為，蠻不講理。跋扈：霸道，不講理。
‡ 泛指發誓訂盟。歃血：古代會盟，把牲畜的血塗在嘴唇上，表示誠意；盟：宣誓締約。
‡ 查點核實。

夏，袁術命廚子拿蜜水解渴，廚子說只有血水，哪有什麼蜜水。袁術嚇得大叫一聲，吐血身亡。袁術死後，他的侄子袁胤護送著他的靈柩去往盧江，路上也被曹操的部將徐璆殺死了，徐璆奪得玉璽獻給了曹操。

劉備得知袁術死後，奏報朝廷，一面讓朱靈、路昭回許昌，留下人馬守護徐州，一面與關羽、張飛出城招撫流民回家。曹操得知只有兩個將領回來，人馬卻留在了徐州後大怒，要斬了朱靈和路昭，一旁的荀彧說道：「我們可以給車冑寫信，讓他殺了劉備。」車冑接到書信後，就與陳登商量殺劉備的計策。陳登回去與父親陳珪說了此事，陳珪讓他先將這個消息告訴劉備，陳登領命，飛馬去報。關羽、張飛知道此事後，又設計殺死了車冑。劉備聽說此事後大驚，擔心曹操會前來報復，不知如何是好。陳登獻計說：「曹操害怕的人是袁紹，袁紹勢力大，兵馬極多，您不如寫信向袁紹求救。」劉備說：「我與袁紹交往不多，現在又殺了他的弟弟，他怎麼會幫助我呢？」陳登說：「有個鄭玄先生，跟袁紹交情很好，只要他寫封信，袁紹一定會幫忙。」劉備曾是鄭玄先生的學生，便登門請求他幫忙。鄭玄知道後，慨然寫下書信交與劉備，劉備連忙派孫乾攜書信去往袁紹處。

袁紹接到信後，便召集眾人商議，多數人都主張攻打曹操。於是袁紹就讓孫乾回去覆命，又派顏良、文醜為將，起三十萬人馬向黎陽進攻。郭圖建議袁紹起**草檄文***，列舉曹操的惡行，然後再名正言順地進行討伐。於是袁紹就命陳琳起草檄文，陳琳言辭犀利，把曹操的罪行揭露得淋漓盡致。袁紹看後大喜，命士兵把此檄文傳遍各個州郡，並掛於各要道路口。檄文傳到許昌時，曹操正在犯頭疼病，得知了消息後，他的頭疼頓時就好了，一下子就從床上坐起來了，連忙召集謀士商議。孔融覺得袁紹勢力太大，只可和不可戰。荀彧卻反駁說：「袁紹雖然兵多將廣，但他本是個無用的人，手下的部將又不團結，縱使擁有百萬大軍也不堪一擊。」曹操聽後大笑，親自帶領二十萬大軍去抵禦袁紹，又派劉岱、王忠領兵五萬去徐州虛張聲勢，並吩咐他們不可輕舉妄動，等自己殺了袁紹，再去攻劉備。曹軍與袁軍相隔八十里，雙方都已經準備好，卻對峙了三個月也沒開戰。原來是袁紹陣營內起了內訌，袁紹自己也不思進取。最後曹操留下于禁、曹仁等人把守重要關卡，自己竟回許昌了。

再說劉岱和王忠，二人在離徐州一百里的地方安營紮寨，打著曹操的旗號，卻不敢進兵。劉備不知道曹操的情況，也不敢擅自出兵。雙方就這樣僵持著，曹操便派人去催促劉岱、王忠進兵，二人互相推諉，最後只好抓鬮。王忠抓住了「先」，不得不分一半兵馬去攻打徐州。劉備跟陳登商議計謀，陳登說：「曹操詭計多端，必然以河北為重，所以此處的旗號定是假的。」劉備聽後問關羽和張飛誰願去探探虛實，張飛不等問完就說自己願意前去，劉備卻嫌張飛太暴躁，派了關羽去。

當時正值隆冬天氣，大雪紛飛，關羽領兵出城，與王忠交戰幾個回合後就生擒了王忠，將他綁回了營寨。劉備從王忠口中得知曹操不在軍營，於是就派張飛去捉劉岱，張飛雖平日裡不擅動腦，這次捉劉岱卻是用了計謀的。他用計生擒了劉岱後，也將他帶到了劉備面前。

劉備看到劉岱後，立馬為他松了綁，並放出王忠，款待了二人。劉備對他們說：「之前是受到車冑的暗算，不得已才殺了他，我受過丞相的大恩，還沒來得及報答，怎麼敢反丞相呢？」於是就放了二人，希望能消除雙方的誤會。

劉備放二人回去後，孫乾建議他說：「徐州是兵家必爭之地，您不如分兵小沛、下邳，互為掎角。」劉

＊軍中文書的通稱，用以聲討敵人、宣示罪狀、征召等。

備就讓關羽護二位夫人住下邳，孫乾、簡雍、糜竺、糜芳守徐州，自己與張飛守小沛。

王忠、劉岱回到許昌覆命後，曹操大怒，要斬了他們，孔融勸說道：「他們二人並不是劉備的對手。您現在如果殺了他們，恐怕日後將士們就不會再為丞相賣命了。」於是曹操就罷免了他們的官職，要立即親征劉備。

孔融說：「現在正值寒冬，還不能動兵，等到明年春天出兵也不晚。您可以先派人去招安張繡、劉表，然後再攻徐州。」曹操聽從了孔融的建議，就先派劉曄去勸降張繡。劉曄先到襄城見了賈詡，賈詡把他留在家中，次日二人才去見了張繡。三人正說著歸降曹操的事，袁紹的使者也來了，呈上書信，也是想招安張繡的意思。賈詡說：「請你轉告袁紹，就說：『你們兄弟都不相容，怎麼能容得下天下的國士呢？』」說完就當著使者的面撕毀了書信，並趕走了使者。張繡擔心曹操會記仇，賈詡說：「曹操想平定天下，就要顯示出他的寬宏大度，絕不會記私仇的。」於是就讓劉曄與張繡相見，隨後張繡與賈詡到許昌投降了曹操。曹操封張繡為揚武將軍，封賈詡為執金吾使。

曹操讓張繡寫書招安劉表。賈詡說：「劉表喜歡結交文人名士，要派個名士前去才可以說服他。」於是孔融推薦了一人，說：「此人名叫禰ㄇㄧˊ衡，字正平，比我的才能高十倍，適合為皇上擔任行人之職。」

於是就上奏給了漢獻帝，漢獻帝看後，就把事情交給了曹操。曹操召見了禰衡，禰衡施了禮，曹操卻讓他站著，他長嘆道：「天地雖大，為什麼沒有一個人？」曹操說：「我手下有數十人，都是當今的英雄，你怎麼說沒人呢？」隨後就列舉了他手下的文官武將，自稱文官可比蕭何、陳平，武將可比岑彭、馬武。禰衡冷笑著，把曹操的文武官員貶得一無是處，說這些人都是些衣架、飯囊、酒桶、肉袋罷了。曹操怒問他有什麼本事，禰衡說：「天文地理，沒有我不通的；三教九流，沒有我不知道的。我上可以輔佐天子成為堯舜，下可以與孔子、顏回齊肩，豈能跟凡夫俗子相提並論？」張遼大怒，拔劍要殺他，曹操說：「我正少一名司鼓，就讓他敲鼓吧。」禰衡沒有推辭，答應後就離開了。張遼說：「這個人出言不遜，您為什麼不殺了他？」曹操說：「這個人遠近聞名，我如果殺了他，天下人定會說我容不下任何人。他自以為是，所以我才讓他當個鼓吏來羞辱他。」

第二天，曹操在相府大廳大宴賓客，命令禰衡敲鼓。原來的司鼓說：「擊鼓應換新衣裳。」禰衡卻穿著舊衣就進去了，敲了一曲《漁陽三撾》，音節有金石之聲，客人聽了，無不感慨流淚。左右的人斥喝禰衡：「你為什麼不換新衣？」禰衡當場脫下舊衣，赤身裸體地站著。客人紛紛捂住了臉，他才緩緩穿上衣服。曹操怒叱：「廟堂之上，你怎敢這麼無禮？」禰衡說：「欺君罔上才是無禮，我不過是顯露出了父母給我的清白之體！」曹操問：「你是清白的，那誰是污濁的？」禰衡就把曹操大罵一頓。孔融怕曹操一氣之下殺了他，忙從中勸解。曹操說：「我今天派你去說降劉表，劉表如果投降了，我就讓你做公卿。」禰衡不去，曹操就備三匹馬，令二人挾持禰衡起程；又讓手下人在東門外備酒送行，自己卻不起身。禰衡到了東門外，放聲大哭。荀彧問：「你哭什麼？」禰衡說：「我來到死人堆裡，怎能不哭？」眾人說：「我們是死屍，你是無頭狂鬼。」禰衡說：「我是漢朝的臣子，不做曹操的同黨，怎麼是無頭呢？」眾人聽了就要殺他。荀彧趕忙制止說：「他是鼠雀之輩，不必汙了刀。」禰衡說：「我是鼠雀，還有人性，你們只是蜾蟲！」眾人無奈，只好憤憤地離開了。

禰衡到了荊州，對劉表表面上是在讚頌，實際上卻在嘲諷。劉表聽了很不高興，就讓他到江夏見黃祖。身邊的人問劉表：「您為什麼不殺了他？」劉表說：「他多次侮辱曹操，曹操不殺他，反派他來這裡，就是想借我的手殺了他，讓我承擔害賢的罪名。我之所以讓他去見黃祖，就是想讓曹操知道我已經識破了他的計謀。」袁紹派使者見劉表，讓劉表夾擊曹操。劉表拿不定主意，就派韓嵩到許昌觀察曹操的實力。韓嵩到了許昌後，曹操就封他為侍中兼零陵太守。韓嵩回到荊州，稱讚了曹操的德行，勸劉表歸順曹操，讓他派一個兒子去當人質。劉表大怒，要殺他，被人勸下。

禰衡見了黃祖，一天，二人共飲，喝得大醉。黃祖問他：「許昌有哪些人物？」他說：「大兒孔融，小兒楊修，除了他們，再沒有人物。」黃祖問：「我怎麼樣？」他說：「你就像廟中的神，雖然受人祭拜，但根本就不靈驗。」黃祖一怒之下就把他殺了，禰衡在臨死時還罵不絕口。劉表聽說禰衡死了，驚訝不已，就命人把他葬於鸚鵡洲。曹操聽說禰衡受害，笑著說：「腐儒舌頭似劍，反而自殺。」

董承一直想著討伐曹操，每日都在與王子服等人密議，卻始終沒有一個好計策。建安五年元旦，百官朝賀天子，董承見曹操更加飛揚跋扈，氣憤成病。漢獻帝知道國舅生病後，就派太醫去給他治療。這位太醫名叫吉太，字稱平，人們都叫他吉平，洛陽人氏，是位名醫。吉平為董承百般治療，日夜不離，給董承醫治的時候，常常見他長籲短嘆，卻也不敢過問。

元宵節，董承請吉平飲酒，醉後和衣睡下，他夢到自己與王子服等人起事，正準備親手殺了曹操，驚醒後，還在大罵「操賊」。吉平問：「您想害曹公嗎？」董承呆若木雞。吉平說：「我雖是醫生，但也是大漢的臣子。國舅夢中說出真情，就請別再瞞我了。若您有用得著我的地方，就儘管吩咐。即使最後滅我九族，我也不會後悔。」說完就咬破一個手指立誓。董承這才出示了衣帶詔，說：「如今不能起事，是因為劉備、馬騰都走了，所以我氣憤成疾。」吉平說：「操賊常患頭風病，請我去看。他再犯病時，我只要用一服藥，就可要他性命，何必再動兵呢？」董承聽後大喜。

董承送走吉平，回來時撞見家奴秦慶童與侍妾雲英在暗處私語，大怒，就命人抓住二人，要殺了他們。夫人勸下董承，最後就打了他們各四十脊杖，讓人把秦慶童鎖了起來。後來，秦慶童扭開鎖，跳牆逃走，到曹操府上告了密。曹操把秦慶童藏在府中，董承只以為他逃到其他地方了，也沒有追。第二天，曹操假裝生病，請吉平到府上醫治。吉平在藥中暗下毒藥，讓曹操喝。曹操讓他先嘗，他就扯著曹操的耳朵想灌曹操，結果被曹操推翻了藥罐。藥灑在地上，鋪地磚都迸裂了。曹操身邊的人立即拿下了吉平。曹操挑選了二十名精壯的獄卒，把吉平拖到後園輪番拷打，逼問是誰指使他下毒。吉平面不改色，毫不懼怕。曹操說只要說出幕後指使就放了他，吉平卻大罵了曹操。曹操大怒，下令狠狠地打，打了足足兩個時辰，打得吉平皮開肉綻，血流滿地。曹操怕吉平死後死無對證，就命人先把他押了起來。

第二天曹操宴請百官。王子服等人懼怕曹操，不得不來，只有董承託病沒來。飲宴間，曹操命人將吉平拖上來，當眾拷打，打昏過去就用涼水噴醒，醒來再打。王子服等四人面面相覷，如坐針氈。宴會結束，百官散去，曹操留下王子服四人，讓秦慶童出來指認。隨後曹操命人監押起四人，又帶人去了國舅府，聲稱探病。曹操命人押來吉平，當著董承的面拷打，吉平仍大罵不止。曹操就命人把吉平的手指全砍掉，吉平說：「我還有口可咬賊，有舌可罵賊！」曹操又命人割掉他的舌頭，他卻說：「我願招，給我鬆綁。」曹操命人給他松了綁，他望著皇宮方向跪拜了，說：「不能除掉此賊，這是天數哇！」隨後一頭撞在臺階上，腦漿迸裂而死。曹操命人分割了他的屍體，掛上城門號令，又讓人帶上秦慶童與董承對質。董承大罵了秦慶童，隨後曹操就命人拿下董承，搜出了衣帶詔與義狀，把董承、王子服等五家殺絕了。接著，他又召集謀士商議要廢除天子，立更有德行的人為帝。程昱說：「您之所以威震四方，能號令天下，就是因為一直打著漢朝的旗號。現在諸侯還未平定，一旦廢帝，必起兵端。」曹操雖覺得有理，但他殺了董承等人氣還未消，於是就帶劍入宮，把董承的妹妹董貴妃抓來。獻帝哀求說：「她已懷孕五個月了，讓她生了孩子再殺她也不遲。」曹操說：「等她孩子長大後好給她報仇嗎？」於是就命人把董貴妃用白練勒死，又下令：「今後皇親國戚，沒有我的命令，敢進宮門者斬！堅守不嚴同罪！」隨後便派曹洪領三千御林軍把守皇宮。曹操殺了五位大臣，因馬騰在邊遠的西涼，攻打不便，就點二十萬人馬，兵分五路進攻徐州。

孫乾得到消息，先到下邳通知關羽，又到小沛告訴劉備。劉備就寫書信讓孫乾去河北找袁紹。袁紹因兒子病重，無心戀戰，不肯發兵。劉備大驚，張飛安慰說：「大哥別慌，曹兵一路趕來，一定十分疲憊，我願意去偷襲曹營。」劉備答應下來便與張飛分兵，準備劫寨。

話說曹操帶兵正往小沛趕來，忽然刮來一陣狂風，吹斷了一面**牙旗***，荀彧問：「風是從哪個方向吹來的？吹斷的牙旗是什麼顏色的？」曹操說：「吹的是東南風，吹斷的旗有青紅兩種顏色。」荀彧說：「今晚劉備一定會來劫寨。」於是曹操就把兵馬分成九隊，只留一隊在前面虛紮營寨，其餘八隊在四面埋伏。當夜劉備在左，張飛在右，分兩隊進發，只留孫乾留守小沛。劉備和張飛攻入曹營才發現是空寨，知道是中了計，慌忙撤兵，但已經來不及了。張飛死戰才跑了出來，逃到了芒碭山上。劉備衝出重圍後，無處可去，只好投靠了袁紹。

曹操占領了小沛，隨即又攻了徐州，糜竺、簡雍把守不住，不得不棄城逃走。陳登開城門迎接曹操大軍進城。曹操進城後，召集眾謀士商量如何攻取下邳。荀彧說：「關羽為了保護劉備的家人，守在此城，如果不馬上攻打，恐怕會被袁紹奪取。」曹操說：「關羽是個不可多得的人才，我想收其為部下，不如派人勸他投降。」郭嘉覺得關羽是個重情義的人，一定不會投降。張遼說：「我跟他有交情，我願意去說服他。」程昱對張遼說：「雖然你倆是舊識，但我看關羽並不是能被說服的人，我們把他逼得走投無路，然後你再去，才好說服他。」說完，程昱獻了一計，曹操依計，讓徐州投降的幾十個士兵假裝到下邳去投靠關羽，實則做自己的內應，關羽見士兵來投奔後自然沒起疑心。

第二天，夏侯惇領兵五千來攻下邳，關羽不出戰，夏侯惇就派人到城下叫罵，關羽大怒，領兵三千出城與夏侯惇交戰。十幾個回合之後，夏侯惇假裝戰敗逃走，關羽緊緊追趕，追了大概有二十里，關羽怕下邳被人攻占，便要轉身回去。這時，忽然一聲炮響，關羽被一路精兵截住了歸路，他拼死抵抗，無路可退，到了晚上只好在一座土山上休息，曹軍又將土山團團圍住。關羽從山上看到城中火光沖天，心裡很驚慌，幾次想衝下山都被亂箭射回。

天快亮的時候，關羽重新整頓，準備再衝一次，恰好此時張遼騎馬上來對他說：「劉備下落不明，張飛生死未知，丞相昨夜已經攻下下邳，沒有傷害任何人，我特來告訴你。」關羽說：「我雖處絕境，但視死如歸，死也不會投降。」張遼大笑，說：「你今天要是死了，有三條大罪，第一，當年你與劉備、張飛桃園結義，並立誓同生共死，現在劉備被打敗，你卻戰死，倘若劉備東山再起，需要你的說明，你卻已經不在了，這不是背信棄義了嗎？第二，劉備把家人託付給你，你一死了之，這二位夫人卻無所依靠，你這不是辜負了劉備對你的期望嗎？第三，你武藝高超，通曉經史，不去想著匡扶漢室，反而意氣用事，逞匹夫之勇，怎麼算是義氣呢？」關羽沉默了一會兒說：「那我現在該怎麼辦？」張遼說：「你現在已經被包圍了，如果不降，必死無疑，不如先投降曹操，再暗中打聽劉備的消息，一來可以保全劉備的二位夫人，二來可以不背桃園之約，三來可留有用之身。你可以好好想想。」

＊天子或將軍所立於軍營前的大旗，因竿上以象牙為飾，故稱為牙旗。

關羽想了想說：「我也要與曹操約法三章[†]，如果他能接受，我便投降，若不接受，我寧可身負這三大罪名而死。第一，我與皇叔發誓共扶漢室，所以我只降漢帝，不降曹操；第二，把皇叔的俸祿發給二位嫂嫂；第三，我如果知道了皇叔的去向，不論多遠，我都會去投奔他。」

張遼回去向曹操複述了關羽的三個要求。曹操覺得前兩條都沒問題，第三條卻不能答應。如果留不住關羽，那還要他投降做什麼？張遼說：「關羽忠於劉備，是因為劉備待他恩重如山，如果丞相待他更好，關羽早晚會忠於您的。」於是曹操答應了關羽所提的三個條件，關羽投降了曹操。

關羽投降後去見曹操，曹操出門迎接，又設宴款待他。之後，曹操帶關羽拜見漢獻帝，封關羽為偏將軍。曹操第二天又設宴，送給關羽許多財寶，關羽把財寶都送給了二位嫂嫂，並對她們十分敬重。曹操知道後，對關羽更是欽佩不已。

一天，曹操見關羽身上穿的綠錦戰袍舊了，就做了一件新的給他。關羽接受後，便把新的穿在裡面，舊的套在外面，曹操笑著說：「你何必如此節儉呢？」關羽說：「並非是我節儉。這舊戰袍是大哥送給我的，我穿上它就如同見到了自己的兄長。我不敢因為丞相賜的新袍而忘記了兄長送的舊袍，所以一直穿在身上。」曹操雖然口頭上稱讚關羽講義氣，但心裡卻高興不起來。

一天，關羽在府內，忽然有人來報，說二位嫂嫂倒在地上痛哭，關羽連忙跑了出去，甘夫人說：「我夢見皇叔陷在土坑之中，醒來就與糜夫人談論這件事，想必皇叔已經不在人世了，所以痛哭。」關羽說：「夢裡的事不能當真，我會儘快打聽哥哥的下落。還請二位嫂嫂不必擔憂。」正說著，曹操請關羽前去赴宴，曹操見關羽的臉上有淚痕，就問他哭泣的原因。關羽說：「二位嫂嫂因思念兄長痛哭，我的心裡也很難受。」曹操讓他寬心，頻頻向他敬酒。關羽喝醉後，摸著鬍子說道：「活著不能報效國家，還背離了兄長，真是枉為人哪。」曹操岔開話題問關羽：「你有數過自己的鬍鬚嗎？」關羽說：「大約有幾百根，每年秋天都會掉三五根，冬天就用皂紗囊罩上，怕被凍斷。」於是曹操就做了一個皂紗囊送給關羽護髯。一天上早朝，皇帝見關羽裹一皂紗囊，就問其原因，關羽說明了緣由，漢獻帝不由得讚嘆：「真是美髯公啊！」從此，人們都叫關羽「美髯公」。

又一天，宴席結束後，曹操送關羽出門，見到關羽的馬很瘦弱，就命人牽出一匹馬，

＊原指訂立法律與人民相約遵守。後泛指訂立簡單的條款。

問關羽：「你認識這匹馬嗎？」關羽說：「難道這就是呂布的赤兔馬嗎？」曹操點了點頭，隨後就把這匹馬送給了關羽，關羽連忙拜謝。曹操不高興地說：「我送過你那麼多美女和財寶，你都未曾謝過我，現在送你一匹馬，你卻連連拜謝，難道人還沒畜生貴重嗎？」關羽說：「這匹馬日行千里，我如今有幸得到它，如果知道哥哥的下落，就可以很快見到他了。」曹操聽後很吃驚，馬上就後悔了，而關羽早已騎著馬走遠了。

曹操問張遼：「我待關羽不薄，為什麼他老想著離開呢？」張遼就去問關羽，關羽說：「我知道丞相對我很好，但是雖然我人在許昌，心裡卻掛念著哥哥，丞相待我再好，也不如我跟哥哥誓同生死。我是不會永遠留在這裡的，但我會報答了丞相的大恩再離開。」張遼回去告訴了曹操，曹操感嘆說：「真是義士呀！」荀彧說：「他說立功就會離開，如果不讓他立功，他就走不了了。」曹操聽從了荀彧的建議，不想給關羽立功的機會。

風雲人物榜

姓名：關羽

字：雲長

生卒：西元？—二二〇年

諡號：壯繆侯

歷史地位：三國時期蜀漢的名將

經歷：關羽出生在一個文人世家，東漢末年跟隨劉備起兵，參加鎮壓黃巾起義的戰爭。關羽曾被曹操生擒，在白馬坡斬殺袁紹大將顏良，與張飛一同被稱為萬人敵，赤壁之戰後，留守荊州。之後因曹操與東吳前後夾擊荊州，關羽腹背受敵，兵敗被殺。關羽去世後，被民間尊為「關公」。

第七回

關羽過五關斬六將

話說劉備自從投奔了袁紹，一直煩惱不已，袁紹問其原因，劉備說：「我到現在還沒有兩個弟弟的消息，家人也都在曹操的手裡。我上不能報效國家，下不能保全家人，怎麼能不憂愁呢？」袁紹說：「我很久之前就想著進攻許昌，如今春暖，正是發兵的好時候。」於是他就召集眾將領商議討伐曹操的策略。田豐說：「之前曹操攻打徐州，許昌空虛，那時我們沒有趁機進攻，現在去攻打恐怕已經晚了。」袁紹沒有聽從田豐的建議，依然要出兵，於是就派顏良為先鋒，進攻白馬。袁紹大軍攻到黎陽，東郡太守劉延忙派人到許昌告急，曹操與眾人商議起兵時，關羽想要出戰，曹操怕他趁機離開，就沒有答應他的請求，自己領兵十五萬前往了白馬，顏良領兵十萬迎戰。曹操派出宋憲，他與顏良戰了不到三個回合，就被顏良一刀殺死，之後的魏續也死在了顏良的刀下。曹操無奈，只好退兵。

曹操見兩員大將相繼戰死，心裡很鬱悶。程昱說：「只有關羽才能打敗顏良。」曹操說：「關羽趁機離開怎麼辦呢？」程昱說：「劉備如果還活著，一定是在袁紹那裡，如今讓關羽去打袁紹，袁紹一定會因為懷疑劉備而殺了他。劉備一死，關羽還去投靠誰呢？」曹操聽了大喜，立即派人去請關羽出兵。關羽辭別了兩個嫂嫂，來到白馬。正當曹操擺酒款待關羽時，顏良開始在外面叫囂，曹操對關羽說：「外面的大將就是顏良。」關羽說：「依我看，顏良就是來送人頭的。我願去取他首級，獻給丞相。」說完就提刀上馬，衝下山來，顏良見到關羽，正準備問話，就被關羽一刀斬於馬下。曹操趁機出兵，繳獲了無數戰利品，袁軍大敗，死傷者無數。關羽上山把顏良的人頭獻給曹操，曹操讚嘆道：「將軍真是個神人哪！」關羽說：「這有什麼，我三弟張飛在百萬軍中取上將的人頭就如囊中取物。」曹操大吃一驚，對身邊的人說：「以後遇到張飛，萬萬不能輕敵。」並讓他們把張飛的名字寫在戰袍的裡面。

敗軍回來後，報告袁紹說顏良被一紅臉長鬍子的大將殺死了，袁紹問是誰，沮授說：「這個人一定是劉備的弟弟關羽。」袁紹大怒，對劉備說：「你的弟弟斬了我的愛將，一定是你倆串通好的，我留你還有什麼用！」說完就命刀斧手把劉備推出去殺了。劉備面不改色地說：「您只聽一面之詞，就要跟我斷絕情誼嗎？我和關羽自從徐州失散，就一直不知道彼此的下落，天下相同相貌的人也不少，為什麼紅臉長鬚的人就一定是關羽呢？您難道就不調查一下嗎？」袁紹是個沒有主見的人，聽了劉備的一番話後，又責備沮授說：「誤聽了你的一面之詞，差點錯殺了好人。」於是立即下令放了劉備，讓他一同討論如何打敗曹軍。文醜出來說：「顏良如同我的兄弟，如今被曹操所殺，我願出戰，為顏良報仇。」袁紹大喜，給了文醜十萬兵馬，讓他渡黃河殺曹操。劉備也表示願同去，於是，袁紹派給文醜七萬人馬先行，又給劉備三萬人馬隨後。

再說曹操這邊，曹操見關羽殺了顏良，對他更加欽佩，就上報朝廷，封關羽為漢壽亭侯，並鑄了印章送給他。忽然有人報袁紹的大將文醜前來，曹操立刻領兵迎戰，並傳令：「以後軍為前軍，以前軍為後軍，讓糧草先行，軍馬在後。」呂虔問起原因，曹操說：「糧草在後，八成會被劫奪，所以放在前面。」這時來人報：「河北大將文醜帶兵前來，我軍丟棄糧草，四散逃命，後軍還沒有到，該怎麼辦？」曹操指著南邊的土崗，讓士兵都到那裡去歇息。眾人只好將馬放在崗下，自己上了崗。文醜的軍隊搶得了糧草，又來搶馬，陣容大亂，曹操這時下令出兵，文醜軍隊自相踐踏，難以控制，只能先撤回。張遼、徐晃連忙去追，文醜拈弓搭箭射下了張遼頭盔上的簪纓，之後又一箭，射中了張遼戰馬的面部，那馬跪倒前蹄，文醜一看又回殺過去，徐晃急忙截住，卻又看見文醜後面的大軍趕到，心想肯定打不過，就逃了回去。

文醜沿河追過來，突然見到關羽帶兵趕來，兩人交戰不到三個回合，文醜就心生恐懼，掉頭想要走，關羽的馬快，他趕上文醜，衝他腦後就是一刀，文醜直接被斬下馬來。曹操又趁機派兵追殺，將糧草和馬匹都追了回來。正在關羽領兵與文醜的軍隊廝殺的時候，劉備帶領三萬人馬趕來。聽士兵說又是那個紅臉長鬍子的人斬了文醜，劉備心裡一慌，馬上前去查看，隔著河就看見一隊人馬，旗上寫著「漢壽亭侯關雲長」。劉備心想，關羽果然在曹操那裡，想去相見，又看到曹操的大軍擁來，只好收兵。

袁紹來到官渡，郭圖、審配來見袁紹，說：「這次又是關羽殺了文醜，劉備還裝著什麼都不知道。」袁紹氣得大罵劉備。一會兒，劉備到了，袁紹就命人把劉備推出去斬了，劉備說：「請再允許我說一句，曹操向來恨我，現在又知道我來投奔了您，害怕我會幫您打敗他，於是就特意讓關羽殺了您的兩員大將，您知道後一定會大怒，從而借您的手來殺掉我。」袁紹覺得劉備說得有道理，就放了他。劉備又說：「我想讓一心腹之人拿著密信去見關羽，讓他來這裡輔佐您，共同對付曹操，來給顏良、文醜報仇。」袁紹聽了大喜。於是，劉備就寫了一封密信，卻始終沒有找到合適的人送出去。

袁紹退兵武陽，按兵不動。曹操留下夏侯惇守官渡，自己回到了許昌，設宴為關羽慶功。宴席上忽然有人來報：「有黃巾劉辟、龔都在汝南甚是猖獗。」關羽願意出戰，但曹操不想讓他去。最後在關羽的堅持下，曹操只能答應，命于禁、樂進為副將，又給了關羽五萬人馬。

關羽在接近汝南的地方駐紮下來。當夜，巡邏的士兵捉了兩個探子，關羽發現其中一人是孫乾，就讓身邊的人都退下了。孫乾告訴關羽劉備投奔了袁紹，關羽聽後就決定回許昌後立即辭別曹操，前去河北找劉備。

第二天，關羽引兵出戰，龔都披掛上陣。關羽說：「你為什麼背棄朝廷？」龔都說：「你也是背主的人，有什麼資格來指責我？」關羽說：「我怎麼背主了？」龔都說：「劉備在袁紹那裡，你為什麼要投奔曹操？」關羽不再答話，拍馬舞刀向前。龔都連忙逃走，關羽追上。龔都回身對關羽說：「故主之恩，你萬萬不能忘了呀。你儘管前進，我自會讓出汝南。」關羽明白了他的意思後，驅軍掩殺。劉、龔二人假裝被打敗就逃走了。關羽奪下州縣就班師回許昌了。

關羽回到許昌，收到了劉備遲來的密信後大哭，隨即就去向曹操辭行，曹操閉門不見。關羽回去後，命人收拾車馬，第二天又去了曹操家裡，曹操還是不見。後來關羽又一連去了好幾次，都沒有見到曹操。關羽無奈，只好去找張遼，想告訴他這件事，張遼也稱生病，不見關羽。但關羽去意已決，給曹操留了一封書信，又把這段時間曹操贈送的金銀珠寶封在倉庫裡，把漢壽亭侯的大印掛在堂上，騎馬提刀，帶著兩位嫂嫂就出了許昌。

曹操正與眾人商議如何留下關羽，就有人來報關羽已經出城，蔡陽說：「我願領兵三千去追關羽。」曹操說：「不忘舊主，來去分明，這才是真正的大丈夫。你們應該以他為榜樣。」說完也沒有讓蔡陽去追。程昱說：「如果關羽投靠了袁紹，袁紹那邊就**如虎添翼**＊，不如現在追上殺了他，以絕後患。」曹操說：「我當時已經答應他，怎麼能失信？」又對張遼說：「我非常佩服他的作為，想送他個人情，你先去叫住他，我隨後就去，贈他路費和戰袍。」

話說關羽正在路上，忽然聽到背後有人叫他，關羽一看是張遼，就對他說：「你是來追我回去的

＊好像老虎長上了翅膀。比喻強有力的人得到幫助變得更加強有力。

嗎？」張遼說：「不是這樣的。丞相得知你走了，特要來給你送行。」

說話間，曹操帶著一隊人馬趕來了，曹操對關羽說：「我怕你路上缺少盤纏，特意來送一些給你。」說完又拿出一身戰袍，送給關羽。關羽只收了戰袍，向曹操拜謝後就離開了。

關羽帶著一行人來到一個小村莊，村裡的老人得知關羽就是殺了顏良、文醜的人，非常高興，就把他當作尊貴的客人款待，關羽問其姓名，老人說：「我姓胡名華，恒帝時曾為**議郎***，現在我的小兒子胡班在滎陽太守王植部下做從事，將軍如果經過滎陽，請將這封書信送給他。」關羽答應了他。

第二天早飯後，關羽拿了書信，告別了胡華，就往洛陽去了。到東嶺關的時候，關羽被守將孔秀攔住去路，孔秀得知關羽要去往河北，就說：「河北袁紹是丞相的死對頭，將軍此次去，有沒有丞相的公文？」關羽說：「沒有公文。」孔秀隨即就要扣押車馬，以二位夫人為人質。關羽大怒，一個回合就把孔秀殺了。

關羽一行人繼續向洛陽進發，之前早就有士兵將關羽要前往河北的事稟報了洛陽太守韓福。韓福急忙召集眾人商議，孟坦說：「關羽沒有丞相通行的公文就私自前來，如果不阻攔他，丞相一定會怪罪下來。」韓福說：「顏良、文醜都被關羽所殺，我們不可力敵，只能智取。」於是孟坦就設了一個詐降計。

眾人剛商量好，關羽的車仗就到了，韓福以關羽沒有曹操的通行文憑為由，派孟坦與關羽交戰。二人沒戰幾個回合，孟坦就被關羽劈成了兩半。這時韓福一箭射來，射中了關羽的左臂。關羽不顧傷勢，飛馬直奔韓福，韓福想要逃，卻被關羽一刀連頭帶肩砍了下來。關羽受了箭傷，怕路上還會遭人暗算，不敢久留，就連夜到了汜水關。守關的將領叫卞喜，原是黃巾餘黨，後來投奔了曹操。卞喜知道自己不是關羽的對手，就在關前鎮國寺中埋伏下二百多刀斧手，自己出關去迎接關羽。關羽來到鎮國寺後，寺內有個僧人法號普淨，是關羽的同鄉，普淨知道其中的玄機，便問候關羽，卞喜害怕事情敗露，就趕緊打斷了他，請關羽到方丈室裡喝茶。普淨趁機指著身上的戒刀，向關羽使眼色，關羽明白了他的意思，就讓手下的人提高警惕。卞喜又請關羽到佛堂入席，關羽已看出壁衣後面埋伏的刀斧手，大聲呵斥道：「我以為你是好人，現在竟敢如此對我。」卞喜知道陰謀洩露，拔腿就逃，被關羽一刀劈死。那些埋伏的人見此情形也都逃跑了。關羽謝過普淨，帶著嫂嫂往滎陽進發，普淨知道自己難以在此地再待下去，就也離開了。

滎陽太守王植與韓福是親家，聽說關羽殺了韓福，就與手下的人商量要殺了關羽。關羽到時，王植笑臉相迎，還把關羽等人送到館驛休息。

隨後王植叫過從事胡班，命令他當晚帶一千人，每人帶一個火把，三更時放火燒死關羽等人。胡班準備好後，見時間還早，就想看看大名鼎鼎的關羽長什麼樣子。見到後，胡班不禁感嘆：「真是神一樣的人哪！」關羽問他是誰，胡班做了介紹之後，關羽知道他就是胡華的兒子，便將老人託付的書信交給了他。胡班看後大驚，感嘆險些誤殺了忠良之人，便把王植的陰謀告訴了關羽。關羽趕緊收拾行李，帶上兩個嫂嫂出城了。王植率人馬趕來時，被關羽攔腰一刀，砍成了兩段。

關羽到了滑州，有人把這個消息告訴了太守劉延，劉延便領數十騎迎出城。關羽向劉延說明情況後，劉延說：「黃河渡口是夏侯惇的部將秦琪在把守，他恐怕不會讓你過去。」關羽說：「那你能不能找船把我送過河？」劉延說：「只怕夏侯惇知道了要怪罪我。」關羽知道劉延是個無用的人，就直接帶著自己的人馬來到了河邊，果真被秦琪擋住了去路。秦琪向關羽要通行公文，關羽大怒，一招就殺了秦琪。關羽隨即

＊官名。西漢設置，掌顧問應對，晉以後廢除。

讓秦琪的手下送自己這一行人過了河。這一路，關羽過了五個關隘，殺了六員大將。

事後，關羽感嘆：「我並不想沿路殺人，實在是被逼無奈呀，曹操知道後，肯定以為我是個**忘恩負義***的人。」

關羽一行人正往北走，孫乾從北面飛馬而來，他對關羽說：「劉辟、龔都自從將軍走後，又奪取了汝南。他們派我去河北請皇叔共同商議攻打曹操的計謀，但袁紹的將士們互相妒忌，田豐還在獄裡，沮授不被重用，審配、郭圖各自爭權奪利。我與皇叔商量後，決定讓他先去汝南與劉辟會合，我在這裡等候將軍。」關羽聽了孫乾的話，沒有去河北，而直接前往了汝南。

＊忘記別人對自己的好處，反而做出對不起別人的事。恩：恩惠；負：違背；義：情誼，恩誼。

白白老師的國學小教室

關羽的忠義

關羽投降曹操這件事很少被批判，甚至為人同情，因為《三國演義》提到關羽其實不知劉備的生死，加上得保護兩位嫂嫂，不得以投降。此外，關羽投降曹操時，提了三個請求，第一，只降漢帝，不降曹操；第二，俸祿給二位嫂嫂；第三，知道劉備去向即離開。所以，關羽雖然表面投降，但自始至終心都向著劉備。

而「過五關斬六將」這章節，是真正神化關羽忠義的重要內容，關羽得知劉備尚存活，但沒有曹操的通關文書，所以一路突圍，過五關斬殺六名魏將，只為奔走到劉備身邊。一路上關羽不顧危險、不顧曹操對自己的好，展現勇猛殺魏將，皆是想盡速找到劉備，刻劃了關羽的忠義勇猛，令人不禁動容。

後世我們提及關羽，都會不假思索想到他忠義勇猛的特徵，其實和「過五關斬六將」的情節塑造有很深的關係，可見《三國演義》的渲染力和影響力。

第八回 袁紹曹操官渡大戰

關羽與孫乾帶著兩位夫人前往汝南，有一天，忽然下起了大雨，一行人渾身都溼透了，就到山旁的一所莊院投宿。莊院主人是一位老人，名叫郭常，他久聞關羽大名，就熱情地招待了他們。郭常有一個兒子，整天遊手好閒、不務正業。晚上，關羽等人將睡之時，忽聽後院馬嘶人叫，原來是郭常的兒子想偷走關羽的赤兔馬，不料被馬踢倒在地。關羽大怒，想要教訓他，又礙於郭常的面子，只好饒了他。

第二天早上，關羽一行人向郭常辭行，想讓郭常叫出兒子教育教育他，誰知他早就不知去哪了。於是關羽就告別了郭常上路了。

馬車走了不到三十里，關羽一行人就被截住了，為首的是黃巾餘黨裴元紹，後面跟著的正是郭常的兒子。裴元紹一看劫的是關羽，嚇得從馬上滾了下來，他指著郭常的兒子說：「這小子今天早上說，一位客人騎了一匹千里馬，讓我來奪取，沒想到是關將軍。」關羽狠狠地教訓了郭常的兒子，嚇得他抱頭鼠竄。裴元紹對關羽說：「二十里外，有一座山叫臥牛山，山上有一人叫周倉。他非常崇拜您，多次向我提起將軍的大名。」正在說話間，周倉領著一隊人馬來了。周倉見到關羽就要跟著他，關羽見他心誠，就收留了他。

於是周倉跟著關羽向汝南進發了。眾人走了幾天，看見一座山城，打聽後才知道，此城名叫古城。幾個月前，張飛趕走了當地的縣官，霸占了古城。此外，他還招兵買馬，囤積糧草，現在已經有三五千的人馬了。關羽知道後大喜，就命孫乾先進城通告，讓張飛來迎接二位嫂嫂。孫乾跟張飛說明情況之後，張飛沒說一句話就提矛上馬，帶領著一千多人馬出了北門。關羽見了張飛非常高興，就把刀交給周倉，騎著馬去迎接。張飛見了關羽卻大吼一聲，舉矛就刺。關羽大驚，慌忙閃過，然後說：「三弟，你這是幹什麼？你難道忘了我們桃園結義了嗎？」張飛說：「你背叛大哥，投降了曹操，封侯賜爵，現在還想來抓我，我今天就跟你拼個你死我活。」兩位夫人聽了連忙上來勸阻，張飛說：「兩位嫂嫂不要被他騙了，忠臣寧死不屈，大丈夫哪有侍奉兩個主子的道理？」這時，孫乾也來勸說，張飛仍是不聽勸阻。關羽又說：「我如果是來抓你的話，肯定得帶著兵馬呀。」張飛手往他身後一指，說：「那難道不是你的兵馬嗎？」關羽回頭一看，果然有一批人馬走來，打著的旗號正是曹操的。看到關羽驚訝的樣子，張飛大怒，對關羽說：「你還有什麼好說的！」關羽說：「我要斬了曹軍的這個將領，來表明我的真心。」不一會兒，曹操的軍隊到了，領兵的是蔡陽，蔡陽大聲喝道：「你殺了我的外甥秦琪，原來逃到了這裡，我奉丞相之命前來捉拿你。」關羽沒有說話，一刀就砍下了蔡陽的人頭。關羽活捉了一名士兵，問他怎麼回事，那個士兵說：「蔡陽聽說將軍您殺了他的外甥秦琪，非常生氣，要來河北討個公道，丞相不肯答應，他這次是去汝南討伐劉辟，路上卻遇到了將軍。」關羽聽後就讓他去告訴張飛，張飛詳細地審問了才肯相信。

忽然又有探子來報，說城南有十多個人馬飛奔而來。張飛轉出城門一看，原來是糜竺、糜芳。張飛帶著二人見了關羽和兩位嫂嫂。眾人同張飛一起入了城，到衙門裡坐下，二位夫人又說起關羽的經歷，張飛大哭一場，拜倒在地，向關羽認錯。

第二天，張飛要跟關羽一起去汝南見劉備，關羽說：「二弟你先留在這裡，守住城，以便我們日後安身，我同孫乾先去打探一下大哥的消息。」張飛應允，於是張飛守城，關羽和孫乾前往汝南。二人來到汝南後，劉辟說：「皇叔在這裡住了幾天，然後又到河北袁紹那裡去了。」關羽讓周倉前去臥牛山招募兵馬，自己和孫乾抄近路去找劉備。快到的時候，孫乾說：「將軍先在這裡休息一下，我先進去見主公，然後咱們再做商議。」關羽答應後自己找到一所莊院，恰巧莊院的主人也姓關，叫關定。他久仰關羽的大名，連忙讓自己的兩個兒子出來拜見關羽，並擺酒款待他。

孫乾見到了劉備，跟他說了關羽和張飛相遇的事，劉備說：「簡雍也在這裡，可以請他來一起商量。」簡雍來了之後說：「主公明天去見袁紹，就說到荊州聯絡劉表共同攻打曹操，然後趁此機會逃走。」第二天，劉備去見袁紹，說要聯繫劉表共同攻打曹操，袁紹大喜，一口就答應了下來。劉備走了之後，簡雍說：「劉備此次前去，肯定不會回來，我願意與他同去，一方面協助劉備一起與劉表商量，一方面監視劉備。」袁紹也答應了他。

劉備先讓孫乾出城去找關羽，自己與簡雍辭別了袁紹才上馬出城。到了界首，孫乾把劉備領進關定莊上，關羽開門迎接，看到劉備，痛哭不止。關定領兩個兒子來拜見劉備，關羽說：「此人與我同姓，有兩個兒子，大兒子關寧，學文；小兒子關平，學武。」於是劉備就做主，讓關羽收關平為義子，跟隨他們一同上路。

關羽一行人前往臥牛山，路上看見周倉帶著幾十個人迎面而來，身上都帶著傷。關羽帶周倉見了劉備，並問他是怎麼回事，周倉說：「我們路上遇到了一個人，雖然單槍匹馬，卻非常厲害，僅一個回合就殺死了裴元紹，我也敵不過，敗下陣來。」關羽與劉備聽後，就同去臥牛山，想一看究竟。原來此人是先前公孫瓚帳下的趙雲，趙雲見到劉備，連忙下馬拜見，說公孫瓚不聽忠言，兵敗自焚，於是自己來投靠劉備。於是，劉備帶著關羽、趙雲去古城與張飛會合，隨後眾人一起去汝南與劉辟、龔都合兵，共同討伐曹操。

袁紹見劉備不回，大怒，想起兵討伐，郭圖說：「劉備不足為慮，曹操才是勁敵。劉表也不算強大，孫策坐鎮江東，實力強盛，我們可以先跟他聯絡，共討曹操。」於是袁紹就派陳震前去送信。

話說孫策稱霸江東，兵精糧足，奪取廬江、豫章，聲勢大振。吳郡太守許貢串通曹操，想要把孫策軟禁在京城，被孫策識破計謀殺了。許貢有三個門客，發誓要為許貢報仇。於是他們就用帶著毒的箭刺傷了孫策。神醫華佗的弟子把他的傷治好了，並告訴他要靜養百日，其間千萬不能動氣，如果怒氣衝撞了毒瘡，就很難治癒了。

後來袁紹派來的使者陳震來了，孫策在招待陳震時聽身邊的大臣說，有一個叫于吉的人，是個活神仙，能呼風喚雨。孫策大怒，命人捉了于吉，說他蠱惑人心，就斬了他。當夜風雨大作，于吉的屍首不見了，從此陰魂不散，整天折磨著孫策。終有一天，孫策承受不住了，大叫一聲，昏倒在地，之前的毒瘡復發，沒過多久就死了。孫策在死之前將江東的事業交給了弟弟孫權。

曹操得知孫策的死訊後，想要起兵征討，張紘說：「我們趁著他們喪亂的時候發兵，並非義舉，不如與他結好，好好待他。」於是曹操就奏明皇上，封孫權為將軍，兼會稽太守；封張紘為會稽都尉，讓他奉印前往江東。孫權見到張紘後大喜，讓他與張昭共同處理事務，張紘後來又舉薦了顧雍，從此孫權威震江東，深得民心。

陳震回去見到袁紹，說：「孫策已經死了，孫權繼承了江東的事業。曹操封孫權為將軍，結為外應。」袁紹聽後大怒，調各州人馬七十多萬，再去攻打曹操。等袁軍到了官渡的時候，曹操領兵七萬前去迎敵。

袁紹臨走的時候，田豐在獄中上書，讓袁紹不要著急發兵，袁紹不聽建議，直接帶兵離開了。袁軍在陽武安營紮寨，沮授說：「咱們的人馬雖然多，但不如曹操的軍隊勇猛；曹軍雖猛，但糧草不如我們的多。我們應該憑藉這個優勢拖住曹操，不出幾個月，曹軍就會不戰而敗。」袁紹大怒，說：「田豐慢我軍心，我日後必會斬了他。你怎麼也敢這麼做！」說著就將沮授也關押了起來。

曹操的探子探得袁紹大軍七十萬，安營連絡九十餘里，報到官渡曹營，曹軍得知後都很害怕。於是曹操就召集謀士們商議對策，荀攸說：「袁紹兵馬雖多，但也不用害怕，咱們軍隊的兵個個都是精銳之士，無不以一當十。但還是要速戰速決，如果拖的時間久了，我們的糧草不足，那就麻煩了。」曹操聽後表示很贊同，於是就排兵列陣，袁軍也排成陣勢。曹操用鞭子指著袁紹說：「我在皇上面前保奏你為大將軍，你為什麼要造反呢？」袁紹大怒，說：「你名義上是漢朝的丞相，實際上是漢朝的賊子。」曹操說：「我奉詔來討伐你。」袁紹說：「我奉衣帶詔討伐你。」曹操派張遼出戰，張遼與袁紹的大將張郃打了四五十個回合，不分勝負。許褚出來助戰，被袁紹大將高覽截住。曹操又讓夏侯惇、曹洪各領三千人馬衝陣，審配見曹軍衝來，就放起號令炮，頓時萬箭齊發，曹軍抵擋不住，只好退回官渡。

袁軍在逼近曹營的地方安營紮寨。審配在曹營周圍堆土山，命人從上往下射箭。曹操的士兵行走都要用盾牌遮頭，每到放箭的時候，都嚇得趴在地上，用盾牌來保護身體。曹操見軍隊慌亂，就問眾謀士有什麼解決的辦法，劉曄說：「可以做發石車來破袁軍的箭。」於是劉曄畫出發石車的圖樣，曹操命人連夜趕造數百輛發石車，分布在營寨各處。袁軍弓箭手放箭時，曹軍一起拽動發石車，頓時炮石橫飛，弓箭手死傷無數。袁軍把曹軍的發石車稱為「霹靂車」，從此再也不敢登高射箭了。審配又獻計袁紹，建議他派人從土山後挖掘地道，以致於能夠從地下襲擊曹營。曹操的士兵看見袁軍在後山挖土坑，就去告訴了曹操，劉曄獻計，讓曹軍在營寨周圍挖深溝。袁軍的地道挖到了溝裡，無法進入曹營，白費了力氣。

曹操守著官渡，從八月初到九月底，糧草已經所剩不多。曹操想放棄官渡回許昌，又一直猶豫不決，於是就寫信問荀彧該怎麼辦。荀彧來信說，這是除掉袁紹的好機會，千萬不可放棄。現在只能靜待時機，用計取勝。曹操看後大喜，命將士們死守官渡。

一天，徐晃的部下史渙出營巡邏，抓到了袁紹的探子。探子說大將韓猛將運糧到軍前，徐晃就把這件事報告給了曹操。荀攸建議派徐晃半路攔擊，斷了袁軍的糧草。於是曹操就派徐晃、張遼等人在半路上設下埋伏，截住了袁紹的運糧車，一把火燒了。

韓猛回營向袁紹稟報了糧草被曹軍截燒的事，袁紹大怒，要殺他，被眾人勸住了。審配說：「烏巢是屯糧重地，還是要派重兵防守，以防曹操劫糧。」袁紹就派審配去運糧，又派大將淳于瓊帶領眭元進、韓莒子等將領和兩萬人馬守烏巢。淳於瓊生性愛好喝酒，到了烏巢後就整天和將士們飲酒作樂。

曹操的軍糧快要吃完了，就急忙派使者到許昌催糧，不料使者被袁紹的士兵捉住，並被綁著去見了袁紹的謀士許攸。許攸是曹操兒時的好朋友，現在被袁紹招為了謀士。許攸拿著從使者身上搜出來的信去見袁紹，說：「曹操現在屯兵在官渡，和我們已經相持了很長一段時間，現在的許昌一定是座空城，我們可以趁著許昌空虛，分兵連夜去攻打，那麼許昌一定會被攻下來，曹操也會**束手就擒***。」袁紹說：「曹操詭計多端，這封信一定是他的誘敵之計。」許攸說：「如果現在不攻取，以後我們就要受曹操的攻擊了。」正說著，審配派人送來了一封書信，信上說許攸的子侄輩濫派捐稅，貪污受賄，現在已經被捕獲，押進了監獄。袁紹大怒，以為許攸和曹操聯手來害他，便把許攸趕了出去。許攸非常生氣，便深夜逃出，投奔了曹操。

---

*捆起手來讓人捉住。指毫不抵抗，乖乖地讓人捉住。束手：自縛其手，比喻不想方設法；就：受；擒：活捉。

曹操剛睡下，就聽士兵報告說南陽許攸要見他，曹操高興得鞋子都沒穿就跑出去迎接。許攸知道曹操的糧草已經所剩不多，就獻計說：「袁紹的糧草輜重都在烏巢，把守的將領淳于瓊愛喝酒，沒有什麼防備，你可選精兵，冒充袁將蔣奇領兵護糧，然後把他的糧草都燒了，袁紹的軍隊一定會在三天之內大亂。」曹操聽後大喜。

第二天，曹操為防袁軍來襲營，命人在營地附近四面埋伏，自己領著五千精兵，打著袁軍的旗號，黃昏時往烏巢進發了，只要見到人，就謊稱是蔣奇的士兵，一路上沒有任何阻礙。曹軍到了烏巢後，已經過了四更了，曹操就命令士兵放火，此時的淳於瓊與將士們喝醉了剛睡下，聽到喊殺聲，慌忙起來，還沒有反抗就被曹軍抓住了。曹操讓人割下了他的耳朵、鼻子和手指，綁在馬上放回袁營以羞辱袁紹。袁紹見烏巢的方向起火了，連忙召集謀士將領商議。張郃建議讓自己和高覽去救烏巢，郭圖卻建議此時去劫曹營。袁紹最終聽了郭圖的話，派張郃、高覽領五千兵去劫曹營，派蔣奇領一萬兵救烏巢。曹操殺了淳于瓊的部下和士兵，奪了他們的衣服和旗子，裝作淳于瓊的部下出發，走到半路，正好碰見了蔣奇的軍隊。蔣奇被張遼一刀殺死，蔣奇之兵也都被殺。張郃、高覽來到曹營，中了埋伏，待袁紹的援兵到來，又逢曹操殺回，最後只剩二人逃脫。

淳于瓊回營，袁紹見淳於瓊耳朵、鼻子、手指都沒了，又得知兵敗的原因是淳於瓊醉酒，大怒，立即將他斬首。郭圖搶先嫁禍於人，說：「張郃、高覽見您兵敗，心裡肯定很高興。」袁紹問：「為什麼？」郭圖說：「他們本來就想降曹，所以這次戰役故意不肯出力，才導致損兵折將。」袁紹大怒，立即派人召二人問罪。郭圖又暗中派人通知張郃、高覽，說袁紹要殺他們。等到使者來的時候，高覽拔劍殺掉了使者，說：「袁紹聽信讒言，必被曹操所捉，我們豈能在這裡等死，不如去投曹操。」於是高覽就跟張郃來到曹營，拜倒在地。曹操封張郃為偏將軍、都亭侯，封高覽為偏將軍、東萊侯。袁紹失去了許攸，又失去了張郃、高覽，搞得軍中人心惶惶，兵無鬥志。當夜，曹操依許攸的計策，派張郃、高覽去劫袁營，果然大獲全勝。曹操又採用荀攸的計策，派人散布謠言說：「曹操正調動人馬，兵分兩路，準備一路取鄴郡，一路取黎陽，斷了袁軍的退路。」袁紹聽說後大驚，就派袁譚領五萬人馬去救鄴郡，派辛明領兵五萬去救黎陽。曹操見袁紹人馬混亂，便兵分八路衝殺過來。袁軍潰不成軍，四散逃命。袁紹來不及披甲，只穿著襯衣，就在幼子袁尚的保護下慌忙逃命。他丟棄了車仗、金帛，只帶著八百多人渡過黃河。曹操把奪來的金銀錦緞分賞給將士，又找到一捆書信，都是自己的部下與袁紹暗中勾結的罪證。有人提議說：「可查對姓名，通通殺掉！」曹操說：「當初袁紹強大，我都不能自保，更何況別人？」於是就命令把書信燒掉，不再追查。

沮授因被監禁當了俘虜。曹操勸他投降，他卻寧死不降。曹操對他更敬佩，就把他留在了軍中。後來，沮授盜馬逃跑，被抓了回來。曹操一怒之下殺了他，事後又懊悔不迭，說：「我誤殺了忠義之士呀！」於是就命人將沮授厚葬於黃河渡口，墓碑上題：「忠烈沮君之墓。」隨即，曹操率大軍乘勝追擊。袁紹逃到黎陽北岸，大將蔣義渠出寨迎接。逃散各處的潰兵又聚攏來，還有許多人馬，袁紹就準備帶領他們回冀州。晚上袁軍在荒山宿營，各帳都有哭聲。袁紹前往偷聽，有的在哭兄弟，有的在哭兒子，都在埋怨袁紹，袁紹聽後更加後悔。第二天，袁紹帶領人馬正在路上走著，逢紀迎來說：「田豐聽說主公兵敗，幸災樂禍地鼓掌大笑。」袁紹說：「豎儒怎敢笑我！」於是就派使者持他的劍去殺田豐。

獄吏見了田豐，說：「恭喜別駕，袁將軍大敗而回，必定會重用你。」田豐笑道：「袁將軍如果打了勝仗，一高興或許還會赦免我，但他打了敗仗，惱羞成怒，必會殺我。」話音剛落，使者就捧著袁紹的寶劍到了，獄吏淚流滿面。田豐最後慷慨自刎。

袁紹回到冀州，心煩意亂，不理政事，他的妻子劉氏勸他趕緊立世子。袁紹有三個兒子：大兒子袁譚，鎮守青州；二兒子袁熙，鎮守幽州；小兒子袁尚，生得英俊魁梧，最討袁紹喜歡，袁紹就把他留在了身邊。自官渡之戰後，劉氏就勸袁紹立袁尚為世子，於是袁紹就與審配、逢紀、辛評、郭圖四人商議。四人各為其主，爭論不休。正爭論的時候，忽然來人報袁熙領兵六萬、袁譚領兵五萬、外甥高幹領兵五萬來到城外。袁紹大喜，於是整頓人馬，再戰曹操，曹操也備兵迎戰。後來，袁紹的軍隊中了曹操的埋伏，大敗。

曹操勝利後犒賞三軍，又派人打探冀州的情況。探子回來報說袁紹回到冀州後，一直臥病在床。袁尚和審配緊守城池，袁譚、袁熙、高幹都回了本州。於是眾人都勸曹操立即去取冀州，曹操說：「冀州兵多糧廣，審配又有計謀，不能著急。何況現在滿地莊稼，我們一打仗，百姓就沒吃喝了，不如到秋後再來。」正商議間，荀彧派人送來書信，說劉備正在乘虛進攻許昌。曹操大驚，連忙命曹洪屯兵河上，虛張聲勢，自己率大軍奔汝南迎劉備。劉備兵襲許昌，至穰（ㄖㄤˊ）山遇到曹兵殺來，於是就在穰山安營紮寨，分為三隊，互相呼應。曹操來到，列好陣勢，斥責劉備忘恩負義。劉備說自己是奉天子的命令來討伐反賊，並朗誦了衣帶詔。許褚出馬，趙雲迎敵，二人戰了三十回合不分勝敗。忽然喊聲大震，關羽從東南殺來，張飛從西南殺來，三處一齊掩殺。曹兵長途跋涉已經疲憊，自然是抵擋不住，大敗而逃。

第二天，趙雲來曹營挑戰，曹兵不出。劉備又讓張飛挑戰，曹兵仍不出。劉備愈發疑惑，此時忽報龔都運糧被曹兵圍住，於是劉備急忙派張飛去救；又報夏侯惇抄後路攻打汝南，劉備又讓關羽去救。又過了幾天，探子來報說夏侯惇已經攻破了汝南，劉辟棄城逃走，又有探子回報說關羽跟張飛也被圍住了。劉備想撤兵，但又害怕曹操帶兵從後面偷襲，正著急，忽報許褚前來挑戰。劉備不敢出戰，只好趁夜暗中撤軍。誰料許褚還是趕來了，趙雲力戰。後來李典等人又趕來，劉備只好落荒而逃，逃到天明，劉辟才率千餘人保護劉備家人來到。這時，張郃和高覽又殺來。劉辟奮力抵抗，最後被高覽殺死。正危急時，趙雲殺到，刺死了高覽，打敗了張郃，而後關羽、關平、周倉也趕到了，這才把張郃的軍隊殺散。關羽去尋張飛，此時的張飛殺退了夏侯淵，正被樂進包圍著，關羽在路上碰見敗兵，循著蹤跡，殺退了樂進，與張飛一同回去見了劉備。

劉備與關、張會合後，往南逃去。劉備收攏敗兵，只剩下不到一千人，到了漢江紮下營來。劉備讓部下去投奔明主換取功名，求取富貴，眾人都掩面而泣，勸劉備不要過於悲觀，可先暫時投靠劉表，等待時機然後再行動。劉備怕劉表不會接納他，孫乾就請命說自己願意先去見劉表。劉備大喜，就讓孫乾連夜趕往荊州。劉表聽說劉備來投，表示歡迎，蔡瑁卻說：「不能收留他。劉備先是投了呂布，後又投了曹操，投了袁紹，都是半途而廢，足見他的為人。我們若收下他，曹操必來攻打。現在不如殺了孫乾，把人頭獻給曹操。」孫乾怒斥：「我不是怕死的人！劉使君忠心為國，並不是曹操、袁紹、呂布那樣的人，我家主公之前那樣實屬迫不得已，他是聽說劉將軍也是漢室宗親，所以才來投奔。你為什麼對賢能這麼妒忌呢？」於是劉表斥退蔡瑁，一面讓孫乾回去報告劉備，一面親自出城三十里迎接劉備，撥出宅院準備讓劉備住。

曹操探明劉備投靠了劉表，就想要起兵討伐。程昱說：「如攻劉表，袁紹必從背後進攻。不如先養精蓄銳，等到來年春天，先破袁紹，後取荊襄，一舉兩得。」曹操聽從了他的建議，就退兵回了許昌。建安七年正月，曹操派夏侯惇、滿寵守汝南，以抵抗劉表；留曹仁、荀彧守許昌，親率大軍屯兵官渡。袁紹大病初愈，與眾將士商議攻取許昌。審配說：「去年兩次戰敗，軍心未振，我們現在只適合防守，養養軍力。」正說話間，忽報曹兵已到官渡，正準備攻取冀州，袁紹就要親率大軍迎戰。袁尚請命迎敵。袁紹就命人調袁譚、袁熙、高幹與袁尚四路共破曹操。袁尚自從去年射死史渙之後，就一直驕傲自大，他不等袁譚的兵到，就獨自領兵數萬出了黎陽。張遼領兵殺來，不到三個回合就打敗了袁尚。袁尚大敗而走，張遼乘勝追殺。袁尚最後不能抵抗，急急忙忙帶兵奔回了冀州。

袁紹得知袁尚敗回，又吃了一驚，舊病復發，口吐鮮血，昏倒在地。劉夫人叫醒他，但袁紹的病情已經十分嚴重了，於是忙請審配、逢紀到病榻前，商議後事。袁紹已經不能說話了，只能用手比畫。劉夫人問：「可立袁尚為世子嗎？」袁紹點點頭。審配便寫了遺囑。隨後袁紹翻身大叫一聲，吐血而死。審配主持發喪。袁譚帶兵剛離青州，得知此事，就與郭圖、辛評商議。郭圖、辛評說：「審配必會立袁尚為世子，讓他接替主公的官爵，您若離去，定會被害。」於是就建議他先屯兵城外。郭圖先進城見了袁尚，向袁尚討審配、逢紀當謀士，袁尚不允，郭圖堅持要一個。二人拈鬮，逢紀拈上，便跟郭圖到了袁譚的營中。袁譚要斬了逢紀，被郭圖勸下，說等到攻破曹兵後，再來爭冀州也不遲。袁譚兵至黎陽，與曹軍相遇。袁譚派出大將汪昭出戰，曹操派徐晃出戰。二人戰了沒幾個回合，徐晃斧劈汪昭，最後袁譚大敗，只好派人向袁尚求救，袁尚只發了五千人馬援助。曹操得知袁譚的援兵已到，就派樂進、李典在半路圍追截殺。袁譚知道後大怒，就責罵逢紀，逢紀寫書信給袁尚，請求立即發救兵。審配卻沒有讓袁尚發兵，袁譚就斬了逢紀，想去投奔曹操。

袁尚怕袁譚降曹，合攻冀州，就留下審配與蘇由把守冀州，親自領兵救黎陽。袁譚知道袁尚前來大喜，立即打消了降曹的念頭。袁譚屯兵城中，袁尚屯兵城外，互為掎角之勢。沒過幾天，袁熙、高幹也領兵來到了城外，屯兵三處，每日出兵與曹軍交戰，袁軍屢戰屢敗。

建安八年春二月，曹操分路攻打，袁軍大敗，棄黎陽而走。曹操帶兵追到冀州。袁譚與袁尚堅守城池，袁熙與高幹在城外三十里的地方下寨，曹軍一連幾天都攻打不下。郭嘉說：「袁紹廢長立幼，兄弟間必會爭權奪利。如果我們急著攻打，他們就會互相救援，如果沒有外敵，他們就會自相殘殺。不如我們現在南下去攻打劉表，等袁氏兄弟自亂，我們就可以一舉拿下了。」於是曹操就率大軍向荊州進發。果然不出郭嘉所料，曹軍退兵後，袁熙、高幹辭去，袁譚想騙袁尚赴宴，再在酒席上殺了他。不料審配識破了袁譚的計謀，反讓袁尚去殺袁譚。弟兄相爭，袁譚大敗，退守平原。袁尚三面攻打，郭圖就建議袁譚投降曹操，於是袁譚就派辛評的弟弟辛毗為使者，連夜帶著書信去見了曹操。

這時的曹操正屯兵西平討伐劉表，劉表派劉備帶兵為先鋒迎敵。雙方還沒交戰，辛毗就趕到曹營呈上了書信。曹操召眾謀士商議，權衡利弊，認為劉表雖占據荊襄，卻胸無大志，不足為慮，如果袁氏兄弟和好，占地廣闊，兵馬眾多，就是心腹大患。所以目前應舍荊州攻河北，先除去袁尚，再除袁譚，於是曹操就領兵攻取冀州。劉備不知內情，也不敢追襲。

袁尚聽說曹兵渡河，急忙領兵回鄴郡，讓呂曠、呂翔斷後。袁譚見袁尚退兵，領兵追趕，不到數十里，就聽見一聲炮響，兩軍齊出，左有呂曠、右有呂翔，截住了去路。袁譚說：「我父親在世時，我從來沒有怠慢過你們，你們現在怎麼如此助我弟弟而苦苦逼我呢？」二人聽後就投降了袁譚。袁譚將二人引薦給了曹操，曹操大喜，就把女兒許給了袁譚，讓二呂為媒。袁譚回營，郭圖說：「曹操把女兒許你，恐怕不是他真心的想法，他把二呂留下，是想籠絡人心。主公可刻將軍印兩個，暗中送給二呂，等到攻破袁尚之後，讓他們做內應，再攻打曹操。」於是袁譚就做了兩個將軍印，暗地裡送給了二呂，二呂卻獻給了曹操。曹操就有了除掉袁譚的念頭。

審配知道曹操疏通白溝運糧，就讓袁尚分派人馬防守，以切斷曹兵的糧道，又讓袁尚去攻打平原，先殺袁譚，後破曹操。曹操得知，針鋒相對，先斬鄴郡太守尹楷，奪得鄴郡，又殺了邯鄲的守將沮鵠，攻下了邯鄲，隨後他親自帶領大軍來攻冀州。審配守城，曹兵在城外築土山，又掘地道，但策略都被審配一一識破，所以多次攻打都沒成功。曹操只得屯兵洹水，等袁尚回兵。袁尚得知曹操困住了冀州，忙收兵前去營救。馬延說：「如果從大路去，怕曹操有伏兵，從西山小路出滏(ㄈㄨˇ)水口劫曹營，必能解圍。」袁尚就自領大軍先行，命馬延、張斷後。曹操知道後，將計就計，設下埋伏。袁尚出滏水口，屯軍陽平亭，離冀州十七里。他命令士兵堆積乾柴，夜間以焚燒為號，派李孚去通知審配。審配也在城中堆柴，以為呼應。李孚獻計說：「可讓老弱殘兵與婦人出城投降，大軍隨後殺出。」審配依計，就讓百姓打著白旗出來投降。曹操讓張遼、徐晃各帶兵三千埋伏在兩邊。百姓出來後，城中的軍馬剛出城就被張遼殺回。曹操親自在前線督戰，城上箭如雨下，一箭就射中了曹操的頭盔，差一點射穿。眾將趕忙把他救回，他換了衣服馬匹，又去攻袁尚。袁尚大敗，派人催馬延、張 接應，二人卻早已被二呂說動，降了曹操，被封為列侯。曹操攻打西山，派二呂與馬、張斷了袁尚的糧道。袁尚又敗退五十里，無奈只好向曹操請降。曹操表面上答應，暗中卻派張遼、徐晃劫寨，袁尚棄盡一切，逃往山中。曹操攻打冀州時，聽取了許攸的計策，用漳河水灌城，城中水深幾尺，餓死了許多士兵。辛毗在城外用槍挑著袁尚的衣冠印綬招安城裡的人，審配就將辛毗全家八十多口都殺光，把人頭拋出城來。審配的侄子審榮與辛毗有深交，心懷不滿，就寫下密書，射下城來。

辛毗將密書獻給曹操後，曹操下令說：「進城後不許傷害袁氏老小，降者免死。」第二天，審榮大開西門，放曹軍進城。審配被徐晃活捉，曹操勸他投降，他卻寧死不降。曹操正想進城，刀斧手把陳琳押來。曹操問他：「你為袁紹作檄文，只說我的罪就行了，為什麼要侮辱我的祖、父？」陳琳說：「箭在弦上，不得不發。」曹操愛他的才華，就沒有殺他，讓他當了從事。

曹操的長子曹丕，字子桓，當年十八歲。他八歲能文，博古通今，擅長騎射，喜歡擊劍。他隨父出征，先進了城，到袁紹家後，拔劍就進。一將士攔住他，說：「丞相有令，任何人不得入內！」曹丕不聽，硬闖進去，來到後堂，見兩個女子正抱頭痛哭，拔劍要殺，其中一女子哭著說：「我是袁將軍的妻子劉氏，她是次子袁熙的妻子甄氏。」曹丕見甄氏花容月貌，就說：「我是曹丞相的兒子，可保護你家，不要害怕。」曹操率眾將路過袁紹門前時，問：「誰進去了？」守將說：「是世子。」曹操叫出曹丕，當眾責備了他。劉氏出拜，說：「是世子保護了我們。我願把兒媳甄氏獻給他。」曹操就讓曹丕收下甄氏。曹操到袁紹墓前祭奠，大哭跪拜，訴說了當年與袁紹的友誼。隨後，他下令免去了河北百姓一年的稅賦。

一天，許攸對許褚說：「要不是我，你們能進城門嗎？」許褚大怒，一劍就把他殺了，提頭來見曹操，曹操狠狠責備了許褚，厚葬了許攸。曹操大訪賢士，訪到清河人崔琰，就封崔琰為本州別駕從事。他打聽到袁譚領兵到處劫掠，袁尚敗走中山，就決定進攻袁尚，不料袁尚奔幽州投袁熙去了。然後曹操又召見袁譚，袁譚卻沒有去，於是曹操就毀了婚約，自領大軍攻袁譚。袁譚修書向劉表求救，劉備說：「冀州已破，袁氏兄弟不久必死，救他們沒有什麼好處。」劉表問：「那該如何回答？」劉備說：「給他們寫封書信，讓他們兄弟和解。」劉表就依照劉備的話回了書信。

＊水名，在今河北

詞語收藏夾

諸葛亮焚香操琴——故弄玄虛

關羽降曹操——身在曹營心在漢

張飛戰關羽——忘了舊情

隔門縫瞧諸葛亮——瞧扁了英雄

張飛捉螞蚱——有勁使不上

孔明用空城計——迫不得已

白白老師的國學小教室

《三國演義》中的戰爭

《三國演義》非常會寫戰爭，而且全書寫了很多場戰爭，次數多樣、形式多樣、規模宏大，寫出戰爭的各種面向和複雜性。書中的戰爭多突顯智鬥，且不太會敘述戰爭的慘烈恐怖，反而給人激昂高揚的情調。

在官渡之戰中，曹操與袁紹一戰，兩軍的人馬懸殊，但曹操最後卻以寡敵眾，成功戰勝袁紹，奪得天下大勢。打仗不是只靠人多，更需要謀略計測、軍心團結，袁紹雖然兵多，但是多疑又缺乏良好的謀略，導致人心向背、軍心渙散，而曹操在這場戰爭中，願意採納下屬給的計策，智破袁紹軍隊，最終獲得勝利。

關鍵的官渡之戰後，曹操擴張軍事實力，袁紹一方的勢力走下坡，也奠定了後來天下版圖的走勢

第九回

劉皇叔躍馬過檀溪

劉備來到荊州後，劉表待他非常好。一天，兩個人正在喝酒，忽然有人來報說，降將張武、陳孫在江夏燒殺搶掠，共謀造反。劉備請求出戰，劉表很高興，就派給了他三萬人馬。劉備就帶著關羽、張飛、趙雲前去討伐，張武、陳孫前來迎戰。劉備看到張武的馬就說：「這一定是匹千里馬。」話還沒說完，趙雲就挺搶而出，沒用三個回合就把張武刺死了。趙雲拉著張武的馬正準備回來，陳孫又出來搶，隨後也被張飛刺死了。

劉備收留了兩人的部下，收復了江夏各縣後就回了荊州。劉表得知劉備他們回來之後，出城迎接，並設宴為劉備慶功。在宴會上，劉表對劉備說：「賢弟如此有能力，荊州也算是有所依靠了。只不過南越時不時會遭到進擾，張魯、孫權也都是值得擔憂的人哪。」劉備說：「我手下有三個將領，您可讓張飛南巡，關羽去鎮壓張魯，趙雲去擋孫權。」劉表十分開心地答應了。

蔡瑁知道了這件事，就對他的姐姐蔡夫人說：「劉備讓自己的三個大將守著外面的三個要地，自己留在荊州，一定別有用心。時間長了，肯定會成為一個禍患。」到了晚上，蔡夫人就給劉表吹了吹耳邊風，劉表也不由得懷疑起來。

第二天，劉表出城，看劉備的馬十分雄壯，就禁不住稱讚了幾句。劉備毫不猶豫地把馬送給了劉表，劉表很高興。他回去後，謀士蒯越問他哪來的馬，劉表說：「劉備送的。」蒯越說：「我哥哥蒯良最會相馬，我也學了些。這匹馬眼下有淚槽，面額邊上有一個白點，名叫的盧，會對主人不利，張武就是因為它而死的，主公不能騎這匹馬呀。」劉表聽信了蒯越的話，第二天就以劉備常出征為藉口，把馬還給了劉備，並讓他去鎮守新野。

劉備到了新野之後，把新野治理得面貌一新，深受人民愛戴。建安十二年春，劉備的妻子甘夫人給劉備生了個兒子，取名劉禪，因為她曾夢見吞了北斗而懷孕，所以給孩子起了個乳名叫阿斗。此時曹操正帶兵北征，劉備便去荊州見劉表，提議趁許昌空虛前去攻打，劉表表示坐穩荊州就已經很滿足了，再沒有其他想法了。隨後劉表邀請劉備喝酒，並不時地發出嘆息。劉備問：「哥哥您為何事而煩惱？」劉表剛想說時，蔡夫人出來站在了屏後，劉表便低頭不語了。過了一會兒，兩人就散了，劉備又回了新野。到了冬天，曹操回到許昌，劉備更是嘆息劉表胸無大志，錯失良機。

一天，劉表派人請劉備去荊州相聚。其間，劉表說後悔當時沒有聽劉備的話，失去了大好的機會，劉備聽後只能在一旁勸他。酒喝得正酣時，劉表突然哭了起來，劉備問其原因，劉表說：「我有一個心事，之前就想跟你說，一直沒有機會。我前妻生的長子劉琦，雖然為人賢良，但性格懦弱、難成大器。後妻蔡氏生的孩子劉琮(ㄘㄨㄥˊ)卻很聰明，我想廢長立幼，但又不合禮法；要是立長子，蔡氏家族又掌握著兵權，日後一定會動亂，所以我現在很難下決定。」劉備說：「自古以來，廢長立幼都會導致天下混亂，如果您只是擔憂蔡氏的權力過大，可以慢慢削弱他們的權力，不能因為喜愛小兒子就讓他接替您。」劉表沉默了，沒有再說話。原來，每次劉備與劉表談話，蔡夫人都要偷聽。劉備自知話說過頭，便起身去了廁所。而蔡夫人聽了劉備的話後，心裡暗暗記恨，想著要除掉劉備。劉表回到內宅後，蔡夫人想讓劉表除掉劉備，劉表沒有說話，一直在搖頭。於是蔡夫人私下裡叫蔡瑁來商議，蔡瑁說：「不如我先去殺了劉備，再告訴主公。」

蔡夫人答應了，於是蔡瑁就連夜出發去殺劉備。

夜裡，劉備正要睡覺，伊籍叩門而入，告訴了劉備蔡瑁的陰謀。劉備謝了伊籍後就連夜回到了新野。蔡瑁刺殺劉備不成，又向劉表提議在襄陽會百官，並請劉表主持。劉表身體不好，就讓兒子代他主持。蔡瑁又說：「公子年幼，怕有失禮節。」劉表說：「可請劉備陪客。」蔡瑁聽後大喜，便派人去請劉備。

劉備接到邀請後，雖然知道是計，但又害怕對方懷疑，就帶著趙雲和三百兵馬去赴宴了。劉備到了襄陽後，蔡瑁出來迎接，身後是劉琦、劉琮和一些文武官員。宴會之前，蔡瑁就讓他的三個弟弟分別把守東、南、北門。宴會上，趙雲在劉備一側，生怕有人會謀害他，絲毫不敢懈怠。大將文聘、王威請趙雲赴武將席，劉備就讓他去了。一會兒，伊籍悄悄地給劉備使眼色，劉備知道他有話要說，就謊稱上廁所離開了。伊籍對劉備說了蔡瑁的計畫，劉備就騎上馬，飛快地逃出了西門。守門的士兵攔不住，就報告給了蔡瑁，蔡瑁馬上帶領五百人馬追趕。

劉備出了西門，走了一會兒就被檀溪攔住了去路。檀溪水有幾丈寬，波濤洶湧，沒有船可以渡河。劉備回頭看看，追兵已經快到了，便嘆息道：「這次死定了。」但沒有別的辦法，只能往前走，劉備騎著馬沒走幾步，馬蹄下陷，衣服都被水浸溼了。他急得大叫：「的盧，你今天要害我了！」剛說完，馬就從水中一躍而起，一跳三丈，躍到了對岸。蔡瑁帶人追到檀溪邊，見劉備已經到了對岸，無可奈何，只好又帶兵回去。趙雲在宴席中沒有找到劉備，到了檀溪邊看到對岸有水跡，猜測劉備已經過去了，又怕蔡瑁有埋伏，就直接帶兵回了新野。

劉備躍馬過檀溪後，就趁著天還沒黑向南方前行，走了一會兒，看到一個牧童騎著牛，吹著短笛走來。牧童看了劉備一會兒問：「你就是那個破黃巾的劉皇叔嗎？」劉備沒想到自己會被認出來，就問他為什麼認識自己，牧童說：「我本來不知道，但常聽師父提起你的相貌，現在看到你和他描述的一樣，想必就是了。」劉備問：「你師父是誰？」牧童說：「我師父複姓司馬，名徽，字德操，道號水鏡先生。」於是劉備便讓牧童帶路去拜見前方莊院的水鏡先生。

童子領劉備來到莊院，剛進中門就聽到了琴聲。劉備叫童子前去通報，自己駐足側耳傾聽。琴聲忽然停止，一個人笑著走了出來，劉備連忙施禮。二人坐下相談時，水鏡先生問：「您為什麼落魄至此？」劉備說：「是我命運多**舛**（ㄔㄨㄢˇ）*，所以才流落至此。」水鏡先生說：「是因為您身邊沒有能輔佐您的人。」劉備說：「我身邊文有孫乾、糜竺、簡雍等人，武有關羽、張飛、趙雲，怎麼能說沒人呢？」水鏡先生說：「張飛、關羽、趙雲確實是能敵萬人的大將，但您身邊沒有能把他們的才能發揮到極致的人，孫乾、糜竺、簡雍等人是**白面書生**†，沒有治世的才能。如今，天下的奇才都在襄陽，你可親自去求，伏龍、鳳雛二人中你若得到一個，便能成就大業。」劉備問：「這二人是什麼人？」水鏡先生卻推託說明天再答覆。第二天天一亮，趙雲就帶著人來接劉備回新野，劉備走得匆忙，也沒來得及細問就回去了。

回去之後，劉備聽從孫乾的建議，寫信告訴了劉表蔡瑁要殺他的事。劉表知道後大怒，要殺了蔡瑁。蔡夫人哭著為蔡瑁求情，劉表才勉強饒恕了他。隨後，劉表讓長子劉琦去新野向劉備賠罪。

劉琦奉命去了新野，劉備設宴款待他。在宴席上，劉琦忽然哭了起來。劉備問他原因，劉琦說：「繼母蔡氏總想謀害我，我不知道該怎麼辦，希望您能指教。」劉備勸說：「小心盡孝，自然無事。」

* 不順遂，不幸

† 指缺乏閱歷和經驗的讀書人。也指面孔白淨的讀書人。

第二天，劉備送劉琦回城時，忽見一人唱著歌迎面走來。劉備心想：「莫非這人就是伏龍、鳳雛？」於是就下馬請那人到縣衙。那人說：「我是潁上人，姓單名福。聽說您一直在招賢納士，所以就在街上唱歌來打動您。」劉備大喜，把他待為上賓，拜他為軍師。

話說曹操從冀州回到許昌，常有吞併荊州的心思，就派曹仁、李典與呂曠、呂翔領兵三萬駐紮在樊城，觀察荊州、襄陽的情況。呂曠、呂翔請命去攻打劉備，於是，曹仁就讓他們領兵五千去攻打新野。

劉備知道後就與單福商議，單福說：「既然有敵軍來侵，就不能讓他們進入

我們的境內。您讓關羽帶著一隊人馬從左側出擊，對付敵軍的中路；讓張飛帶著一隊人馬從右側出擊，截斷他們的後路；您帶著趙雲從正面迎敵，這樣一定能打敗他們。」劉備就聽從了單福的建議，這一仗，果然打敗了曹軍。

曹軍兵敗之後，敗兵回去報告給了曹仁，曹仁大驚，要發兵前去報仇，於是連夜渡河攻打新野。單福得勝回去，對劉備說：「曹仁的軍隊被打敗，一定會再來報仇的，如果他們來，那我們就可以趁著樊城空虛去攻打。」於是劉備派關羽暗地裡去攻打樊城，自己帶兵前去迎敵。

第二天，曹仁在兩軍的陣前擺了一個陣勢，單福看了之後說：「這是八門金鎖陣，八門分別是：休、生、傷、杜、景、死、驚、開。從生門、景門、開門進去，就會平安無事；從傷門、驚門、休門進去，就會損兵折將；從杜門、死門進去，必死無疑。我們可從東南的生門殺入，從正西的景門殺出。曹軍一定會大亂。」劉備聽從了單福的計謀，果然使曹仁大敗而逃，而當曹仁回到樊城的時候，關羽已經攻下了樊城，曹仁只好帶著殘兵敗將回到了許昌。

※形容人的才能極大，能做非常偉大的事業。經、緯：織物的分隔號叫「經」，橫線叫「緯」，比喻規劃天地。

曹仁和李典回到許昌，哭著向曹操跪下請罪，曹操原諒了他們，問是誰為劉備出的計謀，曹仁說是單福。程昱說：「單福原來叫徐**庶**（ㄕㄨˋ），他的才能勝我十倍。」曹操聽後就想把他收為自己的部下，程昱就提議利用徐庶的母親把他騙過來，於是就派人連夜去辦這件事。徐庶的母親到後，曹操待她非常好，但徐母說曹操是亂臣賊子，寧可死也不會給兒子寫信。曹操氣得要殺了她，被程昱勸住，程昱說：「丞相現在殺了她，不但會招致不義的名聲，還會讓徐庶死心塌地輔佐劉備。只要她活著，我就有法把徐庶騙來。」曹操無奈，只能聽從程昱的建議，供養著徐母。從此，程昱經常去拜訪徐母，給她寫信，徐母禮尚往來，也回信給他。後來，程昱就模仿徐母的筆跡，給徐庶寫信，說自己被曹操關了起來，讓徐庶去救她。徐庶看到信後，淚如雨下，只好告別劉備，前往許昌。臨行，徐庶告訴劉備：「有一位奇人，住在襄陽城外二十里的隆中，複姓諸葛，名亮，字孔明，此人有**經天緯地***的才能，您如果把他請出來，就不愁天下不平定了。」說完這些，徐庶才放心地離開。

徐庶到了許昌之後，徐母勃然大怒，把徐庶狠狠地罵了一頓，徐庶跪在地上，一直不敢抬頭。罵完，徐母就回後堂了。不一會兒，家丁慌忙來報，說徐母上吊自殺了。徐庶慌忙衝進去搶救時，母親已經斷了氣。徐庶哭得昏厥在地上，很久才醒過來。曹操派人送禮吊問，又親自去祭奠。徐庶傷心地埋葬了母親。曹操送來的物品，徐庶一件都沒有接受。

曹操與眾人商議著南征，荀彧說：「現在天氣寒冷，不可動兵，等到春暖花開的時候，再長驅大進。」曹操聽從了他的建議，便引來漳河的水做了一個池子，取名玄武池，在池內練水軍，準備南征。

三國有名馬

的盧

的盧又作的顱，是額上有白色斑點的馬，古人認為這種馬妨主。三國時期劉備的坐騎就是的盧，其他位因辛棄疾一首詞中的「馬作的盧飛快，弓如霹靂弦驚」而大為提高。劉備憑藉的盧馬脫險，被傳誦為義馬救主。後一般以「的盧」形容快馬。

第十回 劉備三顧諸葛孔明

話說劉備得知有諸葛亮這個人後，就帶張飛和關羽去了隆中。三人打聽到了諸葛亮的住處後就來到了臥龍岡。劉備下馬敲門，一個童子開門問是誰，劉備回答道：「劉備特來拜見先生。」童子說：「先生出門去了。」劉備又問：「先生去哪裡了？什麼時候回來？」童子說：「先生的行蹤不定，不知道去哪裡了，也不知道什麼時候回來，可能三五天，也可能十幾天。」劉備很惆悵，想等著先生回來，關羽說：「不如先回去，然後再派人來打聽。」劉備答應下來，臨走還不忘囑咐童子：「先生回來後，跟他說一聲劉備來拜訪過。」

三人回到新野，又過了幾天。劉備派的人打聽到先生已經回來，劉備就連忙叫人備馬，準備去見諸葛先生。張飛說：「他不過是個村夫，派人叫他來不就行了。」劉備把他訓斥了一頓，然後三人一起去了臥龍岡。到了之後，劉備下馬敲門，童子說：「先生在堂上讀書。」劉備進門去，看見中門上有一副對聯：「淡泊以明志，寧靜以致遠。」來到草堂，劉備看見一個年輕人坐在爐子旁邊，連忙上去施禮，那個年輕人卻說：「我是諸葛亮的弟弟諸葛均，我家兄弟三人，大哥諸葛瑾，現在在孫權那裡為幕賓，諸葛亮是我二哥。」劉備問：「那諸葛先生今天在家嗎？」諸葛均說：「昨天崔州平來找他，二人遊玩去了，至於去哪裡了我也不知道。」於是劉備留下一封書信，讓諸葛均轉交給諸葛亮，就惋惜地離開了。

光陰荏苒，劉備回到新野後，轉眼又到了春天。劉備便命人占卜了好日子，**齋戒***了三天，沐浴更衣，準備第三次去拜訪諸葛亮。臨行時，關羽說：「諸葛亮一定是空有虛名而無實學，所以才一直不敢見您。」張飛還揚言說要用繩子把諸葛亮綁來。劉備訓斥張飛說：「你沒有聽說過周文王拜訪薑子牙的故事嗎？你怎麼能如此無禮？這次我與關羽去，你就不用去了。」張飛忙說不再失禮了，劉備才同意讓他一同去。

於是三人騎馬前往隆中，離草廬還有半里的時候，劉備就下馬步行，正好遇到諸葛均，問他諸葛亮是否在家，諸葛均說：「昨天晚上回來了，您今天可以見到他了。」於是三人到莊前敲門，童子開門後，劉備說：「麻煩轉報一下，劉備專程來拜訪先生。」童子說：「今天先生雖然在家，但現在正在草堂睡覺，還沒醒。」於是，劉備就讓關羽、張飛等在門外，自己來到草堂，恭敬地等候。等了好一會兒，關羽、張飛見沒有任何動靜，就走了進去，看見劉備依然站在那裡等候。張飛大怒，要放火燒了草堂，關羽好不容易才勸住他。童子想要叫醒諸葛亮，卻被劉備攔住了。就這樣，劉備又等了一個時辰，諸葛亮才醒來。

諸葛亮醒來，翻身問童子：「今天有客人來嗎？」童子說：「劉皇叔在門外等了好久了。」諸葛亮先是責怪了童子沒有叫醒他，然後馬上去換衣服，又過了一會兒才出來迎接。

劉備見諸葛亮身高八尺，臉如白玉，頭戴綸巾，**風流倜儻**†，氣度不凡。劉備拜見諸葛亮，說：「劉備久聞先生的大名，前段時間兩次前來拜訪，先生都不在，我就給先生留了一封信，不知先生看了沒有。」諸葛亮說：「我就是一個俗人，生性慵懶，承蒙您多次拜訪，實在是慚愧呀！」

兩個人又寒暄了幾句才坐下交談，諸葛亮說：「我看了您的信，知道您非常擔憂國家和人民的安危，

＊在祭祀或舉行重要典禮之前，不飲酒，不吃葷，夫妻不同房，嚴守戒律，以示虔誠尊敬。

†形容人有才華而言行不受世俗禮節的拘束。風流：有才學而不拘禮法；倜儻：卓異，灑脫不拘。

但我自知才疏學淺，不敢談論天下大事呀。」在劉備的再三請求下，諸葛亮表示願意聽聽劉備的志願。

劉備說：「現在漢室頹廢，奸臣當道，我自己的能力不夠，先生如果能幫我，那將是我和整個天下的榮幸啊！」諸葛亮說：「自董卓叛亂以來，天下的英雄就紛紛建立了自己的政權。曹操的兵力比不上袁紹，卻能夠打敗他，並不只是依靠天時，還有為他出謀劃策的謀士。現在曹操已經擁有百萬大軍，並挾持了天子來號令諸侯，實在是不能與他爭權奪利。孫權家族三代占據著江東地區，可以作為援助而不可以攻打。荊州是上天送給您的禮物，還有益州，地勢雖

險，但沃野千里，劉璋雖占據那裡，但他軟弱無能，也不知體恤民生，百姓都盼望著能有個開明的人來管理。您是皇室後裔，名聲享譽天下，如果您占據了這兩個地方，再安撫西南的少數民族，外結孫權，內理朝政，這樣就可以復興漢室了。這是我對您的建議，您可以好好考慮一下。」隨後諸葛亮讓童子取出一幅地圖掛在中堂，又接著說：「這是西川五十四州的地圖，北方的曹操占據天時，南方的孫權占據地利，您想成就大業，可占據人和，先奪取荊州，再取西川作為基地。這樣您就與曹操、孫權成了鼎足之勢，然後就可以計畫振興漢室的事情了。」

劉備聽後，起身向諸葛亮拜了拜，說：「先生的話讓我茅塞頓開，但劉表、劉璋都是漢室宗親，我怎麼能奪他們的領地呢？」諸葛亮說：「我曾夜觀天象，劉表將不久於人世，劉璋也不是能成大業的人，這些地方日後都將成為您的。」劉備聽後，叩首拜謝。諸葛亮還沒有出茅廬，就知道天下將三分，這真是普通人所不能比的！

於是，劉備再次懇求諸葛亮出山相助，諸葛亮卻以習慣了田耕的生活為由拒絕了，劉備哭著說：「先生難道都不想想天下的百姓嗎？」說完，眼淚浸溼了衣袖。諸葛亮最終被劉備的誠意所打動，決定出山協助劉備完成大業。

第二天，諸葛均回來，諸葛亮囑咐他說：「我受劉皇叔的恩情，要出山幫助他，你要精心耕種，不要荒了田地，等成功之後我就回來歸隱。」於是劉、關、張三人告別了諸葛均，帶著諸葛亮一同回了新野。

劉備待諸葛亮如待自己的老師一樣，二人一起吃飯，一起睡覺，每天討論著天下大事。諸葛亮說：「曹操在冀州做了一個玄武池來訓練水軍，一定有攻打江南的意圖，我們可以暗中派人去打探一下。」劉備聽後便立馬派人去江東打聽情況。

再說江東，自從孫策死後，孫權繼承父業，廣招賢士，接納來自四方的賓客。幾年之內，就有一大批人才投靠了他。在孫權的領導和眾人的輔佐下，江東日益興旺起來了。

建安七年，曹操打敗了袁紹，派人去江東，讓孫權派一個兒子入朝。張昭認為，曹操勢力大，不去的話，如果曹軍來侵犯就麻煩了；周瑜認為，如果派了一個公子到許昌，江東這邊肯定會處處受到曹操的挾制，不如不去。吳太夫人也覺得周瑜說得有道理，於是孫權就聽從了周瑜的建議。

建安八年十一月，孫權領兵討伐江夏太守黃祖。在江中大戰，黃祖兵敗，淩操划船追擊，被黃祖的部下甘寧一箭射死了。淩操的兒子淩統年方十五歲，拼盡全力把父親的屍體帶了回來。孫權見時機不利，就收兵回了江東。

建安十二年十月，孫權的母親吳太夫人病危，她把周瑜、張昭召來，說：「我本是吳地的人，自幼父母雙亡，跟弟弟吳景搬到這裡，後來嫁到孫家，生了四個孩子。孫策出生的時候，我夢見月亮進到了我的懷裡；孫權出生的時候，我又夢見太陽進到了我的懷裡。聽人說夢見日月入懷的人，孩子會大富大貴。不幸的是孫策死得早，現在整個江東都在孫權的手上，希望你們能共同協助他，我死也瞑目了。」隨後又囑咐孫權要把張昭、周瑜當作自己的老師。吳太夫人說完就閉上了眼睛，孫權悲傷得大哭，為母親舉行了隆重的葬禮。

第二年春天，孫權與眾人商議討伐黃祖。張昭說：「大喪不滿一年，不能動兵。」周瑜說：「報仇雪恨的時候，需要講究這麼多嗎？」孫權還在猶豫不決。這時，北平都尉呂蒙來見，對孫權說：「黃祖的部下甘寧來降，我仔細詢問了他。甘寧字興霸，是巴郡臨江人，精通史書，好遊俠，曾經召集那些逃亡的人在江中搶劫，他腰中掛著銅鈴，船上掛著錦帆，人們聽鈴聲就都被嚇跑了。後來甘寧棄惡從善，帶領眾人投靠了劉表，上次他救了黃祖的性命，黃祖卻認為他是江賊出身，不僅不重用他，還經常嘲諷他。大將蘇飛知道他的心思，就保他當邾縣長，他趁機想來投靠您，但又怕上次作戰射死了淩操，您會記仇，不敢直接來見，我就先來稟報了。」孫權聽後大喜，說：「有了甘寧的加入，我們一定會打敗黃祖。」呂蒙領甘寧入見，孫權問他攻打黃祖的策略。甘寧說：「現在漢王朝很危險，曹操最終一定會奪取大漢的江山。荊州是曹操必爭的地方，劉表沒什麼遠見，他的兒子愚笨，也不能繼承他的基業，您應該儘早下手奪取荊州，如果遲了，荊州就會被曹操搶去了。但是要想奪取荊州就要先取黃祖的江夏。黃祖年老昏庸，兵力不強，您如果去攻打，一定會成功。您打敗了黃祖，就可以向西取得巴蜀地區，那時就霸業可成了。」於是，孫權任命周瑜為大都督，呂蒙為先鋒，董襲、甘寧為副將，自己親自率領十萬大軍，討伐黃祖。

探子把得到的情報報告給黃祖後，黃祖馬上召集眾人商議。隨後，黃祖命蘇飛為大將軍，陳就、鄧龍為先鋒，發動江夏所有兵馬迎敵。陳就、鄧龍各引一隊戰艦截住沔口，艦上設有弓箭，用粗繩固定在水面上。孫權的軍隊一到，艦上萬箭齊發，孫權只好先退兵。甘寧說：「事情已經發展到了這個地步，只能進，不能退。」於是甘寧和董襲選了一百多隻小船，冒著箭雨，逼近黃祖的戰艦，砍斷了粗繩。甘寧飛身跳過去，一刀砍死鄧龍。呂蒙放火燒艦，陳就想上岸，被呂蒙一刀砍翻。蘇飛在岸上領兵接應，被潘璋活捉。黃祖知道江夏已經保不住了，就棄城而逃，最後被甘寧一箭射死，割下人頭，獻給了孫權。孫權重賞三軍，升甘寧為都尉。張昭說：「孤城不可守，不如先退兵回江東。劉表知道我們打敗了黃祖，一定會報仇的，我們**以逸待勞**＊，一定會打敗劉表。」孫權聽後，捨棄了江夏，回到江東。

＊指在戰爭中做好充分準備，養精蓄銳，等疲乏的敵人來犯時給以迎頭痛擊。逸：安閒；勞：疲勞。

孫權回到江東後，設宴慶祝。正在喝酒的時候，凌統忽然大哭，然後拔劍直刺甘寧。孫權大驚，勸住他說：「甘寧當時射死你的父親，是不得已的事情。現在既然成為了一家人，哪有什麼復仇一說呢？」凌統大哭說：「不共戴天的仇恨怎麼可能放棄呢？」孫權與眾人勸了好久，但凌統仍舊餘怒不息。孫權就給甘寧五千兵，一百條船，讓他去守夏口，以避開凌統；然後又加封凌統為承烈都尉。凌統雖然心裡有恨，但也只能含恨而止。

隨後，孫權命人廣造戰船，分兵把守江岸，又讓孫靜帶領一支軍隊守吳會，自己率大軍屯兵柴桑；周瑜整日在鄱陽湖操練水軍，準備作戰。

風雲人物榜

姓名：張飛

字：翼德

生卒：西元？—二二一年

歷史地位：三國時期蜀漢的名將

經歷：東漢末年跟隨劉備起兵，參加鎮壓黃巾起義的戰爭，因其勇武過人而與關羽並稱為「萬人敵」，劉備入蜀後，張飛與諸葛亮、趙雲進軍西川，分定郡縣。在劉備稱帝的同年，張飛被其部將范疆、張達所害。

白白老師的
國學小教室

劉備與諸葛亮的初次相見

劉備三次拜訪諸葛亮，前兩次都未見到他，一直到第三次，終於見到當時年僅二十七歲的諸葛亮。小說以三顧茅廬強調劉備的誠心，當劉備見到諸葛亮時，已是來年初春，和第一次到訪時相隔時間甚長，且第三次到訪，劉備不願打擾諸葛亮午睡，一直等到諸葛亮睡醒，從這些細節，都可以看到劉備的耐心和誠意。

而諸葛亮這麼重要的角色，在《三國演義》的初登場相當重要，書中描述諸葛亮「身長八尺，面如冠玉，頭戴綸巾，身披鶴氅，飄飄然有神仙之概。」諸葛亮其實是個高俊面白的美男子，加上身著綸巾鶴氅，氣質脫俗不凡。除了外貌不凡，諸葛亮還提出了分析天下局勢的隆中對。

諸葛亮建議劉備不要先跟曹操正面對決，而是需與孫權合作對抗，並占據荊州、益州作為發跡地，同時收服西南方少數民族，未來才能匡復漢室。不到三十歲的諸葛亮，就已有如此深厚的視野，對天下局勢有著深刻的瞭解，這是諸葛亮開闊的格局與視野。

劉備三顧茅廬，不只寫出劉備作為一個領袖，禮賢下士的誠心，同時也描繪出諸葛亮的不凡氣度。這場相見，是一場動魄驚心的會面，影響了後來的天下大局。

第十一回 諸葛亮火燒博望坡

話說劉備派人去江東打探消息，探子回來把孫權打敗黃祖的事情報給了劉備。劉備連忙請諸葛亮商議，二人正在說話的時候，劉表派來的使者請劉備到荊州議事。諸葛亮說：「孫權打敗了黃祖，劉表現在來請主公，肯定是想和您商量報仇的事情。我與主公同去，見機行事。」於是劉備留下關羽守新野，讓張飛帶領五百人馬跟隨自己前去。劉備在路上問諸葛亮：「見到劉表該怎麼說呢？」諸葛亮說：「劉表如果讓您去討伐孫權，一定不要答應，到時候只說要回新野整頓人馬。」劉備點頭應允。

來到荊州，劉備讓張飛在城外屯兵，自己與諸葛亮進城見劉表。劉表說：「我已經知道了蔡瑁害你的事情，想斬了他謝罪，無奈眾人都為他求情，我就暫時放過了他，還希望你不要怪罪。」劉備說：「這也不能怪蔡將軍，一定是他的部下做的。」劉表說：「現在江夏失守，黃祖被害，所以請你來商量報仇的事情。我如今年紀大了，不能處理政務了，你可以來協助我，等我死後，我的位子就是你的了。」劉備只是推託，然後就辭別劉表，回驛館了。

回去後，諸葛亮問劉備：「劉表要讓荊州給您，您為什麼不接受？」劉備說：「劉表對我很好，我怎麼能夠乘人之危呢？」諸葛亮不禁感嘆：「您真是個仁慈的人哪！」

二人正在交談的時候，忽然有人報說劉表的兒子劉琦來見，劉琦見到劉備後，跪下哭著說：「繼母在家裡容不下我，希望您救救我。」劉備說：「這是你的家事，為什麼要來問我呢？」諸葛亮只是在一旁笑而不語。一會兒，劉備送劉琦出門，悄悄地對他說：「明天我會讓諸葛亮回拜，到時你可求助於他。」劉琦謝過劉備就離開了。

第二天，劉備說自己肚子疼，就讓諸葛亮代他回拜劉琦。劉琦把諸葛亮請進後堂後就向他求救，諸葛亮再三推託，說自己不能干預別人的家務事。劉琦見諸葛亮不答應，又請他喝酒，趁機再次向他求救，諸葛亮還是沒有答應。劉琦無奈，又說有一本古書要讓諸葛亮看一下，於是就帶著諸葛亮進了閣樓，隨後悄悄命人抽去梯子，第三次向諸葛亮求救，諸葛亮仍不答應。劉琦最後以死相逼，諸葛亮無可奈何，只好告訴他對策，諸葛亮說：「公子難道沒有聽說過申生、重耳的故事嗎？申生身在朝中死了，重耳在朝外安逸地生活。如今黃祖剛死，江夏沒人把守，公子不妨向自己的父親要一支軍隊駐守江夏，這樣就可以躲避家中的禍患了。」次日，劉琦向劉表請命去駐守江夏，劉表請劉備來商議，劉備也同意讓劉琦去江夏，於是劉表就給了劉琦三千人馬，讓他去鎮守江夏，然後又對劉備說：「聽說最近曹操在練水軍，想必他是要去攻打江南地區了，我們不得不防。」劉備說自己已有準備，讓劉表不要太擔心，說完就告別了劉表，回到了新野。

再說曹操，曹操罷免了朝中的三公*，自己以丞相兼任。此時的曹操文官武將具備，便開始商議南征的事情。夏侯惇說：「劉備現在在訓練士兵，日後必為大患，不如儘早除掉他。」於是曹操就命夏侯惇為都督，于禁、李典等人為副將，讓他們帶領十萬人馬，直逼新野。荀彧說：「劉備是個英雄，現在又有諸葛

* 人臣中最高的三個官位：周代以太師、太傅、太保為三公。西漢以大司馬、大司徒、大司空為三公。東漢以太尉、司徒、司空為三公。

亮作為軍師，不可大意呀。」夏侯惇卻不以為然。曹操問：「諸葛亮是什麼人？」徐庶說：「諸葛亮號稱臥龍先生，有經天緯地的才能，出神入化的計謀，在當今算得上是個奇才，不可小看。」曹操說：「與你相比怎麼樣？」徐庶說：「我怎麼敢跟他比較呢？我的才能就像螢火蟲發出的光一樣，而諸葛亮的才能卻是像月光一樣的光輝。」夏侯惇聽後揚言要把劉備、諸葛亮的人頭獻給曹操，說完就領兵出征了。

劉備對待諸葛亮就像對待自己的老師一樣，這讓關羽、張飛看著很不舒服，二人對劉備說：「諸葛亮太年輕了，並沒有什麼真才實學，您對他太好了。」劉備卻說：「我得到了諸葛亮，就像魚得到了水一樣。你們不必多說。」關羽、張飛聽後也就不好再說什麼，便出去了。

忽然，來人報告說夏侯惇帶十萬人馬，正向新野殺來。張飛聽後，對關羽說：「這下可以讓諸葛亮去迎敵了。」正說著，劉備召關羽、張飛前去商討，張飛見到劉備說：「大哥為什麼不派你的『水』去呢？」劉備說：「計謀上要靠諸葛亮，在打仗上還是得靠你們哪！」之後，劉備又找諸葛亮商議，諸葛亮害怕關羽、張飛不聽他的命令，就借了劉備的大印和寶劍。

諸葛亮聚集眾將，下達命令：「博望的左面有座山，叫豫山，右面有片林子，叫安林，關羽帶一千人馬，去豫山埋伏，等曹操的軍隊來了，先放他們的人馬過去，曹操的糧草一定在後面，你見到南面火起時再殺出來，燒了曹操的糧草。張飛領一千人馬，去安林後面的山谷裡埋伏，看到南面起火，就去博望城以前存糧食的地方放火。關平、劉封帶領五百人馬準備好引火的東西在博望坡後兩邊等待，等到初更的時候，曹操的人馬一到，就可以放火了。從樊城調回趙雲，讓他做先鋒，並告訴他只許敗，不許勝，主公領一隊兵馬作為後援。大家都依計行事，不能有誤。」這時，關羽問：「我們都去出戰，先生幹什麼呢？」諸葛亮說：「我就在這裡守著縣城。」張飛聽後大笑說：「我們都去前線打仗，你卻在家裡坐著，好輕鬆啊！」諸葛亮說：「劍印在此，不聽命令者斬！」劉備勸下二人後，眾人就各自離開了。

大家不知道諸葛亮的實力，所以雖然都服從了命令，心裡依舊很疑惑。諸葛亮又讓孫乾、簡雍準備慶功宴，安排功勞簿，這讓劉備也感到很困惑。

話說夏侯惇和於禁等人領兵到了博望，分出一半的人馬作為前隊，其餘的在後面護送糧草，正走著，忽然前頭塵土飛揚，趙雲帶著兵馬趕來了，夏侯惇大笑說：「徐庶說孔明用兵如神，結果他就派出這樣的人馬，真是**驅羊攻虎***。我曾對丞相說要活捉劉備和諸葛亮，看來要應驗了。」之後，趙雲與夏侯惇戰了幾個回合就假裝失敗逃走了，大約走了十幾里，趙雲回頭又戰。韓浩說：「趙雲誘敵，一定有埋伏。」夏侯惇不聽，仍往前趕。到了博望坡，一聲炮響，劉備迎頭殺出，夏侯惇笑著對韓浩說：「這就是所謂的埋伏。我今晚不到新野絕不甘休。」於是就一直催著軍隊前進，劉備、趙雲退後就跑了。

天已經很晚了，天上濃雲密布，又刮起了大風，于禁、李典來到一條極窄的路上，兩邊都是蘆葦，他們害怕敵軍用火攻，就馬上叫住前隊，夏侯惇只顧往前趕，根本聽不到。于禁就飛馬趕去，說害怕敵軍用火攻，要注意防火。這時夏侯惇才猛然醒悟，正想回軍，只聽見背後一陣喊殺聲，遠處一片火光，因為兩邊是蘆葦，瞬間四面八方全是火，再加上大風天氣，火勢越來越猛。曹軍自相踐踏，死傷者不計其數。趙雲也恰到好處地殺了回來，夏侯惇只好冒著火逃走。李典見勢頭不好，急忙回博望城，卻被關羽攔住，最後拼死才逃了出來，於禁見糧草都被燒了，只好從小路逃走。這一戰曹兵死傷無數，大敗而逃。夏侯惇只好收拾殘兵，返回許昌。關羽、張飛會合後，都說：「諸葛亮真是神人哪！」兩人見到諸葛亮後，連忙向

＊驅趕羊群去進攻老虎。形容以弱敵強，力量懸殊，必遭覆滅。驅：趕。

諸葛亮跪拜。過了一會兒，劉備、趙雲、劉封、關平都回來了。諸葛亮就把戰利品賞給了將士，收兵回城。回去後，諸葛亮對劉備說：「這次夏侯惇戰敗，曹操一定會帶領大軍前來。」劉備問：「那該怎麼辦？」諸葛亮說：「新野是個小地方，不可久待。最近聽說劉表病危，我們可以趁這次機會把荊州當作安身之地，來抵抗曹操。」劉備說：「你說得有道理，但我受過劉表的恩惠，實在不忍心下手哇！」諸葛亮無奈，只能說再商議。

夏侯惇回去後，綁了自己去向曹操請罪。曹操原諒了他，然後說：「我現在所顧慮的，只有劉備和孫權，其他人都不看在眼裡。我們當前應該趁機掃平江南。」於是曹操親自率領五十萬大軍，分成五隊，進軍江南。孔融勸曹操說：「此次戰役是不仁之戰，不能輕易發動。」曹操不聽，後來孔融又遭人陷害，被曹操殺了全家。曹操殺了孔融後，命荀彧守著許昌，自己便帶兵出發了。

劉表病重，派人請來劉備，說：「我不久就要死了，我的孩子無能，不能接管荊州，到時你就接任荊州牧吧。」劉備哭拜，表示願意輔佐劉表的兒子，不敢領荊州。二人正說著，有人來報說曹操親領大軍南下，劉備辭別了劉表，連夜趕回新野。劉表寫下遺囑，讓劉備輔佐長子劉琦成為荊州之主。蔡夫人知道後大怒，讓張允、蔡瑁守住外門。劉琦聽說父親病重，急忙趕回，卻進不了門，只好大哭一場，又返回了江夏。劉表死後，蔡夫人修改了遺囑，立劉琮為荊州之主。

曹操的軍隊即將趕來，蔡夫人與身邊的親信就商量著獻出荊襄等九座城池，投降曹操。於是劉琮就派宋忠去獻降書，宋忠在回來的路上被關羽捉住，劉備知道蔡夫人要投降後大哭。正當劉備鬱悶的時候，劉琦派伊籍前來，劉備拿出曹操給劉琮的回信，伊籍大驚，請劉備以弔喪為名，捉了劉琮，殺了他的同黨，奪取荊州，諸葛亮也勸劉備這樣做。但劉備覺得劉表現在屍骨未寒，這樣做很不符合道義，就提議先去樊城避一避。

幾個人正在商議的時候，探子來報說曹操的兵馬已經到博望坡了。劉備一面讓伊籍回江夏整頓人馬，一面與諸葛亮商量對策。諸葛亮說：「上次咱們一把火燒了夏侯惇大半的人馬，這次曹軍又來，還得用火攻，新野是不能待了，我們不如早點到樊城去。」說完就張貼告示，願意跟從劉備的百姓都一起去了樊城，諸葛亮派孫乾調派船隻，渡百姓過河；又命關羽、張飛、趙雲三人依計埋伏，命糜芳、劉封為疑兵。安排妥當後，諸葛亮就與劉備登到高處，等待勝利的消息。

曹仁、曹洪領十萬人馬為前隊，加上許褚的三千鐵甲軍殺向新野。曹軍到了新野後發現四門大開，城中沒有一個人。曹洪以為劉備等人害怕所以先逃跑了，就讓士兵們隨便找地方休息。到了晚上，狂風大作，守門的士兵報告起了大火，曹仁以為是士兵做飯不小心失火，也沒在意。但過了一會兒，曹仁又接到報告，說西、南、北三個門都起了大火，等曹仁與眾將上馬時，全城已燒成一片火海。聽說東門沒有火，曹軍就奔向東門，士兵們互相踐踏，死了不少人。

曹軍逃到四更，人馬困乏。看到旁邊的河水不是很深，人馬就都停下來，下河喝水。其實，關羽早就依計讓士兵用土袋填住上游，眾人聽見下游的人馬聲，就一齊拿走土袋，大水排山倒海般沖下來，又淹死了曹軍許多人馬。曹仁只好帶領人馬從水勢小的地方走，走到博陵渡口時，正遇到在那裡等候的張飛。曹軍不敢交戰，只能逃走，於是劉備等人就一起去往樊城了。

詞語收藏夾

張飛吃豆芽——小菜一碟

董卓進京——不懷好意

周瑜謀荊州——賠了夫人又折兵

馬謖用兵——言過其實

黃忠射箭——百發百中

劉備摔孩子——收買人心

第十二回 趙子龍單騎救阿斗

話說曹仁兵敗後，帶著殘兵駐紮在新野，又派曹洪去見曹操。曹操知道後大怒，催促三軍趕到新野，傳令讓士兵一邊搜山，一邊填塞白河，又令大軍分八路去攻取樊城。劉曄建議曹操先收買人心，讓劉備投降。曹操聽從了劉曄的建議，因為徐庶之前與劉備的關係很好，就派徐庶前去勸降劉備。

徐庶到了樊城之後，劉備和諸葛亮前來迎接，徐庶說：「曹操讓我來勸您投降，他現在在填白河，準備攻打樊城，你們恐怕不能在這裡待了，應該趕緊想想對策。」劉備想讓徐庶留下來，徐庶說：「我如果不回去，會被天下人恥笑的，雖然我現在在曹操那裡，但我已經發過誓，不會為他出一個計謀，您現在有諸葛亮這樣的人才輔佐，何愁不成大業呢？」說完就離開了，劉備也沒有強留。

徐庶回去見到曹操說：「劉備並沒有投降的意思。」曹操大怒，當天就下令進攻。劉備問諸葛亮該怎麼辦，諸葛亮說：「我們現在可以放棄樊城，去襄陽避一避。」劉備說：「百姓都跟了我這麼久了，我怎麼忍心拋棄他們呢？」諸葛亮說：「可以跟百姓說，想走的就同去，不想走的就留下。」號令一發出去，百姓都表示誓死追隨劉備。於是當天劉備帶著百姓前往襄陽。

劉備等人來到襄陽的東門，只見城上插滿了旌旗，城壕邊還密密麻麻地放著**鹿角**＊。劉備想讓劉琮打

＊雄鹿的角。亦指為阻止敵軍前進而設置的樹枝、荊棘之類的障礙物。

開城門，安頓百姓，但劉琮得知劉備來了後，嚇得根本不敢出來。蔡瑁、張允來到城樓上，命令城上的士兵向城下射箭，百姓無處可躲，只能望著不能進的城樓大哭。忽然有一個將領帶領數百人上了城樓，大聲喊道：「蔡瑁、張允你們這兩個賣國賊，劉皇叔是個仁慈的人，如今為了救百姓前來投靠，你們為什麼把他們拒之門外？」眾人一看，是魏延，魏延砍死了守門的士兵，打開了城門。大將文聘趕來要殺魏延，於是魏延與文聘打了起來，劉備看到這一幕說：「我的本意是要保護百姓的，沒想到卻害了他們，我不願去襄陽了。」諸葛亮說：「江陵是荊州的要地，我們不如先到江陵去。」這正合了劉備的心意，於是又帶著百姓前往江陵，襄陽城中有趁亂逃出來的百姓，也跟隨著劉備去了江陵。魏延與文聘交戰，手下的士兵大多戰死，魏延找不見劉備，就去投奔了長沙太守韓玄。

劉備領十餘萬軍民，大小車幾千輛，一天也走不了十幾里。路上，探子忽然來報說：「曹操已經占領樊城，現在正收拾船隻準備渡江呢。」眾將士都說：「江陵對我們來說很重要，如果占領了江陵就可以抵抗曹操，現在帶著數萬百姓，每天才走十幾里，什麼時候才能到江陵啊？如果曹軍追來，我們該如何應對呢？不如暫時放下百姓，先走為上。」劉備不忍心，堅持讓百姓跟隨。於是劉備就帶著百姓緩慢地走著。

諸葛亮說：「曹操的追兵很快就會到了，我們可以先派關羽到江夏向劉琦求救，讓他派人到江陵幫忙。」劉備便派關羽、孫乾去江夏求救，讓張飛斷後，趙雲保護老小，其餘的人保護百姓，每天走十幾里就休息。曹操在樊城，派人渡江去襄陽召見劉琮。劉琮害怕，不敢去，於是蔡瑁、張允請求前去。王威偷偷地對劉琮說：「您現在已經投降，劉備又逃走了，曹操肯定沒什麼戒備，還願您設奇兵在險要的地方，捉住曹操，我們就可以威震天下了。這次機遇難得，不可失去呀。」劉琮把這話告訴了蔡瑁，蔡瑁狠狠地把王威罵了一頓。隨後，蔡瑁、張允就去樊城拜見曹操了。

見到曹操後，蔡瑁、張允一直在拍馬屁，把五萬的馬軍、十五萬的步軍、八萬的水軍都獻給了曹操。曹操就封二人為侯，兼水軍正副大都督。二人大喜，拜謝過曹操之後就離開了。荀攸說：「蔡瑁、張允都是奸詐的人，您為什麼給他們如此高的職位？」曹操笑著說：「我怎麼會不知道他們是什麼樣的人呢？只是我們的軍隊不懂水戰，暫時利用他們一下，等過了江再說。」

蔡瑁、張允回去見到劉琮，對劉琮說曹操要讓他成為荊州永遠的主人，劉琮非常高興，第二天就與蔡夫人渡江迎接曹操進了城。曹操到襄陽時，蔡瑁、張允讓全城的百姓都出來迎接。曹操入城後，給蒯越、傅巽、王粲都封了侯，卻封劉琮為青州刺史，讓他立即啟程。劉琮不想去，再三推辭，曹操都沒有答應。劉琮無奈，只能與蔡夫人去青州赴任，路上只有王威跟隨，其他的官員都送到江口就回去了。劉

琮剛走，曹操就派於禁去追殺，王威拼死保護劉琮母子，最後寡不敵眾，被于禁的士兵殺死了，劉琮母子也被於禁殺死。於禁回去把這個消息報給曹操後，曹操重賞了他。隨後，曹操又派人去抓諸葛亮的家人，卻無功而返。原來，諸葛亮早就讓家人搬到隱蔽的地方去了，這讓曹操更加怨恨諸葛亮。

曹操占領襄陽後，荀攸說：「江陵是荊襄重地，如果讓劉備占去，再想要除掉他就難了。」曹操也正有除掉劉備的打算，他聽說劉備領百姓一天只走十幾里，到現在才走出三百多里，就選五千鐵騎兵，限令一天一夜趕上劉備，大軍隨後再趕上。

劉備帶著十數萬百姓和三千多軍馬，一步一步地向江陵走著。趙雲保護老小，張飛斷後。劉備一直沒有關羽的消息，於是就派諸葛亮去見劉琦，讓劉封領五百人馬護送。

當天劉備與簡雍、糜竺、糜芳一起走。正走著，忽然刮起一陣大風，刮得塵土漫天飛。簡雍懂得占卜之術，連忙算了算，然後大驚，說：「這是大凶之兆哇，您得馬上放棄百姓逃走。」劉備還是不忍心拋棄百姓，就駐紮在了當陽縣的景山。

當時已是秋末冬初，夜間寒風刺骨，百姓哭聲遍野。到四更的時候，西北方向突然傳來很大的喊殺聲，劉備連忙帶兩千人馬迎敵。曹軍勢不可擋，劉備拼死抵抗，正在危急關頭，張飛帶領一隊人馬趕來，殺出了一條血路，助劉備突出了重圍。劉備正逃跑的時候，被文聘攔住了，劉備罵道：「你這個背信棄義的人，還有什麼臉面來見我？」文聘十分慚愧，就帶著兵往東北去了。張飛帶著劉備，邊戰邊走，直到天明才停下來。劉備見身邊只剩下了幾十個人，百姓、眾將都不知道到哪裡去了，大哭著說：「十幾萬的百姓因為我而遭受這樣的遭難，眾將和家人也下落不明，即使是木頭做的人也會悲傷的呀！」這時，糜芳身負重傷，趕回來說：「趙雲投降曹操去了。」劉備不信，張飛說：「他現在見我們落魄了，或許是貪圖富貴，投奔曹操去了。」劉備還是不信，糜芳說：「我親眼看見他往西北方向去了。」張飛說：「我去找他，要是碰見了，就一槍刺死他。」劉備說：「不要亂猜，你忘了關羽殺顏良、文醜的事情了嗎？趙雲一定有他的理由，我相信趙雲，他不會背棄我的。」張飛哪裡肯聽，帶了二十多個騎兵就到了長阪橋，見橋東有一座樹林，就讓部下砍下樹枝，拴在馬尾上，在樹林中來往奔跑，弄得到處都是塵土，讓敵人以為有埋伏。他自己騎馬停在橋上。

趙雲從四更就開始與曹軍廝殺，一直殺到了天明。天亮後，他找不到劉備，也看不見劉備的家小，覺得實在沒臉回去見劉備，就發誓一定要找到夫人和小主人。趙雲看看身邊只剩了三四十人，只好自己在亂軍中尋找，百姓的哭聲震天動地，受傷的軍民不計其數。他正走著，看見簡雍受傷躺在草叢中，就問他有沒有見過兩位夫人，簡雍告訴趙雲兩位夫人抱著阿斗逃走了。於是趙雲派兩個人護送簡雍回去，自己繼續找。路上，他又聽一受傷的士兵說見甘夫人往南方去了，趙雲急忙騎馬向南方趕去，路上見到一群百姓，趙雲大聲喊道：「裡面有甘夫人嗎？」甘夫人聽到趙雲的喊聲後放聲大哭，趙雲也哭著去向甘夫人謝罪。隨後甘夫人告訴趙雲，自己與糜夫人走散了，也不知道糜夫人與阿斗去了哪裡。

正在趙雲與甘夫人說話的時候，又衝出一支軍隊來，趙雲一看是糜竺，他正被曹操的部下淳于導押著去請功。趙雲大喊一聲，刺死了淳於導，救下了糜竺，又搶來兩匹馬，護送甘夫人和糜竺去長阪坡。趙雲帶著二人到了長阪橋之後，就看見張飛在那裡。張飛大喊一聲：「趙雲，你為什麼要背叛我哥哥？」趙雲說：「我一直在尋找夫人和小主人，所以就落後了，為什麼說我背叛了呢？」於是趙雲就讓糜竺保護甘夫人先過河見劉備，自己去找糜夫人和阿斗。

趙雲到處打聽糜夫人和阿斗的消息，忽然聽見有人說：「夫人抱著一個孩子坐在斷牆後面，左腿受了傷。」趙雲聽後馬上過去，看見糜夫人正抱著阿斗在牆下的一口枯井旁哭泣。趙雲連忙下馬跪拜，糜夫人說：「阿斗的父親飄蕩了半輩子，只有這一個骨肉，趙將軍定要保他出去與他父親見面，那樣我就死而無憾了。」趙雲請糜夫人上馬離開，糜夫人說：「萬萬不可。將軍打仗怎麼能沒有馬呢？何況這個孩子全靠將軍保護，不要讓我連累了你。」趙雲三番五次請她上馬，夫人堅持不肯。這時四面又傳來了喊殺聲，趙雲再一次請糜夫人上馬，糜夫人把阿斗放在地上，自己跳進了枯井。趙雲悲痛萬分，又無可奈何，只好把土牆推倒，蓋住枯井，又解開勒甲條，放下**護心鏡**＊，把阿斗抱在懷裡。曹操的部下晏明此時剛好到了，趙雲與他戰了不到三個回合，就把他刺死了。

趙雲殺出了一條路，正在走的時候，碰見了曹操的另一個大將張郃，兩人戰了十幾個回合後，趙雲不敢戀戰，撥馬就走，不料卻連人帶馬掉進了土坑裡。張郃拿起長槍就刺，突然出現一道紅光，那匹馬竟然跳出了土坑。

趙雲騎著馬就往前衝，殺得曹軍血肉橫飛，終於衝出了重圍。曹操在景山上見趙雲勇不可擋，問左右是誰，曹洪飛馬去問，趙雲高叫：「我乃常山趙子龍也！」曹操說：「真是一員虎將啊，我要活捉他。」於是就下令，讓士兵活捉趙雲，不許放暗箭。曹操的命令反而救了趙雲，趙雲連續殺死了曹操五十多名將士。忽然又殺來兩支敵軍，是鐘縉、鐘紳兩兄弟。趙雲一槍刺死鐘縉，轉頭就走。鐘紳緊追上來，用戟刺去，趙雲又拔出劍，刺死了鐘紳。後面文聘的軍隊又趕來，趙雲來到長阪橋，人困馬乏，大喊：「張飛救我！」

張飛說：「你快過去，我來擋住他們。」趙雲趕了二十多里，見劉備與眾人在樹下歇息，下馬哭著跪拜，說：「糜夫人身受重傷卻不肯上馬，最後投井而死，我抱著小公子突出重圍，剛才孩子還在懷裡哭，這會兒沒動靜了，怕是也保不住了。」於是打開一看，阿斗睡得正香，劉備接過阿斗，扔在地上，罵：「為了你這小子，差點損失我一員大將！」趙雲忙抱起阿斗，哭著說：「趙雲**肝腦塗地**†，也報不了主公的大恩。」

文聘追到長阪橋，見張飛挺矛立馬在橋上，又見橋東樹林中塵土飛揚，害怕有埋伏，不敢前進。一會兒，曹仁、李典、夏侯惇等人也趕來了，看張飛怒視著立在橋頭，害怕是諸葛亮的計，都不敢前進。張飛看到曹軍後面有青羅傘蓋，知道曹操心中懷疑，準備親自來看，於是大喊一聲：「我是燕人張飛，誰敢與我決一死戰？」曹軍聽了都很害怕，曹操對身邊的人說：「當年我聽關羽說，張飛在百萬軍中取上將的人頭如囊中取物，我們不可以輕敵呀。」張飛又大喊一聲，曹操見張飛的氣勢，就有了要退兵的念頭。張飛看見曹軍有要退的意思，又大喊：「戰又不戰，退又不退，到底什麼意思？」曹操身邊的夏侯傑嚇得肝膽碎裂，從馬上摔了下來。曹操見了回馬就跑，曹軍也都跟著往西邊逃去。

曹操跑得金冠都丟了，披頭散髮，狼狽萬分。張遼、許褚止住他說：「丞相別怕，張飛只一人，我們再殺回去，一定能擒劉備。」曹操心神稍定，令二人去探聽消息。張飛見曹兵退去，不敢追趕，就讓手下人摘下馬尾上的樹枝，拆斷橋樑，回去見劉備。劉備說：「你若是不拆橋，他怕我有埋伏就不敢追來了，你把橋拆了，曹操知道是我們害怕，一定會追來的。」隨後就讓大家立即起身，抄小路投漢津，往**沔**(ㄇㄧㄢˇ)陽而去。曹操得知張飛拆了橋，便知道他心裡害怕，於是下令全力前進。

＊縫在戰袍的胸、背部，可用來防箭的銅鏡。
†比喻竭力盡忠，不惜犧牲生命。

白白老師的國學小教室

趙雲救阿斗

這回故事也是《三國演義》中的名篇，寫趙雲帶著阿斗突破重圍，戰袍染滿鮮血，最終與阿斗平安回到劉備身邊。為了救年幼的阿斗，糜夫人自殺了、趙雲差點被圍困，阿斗的性命可以說是趙雲和糜夫人的努力換來的。

趙雲突圍救阿斗，凸顯了趙雲忠勇，刻劃他對劉備的忠心耿耿；而劉被摔阿斗，即使人家說是收買人心，但也足以見得劉備對趙雲的疼惜。這回故事，透過劉備與趙雲的互動，寫出了二人之間的情義。

《三國演義》重視忠孝情義，雖然是儒家框架下的道德觀，但是透過趙雲投靠劉備、忠於劉備，表現此忠心不是只忠於一家一姓，具有一定的開放性。而《三國演義》在政治思想上嚮往賢君，所以把劉備作為理想的化身，描述其愛民愛將的美好形象。因此劉備和趙雲的互動，其實也是《三國演義》對儒家賢德忠義的肯定。

第十三回　諸葛孔明舌戰群儒

劉備帶人逃到江南時，見岸邊來了許多戰船，原來是諸葛亮、關羽、劉琦等人前來接應他了。諸葛亮建議劉備自己守著夏口，讓劉琦回到江夏，二人互為照應，一起抵抗曹操。劉琦說：「我想請您暫時跟我回江夏整頓軍馬，到時再回夏口也不遲。」劉備覺得有道理，就留下關羽帶領五千人馬守夏口，自己與諸葛亮、劉琦一同去了江夏。

曹操趕來時，看見旱路上有關羽，就懷疑有埋伏，不敢再追，又害怕水路上被劉備奪取了江陵，便連夜趕去江陵。荊州治中鄧義、別駕劉先知道了襄陽的事情，知道自己肯定敵不過曹操，便帶著荊州的軍民出城投降了曹操。曹操與眾將商議說：「現在劉備已經投靠江夏，恐怕是要與東吳結盟，那樣的話就麻煩了，該怎麼辦呢？」荀攸建議說：「我們可以派人請孫權到江夏打獵，一起捉拿劉備，然後再分割荊州，結成同盟。孫權一定會同意的，那樣事情就好辦了。」曹操聽從了他的建議，一面派使者前往東吳，一面清點軍隊，共八十三萬，謊稱有一百萬，水路共進，連營三百多里。

孫權屯兵柴桑，聽說曹操的大軍已經攻取了襄陽，現在又在日夜兼程地攻打荊州，於是就召集眾謀士商議防禦的對策。魯肅說：「荊州與我們的地方相連，地勢穩固，人民富足。我們如果占據了荊州，您就可以稱帝了。如今劉表剛死，劉備剛剛接管，我願奉命去江夏弔喪，跟他們協商破曹之事。劉備如果答應，那我們的大事就可以成功了。」孫權大喜，立即派魯肅帶著禮品前往江夏弔喪。

劉備到江夏後，與諸葛亮、劉琦共同商議抵抗曹操的對策。諸葛亮說：「曹操現在的勢力很大，我們自己打敗他很難，不如我們聯合孫權共同抗曹，最後讓他們兩個對峙，我們從中取利。」劉備說：「江東有才能的人物也很多，他們肯定會有自己的想法，怎麼會聽我們的呢？」諸葛亮笑著說：「曹操現在帶領百萬人馬，虎視漢江，孫權怎能不派人來打聽情況呢？那時我再趁機到江東去，憑我的三寸不爛之舌讓南北兩軍互相吞併。如果孫權的軍隊勝了，我們就與他一同討伐曹操奪取荊州；如果曹操的軍隊勝了，我們就可以趁機攻取江南。」

正當他們談話的時候，來人報說孫權派魯肅前來弔喪。諸葛亮問劉琦：「之前孫策死的時候，你們有派人去弔喪嗎？」劉琦說：「江東與我家有殺父之仇，我們怎麼會去弔喪呢？」諸葛亮說：「既然是這樣，那麼魯肅這次定不是為了弔喪而來，一定是來打聽消息的。」隨後諸葛亮又對劉備說：「魯肅到後，如果他問起曹操的動向，您就說不知道，他再問的時候，您就讓他問我就可以了。」魯肅到後，劉琦收下他的禮物就帶他見了劉備。劉備在後堂設宴款待魯肅，兩人寒暄了一會兒後，魯肅果然問起曹操的情況，劉備按諸葛亮交代的說不知道。在魯肅的一再追問下，劉備才讓他去問諸葛亮。魯肅隨後就要求見諸葛亮。

魯肅見到諸葛亮後，向諸葛亮請教曹操的情況。諸葛亮說：「曹操的奸計，我已經知道了，但我的力量不夠，所以只能躲著。」魯肅說：「難道就這麼算了嗎？」諸葛亮說：「我家主公跟蒼梧太守吳臣有交情，想去投靠他。」魯肅說：「吳臣都自身難保了，怎麼還能收留別人呢？」諸葛亮說：「吳臣那裡雖然不宜久留，但現在也只能先去那裡，然後再想更好的辦法。」魯肅說：「孫權將軍在江東兵精糧足，又極其敬重賢士，您不如派心腹前去聯結東吳，共同商量大事。」諸葛亮說：「我家主公與孫將軍從未有過來往，恐怕白費口舌，又沒心腹之人。」魯肅說：「諸葛先生的哥哥現在是江東的參謀，每天都盼望著與您相見，我願帶您去見孫將軍商議大事。」劉備說：「諸葛先生是我的老師，我一刻也不能讓他離開。」魯肅再三請求讓諸葛亮前去，劉備故作不答應。諸葛亮說：「事情緊迫，就讓我去一趟吧。」劉備這才答應下來。

魯肅、諸葛亮上了船，魯肅叮囑諸葛亮說：「先生見了孫將軍，千萬別說曹操兵多將廣。」諸葛亮說：「你不必擔心，我自會對答。」船到岸後，魯肅請諸葛亮到驛館中休息，自己先去見孫權。孫權正與文武官員在堂上商議事情，聽說魯肅回來了，急忙召見他，問：「你這次去江夏，打聽到了什麼？」魯肅說：「我已知道了大概的情況，一會兒就詳細稟報。」孫權讓魯肅看了曹操的檄文，說：「曹操昨天派人送來的，現在大家正在商量對策。」魯肅看後問孫權：「您有什麼想法？」孫權說：「還沒有主意。」張昭說：「曹操擁有百萬人馬，借著皇上的名義征討四方，我們不好抵抗。本來我們可以借長江天險作為屏障，現在曹操占領了荊州，擁有了跟我們同樣的優勢，勢不可當，早點投降才是最安全的辦法。」其他人也都齊聲附和，孫權卻沒有說話。

一會兒，孫權起身換衣服，魯肅也緊跟著出去了，孫權知道魯肅的意思，就拉著他的手問：「你覺得該怎麼辦？」魯肅說：「剛才大家所說的話會耽誤您的。眾人都可以投降曹操，只有您不可以。我們投降，可以回鄉，還可以做官，您如果投降，最多就是封侯，給您一輛馬車，幾個隨從，那樣的話您還能稱王嗎？他們的建議都是為了保全自己，不可以聽取，但您應該趁早拿定主意。」孫權感嘆道：「只有你的想法跟我的相同啊！但曹操擁有了袁紹的人馬，又得到了荊州的軍隊，這個勢力恐怕我們難以抵抗。」魯肅說他已請來了諸葛亮，於是孫權決定，明天先讓諸葛亮會見江東的豪傑，然後再升堂議事。

第二天，魯肅到了驛館，再次叮囑諸葛亮千萬別說曹操兵多，諸葛亮說：「我自會隨機應變，不會有誤的。」於是，魯肅就帶諸葛亮去見孫權。等他們到的時候，張昭、顧雍等二十多個人已經穿戴整齊地坐在那裡了。

張昭見諸葛亮豐神飄逸，器宇軒昂，猜想他一定是來當說客的，就想為難他，於是挑釁說：「我是江東一個微不足道的小人物，久聞您的大名，聽說您把自己比作管仲、樂毅是嗎？」諸葛亮說：「我這輩子多少也比得上吧。」張昭說：「最近我聽說劉備三次去草廬拜訪先生，想要請您出山，而後他有幸得到了您，想著終於可以占領荊州，但是如今荊州卻被曹操奪取了，您是怎麼想的呢？」諸葛亮知道張昭是孫權手下的第一謀士，心想：「如果不先難倒張昭，怎麼能說服孫權呢？」於是諸葛亮說：「我要取得荊州等地簡直易如反掌，只是我家主公心地善良，不忍心奪取同宗族的基業，所以就推辭了。劉琮軟弱無能，聽信了小人的奸計，投降了曹操，才使得曹操如此放肆，現在我們在江夏屯兵，自會有更好的打算，一般人是不會理解的。」

張昭說：「如果是這樣，那先生的話就自相矛盾了，您說自己是像管仲、樂毅一樣的人，當年管仲在齊桓公那裡任相國，輔佐齊桓公稱霸諸侯；樂毅輔佐弱小的燕國，奪取了齊國七十多座城池，他們才是救世的人才。先生之前在草廬生活得悠閒自在，現在既然跟從了劉備，就應該為百姓謀利益。劉備本以為能在您的輔佐下重振漢室，但他在請先生出山之前還可以割據城池，得到您的輔佐後卻被曹操追得丟盔卸甲，放棄新野，逃亡樊城，已經沒有了容身之地，還不如當初呢！」

諸葛亮聽後，笑著說：「**大鵬***鳥飛行萬里，它的志向哪是那些普通的鳥能知道的呢？就好比得了重病的人，必須先用緩和的藥物調理，等差不多的時候再吃猛藥，那樣才會藥到病除。如果不等他的氣脈有所緩和就灌猛藥，他的病情就會更嚴重了。我家主公在汝南兵敗之後投靠了劉表，那時他兵力不足，大將只有關羽、張飛和趙雲而已，這就像一個人得了大病，新野是個偏僻的小縣，人員稀少，糧食也不多，我家主公只不過是暫時在那裡避一下，怎麼會真的長守新野呢？我用計火燒博望坡、水淹曹軍，曹軍被嚇得肝膽俱裂，管仲、樂毅用計也不過如此。況且我家主公失敗是因為不忍心丟下百姓，這叫大仁大義，那些誇誇其談、沒有真才實學的人才是最可笑的。」這一席話說得張昭啞口無言。

這時謀士虞翻說：「曹操擁有百萬人馬，現在兵臨城下，您有什麼看法？」諸葛亮說：「曹操只是收了袁紹、劉表的殘兵敗將，用不著怕他們。」虞翻冷笑說：「你們兵敗當陽，無可奈何到了夏口，你都**黔驢技窮**†了還說此大話，真是大言不慚！」諸葛亮說：「我家主公率領的仁義之師怎麼能打過曹操殘暴的軍隊呢？所以我們在夏口只是為了等待時機。如今江東兵精糧足，擁有地理上的優勢，你們還想著讓你們的主公投降曹操，一點都不怕被天下人恥笑，所以我們才是真正不怕曹操的人。」虞翻無言以對。

這時步騭又問：「先生是想效法張儀、蘇秦來遊說我們嗎？」諸葛亮說：「你只知道他們是辯士卻不知道他們也是英雄。蘇秦佩戴著六國的大印，張儀兩次為秦相，他們都有輔佐國家的能力，而並非恃強凌弱、懼怕刀劍的人。你們聽到曹操的話就害怕，就想投降，還敢嘲笑張儀、蘇秦嗎？」步騭也無話可說了。薛綜起身問道：「您覺得曹操是什麼樣的人？」諸葛亮說：「曹操當然是漢朝的奸臣，這還用問嗎？」薛綜說：「先生這話就說錯了，漢朝到了今天，天數已盡，也該滅亡了，現在曹操占領了天下三分之二的地方，眾人都歸附他。只有劉備不順從天意，強行與曹操爭奪，這是以卵擊石，怎麼能不失敗

* 傳說中的大鳥，由鯤變化而成。

† 從前貴州一帶沒有驢子，有人從外地帶來一頭驢，放在山下餵養。起初一隻老虎看它長得很高大，叫聲很響，害怕而不敢接近。後來老虎看到這頭驢除了大聲叫，就只會踢，再也沒有別的本領，就湊上去將它咬死了。後用以比喻人拙劣的技能已經使完，最終露出虛弱的本質。

呢？」諸葛亮厲聲說道：「你怎麼能說出這麼大逆不道的話！人生下來，就應該以忠孝為做人的準則。你既然是漢朝的臣子，就應該去討伐那些危害國家的人，這才是做人的道理。曹操的祖上也是漢朝的臣子，他不想著報效國家，反而想要篡權。全天下都應該痛恨他，你卻說是天意，我不想再跟你談論了。」薛綜滿臉羞愧，不敢再應答。後面還有幾個人要為難諸葛亮，但都被諸葛亮說得不敢回話。這時黃蓋走進來說：「先生是當世的奇才，你們卻處處刁難他，這哪裡是敬客的禮節？如今曹操的軍隊壓境，你們不去想辦法戰勝敵人，卻在這裡白費口舌！」於是，黃蓋與魯肅就帶諸葛亮去見了孫權。

諸葛亮見到孫權後，看孫權相貌非常，便知道對付他只能用激將法。孫權

問：「曹操的兵馬一共有多少？」諸葛亮回答說：「陸軍加上水軍，差不多有一百多萬。」孫權不信。諸葛亮：「曹操在兗州就有青州兵二十萬；他打敗了袁紹，又得五六十萬；後來在中原新招了三四十萬；如今又得荊州兵馬二三十萬。這樣加起來不下一百五十萬，我只說了一百萬，說多了怕嚇到你們江東的人。」魯肅在旁邊聽諸葛亮這麼一說，大驚，連忙朝諸葛亮使眼色，諸葛亮卻假裝沒有看到，接著說：「曹操手下的謀士武將眾多，如今他們正沿江安營紮寨，準備戰船，一定是要來攻打東吳。我有一個計畫，不知道將軍要不要聽？」孫權說：「願聞高論。」於是諸葛亮說：「您如果覺得能憑自己的力量與曹操抗衡，就戰；您如果認為不能，就聽從眾謀士的意見投降曹操。」孫權又問：「劉備為什麼不投降曹操？」諸葛亮說：「劉皇叔是漢室宗親，蓋世英才，雖然暫時失敗，但怎麼會屈身投降呢？」孫權聽後很生氣，直接起身退到後堂了。

　　魯肅責怪諸葛亮不該惹孫權生氣，諸葛亮大笑說：「我有打敗曹操的妙計，孫權沒有問，所以我就沒有說。」魯肅聽後說：「你果然有辦法，我去請主公來求教。」諸葛亮說：「我看那曹操的百萬之眾不過是一群螻蟻罷了。我一出手，曹軍皆成齏（ㄐㄧ）*粉。」魯肅聽後連忙去後堂請孫權。孫權當時怒氣還未平息，就對魯肅說：「諸葛亮欺人太甚了！」魯肅說：「我也因為這件事責備了他，但是他反而笑您不夠大度。打敗曹操的計策他不肯輕易透露，您何不親自去求教一下呢？」孫權轉怒為喜說：「原來他有計策所以才用言辭激我的。我一時小氣，差點誤了大事！」於是就與魯肅一起出去見了諸葛亮，並向他賠禮道歉，設宴款待他。

*細碎

兩人喝了一會兒酒，孫權向諸葛亮請教對付曹操的辦法，諸葛亮分析說：「曹軍大部分為北方人，不習慣水戰，荊州的人民也不是真心要服從曹操，將軍如果和我家主公聯合抗曹，曹操一定會敗，曹、孫、劉就將會形成鼎足之勢。而成敗的關鍵，則在將軍身上。」孫權聽後大喜，決定與劉備共同對抗曹操。

張昭知道後，又與眾謀士商議說：「主公中了諸葛亮的計了。」於是眾人就一起去勸孫權，說投降曹操才是最好的辦法。當時武將還有些主張去戰的，文官都主張投降。孫權又拿不定主意了，整日茶飯不思，吳國太見他很為難，就說：「你不記得我姐姐的遺言了嗎？」孫權恍然大悟，立即派人去請周瑜。

三國有兵器

方天畫戟

因其戟杆上加彩繪裝飾，又稱「畫杆方天戟」，是頂端作「井」字形的長戟。據《蕩寇志》記載，呂布的畫戟重四十斤。在《三國志平話》中也有記載：「呂布之戟長一丈二」歷史上，方天畫戟是一種儀設之物，較少用於實戰。

第十四回

蔣幹盜書、孔明借箭

周瑜聽說曹操大軍壓境，連夜趕回了柴桑。周瑜回去後，魯肅來到他家，把孫權與眾人各執己見的事說了一遍。周瑜說：「你不用擔心，我自有主張，你現在可以請諸葛亮來見我。」之後又有很多人來到周瑜的家裡，有要戰的，有要降的，爭論不休，周瑜說：「明天見了主公再議吧。」

晚上，魯肅就帶著諸葛亮去見了周瑜。魯肅和周瑜寒暄了一會兒就問起他的想法，周瑜隨後表達了自己想投降的意思，而魯肅認為應該堅持抵抗。諸葛亮聽著二人的談論只是在一旁冷笑，周瑜問諸葛亮：「先生在笑什麼？」諸葛亮說：「我笑子敬不識時務，周將軍想要投降，這很合理。曹操善於用兵，過去只有呂布、袁紹、袁術、劉表敢與他對抗，現在這些人都被他消滅了。只有劉皇叔不識時務，強行與曹操爭奪，落得現在逃亡江夏、自身難保的境地。周將軍決心降曹，可以保妻子，可以保富貴，至於國家的興亡，用不著管。」

魯肅聽後大怒。這時諸葛亮說：「我有一計，不用投降就能讓曹操退兵。只需要派一個使者，送兩個人過江，曹操就一定會退軍。」周瑜問：「哪兩個人？」諸葛亮說：「聽說江東喬公有二女，分別叫大喬、小喬，二位女子都有著沉魚落雁、閉月羞花的容貌，曹操帶兵下江南，就是為了得到她們。」周瑜聽後大怒道：「老賊欺人太甚！」諸葛亮急說：「曾經單于屢次侵犯疆界，漢天子還以公主和親，如今兩個民間女子有什麼值得珍惜的呢？」周瑜說：「先生有所不知，大喬是孫策將軍的妻子，小喬是我的妻子。我與那老賊勢不兩立＊！」諸葛亮聽後裝出驚恐的樣子，連忙道歉，還勸周瑜要三思而行。

第二天周瑜就跟孫權表明了要戰的決心，孫權就決定對抗曹操，派周瑜到三江口迎敵。

周瑜回到住處，請諸葛亮來商議，說：「今天孫將軍已決心抗曹，請先生為我出謀獻策。」諸葛亮說：「孫將軍還有疑慮，還不能做出決定。」周瑜不信，諸葛亮就讓他立即去見孫權。周瑜見了孫權，發現孫權果然還有疑慮。周瑜就把曹軍的實力再次分析，證實了曹操自稱的百萬大軍，不過只是四五十萬人馬，而且久戰疲乏，人數雖多但並不可怕，他只要五萬精兵就足以攻破曹操。孫權這才下定決心，讓周瑜儘快進軍，他帶領人馬支援，若不能取勝，他就親自與曹操決戰。周瑜出來後暗想：「諸葛亮計謀高我一籌，是江東的大患，有朝一日一定要除掉他。」於是就連夜命人請來魯肅，商量如何殺諸葛亮。魯肅勸不下他，就提議讓諸葛瑾去勸諸葛亮投靠東吳。第二天天剛亮，周瑜就坐在軍帳裡，召集文官武將聽令。程普是孫堅的老將，如今周瑜的職位比他高讓他很不高興，於是他就推說生病，讓大兒子程諮代自己去。周瑜指揮得當，調度有方。程諮回家跟父親一說，程普才佩服周瑜是真正的將才，忙去軍營請罪。

諸葛瑾請弟弟到自己的家中，還沒來得及勸他投東吳，諸葛亮就看出了哥哥的意圖，先勸諸葛瑾投劉備。諸葛瑾無言以對，只好作罷，見到周瑜後說了自己勸降不成反被勸的事，周瑜聽後就決心要設計殺了諸葛亮。第二天，周瑜點齊軍將，與程普、魯肅領兵出發，邀請諸葛亮一同前往。船隊在離三江口五六十里的地方靠岸，周瑜在中央下寨，岸上靠著西山結營，諸葛亮就在一條小船內安身。周瑜請來諸葛亮，說：「曹操兵多，我軍兵少，應該先斷了他們的糧草，然後再去攻破。聽說曹軍的糧草屯在聚鐵山，先生熟知地理，還請先生去聚鐵山截斷曹軍糧道。」諸葛亮答應後就告辭回船了。魯肅問周瑜：「你這是什麼意思？」周瑜說：「我想殺他，又怕被人恥笑，就想借曹操的手殺了他。」魯肅心中不忍，就去見諸葛亮，見諸葛亮正在點兵，就問：「先生能成功嗎？」諸葛亮笑著說：「不論水戰、步戰、馬戰、車戰，我都盡得其妙，不像你們只會一戰。江南童謠說：『伏路把關饒子敬，臨江水戰有周郎。』你只會陸戰，他只會水戰。」周瑜知道後大怒，說：「他竟說我不會陸戰！不用他去，我自領一萬馬軍去！」魯肅又去告訴了諸葛亮，諸葛亮笑著說：「周將軍讓我去斷曹軍糧道，是借刀殺人之計。當前我只願吳侯與劉皇叔同心協力，如互相謀害，就壞了大事。曹操平生最愛斷人糧道，他自己的糧草怎不重兵設防？周將軍如果前去，一定會被曹操活捉。當前只適合先水戰，挫動北軍的銳氣，再設妙計破曹。」魯肅又回去告訴周瑜，周瑜搖頭跺腳，說：「此人勝我十倍。今日不除，以後必為我們的禍患。」魯肅以大局為重，費了很大力氣才勸下周瑜。

劉備見江南發兵，就把江夏的兵都調到夏口。他不知道諸葛亮的情況，就派麋竺帶上羊酒禮物，以犒軍的名義前往南岸打探。周瑜接待了麋竺，麋竺表示想讓諸葛亮一起回去。周瑜說：「我還要與先生共同商議攻打曹操，他暫時還不能回去。你可請劉皇叔過江來，我們共議破曹大計。」麋竺告辭後，魯肅問：「將軍請劉備幹什麼？」周瑜說：「劉備是當世梟雄，我要趁此機會除掉他！」魯肅再三苦勸，周瑜就是不聽，他讓五十名刀斧手埋伏好，只等他的命令一下，就殺死劉備。麋竺見了劉備，說了周瑜想請他商議破曹大計的事。劉備欣然同意，於是命人收拾船，準備即刻出發。關羽說：「周瑜多謀，又不見先生的書信，只怕他有詭計，不能去。」劉備認為兩家同盟破曹，不應該互相猜疑，就堅持要去。關羽說：「兄長堅持要去的話，我願同去。」張飛聽後也要去，劉備讓張飛與趙雲守寨，帶上關羽和二十多名隨從就乘船過

＊指敵對的雙方不能同時存在。比喻矛盾不可調和。

江了。東吳軍士報告說劉備來了，周瑜問來了多少人，軍士說：「只有一隻船，二十多名隨從。」周瑜聽後十分高興，出寨迎接劉備，行禮後，就請劉備上坐，設宴款待他。諸葛亮聽說劉備過江來了，吃了一驚，忙去查看情況，只見周瑜面帶殺氣，兩邊壁衣中還埋伏著刀斧手，他仔細一看，發現關羽在劉備身後按劍而立，才放下心來，隨後諸葛亮來到劉備的船艙裡等候劉備。周瑜與劉備飲了幾巡酒，覺得該動手了，就起身為劉備斟酒，見關羽站在劉備身後，忙問：「此人是誰？」劉備說：「這是我的弟弟關羽。」周瑜聽後汗流浹背，又斟酒敬給關羽。不一會兒，魯肅進來，劉備讓他請諸葛亮來見，周瑜吞吞吐吐地說：「等破了曹操您再與先生相見吧。」關羽向劉備使了個眼色，劉備就起身要走，周瑜把他們送出了轅門。劉備上船見到了諸葛亮，十分高興。諸葛亮說：「主公知道今天多危險嗎？要是沒有關將軍在，主公就被周瑜殺害了。」劉備這才醒悟，請諸葛亮同回樊口。諸葛亮說：「我雖身居虎口，卻安如泰山。主公只要準備好船隻和人馬，在十一月二十日派趙雲駕小船來接我就行了。」劉備還想再問點什麼，諸葛亮卻催他開船快走，劉備只好離開了。船行了數里，張飛帶船隊來接應，他們便一同回了寨。

魯肅問周瑜為什麼不殺劉備，周瑜說：「關羽是當世的虎將，我如果殺了劉備，他一定也會殺了我。」

這時，曹操派使者送來了書信，周瑜把信撕碎，下令要斬了使者。魯肅忙勸：「兩國交兵，不斬來使。」周瑜說：「我要殺了他示威！」隨後就斬了使者，把人頭交給隨從帶回去。隨即，他命甘寧為先鋒，韓當為左翼，蔣欽為右翼，自己親自領諸將接應，準備一天後在江中與曹軍決戰。曹操見周瑜斬了使者，勃然大怒，命蔡瑁、張允率荊州降軍為前部，他自為後軍，率船隊迎戰。甘寧當先駛出挑戰，蔡瑁的弟弟蔡勳駕船迎敵，最後被甘寧一箭射死。甘寧驅船進攻，萬箭齊發，曹軍不能抵擋。蔣欽、韓當從兩邊殺來，直衝進曹軍的船隊。曹軍大半是北方兵，船一搖晃，站不穩腳，個個東倒西歪。甘寧等三隊船往來縱橫，周瑜又來助戰，殺死曹軍無數。這場大戰從巳時殺到未時，周瑜雖得勝，但曹兵太多，就下令收了兵。曹操回寨責怪蔡瑁、張允說：「我方士兵多、敵軍士兵少，我們現在反而吃了敗仗，這都是你們不盡心！」蔡瑁建議先立水寨，讓荊州軍在外面，青、徐軍在裡面，加強訓練，再作戰。曹操就讓蔡瑁操練水軍，軍務自行處理，不必請示。蔡、張就布置水寨，分二十四座水門，操練水軍。周瑜得勝後犒賞三軍，向吳侯報捷，當天晚上登高看對岸，燈火接天。次日，他就乘船過江，在離曹軍水寨不遠處拋錨，仔細看寨，不由大驚，說：「這種布置盡得水軍之妙，誰為水軍都督？」左右的人說：「蔡瑁和張允。」周瑜暗想：「要破曹兵，必先除去二人。」正看間，周瑜見水寨中旗號搖動，忙收了錨，轉舵就走。等到曹軍船趕出來時，他已經走出十多里了。

曹操正在為周瑜偷看水寨的事情發愁時，蔣幹站出來說：「我小時候與周瑜是同窗好友，現在我願憑藉這三寸不爛之舌，去說服周瑜投降。」曹操大喜，設宴為蔣幹送行。

蔣幹到吳營的時候，周瑜正在與人議事，聽到蔣幹來拜訪，笑著說：「說客來了。」周瑜整理好衣服，出來迎接蔣幹，說：「老朋友遠道而來是為給曹操當說客的嗎？」蔣幹驚訝地說：「我們這麼久沒見面，今天我特意來找你敘敘舊，為什麼說我是曹操的說客呢？」周瑜說：「我雖然不如**師曠**＊聰明，但聽弦歌也會知道其中的意思。」蔣幹說：「如果你這樣想的話，那我就先告辭了。」周瑜笑著拉住他，說：「我就是害怕曹操派你來當說客，既然不是，為什麼那麼著急走呢？」說著就把蔣幹拉進帳中，設宴款待他。

席間，周瑜告訴眾人：「蔣幹是我曾經的同窗好友，雖然是從江北來的，但他不是曹操的說客，大家

＊人名。字子野，春秋時晉國樂師，以擅辨音律著名。

不要懷疑他。」說完就解下自己的佩劍交給太史慈說：「今天的宴會，只是跟老朋友敘舊，如果有人談論國家軍事，你就殺了他。」蔣幹聽後很吃驚，不敢再多說什麼。周瑜又說：「我自從領兵以來，從未喝過酒，不過今天老朋友來了，就喝個痛快吧。」於是眾人開始喝酒，酒喝到一半的時候，周瑜就拉著蔣幹到軍營轉了一圈，先讓他看了雄壯的軍容，又讓他看了堆積如山的糧草，很是自豪，故意說：「就是蘇秦、張儀他們死而復生，前來勸說我，也不能使我變心。」說完就大笑起來。蔣幹的臉色變得很難看，也不敢提起此次來的目的。兩人回到帳中，與眾人繼續喝酒，周瑜指著眾將士說：「這都是江東的英雄豪傑，今天的宴會就叫作群英會。」說完，周瑜舞劍作歌，頓時熱鬧起來。

宴會到了深夜，蔣幹推辭說自己不勝酒力，周瑜就命人撤了席。周瑜假裝喝醉了，便把蔣幹拉進帳裡共寢，自己沒脫衣服就睡覺了，還吐得到處都是。蔣幹哪能睡得著，軍中的鼓打二更的時候，蔣幹見周瑜鼾聲如雷，又看見帳內的桌子上堆著一卷文書，便下床偷偷翻看，這些都是周瑜與人往來的書信，蔣幹突然看到一封信，上面寫著「蔡瑁張允敬上」，心裡大驚，連忙打開來看，信上大致寫的是蔡瑁、張允想投降東吳，要把曹操的人頭送給周瑜當禮物。蔣幹看後心想：「原來蔡瑁、張允要勾結東吳！」於是他就將書信藏在了衣服裡。當他再想翻看其他的文書時，周瑜突然翻了個身，他連忙吹燈躺下，聽見周瑜迷迷糊糊地說道：「蔣幹，我要在幾天之內讓你看見曹操的人頭。」蔣幹勉強應了一聲，周瑜又說：「你等一下……讓你看看曹操的人頭……」蔣幹再要問的時候，周瑜又睡著了。將近四更，有人進帳悄聲喚醒周瑜，周瑜吃驚地問：「是誰睡在我的床上？」那人回答道：「都督請同窗好友蔣幹共寢，怎麼忘記了呢？」周瑜懊悔地說：「我平常不怎麼喝酒的，昨天竟然醉成那個樣子，不知道說過什麼話沒有？」那人說：「江北來人了。」周瑜輕聲喝道：「小點聲！」他又回頭喊了一聲蔣幹，蔣幹假裝睡著了。於是周瑜悄悄出帳，蔣幹偷偷地聽他們說話，只聽見有人在外面說：「蔡瑁、張允兩位都督說不能急著下手……」後來的聲音越來越小。一會兒周瑜進帳又喊了一聲蔣幹，蔣幹依舊裝睡，於是周瑜也脫衣服睡下。蔣幹想：「周瑜是個精細的人，天亮之後找不到書信一定會加害我。」於是五更時，蔣幹就試探性地喊了一下周瑜，然後帶著小童悄悄乘船離開了。

蔣幹回去見曹操，曹操問：「事情辦得怎麼樣了？」蔣幹說：「周瑜的事情先放到一邊，我為丞相打聽到了另一件重要的事。」等曹操讓周圍的人退下之後，蔣幹取出書信，把事情告訴了曹操。曹操大怒，把蔡瑁、張允叫來後對他們說：「我想讓你們馬上進兵。」蔡瑁說：「現在水軍還沒有操練成熟，不能輕易進兵。」曹操說：「等你們操練成熟，我的腦袋早就被獻給周瑜了！」蔡瑁、張允不明白什麼意思，慌張得無法回答，曹操就命武士把二人推出去斬首。過了一會兒，曹操看到二人的人頭被拿了上來，才恍然大悟，知道是中計了。眾將來問曹操為什麼殺了蔡瑁、張允。曹操無奈，只能說他們怠慢軍法，所以才殺了他們。後來，曹操又讓毛玠、於禁取代了二人的位置。

消息傳到江東，周瑜得知後非常高興，覺得除去這二人，打敗曹操就沒有什麼阻力了。但他怕瞞不過諸葛亮，就讓魯肅前去試探。魯肅見了諸葛亮還沒說話，諸葛亮就說：「我正要向都督賀喜。」魯肅說：「何喜之有呢？」諸葛亮說：「都督讓你來打聽我知不知道這件事，這件事就是件喜事。」魯肅大驚，諸葛亮又說：「這計也就能瞞得過蔣幹，曹操雖然當時被騙，但是很快就會明白，只是自己不肯承認罷了。現在蔡瑁、張允已死，江東沒有了憂患，怎麼不是件喜事呢？」魯肅聽後，半天說不出話來，只得先辭別諸葛亮回去。臨別時，諸葛亮囑咐魯肅說：「你千萬不要在周瑜面前提起我知道此事，要不周瑜會加害於我。」魯肅答應了，但回去見周瑜時還是如實說了出來。周瑜大驚，說：「諸葛亮絕不能留著，一定要除掉他。」魯肅說：「如果除掉他，怕是要被曹操嘲笑了。」周瑜說：「我自有辦法殺他，讓他死而無怨。」

第二天，周瑜召集眾將，又把諸葛亮請來議事。周瑜問諸葛亮：「與曹軍水戰，用什麼兵器最好？」諸葛亮說：「在水上作戰，弓箭最好。」周瑜說：「先生跟我是一樣的想法，但現在我們軍中缺箭，還得勞煩先生監造十萬支箭，這是公事，希望先生不要推辭。」諸葛亮說：「都督派給我的任務，我應當效勞，不知這十萬支箭什麼時候用？」周瑜說：「十天可以嗎？」諸葛亮說：「曹軍很快就會來，十天怕是會耽誤了大事。」周瑜說：「先生覺得幾天能造完呢？」諸葛亮說：「給我三天便能造出十萬支箭。如果不能，我甘願受罰。」周瑜大喜，立即讓軍政司立了文書，設宴款待諸葛亮。諸葛亮說：「今天已經來不及了，從明天算起，第三天可派五百士兵到江邊搬箭。」說完喝了幾杯酒就告辭了。魯肅說：「他是騙人的嗎？」周瑜說：「他自己送死，也怪不得我。現在當眾立了文書，我只要讓工匠故意拖延，必然會耽誤了日期，到時再治他的罪，他也**難辭其咎**＊。你去打聽一下他的情況，回來告訴我。」魯肅來見諸葛亮時，諸葛亮埋怨他說：「我不讓你告訴他，你不聽。現在他果然要來找我的麻煩，三天怎麼能造十萬支箭？你得救我。」魯肅說：「這是先生自己答應的，我怎麼救你？」諸葛亮說：「你借我二十只船，每只船上要三十名士兵，船都要用青布遮蓋，再在船的兩邊立上成束的草，第三天保證會有十萬支箭。只是這次千萬不能再告訴周瑜了，要不然就得失敗了。」魯肅答應了，卻不明白諸葛亮為什麼要這樣做，回去之後也沒跟周瑜提起借船的事，只說諸葛亮造箭不用箭竹、翎毛、膠漆等。周瑜心裡很疑惑，說：「看他三天後怎麼跟我交代！」

魯肅私自撥快船二十只，按諸葛亮的吩咐做好準備。第一天諸葛亮沒有動靜，第二天還是沒有動靜，到第三天夜裡四更，諸葛亮把魯肅請到了船上，魯肅問：「先生請我來做什麼？」諸葛亮說：「特意請你跟我一起去取箭。」魯肅問：「去哪裡取箭？」諸葛亮說：「到時候你就知道了。」說完就下令把船用繩索連成一串，向北岸駛去。這一晚大霧彌漫，江中的霧氣更是大到看不見對岸。到五更的時候，船就靠近了曹操的水寨，諸葛亮讓人把船頭朝西，船尾朝東，一字排開，又讓船上的士兵擂鼓吶喊。魯肅大驚，說：「要是曹操出兵，我們該怎麼辦？」諸葛亮笑著說：「我想這麼大的霧，曹操一定不敢出兵，我們只管飲酒作樂，霧散就回。」

曹操寨中的毛玠、於禁聽見對面的吶喊聲，慌忙報告給了曹操。曹操覺得一定有埋伏，就下令不要出兵，讓弓箭手射箭，怕水軍弓箭手不夠，還派張遼、徐晃各帶三千弓弩兵，火速到江邊相助。不一會兒，萬箭齊發，箭如雨下，諸葛亮隨後又讓船掉頭，讓船頭朝東，船尾朝西，靠近曹操的水寨接箭。等到太陽升高的時候，霧散了，二十只船上也插滿了箭，諸葛亮就下令趕快回去，還讓船上的士兵齊聲喊：「謝謝曹丞相的箭。」等到消息傳到曹操那裡時，諸葛亮的船已經駛出二十多里，再追也追不上了，曹操為此懊悔不已。

諸葛亮回到船上對魯肅說：「每只船上大約有五六千支箭，我沒費江東半分力氣就得到了十萬多支箭，日後你們可以用這些箭來射擊曹軍。」魯肅說：「先生真是個神人哪，你怎麼知道今天會有大霧呢？」諸葛亮說：「作為謀士，不通天文，不懂地理，不看陣圖，不明兵勢，那只能說是個無能的人。我在三天前就算出今天有大霧，所以才敢保證三天內完成。周瑜把這件看似很光彩的事情交給我，讓我十天造十萬支箭，但工匠、材料都不齊全，這擺明是要殺了我。我的命是天定的，周瑜能想殺就殺嗎？」魯肅

＊難以推脫其過失。

聽後對他更加佩服。

船到岸時，周瑜已經派來五百人馬在江邊等著，五百士兵把箭從草把上拔下來，果然有十萬多支。魯肅見到周瑜，說了諸葛亮取箭的經過，周瑜十分吃驚，感慨道：「諸葛亮神機妙算，我真的是比不上啊！

三國有名馬

照夜玉獅子

照夜玉獅子通體雪白，沒有半根雜色，傳說能日行千里，產於西域，是馬中的極品，傳說此馬生下只有脖子周圍長毛，猶如雄師一般、性格暴烈，但長大後，因晚上會發出銀白色的光而被其他馬趕出馬群，因此得名。照夜玉獅子被趕出馬群後性格也會變得溫馴。

白白老師的
國學小教室

諸葛亮和周瑜

這回故事中，諸葛亮對周瑜的計謀瞭若指掌，知道周瑜利用昔日好友蔣幹，騙曹操殺掉蔡瑁、張允。此外，周瑜還想除去諸葛亮，所以叫諸葛亮在短時間內製造兵器，不過料事如神、聰明機智的諸葛亮早就想好應對方式，他在霧中以船隻靠近曹軍，並事先於船上擺滿草束，讓曹軍發射箭雨，便能夠蒐集數萬支箭，成功獲得許多支箭。「草船借箭」也成為後世極為知名的故事，總能讓我們驚嘆諸葛亮的睿智。

故事裡的周瑜三番兩次想要殺掉諸葛亮，也想騙劉備過江，趁機除去劉備，《三國演義》中的周瑜，為了和諸葛亮做對比，雖然聰明有權謀，但顯得器量狹小；但實際上，歷史上的周瑜不僅是個善於音樂的美男子，同時也是優秀的政治家、軍事家，不論家世和當時的名望，都遠勝於諸葛亮。

真實的諸葛亮可能沒有如此料事如神，真實的周瑜也不見得度量狹小，但是《三國演義》在民間的影響力極大，人物的形象都已經烙在人心，這也是《三國演義》的強大力量。

第十五回 黃蓋假意投降曹操

諸葛亮回來見周瑜時，周瑜稱讚說：「先生神機妙算，真讓人佩服。」諸葛亮說：「雕蟲小技，不值一提。」隨後，周瑜就邀請諸葛亮喝酒，周瑜說：「我看過曹軍的水寨，嚴整有法，一般是攻不進去的，我有一個想法，不知道行不行，還請先生幫我定奪。」諸葛亮說：「不如咱們把各自的想法寫在手裡，最後看看咱倆的想法是否一樣。」

過了一會兒，兩個人都寫好，互相一看，不由得笑了起來。原來兩人的手中都寫了一個「火」字，他們商量後決定不將計策洩露出去。酒散之後，眾將還都不知道這個計策。

再說曹操，平白無故地失了十萬多支箭，心裡非常氣憤。荀攸獻計說：「江東的諸葛亮、周瑜都很有計謀，不好對付，我們不如派個人去東吳詐降，讓他作為內應，這樣裡應外合就可以成功了。」曹操說：「這跟我想的一樣，你覺得誰可以去呢？」荀攸說：「蔡瑁雖然被殺，但蔡氏的族人都在軍中，我們可以派蔡中、蔡和前往東吳。」曹操同意了。第二天，二人各帶五百人馬，駕船去了江東。

周瑜正在研究攻打曹軍的事情，忽然有人報告說江北有船來到江口，是蔡中、蔡和特來投降。周瑜叫人把蔡中、蔡和帶了進來。二人見到周瑜後，哭著跪拜說：「我哥哥無罪卻被曹操殺害，我們為了給哥哥報仇，前來投降。希望您能收留我們。」周瑜大喜，重賞了二人，任命他倆與甘寧一同作為前部。二人拜謝過周瑜，以為周瑜就這麼輕易地中了計。但私下裡周瑜又對甘寧說：「這兩個人不帶家眷，不是真的要

來投降，他們應該是曹操派來的奸細。我們將計就計，讓他們通報消息給曹操。你要好好招待他們，暗中提防。等到我們出兵的時候，殺了他們祭旗。你定要小心謹慎，不能有任何失誤。」甘寧領命後就下去了。

魯肅見了周瑜說：「蔡中、蔡和肯定是詐降，不能留著他們。」周瑜訓斥道：「曹操殺了他們的兄長，他們要報仇，所以來投靠我，有什麼可懷疑的呢？」魯肅見周瑜不聽勸就默默地退下了。回去後魯肅告訴了諸葛亮，諸葛亮笑而不語，魯肅一再追問，諸葛亮才說：「我只是笑你不懂周瑜的計謀罷了。隔著大江，探子很難來往，曹操派蔡中、蔡和詐降，來刺探我們的情況，周瑜將計就計，就是要讓他們通報消息，兵不厭詐，這就是周瑜的計謀。」魯肅聽了恍然大悟。

晚上，黃蓋來見周瑜，提議用火攻破曹軍。周瑜說：「我也是這樣想的，所以明知蔡中、蔡和詐降，還是收留了他們，卻沒有人為我去曹操那裡行詐降的策略。」黃蓋自告奮勇獻苦肉計，周瑜被這位老將的精神深深地感動了。

第二天，周瑜召集眾將在帳中議事，諸葛亮也在。周瑜說：「曹操帶領百萬軍隊，連營三百多里，不是一天就可以攻破的，現在各將領領三個月的糧草，準備禦敵。」話還沒說完，黃蓋就站出來說：「別說三個月了，就是三十個月的糧草也沒用，如果現在能打敗曹操當然很好，如果打不敗，就按張昭說的，投降曹操算了。」周瑜聽後勃然大怒，說：「我是奉了主公的命令帶兵破曹，誰要是再敢說投降曹操的事，我就殺了他。現在兩軍對峙，你敢說這樣的話動搖軍心，不殺了你，難以服眾。」說完他就命人把黃蓋推出去斬了。黃蓋也怒了，說：「我隨主公到處征戰，經歷了三代，你算什麼！」周瑜更加生氣了，命令手下馬上把黃蓋拉出去斬了。

甘寧為黃蓋求情，周瑜讓左右將其亂棒打出。眾將都跪下給黃蓋求情，周瑜餘怒未消，說：「今天看在大家都為你求情的分上，就免你一死，但死罪可免，活罪難逃，重打一百**脊杖**＊。」眾人又要求情，被周瑜呵斥了一頓。黃蓋被剝了衣服，按在地上，打得皮開肉綻，鮮血迸流。打到五十下時，眾將再次求情，周瑜才命人停止，然後就離開了。

眾將把黃蓋扶回去，見他昏死了幾次，都傷心得落淚。魯肅探望了他，然後又來到諸葛亮的帳中，說：「今天都督怒打黃蓋，我們是他的部下，不好說情，你是客人，怎麼不為他求情呢？」諸葛亮說：「你難道不知道這是都督的計策嗎？我為什麼要阻止他呢？」魯肅這才明白。諸葛亮又說：「不用苦肉計，怎麼能騙過曹操？現在讓黃蓋去詐降，蔡中、蔡和也一定會報告給曹操的。此外，你見到周瑜時，說我也埋怨他就可以了。」

魯肅去見周瑜，周瑜問起眾將的心情，魯肅說眾將都因為打黃蓋的事而感到不安，周瑜又問起諸葛亮的態度，魯肅說諸葛亮也埋怨他了，周瑜笑著說：「我打黃蓋用的是苦肉計，我打了黃蓋然後再讓他去曹營詐降，好用火攻的辦法打敗曹操。」魯肅聽後心裡暗暗佩服諸葛亮的智慧。黃蓋在帳中養傷，眾將都來看望他，黃蓋一直不說話，只是嘆氣。

後來參謀闞澤來訪，黃蓋讓人請他進臥室，又讓身邊的人都退下。闞澤問：「將軍難道是與都督有仇嗎？」黃蓋說：「並沒有。」闞澤說：「既然這樣，那麼將軍在大庭廣眾之下受責罰，莫不是在演苦肉計？」黃蓋說：「我受吳侯三代的恩惠，沒有什麼能報答的，所以就獻了這個計來攻破曹操，雖然受點苦，但都不算什麼。我看在軍中，沒有一個可以作為心腹的人，只有你有忠義的品行，所以才把實話告訴你。希望你能幫我把詐降書送給曹操。」闞澤同意了，當晚就動身去曹營把降書交給了曹操。

曹操說：「你既然是東吳的參謀，來我這裡做什麼呢？」闞澤說：「黃蓋是東吳的三代元老，如今被周瑜當眾毒打，心生怨恨，想要投靠丞相，我與黃將軍情同手足，所以他特讓我來獻降書給丞相。」說完闞澤呈上了降書。曹操將降書反復看了十幾遍，忽然拍案大怒說：「黃蓋用苦肉計讓你來送詐降書，是不是存心要加害我？」說完就讓人把闞澤推出去斬了。闞澤面不改色，仰天大笑，曹操問：「我已經識破你的奸計，你還笑什麼？」闞澤說：「我沒有笑你，只是笑黃將軍看錯了人。」曹操問原因，闞澤侃侃而談，最終他說服了曹操。曹操向闞澤道了歉，又設宴請他喝酒。

不一會兒，一個人走進帳中，在曹操的耳邊說了幾句話，並遞給曹操一封書信，曹操看後，面帶喜色。這封書信正是蔡中、蔡和送來的情報，曹操看了書信確信黃蓋是真降，所以就讓闞澤回去與黃蓋約定，先送消息過江，他再派兵接應。闞澤假裝害怕不肯回去，再三推辭，最後曹操好言相勸了很久，他才回去。

闞澤先見了黃蓋，說了與曹操約定一事，又去見了甘寧，打聽蔡中、蔡和的消息。闞澤說：「將軍昨天為了給黃蓋求情，被都督所羞辱，我都為你感到不平。」甘寧笑笑沒有說話。二人正在說著的時候，蔡中、蔡和來了，闞澤給甘寧使了個眼色，甘寧就知道了闞澤的意思，罵道：「周瑜高傲自滿，完全沒把我放在眼裡，如今我被當眾羞辱，讓我怎麼見人！」說完，咬牙切齒地拍案大叫，闞澤在一旁低聲勸他。蔡和、蔡中見他倆都有謀反的意思，就承認了自己是曹操派來的，並表示如果闞澤、甘寧想降曹，他們可以去通告一聲。甘寧假裝很高興，設宴款待了二人。蔡中、蔡和連忙寫信告訴了曹操，闞澤也寫了封信告訴曹操，說黃蓋暫時不方便去，如果看到船頭插著青牙旗的船，那就是黃蓋來了。

＊古代一種以木杖鞭撻人脊背的刑罰。

曹操收到了兩封投降書，心中存有疑惑，就派蔣幹再去江東打聽情況。周瑜得知蔣幹來，自然非常高興，說：「這次能否成功，就全靠他了。」說完周瑜就讓魯肅去請教龐統，讓他參謀參謀。龐統說：「想要攻破曹軍，必須要用火攻，但在江面上一旦著火，其他船隻就會散開，除非讓曹操把船都釘在一起才能成功。」周瑜很贊同龐統的觀點，覺得這個連環計必須由龐統親自去執行才有效。

周瑜與蔣幹見面後，假裝生氣地說：「上次你來，我顧及之前的情誼，留你同寢，你卻偷走了我的書信，不辭而別，回去還獻給了曹操，殺了蔡瑁、張允，以致於我的事情沒有成功。你今天又來，肯定是不懷好意。我本該一刀砍了你，但看在你我過去的交情上就饒了你。我不久之後就要攻打曹操，留你在軍中，你肯定又會把偷到的機密告訴曹操。」說完就讓人把蔣幹送到西山庵中休息，又派了兩個士兵服侍他。蔣幹在庵中坐立不安，當天晚上見繁星滿天，就出門到庵後散步，聽到有讀書聲，就循聲過去，見山岩旁有幾間草屋，屋內亮著燈光。蔣幹走進細看，發現有一個人正在燈前讀孫、吳兵法。蔣幹覺得這人肯定不一般，就敲門進去了，一問才知道這茅草屋裡住著的竟是龐統先生。蔣幹大喜，問：「先生為什麼住在這種地方呢？」龐統說：「周瑜心高氣傲，不能容納任何人，所以我就隱居在這裡。」蔣幹說明來歷，勸龐統投降曹操。龐統同意後，二人就連夜下山回了曹營。

曹操聽說龐統來了，親自出帳迎接。待二人坐下後，曹操就問龐統打敗周瑜的計謀，龐統說要先看過曹軍的陣容才能出主意。於是曹操就命人備馬，陪龐統先看了旱寨，又看了水寨。龐統看後連連稱讚曹操的布陣精妙，說周瑜根本不是對手，曹操聽了非常高興，就設宴款待他。龐統高談雄辯，使曹操非常敬佩，後來龐統裝著喝醉的樣子問道：「軍中有好醫生嗎？」曹操不明白。龐統又說：「軍隊中要有好的醫生，才能治療水軍的疾病。」曹操正為這事發愁，聽龐統這樣說，連忙問該怎麼辦，龐統故意欲言又止，曹操再三詢問，他才說：「大江之中，潮起潮落，水面上風浪很大，北方士兵不習慣乘船，受不了這樣的顛簸，所以就很容易生病。如果讓大船小船協調搭配，三十只或五十只一排，首尾用鐵環相連，上面鋪上木板，不僅人能行走，馬匹也可以走，這樣風浪再大也不用害怕了。」曹操連連道謝，立即傳令讓軍中鐵匠連夜打造連環大釘，準備鎖住船隻。龐統又說：「江東的豪傑大都怨恨周瑜，我願說他們來降。周瑜被孤立了，打敗他就更容易了。破了周瑜，劉備也就完了。」曹操說：「日後如果成功，就封您為三公之列。」龐統說：「我這麼做只是為救江南百姓而已。」說完就告辭離去了。龐統到江邊，正想上船，突然被人一把抓住，說：「你好大的膽子。黃蓋用苦肉計，闞澤下詐降書，你又來獻連環計。你們這種毒計，只能瞞過曹操，卻瞞不住我！」龐統嚇得魂飛魄散，回頭一看是徐庶才放下心來，說：「你真想破我的計？」徐庶說：「我還沒報劉皇叔的大恩，曹操逼死了我的母親，我發過誓再也不為曹操獻一個計，現在怎麼會破你的計呢？只是你得為我想個脫身之計，我好逃離這裡。」龐統讓他在曹軍中散布謠言，說西涼州韓遂、馬騰謀反，要打到許昌了。徐庶依言照辦，曹操聽後果然大驚，立刻讓徐庶帶兵去守關。曹操派出徐庶後，心裡才稍稍感到安慰。

建安十三年冬十一月十五日，天氣晴朗，風平浪靜，曹操傳令，當晚在大船設宴。晚上曹操登上大船，文武官員依次坐在兩邊。曹操滿心歡喜，大發感慨，說劉備、諸葛亮不自量力，又感嘆自己年事已高，破了東吳之後，就把二喬接到銅雀台，安度晚年。後來曹操又作《短歌行》來抒發自己的情懷，揚州刺史劉馥站出來說其中一句有不祥的徵兆。曹操聽了很不高興，手起一槊，殺了劉馥。酒醒之後，曹操很後悔，但人已經被殺了，只能厚葬了他。

次日，水軍都督毛玠、於禁來報，說船已用鐵鍊鎖好，請丞相調遣進兵。曹操上船坐定，見船隊旗號分明，進退有方。船隻鎖在一起，衝波破浪，穩如平地。北軍在船上刺槍使刀，再不暈船。曹操看完操練，心中更加高興，讚不絕口地說：「要不是天命助我，怎能有鳳雛獻連環計？」程昱說：「鎖船固然平穩，但敵人若用火攻，就難以逃避。」曹操說：「凡用火攻，須借風力。如今正值隆冬，只有西北風，哪有東南風？我們位於西北，敵軍位於東南，他要放火，只能燒他自己。要是十月小陽春，我早就提防了。」眾將都說：「丞相高見。」曹操說：「北方兵不習慣乘船，如今能渡長江天險了。」焦觸、張南站出來，說：「我們雖是北方人，但也是會乘船的。請給我們二十只船，我們過江去奪他旗鼓回來，也顯顯我們的威風。」曹操勸他們不要輕敵，以性命為兒戲，他們卻堅持要去。曹操就撥給他們二十

只船，五百精兵，又派文聘領三十只船接應。第二天，焦觸、張南率船隊往江南，吳軍船隊迎戰。剛一交戰，焦觸就被韓當一槍刺死。後來周泰飛身跳過船，一刀把張南也砍入水中。

北軍慌忙掉轉船頭，拼命逃竄。文聘趕來接應，也被殺退。周瑜在山頂觀戰，見北軍船如城垣，桅似蘆葦，旗號有序，問：「如何可破他們呢？」左右未及回答，只見曹軍中央的黃旗被風吹斷，落在水中，周瑜高興得大笑起來。突然，一陣風吹過，旗角在周瑜臉上拂過，周瑜大叫一聲，吐血倒地，昏迷不醒。左右把他救回，慌忙派人報告吳侯，又請醫生為他治療。

歷史好奇問

諸葛亮真的捉了孟獲七次嗎？

歷史上確有諸葛亮南征之事，也確有孟獲其人。但《三國志》上沒有關於七擒孟獲的記載，只是在裴松之引注《漢晉春秋》時說了一句「七擒七縱」，但具體過程也沒有記載。且孟獲蜀國任御史中丞，是文官。

第十六回

諸葛亮七星壇借東風

話說周瑜在山頂口吐鮮血，暈倒在地，被眾將扶回了寨中。魯肅見周瑜臥病，心中鬱悶，就去找諸葛亮，跟諸葛亮說了周瑜的事情。諸葛亮問：「這件事你是怎麼看的呢？」魯肅說：「這是曹操的福氣，江東的禍患哪！」諸葛亮笑著說：「我能治好周瑜的病。」於是魯肅就請諸葛亮去給周瑜看病。

諸葛亮見到周瑜，兩個人先是寒暄了幾句，隨後諸葛亮說：「都督這個病得先理氣，氣順了，自然就痊癒了。」周瑜問：「要想順氣，該服什麼藥？」隨後，諸葛亮在紙上寫下了十六個字：欲破曹公，宜用火攻，萬事俱備，只欠東風。周瑜見了，大驚，心想：「諸葛亮真是一個神人哪，早就知道了我的心事。」於是周瑜問：「先生已經知道了我的病源，事情危急，還請先生指教。」諸葛亮說：「我雖然沒有什麼大的才能，但我曾經遇到一個高人，他給我傳授了**奇門遁甲***的法術，可以呼風喚雨。都督如果要東南風，就在南屏山搭一個檯子——七星壇，高九尺，共三層，派一百二十人手拿旗子站在周圍。我上臺作法，借三天的東南風，幫助都督用兵。」周瑜說：「一天一夜就夠了，只是事情就在眼前了，不可遲緩。」孔明說：「十一月二十日甲子祭風，至二十二日丙寅風息，怎麼樣？」周瑜聽了很高興，連忙命五百士兵按照諸葛

*術數的一種。一種以古代天文律曆學為基礎，以推事物及人事吉凶的術數。其法以九宮為本，以三奇、六儀、八門、九星為緯，觀其吉凶，以趨吉避凶。

亮的要求建造七星壇。諸葛亮在十一月二十日這天的吉辰沐浴齋戒，身披道服，赤著腳，披頭散髮地來到壇前，吩咐魯肅說：「你去軍中幫助周瑜調兵，如果我的作法不靈，不要怪罪我。」魯肅離開之後，諸葛亮又吩咐守壇的將士不准擅自離開，不許交頭接耳，也不許亂說話，違令者斬。一切準備好後，諸葛亮就登壇作法，完成之後就下壇進帳休息，一天上壇三次，下壇三次，但並沒有見東南風刮起。

程普、魯肅一班人在帳中等候，等東南風刮起就趕緊出兵，然後再報告給孫權以便接應。黃蓋已經準備了二十只火船，船頭布滿了大釘，船內裝滿蘆葦，澆過了魚油，撒了硫黃、焰硝等易燃的東西，又用青油布蓋好，在船頭插上青龍牙旗，在帳下等候命令。甘寧、闞澤把蔡中、蔡和拖在水寨中，整日飲酒，不放他們上岸。所有的士兵都準備就緒，就等一聲令下然後出兵了。但是等了很久也不見東南風，周瑜有點懷疑了，就問魯肅：「諸葛亮是不是說錯了，冬天怎麼會刮東南風呢？」魯肅卻覺得諸葛亮神機妙算，不會說錯話。快要到三更的時候，忽然聽見風聲響，周瑜出帳一看，旗子竟真的飄向了西北，東南風越刮越大，周瑜不禁大驚說：「諸葛亮這個人有大神通，是東吳的禍患，不能把他留在世上，應該及早除掉。」於是周瑜就派徐盛、丁奉分水旱兩路去七星壇殺諸葛亮。

兩人到後，卻不見諸葛亮，問守壇的將士才知道諸葛亮早就已經離開了。徐盛連忙追了出去，見諸葛亮的船在不遠處，就高聲喊道：「先生留步，我家都督有請！」諸葛亮站在船尾上大笑說：「你們回去告訴都督，好好用兵，我先回夏口了，改日再見吧！」徐盛還要追趕，前來接應諸葛亮的趙雲就趕來了，用箭射斷了徐盛船上的篷索，篷落下水後船就打了橫。隨後趙雲將自己的船扯滿帆，飛也似的走了。丁奉趕上徐盛，對他說：「諸葛亮神機妙算，沒有人能比得上他，趙雲又英勇無比，我們只需回去報告就行了。」於是二人就掉轉船頭，回去把情況報告給了周瑜，周瑜聽後大驚，說：「諸葛亮如此多謀，真讓我日夜不得安寧啊！」魯肅說：「咱們等到攻破曹操之後再做打算吧。」

周瑜聽從了魯肅的建議，召集眾將發布號令，先讓甘寧帶著蔡中沿南岸走，冒充曹軍渡江，攻下烏林，舉火為號；又命太史慈領三千人馬去黃州，截斷曹操來自合淝的接應部隊，放火為號，並囑咐看見紅旗就是孫權的軍隊來接應了；再讓呂蒙帶人馬去烏林接應甘寧，讓淩統、董襲、潘璋各領三千兵過江埋伏；又讓黃蓋寫書信給曹操，說今夜過江投降，接著讓韓當、周泰、蔣欽、陳武帶領船隻跟在黃蓋的火船後面以便接應。周瑜自己與程普在大船上指揮，留魯肅與闞澤守寨。孫權又派人送來兵符、書信，說已派陸遜為先鋒，直抵蘄、黃二州。所有工作準備好之後，周瑜就等著黃昏發兵了。

與此同時，諸葛亮與趙雲回到夏口，來不及跟劉備細說事情的經過，就去準備戰鬥了。諸葛亮派趙雲領三千人馬，去烏林通往荊州的路上埋伏，等曹軍一過就放火；派張飛帶兵三千渡江，到葫蘆口埋伏，看見曹軍的炊煙就放火；又派糜竺、糜芳、劉封各自駕船，沿江搜捕曹軍的敗兵，奪取兵器。之後，諸葛亮又讓劉琦去守武昌，捉拿曹操的逃兵；讓劉備在樊口屯兵，登高看周瑜火燒赤壁。

此時的關羽也在一旁，但諸葛亮就是對他不理不睬，關羽急了，忍不住說：「我跟隨哥哥征戰多年，從未落後，今天大敵當前，先生卻不用我，是什麼意思？」諸葛亮說：「你不要怪我，本來有個最重要的隘口要交給你，但當年曹操對你很好，你一定會報恩。今天曹操兵敗，肯定會走華容道，你必然會放過他，所以不敢讓你去。」關羽說：「先生多心了，當年曹操的確很看重我，但我殺了顏良、文醜就算報答他了，這次怎麼會放過他？如果我放了曹操，甘願受軍法處置。」說完，關羽就立下了軍令狀。於是，諸葛亮就讓關羽在華容小路旁的山上堆積柴草，點火冒煙，引曹操來，關羽領命就去了。劉備擔心關羽太重義氣，會放走曹操，諸葛亮說：「我夜觀天象，曹操現在還不該死，所以就想趁此機會讓關羽把這個人情還給他。」說完，就與劉備去樊口看周瑜用兵，留下孫乾、簡雍守城。

曹操這時正與眾將等著黃蓋的消息，程昱見東南風刮得很大，就建議曹操要小心，曹操卻不以為然。這時，黃蓋的人到了，呈上了一封密信，信上說周瑜防範得緊，自己無法脫身。今天鄱陽湖運來糧食，周瑜派自己巡邏，今晚二更，插青龍牙旗的就是糧船。曹操看後大喜，就與眾將到水寨中的大船上，等著黃蓋到來。

傍晚，周瑜殺蔡和**祭旗***後就下令開船，每只火船後面都拴了一隻小船，黃蓋在第三只船上，船上的大旗上寫著「先鋒黃蓋」，正向赤壁進發。這時東風大起，波濤洶湧。曹操在大船上隔江遙望，隱約見一隊船駛來。船駛近了之後，曹操看見船上都插著青龍牙旗，大旗上寫著黃蓋的名字，就以為是黃蓋來投降了。程昱觀察了好久，對曹操說：「這裡面一定有詐。如果船裡有糧食，在行駛的時候就會很穩重，而不是像現在這樣輕飄飄地浮在水面上，再說今天刮的是東南風，我們不能不妨。」曹操這才醒悟，馬上派文聘過去察看。誰知文聘還沒問上幾句話，就被射中左臂，倒在船中。一瞬間，船上大亂，士兵各自奔逃。東吳的船在離曹操水寨二里的地方停下，黃蓋把刀一揮，各船一齊點火，趁著風勢，直撞曹軍水寨。曹操的船被鐵鍊鎖住，無法躲避，轉眼間就都被點燃了，火光沖天。

曹操逃到岸上，旱寨也已經變成了一片火海，他見火勢越來越大，就與張遼駕小船逃走，黃蓋在後面窮追不捨，被張遼一箭射中左肩，落入了水中，曹操得以逃脫。韓當救起黃蓋，讓人把他送回去醫治。

當天，整個江面都是火紅火紅的，叫喊聲響徹天地，左邊是韓當、蔣欽帶領的兩支隊伍從赤壁西邊殺來，右邊是周泰、陳武帶領的兩支隊伍從赤壁東面殺來，中間是周瑜、程普、徐盛、丁奉的大隊船隻。曹軍中箭、燒死、溺死的人不計其數。

同一時間，蔡中把甘寧帶進曹寨深處之後就被甘寧殺死了，隨後甘寧也放起了大火。呂蒙見軍中有火光，也放火接應；潘璋、董襲也分頭放火吶喊。曹操與張遼帶著一百多名騎兵在火海中穿行，正走著的時候，毛玠和被他救了的文聘帶著十幾個騎兵趕來了。張遼說：「現在只有地面空曠的烏林可以走。」於是曹操就決定從烏林逃走，卻又遭到了呂蒙、淩統的攔截，幸虧徐晃及時趕到，曹操才又被救下。幾人走了不遠，馬延、張　也前來接應。他們走了不到十里，又被甘寧攔住，馬延、張　與甘寧戰了幾個回合就都被甘寧斬於馬下。這時曹操就指望著合淝來救援的軍隊，不料孫權已經奪取了合淝的路口，太史慈與陸遜合兵，衝殺過來，曹操只好逃往彝陵，半路上遇到了張郃，便命他斷後。

曹操快馬加鞭，到了五更，回頭看著火光越來越遠，這才安下心來。他見周圍山川險峻，樹木叢生，不由得仰面大笑。隨從的人都問：「丞相在笑什麼？」曹操說：「我不笑別人，就笑周瑜、諸葛亮無謀，如果是我用兵，我就會在這裡埋伏一隊人馬。」話還沒說完，兩邊戰鼓齊鳴，火光沖天，嚇得曹操差點從馬上掉下來。這時，趙雲殺出來，曹操讓徐晃、張郃擋住趙雲，自己連忙逃脫。

天微微亮，大風不止，還下起了大雨，曹軍冒雨前行，又冷又餓。曹操就命令士兵進村搶劫糧食，尋覓火種，正想做飯，李典、許褚帶著一隊人馬趕到，曹操就問哪邊去江陵近，有士兵回答從北彝陵過葫蘆口最近。曹操就下令走北彝陵。曹軍走到葫蘆口，士兵餓得實在走不動了，許多馬匹也倒在了路上。曹操就命軍士取出搶來的糧食做飯，割馬肉燒了當菜。曹操坐在樹下，仰天大笑，將士們都問：「剛才丞相笑周瑜、諸葛亮，引得趙雲殺出來，我們損失了很多人馬，如今又為什麼笑呢？」曹操說：「我笑周瑜、諸

＊祭祀軍旗，祈求出師大捷。

葛亮智謀不夠深，要是我，肯定會在這裡也埋伏一隊人馬，以逸待勞。他們看不到這一點，所以我笑他們。」正說著，張飛就出現了，殺得曹操奪路而逃，又損失了很多人馬。

逃出來之後，曹操決定走有煙火燃起的華容道，眾人走上華容道早已人困馬乏，傷患都互相攙扶著行走，真是饑寒交迫，苦不堪言。走了幾里之後，曹操身邊只剩下了三百多人，沒有一個人是衣甲整齊的，曹操卻又仰面大笑。眾人問他為什麼又笑，曹操說：「周瑜、諸葛亮到底是無能之輩呀，要是在此處再埋伏一隊人馬，我們都束手就擒了。」話音未落，關羽就帶著五百人馬攔住了他的去路。曹軍見了，大驚失色，程昱說：「關羽向來是個重情義的人，丞相對他有恩，您親自跟他談談，或許還有轉機。」曹操來到關羽的面前說：「我現在落難到了這裡，走投無路，還希望將軍看在往日的情分上，放我一馬。」關羽說：「過去我承蒙丞相厚恩，但是我已殺死顏良、文醜報答了丞相的恩情，現在我怎能不秉公辦事呢？」曹操說：「將軍是否還記得過五關斬六將的事情？」關羽是個很重義氣的人，想起曹操對自己的恩惠，又見曹軍中的人個個惶恐，紛紛落淚，心中實在不忍，就轉過身去命軍士四散擺開，放曹操一行人過去。這時，張遼趕來，關羽念起舊情，把他也一起放過去了。

到天色晚些的時候，前面一隊人馬攔住了去路，曹操驚叫：「我要死在這裡了！」卻發現是曹仁前來迎接，曹仁把他們接進南郡安歇，一面安排為傷患醫治，一面擺酒為曹操壓驚。曹操突然放聲痛哭，眾將問：「丞相在危難中還大笑，如今到了安全地方，為什麼要痛哭呢？」曹操說：「我是在哭郭嘉。如果他不死，我也不會遭這場大敗。」隨即捶胸痛哭，眾謀士都羞愧滿面。隨後，曹操給曹仁留下一個錦囊，並囑咐他不到危險的時候不要打開看，讓他守好南郡，管領荊州；然後又派夏侯惇把守襄陽，張遼、樂進、李典守合淝，自己帶上人馬回了許昌。

關羽放了曹操，空手回到了夏口。各路人馬都奪得了馬匹、兵器、錢糧，只有他兩手空空。諸葛亮正在與劉備慶賀，見關羽回來，舉杯迎接，說：「將軍立了天下第一功，值得慶賀。」關羽說：「關某特來領死。」諸葛亮問：「曹操沒走華容道？」關羽說：「關某無能，讓他逃走了。」諸葛亮又問：「捉到了哪個文臣武將？」關羽回答：「一個都沒有。」諸葛亮聽後變了臉，說：「你是故意放走他的。有軍令狀在此，不得不按軍法處置。」說完就命令武士把關羽推出去斬首。劉備連忙求情，諸葛亮才饒了關羽。

風雲人物榜

姓名：周瑜

字：公瑾

生卒：西元一七五－二一〇年

諡號：無

歷史地位：三國時期孫吳的名將

經歷：周瑜是官宦世家出身，曾追隨孫策奔赴戰場平定江東。西元二〇八年，周瑜率軍與劉備聯合，在赤壁之戰中大敗曹軍，由此奠定「三分天下」的基礎。西元二一〇年，周瑜病逝，年僅三十六歲。

白白老師的國學小教室

赤壁之戰的敘述

前面就提過《三國演義》很會描寫戰爭，赤壁之戰是一場描述得十分精采的戰爭。從諸葛亮用三寸不爛之舌勸服吳國力戰曹操，至蔣幹盜書、草船借箭、周瑜打黃蓋、孔明借東風、火燒連環船，一連串的戰爭智謀，雙方互有將領詐降，互相以智謀來往，故事高潮迭起、壯闊波瀾。

關於這場戰爭的描寫，也造就了許多知名的典故和諺語，像是草船借箭、孔明借東風、周瑜打黃蓋都成為家喻戶曉的故事，至今我們都相當熟悉。

而這場赤壁之戰，也奠定了三國鼎立，形成後來天下的新局勢，開創後半段的三國故事。

第十七回　諸葛孔明一氣周公瑾

周瑜取得了赤壁之戰的勝利，犒賞三軍，設宴為眾將慶功，隨後就要發兵攻打南郡。正與眾將商議的時候，劉備派孫乾前來祝賀，周瑜問孫乾：「玄德現在在哪裡？」孫乾說：「現在移到油江口了。」周瑜聽了很吃驚，收了禮物就打發孫乾回去了。

孫乾走後，魯肅問周瑜：「剛才都督為何那麼吃驚？」周瑜說：「劉備在油江口屯兵，一定是想著攻取南郡。我們費了那麼大的力氣，馬上就要成功了，他們卻坐享其成，也來取南郡。我要去和他們理論，不成功的話，就先殺掉劉備。」於是周瑜就與魯肅帶著三千人馬去拜訪劉備，劉備依著諸葛亮的意思同意了東吳先攻取南郡。

周瑜、魯肅回去後，就立刻準備進攻曹軍的事。周瑜派蔣欽為先鋒，徐盛、丁奉為副將，帶五千精兵先渡江，自己隨後親自領大軍接應。曹仁在南郡，吩咐曹洪把守彝陵，成為犄角之勢。這時，東吳的軍隊已經攻來，牛金請命出戰，曹仁同意後，就讓他帶領五百人馬迎戰。牛金與丁奉戰了四五個回合後，丁奉假裝被打敗，牛金帶兵追趕，卻被丁奉困在陣中。曹仁見牛金被困，就殺進吳陣救出了牛金，後來他見還有幾十個人被困在陣中，就又殺了進去，把他們救了出來。這時，蔣欽出來攔他們的去路，也被曹仁殺得大敗，曹仁得勝而歸。周瑜知道後，要親自與曹仁決戰。甘寧說：「都督不可以輕舉妄動。現在曹洪守著彝陵，形成犄角之勢，我願領三千人馬攻取彝陵，然後都督再去攻打南郡。」周瑜同意後就派甘寧去打彝陵。但這件事早就有探子告訴了曹仁，曹仁連忙找陳矯商量，陳矯說：「彝陵失守了，南郡馬上就會被攻下，我們應當馬上前去營救。」於是曹仁就派曹純與牛金暗地裡帶兵去救曹洪。曹純先派人告訴了曹洪，讓他出城誘敵。甘寧引兵到彝陵後，曹洪跟他打了二十多個回合，然後敗走，甘寧就這樣進了城。到黃昏時，曹純和牛金領兵把彝陵團團圍住，把甘寧困在了裡面。周瑜得知後大驚，讓淩統替他守寨，準備親自率大軍前去救甘寧。呂蒙說：「彝陵南邊的偏僻小路，攻取南郡很方便，可以派五百人馬砍倒樹木，斷了曹軍的路，如果曹軍戰敗，一定會走這條路，到時候馬過不去，他們肯定會棄馬而走，這樣我們還能得到他們的馬匹。」周瑜同意後就派人去砍樹。到了彝陵城外，周瑜派周泰殺進去，甘寧又從城中殺出，接應周泰進城。吳軍內外夾攻，曹洪大敗，果然從小路逃跑，丟下了五百多匹馬。周瑜又連夜趕到南郡，正好碰到曹仁救援彝陵的軍隊，不免又是一場混戰，但由於天色已晚，雙方打了一會兒就都各自收了兵。

曹仁回去後，與眾將商議，曹洪說：「我們目前丟了彝陵，形勢危急，不如拆開丞相之前留下的密信來化解危機。」曹仁拆看了密信後大喜，傳令五更做飯，天剛亮就領兵分三門棄城而出，只在城上插上旌旗，虛張聲勢。周瑜見曹兵傾巢而出，身上還都背著包袱，以為他們要逃走，於是就命令士兵分成兩部分，自己帶領前軍，程普帶領後軍，向南郡進發。

周瑜到後，見城門大開，城上又沒人，就令軍隊搶城，陳矯在樓上看著周瑜，心中不禁暗暗佩服曹操的智慧。一聲梆子響，街兩旁的房上箭如雨下，吳軍不是中箭就是跌進陷坑。周瑜在逃跑的時候被一支箭射中了左肋，從馬上栽了下來。牛金衝出來捉周瑜，徐盛、丁奉拼命去救。城中場面混亂，東吳的士兵自相踐踏的、跌入陷阱的不計其數。程普急忙收兵，這時，曹仁、曹洪兵分兩路殺回，吳兵大敗，多虧淩統帶領一隊人馬來救援，才攔住了曹軍，把周瑜等人救回。

丁奉、徐盛把周瑜救進帳中，軍醫取出箭頭，敷藥包紮後說：「箭頭上有毒，需要靜養，千萬不能動怒，不然傷口就會復發。」程普讓三軍緊守各寨，不准輕舉妄動。三天後，牛金前來挑戰，程普沒有回應。過了一天，牛金又來罵戰，程普怕周瑜生氣，不敢跟周瑜說。又過了一天，牛金又來叫罵，程普與眾人商議，想先收兵，等見了孫權再說。

周瑜雖然身負重傷，心中卻早已有了打算，他已經知道曹兵常來自己的寨前叫罵，卻不見來人稟報。一天，曹仁親自領兵前來挑戰，周瑜知道後大怒，忍著傷痛強行出戰，與曹仁在陣上見了面。曹仁看到周瑜就命士兵大罵他，隨後周瑜大叫一聲，口吐鮮血，翻身落馬。雙方混戰一場，吳兵搶回周瑜，就回到了帳中。眾將都前去問候，程普問：「都督的身體怎麼樣了？」周瑜偷偷對程普說：「這是我的計謀，如果曹軍知道我病危，一定會出兵。你可派個心腹去城中詐降，說我箭傷發作，已經死了。今晚曹軍肯定會來劫寨，我們在四周埋伏好，等曹仁來了，再將他們一舉拿下。」程普也覺得這是個妙計，就在軍中散播周瑜箭瘡復發而死的消息，並下令各寨掛孝，全營舉哀。隨後，程普又派十幾個士兵，到曹仁那裡詐降，說周瑜箭傷迸裂，不治而死。曹仁這時正在與眾人商議，聽說周瑜死了，大喜，決定當天晚上就去劫寨。

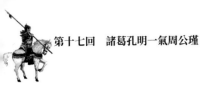

曹仁命牛金為先鋒，自己為中軍，只留陳矯和少部分士兵守城。曹軍衝進吳寨，卻看不到一個人，就知道中計了。急忙退兵時，四周的伏兵已經殺了出來，曹軍三路軍隊都被衝散，各自不能相救，大敗。曹仁帶領十幾個騎兵殺出重圍，碰見曹洪也帶著一隊人馬逃了出來，之後又遭到了淩統和甘寧的攔截。曹仁不敢回南郡了，只好往襄陽的方向逃去。

周瑜、程普收兵來到南郡城下，見城上插滿了旌旗，趙雲在樓上高喊：「都督恕罪，我奉軍師的命令，現已攻下南郡。」周瑜大怒，下令攻城，城上頓時亂箭射下，周瑜無奈，只好收兵。周瑜回軍後與眾人商議，派甘寧取荊州，淩統取襄陽，然後再取南郡，正在分派人馬的時候，探子來報說諸葛亮用陳矯的兵符，讓張飛攻取了荊州。不一會兒，又有探子來報說諸葛亮詐稱曹仁求救，騙夏侯惇去支援曹仁，派關羽攻下了襄陽。諸葛亮不費吹灰之力就幫劉備拿下了三座城池。周瑜氣得大叫一聲，箭瘡迸裂，昏迷過去，過了好久才醒過來，醒後依然氣不過，發誓不殺諸葛亮誓不為人。魯肅來了，勸說道：「現在不能動兵。如今與曹操還沒分出勝負，我們就和劉備互相吞併，如果曹兵乘虛而入，我們的局勢就危險了。況且劉備和曹操有交情，如果他聯合曹操攻打東吳，我們該怎麼抵擋呢？還是我先去找劉備說理，如果說不通，再起兵也不遲。」周瑜聽從了魯肅的建議。

於是，魯肅到荊州見劉備和諸葛亮。魯肅對劉備說：「曹操百萬大軍，名義上是下江南，其實是想殺了您。幸虧東吳出兵，殺退了曹兵，救了您，按理說荊州九郡應該歸東吳。您現在卻用詭計奪了荊州，使東吳白白浪費了錢糧和兵馬，而您卻**坐享其成**＊，這恐怕說不通吧。」諸葛亮說：「你也算是個有頭腦的人，怎麼能說出這麼糊塗的話呢？荊州本來就是劉表的地盤，不是東吳的。我家主公是劉表的同宗兄弟，劉表雖然死了，但他的兒子劉琦還在，我家主公以叔輔侄，有什麼不行呢？」說完就請劉琦出來，魯肅驚訝得說不出話，沉默了好久才說：「劉公子如果不在了，該怎麼辦？」諸葛亮說：「公子在一天，我們就要守一天，若不在了再做商議。」魯肅又說：「如果有一天公子不在了，您就該把荊州還給東吳。」諸葛亮同意了。

魯肅連夜回去，向周瑜稟報了這件事，周瑜氣憤難消，正好孫權的使者來了，說攻不下合淝，讓周瑜派兵支援。周瑜只好回柴桑養病，讓程普領兵渡江去合淝。

劉備沒有費力就得到了荊州、南郡、襄陽，心裡非常高興，於是就與眾人開始商議更長遠的計畫。伊籍此時也來到廳上，對劉備說：「您要想制定長久之計，就要向賢士馬良請教。」於是，劉備就把馬良請來商議。馬良說：「荊州四面受敵，不能久待，您可以讓公子劉琦在這裡養病，並派之前的人把守，讓他做荊州刺史。然後您向南攻打武陵、長沙、桂陽、零陵，積聚錢糧作為根本，這才是久遠之計。」劉備大喜，隨後就讓馬良為從事，伊籍當他的副手，讓劉琦回襄陽替關羽守荊州；然後又派張飛為先鋒，趙雲為後軍，自己與諸葛亮為中軍，率一萬五千人馬去攻打零陵。

零陵太守劉度聽說劉備要打來，忙叫兒子劉賢來商議禦敵之策。劉賢說：「劉備雖然有張飛、趙雲，但我們有大將邢道榮，他力敵萬人，完全可以抵擋住。」於是劉度就命劉賢與邢道榮領一萬人馬在城外三十里下寨。交戰時，邢道榮完全不把諸葛亮放在眼裡，掄起斧子就要去殺諸葛亮。張飛這時殺了出來，和邢道榮戰了沒幾個回合就把他打敗了。邢道榮逃出去沒多遠，又被趙雲攔住去路，只好投降。劉備要把他斬首，他說自己可以作為內應，幫助劉備攻取零陵，於是諸葛亮就把他放了回去。

邢道榮回去之後，把整件事告訴了劉賢，並說要將計就計。當晚，邢道榮就與劉賢伏兵於寨外，等著劉備來劫寨。二更時果見一隊軍馬來寨口放火。二人急忙領兵追趕，追了十多里，軍馬都不見了，於是慌忙退兵。二人返回本寨時，發現本寨早已被張飛占領，慌忙逃脫間又撞上了趙雲，趙雲刺死了邢道榮。劉賢逃了沒多遠，就被張飛活捉獻給了劉備。劉賢見到劉備說：「這一切都是邢道榮讓我幹的，並不是我的本心。」諸葛亮就讓人放了他，讓他說服他父親投降，否則就讓人打進城去，把他滿門殺絕。劉賢回去向父親說了諸葛亮所說的話，劉度感謝諸葛亮對他兒子的不殺之恩，就開城投降了。諸葛亮讓劉度繼續當零陵太守，讓劉賢到荊州隨軍辦事。

＊自己不出力而享受別人取得的成果。享：享受；成：成果。

攻下了零陵後，趙雲又帶領三千人馬去攻打桂陽。桂陽太守趙范得知後忙聚眾商議，管軍校尉陳應、鮑隆願領兵出戰，趙範卻說：「我聽說劉備是大漢的皇叔，諸葛亮機智多謀。這次來的趙雲，在曹操百萬軍中如入無人之境。桂陽這點人馬怎麼抵抗他們呢？所以我們不能迎敵，只能投降。」陳應、鮑隆感到不服，說打不過趙雲再投降也不遲。於是陳應就領三千人馬出戰，很快就被趙雲活捉了。趙雲放他回去，讓他帶話給趙范，讓趙範投降。陳應連忙回去告訴了趙范，趙範隨後就開了城門，捧上大印投降趙雲，並設宴款待趙雲，與趙雲結為兄弟。

次日，趙范請趙雲進城安民。趙雲安撫了百姓後，趙范就請趙雲到衙門喝酒。酒到半酣，趙范又請趙雲到後堂，再擺筵席。二人正飲著，趙範請出一位婦人為**趙雲把盞***。趙雲見婦人身穿素衣，生得十分美麗，就問趙範：「這位夫人是什麼人？」趙範說：「是我的嫂子樊氏。」趙雲連忙恭恭敬敬地對待她。樊氏進去後，趙雲說：「賢弟怎麼能麻煩令嫂來把盞呢？」趙範笑著說：「我哥哥已經死了三年，嫂子一直寡居也不是長法。所以我常勸她改嫁，她提出三個條件：第一，要文武雙全，天下聞名；第二，要相貌堂堂，威儀出眾；第三，也要姓趙。天下哪有那麼巧的事，尊兄正闔家嫂的三個條件。您若不嫌家嫂相貌醜陋，弟願陪嫁資，與兄為妻。」趙雲大怒，厲聲說：「我們既然已經結為兄弟，你嫂子就是我嫂子，我怎可做出亂倫之事！」趙範惱羞成怒，就想殺了趙雲。趙雲看出他不懷好意，上去一拳把他打倒，上馬就走了。

趙範覺得事情不妙，急喚陳應、鮑隆商議，決定要暗殺趙雲。於是，陳應和鮑隆當晚就帶著五百人到了趙雲的營中，假裝投降。趙雲知道二人是詐降，所以將計就計，假裝很高興的樣子請二人喝酒，把二人灌醉後又綁了起來。隨後趙雲一審問二人的手下，果然是詐降。趙雲當時就殺了二人，讓那五百人去騙開城門，城上守軍看是自己人就開了城門。趙范出城迎接時，被趙雲活捉。趙雲占了城池就派人去報告劉備。

張飛得知趙雲占了城池很不服氣，於是就帶了三千人馬去攻取武陵。武陵太守金旋找眾人商議迎敵之計，從事鞏志說：「劉備是大漢皇叔，仁義布於天下，張飛又勇猛非常，我們誰也不是張飛的對手，只能投降。」金旋聽後大怒，不但不聽鞏志的建議，還要殺了他。眾將領一起求情才使得鞏志保住一命。於是金旋親自率人馬去迎戰張飛，走了二十里，正好碰到了張飛。張飛一聲大喝，嚇得金旋撥馬就逃，到了城下，被城上的鞏志亂箭射死。隨後鞏志開城投降，張飛就讓鞏志去桂陽見劉備。劉備見到鞏志後大喜，讓鞏志代替金旋為武陵太守。

劉備到武陵安撫了當地百姓後就派張飛去守荊州，派關羽取長沙。關羽聽說長沙只有黃忠還算得上是大將，就決定只帶五百人馬去。劉備十分擔心，就帶兵前去接應。

長沙太守韓玄性情急躁，動不動就殺人，手下人既怕他又恨他。他聽說關羽攻來，就請黃忠商議。黃忠出戰，與關羽大戰一百多個回合，勝負未分。韓玄怕黃忠吃虧，就收了兵。第二天，黃忠又出城與關羽大戰，關羽因黃忠馬失前蹄而放了他一馬，兩人約定來日再戰。等到兩人再戰時，關羽中了計，被黃忠追趕，但黃忠想起關羽對自己的恩情，就射了一支空箭，放走了關羽。韓玄覺得黃忠與關羽有勾結，要殺了黃忠，幸虧被魏延救下，魏延早就受不了韓玄的殘暴，於是就帶領眾人投降了關羽。

就這樣，劉備取得了四郡，班師回了荊州，改油江口為公安。從此，錢糧廣盛，賢士都來投靠，劉備的勢力大增。

＊手持酒杯。多用於斟酒敬客。

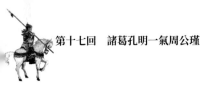

三國有兵器

丈八點鋼矛

又名丈八蛇矛，長一丈八，它名為蛇矛，是指其長度似蛇。歷史上張飛所使的矛沒有名稱，而東晉的陳安曾用過丈八蛇矛。劉熙在《釋名．釋兵》中說：「矛長丈八尺曰俏，馬上所持，言其俏俏便殺也。」又曰激矛，激截也，可以激截敵陣之矛也。

第十八回

周郎賠了夫人又折兵

周瑜回到柴桑，命甘寧守巴陵，讓淩統守漢陽，並讓二人分別布置戰船，聽候差遣。程普帶領其餘的士兵去支援合淝，原來孫權自從赤壁之戰後，就一直待在合淝，與曹軍大大小小交戰了十幾次，仍未決出勝負。孫權又不敢攻城，就在離城五十里的地方屯兵。孫權聽說程普和魯肅來了，大喜，連忙把他們請到帳中，設宴犒勞將士，商議攻打合淝的策略。忽然來人報說張遼派人來下戰書。孫權大怒，決定不用程普的援軍就與張遼決戰，於是傳令當晚五更出寨，向合淝進發。孫權領兵走到一半的時候，遇到了曹軍。兩軍對峙，張遼點名要孫權出戰，孫權剛要衝出去，太史慈卻早一步挺槍出戰。張遼和太史慈戰了七八十回合不分勝負。曹軍中的李典對樂進說：「對面戴金盔的就是孫權，捉了他，就能報赤壁之戰的仇。」還沒說完，樂進就殺了出去，直奔孫權而去，宋謙、賈華拼命抵擋，李典一箭射死了宋謙，又向孫權奔去。太史慈見了，連忙轉身去救孫權，張遼乘勢追殺，看見孫權後驟馬趕來，眼看就要追上孫權了，程普及時衝出來，救下了孫權。

程普保護孫權回寨，敗軍也陸續回到營中。孫權見宋謙戰死，不禁放聲大哭，張**紘**(ㄏㄨㄥˊ)說：「主公年輕氣盛，驕傲輕敵，今天才讓宋謙白白犧牲，希望主公以此為戒，好好保重。」孫權說：「這是我的錯，從此以後我一定會改正。」

一會兒，太史慈進帳來，說：「我手下有個叫戈定的人，他與曹軍的一個馬夫是兄弟，那個馬夫因被張遼責罵而心生怨恨，他說願作為內應，以舉火為號，協助我們刺殺張遼。」孫權問：「戈定現在在哪裡？」太史慈說：「已經混進合淝城中了，我請命帶兵五千前去接應。」諸葛瑾說：「張遼足智多謀，恐怕早有準備，我們不能輕舉妄動。」但太史慈堅持要去，孫權因感傷於宋謙之死，急著要報仇，就同意了太史慈的請命。當天戈定就混在軍中一起進了合淝城。戈定找到了那個馬夫，說：「我已經派人報告給太史慈將軍了，今天晚上他們就會來接應，你要怎麼做呢？」馬夫說：「這裡離中軍比較遠，晚上不能著急進攻，我在草堆上放一把火，然後你去前面喊有人造反，那時候城中一定會大亂，我們再趁機刺殺張遼。」

晚上，張遼回城犒賞三軍，雖然打了勝仗，但張遼絲毫沒有懈怠，命令部下不許卸甲，時刻準備對付孫權的偷襲。這時後寨起火，造反聲響起。張遼臨危不亂，鎮定地派人去後寨查看。沒過一會兒，李典就捉住了戈定和馬夫，張遼問清情況後決定將計就計，打開城門放吳兵進城。太史慈一馬當先衝進城，城上頓時箭如雨下，太史慈身中數箭。這時曹兵又從四面殺出，幸虧陸遜、董襲拼命抵敵，才救出了太史慈。但太史慈傷得太重，不幸身亡，死時只有四十一歲。孫權損兵折將，只好聽張昭的建議，草草收兵回江東。

劉備在荊州整頓人馬，聽說孫權兵敗合淝，已回到南徐，就與諸葛亮商議。諸葛亮說：「我夜觀天象，見西北方向有星墜地，最近可能有皇族的人要死去。」正在談論的時候，忽然來人報說劉琦病亡，劉備知道後痛哭不止。諸葛亮勸他先不要哭，應立即派人去守城，料理喪事。於是劉備派關羽前往襄陽。劉備說：「現在劉琦死了，東吳的人肯定會來要荊州，我們該怎麼辦？」諸葛亮說：「我自有辦法，您請放心。」過了半個月，東吳果然派魯肅前來弔喪。

魯肅到了之後，諸葛亮與劉備出城迎接，魯肅先是代表東吳對劉琦的去世表示遺憾，劉備、諸葛亮謝過後，便擺酒宴招待他。魯肅說：「之前您就說過，如果公子劉琦不在了，就把荊州還給東吳，現在公子

已經不在，不知道咱們什麼時候可以交接？」

劉備還沒來得及回答，諸葛亮就臉色一變，說：「我家主公是中山靖王的後人，孝景皇帝的玄孫，當今皇上的叔叔，怎麼能分裂自家的領土呢？何況劉表是我家主公同宗族的哥哥，弟弟繼承哥哥的基業，有什麼不對？你家主公只不過是個小官的孩子，從來沒有報效過朝廷，現在仗著自己的軍事力量，占據了六郡八十一個州還不夠，還要吞併漢朝的領土。而且赤壁之戰我們的將士也是在用生命戰鬥，怎麼能單單是東吳一方的力量呢？如果不是我借來東南風，你們怎麼能夠打敗曹操？江南一旦被破，東吳還有存在的可能嗎？」這一席話說得魯肅半天說不出一句話來，過了好久他才說：「你的話也有一定的道理，過去劉皇叔受難的時候，是我帶著諸葛先生渡江見我家主公，後來周瑜都督要發兵攻取荊州，又是我攔住他的。先生當初說等到劉琦公子去世之後還荊州，也是我擔保的，現在您叫我回去怎麼交代？萬一都督發怒，不是又要挑起兩家的戰事嗎？」諸葛亮說：「曹操有百萬軍隊，又以天子的名義發動戰爭，我都沒放在眼裡，何況區區一個周瑜，如果你面子上不好看，我就立下文書，說明荊州是我們借的，等我們得到了西川就把荊州還回去。」魯肅無奈，只能答應。雙方簽字後，魯肅就回去了。

魯肅回去後，先到柴桑見了周瑜，周瑜看了文書，說：「你中了諸葛亮的計呀，他名義上是借，實際上就是要賴，他說等取了西川就還，劉備如果永遠不取西川，那豈不是永遠不還荊州了？到時候主公怪罪下來該怎麼辦？」魯肅聽後就請周瑜想辦法救他，周瑜讓他先住幾天，說等打聽清楚劉備的動靜再想辦法。

過了幾天，去往荊州的探子回報說甘夫人死了，當天就安排殯葬。

周瑜對魯肅說：「劉備死了妻子，肯定會再娶，主公有個妹妹，喜歡練武，我現在就上書主公，讓他派人去荊州提親，把劉備騙過來，然後再把他囚禁起來。到時候咱們再讓他們用荊州交換劉備，得了荊州你也就沒罪過了。」

於是，周瑜就寫了書信，讓魯肅帶給吳侯。魯肅回到南徐，見了孫權，先呈上劉備的文書。孫權看後埋怨說：「你真是糊塗，這是一紙空文，要它有什麼用呢？」魯肅接著又呈上周瑜的書信，孫權看了，點頭暗喜，就派呂范為媒人，前往荊州說媒。

劉備自從沒了甘夫人，整天鬱悶。一天，劉備正與孔明閒聊時，忽來人報說東吳派呂範來了。孔明笑著說：「這是周瑜的計策，一定和荊州有關。我只在屏風後面偷聽，不管呂範說什麼，主公只管應承，先留他在館驛中安歇，咱們再作商議。」呂范見到劉備後，說明了來意。劉備按照諸葛亮所說的全都答應了，然後又派孫乾隨呂范過江去見孫權。孫乾回來後，對劉備說：「孫權在南徐等著主公前去結親。」劉備不敢去，諸葛亮說：「我已經定下了三條計策，一定要讓趙雲跟你前去。」說完，諸葛亮就召來了趙雲，給了他三個錦囊，讓他依計行事。

建安十四年十月，劉備帶趙雲、孫乾與五百人馬，乘十隻快船前往南徐。到了南徐，趙雲打開了第一個錦囊，依計讓五百士兵披紅掛彩，進城買東西，到處說劉備到東吳招親的事，然後又讓劉備去見喬國老。喬國老是二喬的父親，劉備帶人牽羊擔酒，前去拜見，說是呂範為媒，前來**入贅***。孫權得知劉備已經來了，就安排驛館讓劉備等人先歇息。

喬國老見了劉備之後，就去給吳國太賀喜，吳國太卻不知道這件事，聽了後非常震驚，就找孫權來質問。確認情況屬實之後，吳國太大哭，埋怨孫權瞞著她就把妹妹嫁了，孫權說：「這其實是周瑜的計謀，想用妹妹把劉備騙來換取荊州。」吳國太大罵周瑜說：「他已經是六郡八十一州的大都督了，沒有本事取得荊州，卻拿我的女兒使美人計。殺了劉備，我女兒就要守寡，以後怎麼給她說親呢？」喬國老也說：「就算靠這個計策拿下了荊州，也是要被天下人恥笑的，這怎麼能行啊？」孫權沉默不語，吳國太仍然罵不絕口。喬國老勸她說：「劉備也是漢室宗親，事情既到了這一步，不如真招他為女婿，免得出醜。況且劉備是當今的英雄豪傑，招了這個女婿，您也不算虧。」吳國太聽後，堅持要見劉備，說只要自己對劉備不滿意，就不會同意這門親事。於是，孫權便決定在甘露寺設宴款待劉備，又暗中派三百人馬在周圍埋伏，準備只要吳國太不滿意就當場拿下劉備。

第二天，吳國太、孫權先到了甘露寺，派呂范去請劉備。孫權見劉備儀錶非凡，就已經有點怕了。二人行完禮就進去見了吳國太，吳國太見了劉備大喜，對喬國老說：「真配得上我女兒。」吳國太得知有人要害劉備，非常生氣，就命人撤去了埋伏。宴會結束後，劉備回到驛館，孫乾建議應該早點成親，免得再生事端。劉備就去見喬國老，直言恐怕被人謀害，自己不能長時間居住在此地。喬國老入見吳國太，向其說明劉備的擔憂，吳國太隨後讓劉備搬到府內住，擇日完婚。

幾天後，劉備與孫夫人成親，吳國太大擺宴席，場面非常熱鬧。晚上客人都散去，劉備入了洞房，與孫夫人兩情歡洽。劉備又將金銀綿帛分給眾丫鬟，收買人心；並讓孫乾回荊州報喜，從此每天與孫夫人飲酒取樂。

孫權派人到柴桑，把弄假成真的事告訴了周瑜。周瑜知道後就給孫權寫了一封密信，讓孫權用美色、玩物消磨劉備的意志，離間他和關羽、張飛、諸葛亮的感情，讓他留在東吳，同時再進攻荊州，這樣就大事可成了。於是孫權依計照辦，劉備果然迷戀女色，不想再回荊州，就這樣一直待到了年底。

＊男子結婚後住進女家，成為女家的成員，子女亦從母姓。

趙雲見已接近年底，劉備還不提回去的事，就拆看了第二個錦囊。

趙雲按照錦囊上說的，找到劉備，故作驚慌地說：「諸葛先生派人來報，說曹操要報赤壁之仇，帶領五十萬人馬，殺向荊州，形勢危急，請主公快回。」劉備說：「我跟夫人商量一下。」趙雲說：「夫人定不肯讓您回去，不如不說，今夜就走。」劉備說：「你先退下，我自有辦法。」

劉備見了孫夫人，暗暗落淚，孫夫人說：「丈夫為什麼事如此煩惱？」劉備說：「我一生在外面飄蕩，不能孝敬雙親，祭祀祖宗，實在是不孝哇。」孫夫人說：「你別瞞我了，趙雲的話我也聽到了幾句，你想回去，所以才會這樣說。」劉備跪下說：「你知道了我就不瞞你了。我如果不回去，就會丟失荊州，被天下人恥笑；要是回去了，又捨不得夫人。」孫夫人說：「你去哪，我就去哪，我去求母親，她會放我們回去的。」劉備說：「就算吳國太放了我們，你哥哥也會阻攔的。」孫夫人想了一陣，說：「正月初一那天，我們就說到江邊祭祖，不辭而別，怎麼樣？」兩個人商量好後，劉備就吩咐趙雲說：「到正月初一那天，你先帶兵出城，在官道等候，我到時候就趁著祭祖的時候與夫人逃出來。」趙雲領命。

建安十五年大年初一，劉備夫婦得到了吳國太的准許，乘車去江邊祭祖，出城就與趙雲會合，離開了南徐。當天晚上，劉備府中的人見劉備和孫夫人還沒有回來，就去報告給孫權，孫權當時已經醉得一塌糊塗，五更時才醒來。他醒後知道劉備已經逃走，就命令陳武、潘璋領五百精兵立即追趕。二將走後，程普說：「他們二人見了郡主，怎敢下手？」於是孫權解下佩劍，命令蔣欽、周泰說：「你們拿著我的劍，把我妹妹與劉備的人頭拿回來。誰敢違背命令就立即斬首！」

劉備夫婦拼命趕路，眼看快到柴桑，又殺出了丁奉、徐盛。趙雲見形勢危急，追兵馬上追來，連忙拆看第三個錦囊，然後又給劉備看。劉備依計到車前哭著告訴孫夫人，說東吳招親實是周瑜和孫權使的美人計，如今孫權、周瑜見形勢不好，要殺他們夫妻二人。孫夫人聽後大怒，怪哥哥不在乎自己，出車大罵丁奉、徐盛，反問他們是不是要造反，二人不敢造次，只好讓開路，放他們過去。劉備夫妻二人剛走了一會兒，陳武、潘璋就趕到了，丁奉、徐盛這才知道夫人是私自逃出來的，於是四個人在後面緊追不捨。孫夫人見了，讓劉備先走，說自己與趙雲斷後。孫夫人看到四人後又是一頓大罵，四個人被罵得**面面相覷***，心想這是主公的家事，還是不要干涉的好，於是就放他們過去了。隨後，蔣欽、周泰趕到，說是奉孫權之命來殺劉備夫婦的，於是六人又開始追趕。

劉備等人走到江邊，看到江上沒有一隻船，正在著急的時候，忽見不遠處來了二十多隻小船。上船之後才發現裡面的人是諸葛亮。劉備的船正行駛著，忽然又看見有無數隻東吳的戰船追來。周瑜親自帶領中軍，快如飛馬，眼看就要趕上了，諸葛亮卻讓船駛向北岸，上了岸就走。周瑜趕到岸邊時，連忙命水軍上岸追趕。只聽一聲鼓響，前有關羽，左有黃忠，右有魏延，分別帶領人馬殺來，吳兵大敗。劉備的士兵登上山頭齊聲大叫：「周郎妙計安天下，賠了夫人又折兵！」周瑜忍無可忍，要上岸與諸葛亮決一死戰。黃蓋、韓當極力勸阻。周瑜突然大叫一聲，箭瘡迸裂，倒在了船上，眾人急忙將周瑜帶回去搶救。諸葛亮與劉備返回荊州後，擺宴慶祝了勝利。

---

* 你看我，我看你，不知道如何是好。形容人們因驚懼或無可奈何而互相望著，都不說話。覷：看。

第十九回 諸葛孔明三氣周公瑾

孫權、周瑜追拿劉備夫婦失敗後，周瑜被氣得口吐鮮血，昏倒在地，回了柴桑後，蔣欽等人也回到了南徐。孫權大怒，要拜程普為都督，起兵討伐荊州。張昭說：「萬萬不可，曹操每天都在想著如何報赤壁之戰的仇，只是怕我們與劉備聯合，才一直不敢出兵，現在如果主公因為一時的氣憤而去討伐荊州，曹操肯定會趁此機會來攻打我們，那樣的話我們就很危險了。」顧雍說：「我們最好使用反間計，讓曹操去攻打劉備，那樣我們就可以坐收漁翁之利了。」孫權同意後，就問誰去比較合適，顧雍推薦了華歆，孫權就派華歆帶上表章，前往許昌。聽說曹操在銅雀台大宴群臣，華歆又去了鄴郡。

曹操自從赤壁之戰被打敗後，常常想著報仇的事情，只是怕孫、劉兩家聯合，不敢輕舉妄動。建安十五年春，銅雀台建成，曹操就帶文武官員來到鄴郡，在銅雀台設宴慶賀。曹操想看武將比試弓箭，就讓侍者將一件紅錦戰袍掛在一棵垂柳的枝上，下麵有一箭垛，一百步為界限，把武將分成兩隊，曹氏家族的穿紅，其餘的將士穿綠，曹操傳令說：「誰能射中把箭垛的紅心，我就把那件錦袍賜給他。如果射不中，就罰喝水一杯。」號令發出後，各將領為爭錦袍，大打出手，把錦袍扯得粉碎。曹操哈哈大笑，為了不傷和氣，賞給了每個武將一匹蜀錦。接著，他又讓文官作詩，歌頌今天的盛會。文官們紛紛對曹操歌功頌德，甚至吹捧曹操應當受命為天子。曹操看了眾人的詩後說：「你們都過獎了，我本是個愚笨的人，不料朝廷重視我，封我為典軍校尉，我只是想為國家討伐亂臣賊子，死後能有個寫著『漢故征西將軍曹侯之墓』的墓碑就已經很滿足了。我自從討伐董卓、剿滅黃巾軍以來，先後消滅了袁術、呂布、袁紹、劉表，平定了天下。我身為宰相，已是人臣的最高位置，還能再想要什麼呢？只是沒有了我，不知幾個人要稱王，幾個人要稱帝。有人見我權力大，以為我要稱帝，其實，我早想退隱了。可就怕我一放棄兵權，國家就危險了，所以不得不勉為其難。人家可能都不知道我的意思。」眾人都拜下來，說：「雖然伊尹、周公英明，也都比不上丞相。」曹操喝得大醉，要作一首銅雀台的詩，剛要下筆，就有人來報：「東吳派華歆為使臣，表奏劉備為荊州牧。孫權把自己的妹妹嫁給了劉備，現在荊襄九郡的大部分都歸屬了劉備。」曹操聽後大驚，手忙腳亂，筆都掉在了地上。程昱問他為什麼吃驚，他說：「劉備是人中之龍，之前沒有水，龍就沒有施展本領的地方，現在劉備得到了荊州，就好比是龍進了大海，這樣對我們的威脅就更大了，我怎麼能不驚慌呢？」程昱聽後獻了一計，說：「您可封周瑜為南郡太守，封程普為江夏太守，把華歆留下重用。這樣，周瑜就會為奪封地與劉備結仇，我們就可以乘機進攻。」曹操大喜，就照辦了，封華歆為大理少卿，把他留在了許昌。

命令傳到東吳後，周瑜、程普也各自接受了職位。周瑜占據了南郡，更加想報仇了，於是就上書孫權，讓孫權派魯肅再去討荊州。

劉備與諸葛亮此時正在荊州廣聚糧草，訓練兵馬，招賢納士。忽然來人報說魯肅來了，劉備就問諸葛亮魯肅的來意，諸葛亮說：「昨天孫權表奏您為荊州牧，曹操又封周瑜為南郡太守，曹操就是想讓我們跟東吳自相吞併，他們好從中獲利，今天魯肅來，肯定又是來索要荊州的。如果魯肅跟您提起荊州的事情，您就放聲大哭，到時我自會出來解決。」兩人商量好之後，就請魯肅入府了。

二人坐下之後，魯肅就說：「今天我奉我家主公的命令，專門為荊州的事情來，你們已經占據荊州很久了，現在我們兩家結了親，看在親情的分上，還是把荊州早早地還了吧。」劉備聽完，掩面大哭，魯肅驚慌地問劉備為什麼哭，劉備不理，仍然大哭不止。這時諸葛亮從屏風後面出來說：「我在後面聽了好久了，你知道我家主公為什麼要哭嗎？」魯肅說：「不知道。」諸葛亮又說：「當初我家主公許諾收了西川還荊州。但仔細想，益州的劉璋也是漢室宗親，是我家主公的兄弟。我們若要起兵攻打，怕是要被外人唾罵，要是不取，還了荊州，就沒地方安身了。但荊州如果不還，吳侯孫權的臉上又不好看。所以我家主公左右為難，傷心落淚。」劉備本是裝哭，被諸葛亮這番話觸到痛處，不由得真的大哭起來。魯肅一看，慌了手腳，不忍心再逼他。諸葛亮就讓魯肅回去請求孫權再放寬些日子。魯肅沒有辦法，只好答應。

魯肅先回柴桑見了周瑜，跟他說了事情的經過。周瑜說：「你又中了諸葛亮的計呀，當初劉備投靠劉表的時候就有吞併他的意思，更何況是西川的劉璋，我有一計能讓他交出荊州。你再去荊州對劉備說：『我們兩家既然結了親，那就是一家人，如果您不忍心去攻打西川，那麼我們東吳就起兵攻打西川，等我們攻下西川的時候，把西川作為郡主的嫁妝送給您。』我們出兵路過荊州的時候，就以要錢糧為由把荊州奪回來，這樣既報了仇，也給你解了圍。」魯肅大喜，便又去了荊州。諸葛亮得知魯肅又來了，對劉備說：「他根本沒回到南徐，只到柴桑見了周瑜，一定是跟他商量了計策，又來誘惑我們。他說的話，您只要見我點頭，就答應他。」魯肅進來，說了周瑜的意思。諸葛亮聽後，連忙點頭說：「那樣的話真是太好了。」劉備也拱手稱謝。魯肅告辭後，諸葛亮大笑著說：「周瑜怕是活不過這幾天了。這種計策連小孩都瞞不過。」劉備問原因，諸葛亮就說出了周瑜的陰謀，並叫來趙雲安排好，等著周瑜的到來。

魯肅回去見了周瑜，把情況一說，周瑜大笑著說：「諸葛亮還是中了我的計呀。」說完就讓魯肅去見孫權，派程普帶兵接應。周瑜此時的箭傷已經好得差不多了，就派甘寧為先鋒，自己與徐盛、丁奉領中軍，凌統、呂蒙為後隊，領水陸大軍五萬，向荊州進發。一路上，周瑜意氣風發，以為諸葛亮中了他的計。到了夏口，周瑜問：「荊州有人在前面迎接嗎？」手下人說：「劉備派了糜竺來接都督。」糜竺來到，說：「我家主公已經安排好了，就等著都督來了。」周瑜說：「我現在是為了你們的事而出兵遠征，勞軍一定要盛大，不能馬虎。」糜竺領命就先回去了。

周瑜的戰船浩浩蕩蕩地前行，到了公安後，發現江面空蕩蕩的，連只小船都沒有，再往前走還是一樣。探子回報說：「荊州城上不見人影，只是插著兩面白旗。」周瑜心裡疑惑，叫把船靠岸，上岸乘馬，帶上甘寧、丁奉、徐盛，率三千精兵來到城下。城上並沒有什麼動靜，於是周瑜就讓士兵叫門，話音未落，忽聽一聲梆子響，城上刀槍林立，趙雲站出來問：「都督這次來，到底為的什麼？」周瑜說：「我替你家主公攻取西川，你難道不知道嗎？」趙雲說：「我們軍師早就識破了你的陰謀，所以派我在這裡等候。」周瑜聽後調頭就走，這時探子來報說：「關羽從江陵殺來，張飛從秭歸殺來，黃忠從公安殺來，魏延從孱陵殺來。四路不知聚集了多少人馬，喊聲震天，說要活捉周瑜。」周瑜怒氣填胸，大叫一聲，箭傷復發，從馬上摔了下來。眾人急忙把他救回船上，又聽見士兵報告說：「劉備、諸葛亮正在前面山上飲酒取樂。」周瑜更是氣得咬牙切齒，說道：「你以為我奪不了西川，我發誓定要奪得！」正生氣間，孫權的弟弟孫瑜來了，說自己是奉哥哥的命令來幫助周瑜的。於是周瑜便催軍前行，不料船行駛到巴丘的時候，水路又被劉封、關平截住，周瑜更加憤怒。這時，諸葛亮派人送來一封信，信的內容**言簡意賅**＊，說明益州不可輕易攻取，周瑜應該回去，以提防曹操來報赤壁之戰的仇。周瑜看完，長嘆一聲，寫了一封

＊話不多，但意思都有了。形容說話寫文章簡明扼要。賅：完備。

信給孫權，又叫來眾將說：「不是我不盡忠報國，只是我的壽命已經到頭了，你們一定要好好輔佐吳侯，助他完成大業。」說完就昏了過去。周瑜醒來後，仰天長嘆：「這世上既然有了周瑜，為什麼還要有諸葛亮啊！」喊了幾聲就死了，年僅三十六歲。眾將把遺書報送給孫權，孫權知道周瑜去世的消息後大哭，一面按照周瑜的遺書命魯肅接任大都督一職，總領兵馬；一面讓人把周瑜的靈柩送回柴桑。

諸葛亮在荊州夜觀天象，發現有星墜落，就知道是周瑜死了，於是決定以弔喪的名義去江東為劉備尋找有賢能的人。後來諸葛亮聽說周瑜的靈柩送回了柴桑，就和趙雲帶著五百軍士直接去了柴桑。

諸葛亮到了柴桑以後，魯肅以禮相待，但周瑜的部下都想殺了他，只是因為害怕趙雲而不敢下手。諸葛亮在靈前擺上祭品，取酒祭奠，跪在靈前，朗讀了祭文，說完之後，就趴

在地上大哭，淚如泉湧。眾將都竊竊私語道：「都說周瑜跟諸葛亮不和，今天看諸葛亮祭奠周瑜的感情，才知道那些傳言都是不真實的。」魯肅更加感傷，暗想：「諸葛亮有情有義，是周瑜氣量狹小，自己氣死了自己。」

隨後魯肅設宴款待了諸葛亮，宴會結束後，諸葛亮辭別了魯肅準備回去，剛要上船，江邊突然過來一個人，一把揪住了諸葛亮，大笑著說：「你把周瑜氣死，現在又來弔喪，這分明就是欺負東吳沒有人了呀！」諸葛亮認出此人是龐統，也放聲大笑，隨後二人攜手登船，互訴心事。諸葛亮走之前留下了一封書信，說：「如果孫權不重用你，你就來荊州，跟我一起輔佐劉皇叔。」龐統答應後就走了，諸葛亮也回了荊州。

一天，魯肅對孫權說：「我是個平庸的人，沒有什麼才能，不適合都督這個職位。我願推薦一個人給主公，這個人上通天文，下知地理，謀略很高，周郎生前經常向他求教，諸葛亮對他也很佩服。他現在就在江南，主公怎麼不用他？」孫權大喜，忙問此人的姓名。魯肅說：「此人乃襄陽人，姓龐，名統，字士元，道號鳳雛先生。」孫權說：「我早就聽說過這個大名，快把他請來。」於是魯肅就把龐統請了進來。孫權見到龐統時，發現龐統面相長得很古怪，心裡就有點不高興，又問他的才能跟周瑜比怎麼樣，龐統笑著說：「我所學的與公瑾大不相同。」孫權平時最喜歡周瑜，見龐統輕視周瑜，更加不開心，就把龐統打發走了。魯肅對龐統說：「不是我不推薦你，只是主公現在不用你，你再耐心等一段時間。」龐統對孫權很失望，所以低著頭，一直嘆氣，沒有說話。魯肅知道他另有打算，細問後得知他打算去荊州，於是為他寫了一封推薦信，讓他帶著去了荊州。

龐統見了劉備，沒有行拜見禮。劉備見他相貌醜陋，也有幾分不高興，便對龐統說：「您遠道而來不容易呀。」龐統沒有把諸葛亮和魯肅的推薦書拿出來，只是說：「聽說劉皇叔招賢納士，所以特意來相投。」劉備不想重用他，但又怕趕走他落個輕視賢士的名聲，於是就讓他去耒陽縣當縣令。龐統任職後，不理政事，整天只是飲酒取樂。有人報告了劉備，劉備大怒，就派張飛和孫乾前往耒陽。兩人到了之後，官員士兵都出來迎接，唯獨不見龐統。張飛說：「縣令去哪裡了？」其中一個官員說：「縣令到任百天，從不理事，每天只是飲酒。昨天晚上喝醉了，到現在酒還沒醒呢。」張飛聽後大怒，要去捉了龐統，被孫乾攔住。張飛來到縣衙，責怪龐統不理政事，他說：「這些小事有什麼好處理的。」說完當場就開始處理積累的案卷，賞罰分明，百姓都磕頭拜謝。不到半天，龐統就處理完了一百多天積累下來的政事。張飛大驚，龐統又拿出魯肅的推薦書，於是張飛連忙帶著龐統去見了劉備，劉備這才知道自己委屈了人才。隨後龐統又拿出諸葛亮的推薦信，劉備大喜，拜龐統為副軍師中郎將，與諸葛亮共同研究大計，操練軍隊，準備北伐。

風雲人物榜

姓名：龐統

字：士元

生卒：西元一七九—二一四年

謚號：靖侯

歷史地位：三國時期劉備的重要謀士

經歷：他才智很高，與諸葛亮齊名，號稱「鳳雛」。劉備得荊州，拜他為軍師中郎將。在進圍雒縣時，龐統率眾將士攻城，不幸被流矢所中而亡，時年三十六歲。

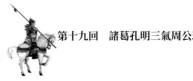

第二十回

西涼馬超大戰曹操

曹操聽說劉備正在招兵買馬，積草屯糧，而且龐統也投靠了他，心想劉備早晚會北伐，於是就召集眾謀士，商量進行南征的事。荀攸說：「周瑜剛死，我們可以先去攻打孫權，再去打劉備。」曹操說：「我如果出征，就害怕西涼的馬騰會趁機來攻打許昌，我們當初在赤壁的時候，軍中就有傳言，說西涼經常出兵進擾其他地方，我們如果要出征的話，不能不防啊。」荀攸說：「我們可以封馬騰為征南將軍，把他騙到許昌，然後再暗中殺死他，這樣南征就沒有隱患了。」曹操聽後大喜，馬上派人帶上聖旨去西涼召馬騰。馬騰接到聖旨，就與長子馬超商議，馬超說：「曹操用皇上的命令召父親去，若是不去，他定會指責我們對抗天子。不如我們趁這次機會下手除掉曹操。」於是，馬騰就帶領五千人馬，命次子馬休、三子馬鐵為前部，留侄子馬岱在後接應，出發去了許昌。

曹操聽說馬騰已經到了，就叫門下侍郎黃奎去告訴馬騰，讓馬騰第二天去見他，不要多帶兵馬。黃奎領命，就去給馬騰傳話，馬騰設宴款待黃奎。席間，二人越說越投機，黃奎後來對馬騰說：「我父親黃**琬**(ㄨㄢˇ)就死於李傕、郭汜之難，我常常獨自憤恨，沒想到今天又遇到了欺君之賊！」馬騰說：「誰是欺君之賊？」黃奎說：「欺君的人就是曹賊呀，你難道不知道嗎，為什麼還要問我？」馬騰怕黃奎是曹操派來試探自己的，就急忙說：「耳目較近，你不要胡說。」黃奎說：「你難道忘了**衣帶詔***的事了嗎？」馬騰見他說出了心事，就也說出了自己此次前來的實情。黃奎聽後勸他不要進城，免得遭暗算，又與馬騰約定好在點軍處殺死曹操。

黃奎回到家，對曹操的恨意還沒消。他的妻子一直問他怎麼了，他都沒有說話。不料黃奎的小妾李春香與他妻子的弟弟苗澤私通，苗澤想得到春香，卻無計可施。恰好苗澤見黃奎憤恨難消，就讓李春香去套黃奎的話。

晚上，黃奎到了李春香的房中，李春香說：「人們都說劉備仁德，曹操是奸賊，是真的嗎？」黃奎喝醉了，就說：「你一個婦人尚且知道邪正，更何況我呢？我要殺了曹操！」李春香說：「您想殺他，怎麼下手？」黃奎就把與馬騰的祕密說了出來。李春香隨後告訴了苗澤，苗澤便向曹操告了密。曹操就吩咐曹洪、許褚、夏侯淵、徐晃做好準備，又下令將黃奎一家抓起來。

第二天，馬騰帶兵來到城下，曹洪、許褚、夏侯淵、徐晃分四路殺來，馬騰父子奮力衝殺。馬鐵被亂箭射死，馬騰、馬休身負重傷，都被活捉。隨後，曹操就把黃奎一家與馬騰父子一同殺害了。苗澤自以為有功，對曹操說：「我不要封賞，只想要娶李春香為妻。」曹操冷笑著說：「你為了一個婦人，害了你姐夫一家，像你這樣不義的人，留著有什麼用？」於是曹操就把他和李春香一起殺了。曹操招安了西涼的殘兵，傳令各處關卡要嚴格把守，不許放走了馬岱。馬岱領著一千人馬在後，從許昌逃回來的士兵把事情告訴了他，馬岱大驚，棄了兵馬，扮作客商，連夜逃回了西涼。

曹操殺了馬騰等人後，決定南征。忽然來人報說劉備要取西川，曹操大驚，就問謀士該怎麼對付，治

＊藏在衣帶間的祕密詔書。漢獻帝時，曹操迎奉天子遷都許昌，與漢獻帝發生矛盾。漢獻帝用鮮血寫出詔書縫在衣帶裡，祕密傳給董承。董承對外宣稱接受了漢獻帝衣帶中密詔，與種輯、吳碩、王子服、劉備、吳子蘭等密謀殺曹操。建安五年正月，董承等人事敗被誅。

書侍御史陳群說：「現在劉備與孫權結盟，如果劉備要攻打西川，丞相就可命人從合淝取江南。孫權一定會向劉備求救，而劉備的心思一直在攻取西川這件事上，定無心去救孫權。那麼江東地區就是丞相的了。得到江東，荊州就很容易平定了。平定了荊州，再去攻西川，這樣就可以平定天下了。」曹操非常贊同，就出兵三十萬，命守合淝的張遼供應糧草，然後直奔了江南。

孫權知道這件事後，立刻讓魯肅去荊州求救，魯肅寫了封信就連忙派人送去了荊州。劉備、諸葛亮看了東吳的求救信後，諸葛亮說：「不需要花費荊州和東吳的一兵一卒，我就有辦法讓曹操退兵。」他說完就回了封信，讓魯肅放心。使者去後，劉備問：「曹操發兵三十萬，先生有什麼妙計退兵呢？」諸葛亮說：「曹操平生所愁的，就是西涼的軍隊，如今曹操殺了馬騰，他的兒子馬超肯定恨死了曹操。您可以寫一封信，聯結馬超，讓馬超發兵，那樣曹操就沒有時間去攻打江南了。」劉備大喜，便立刻派了一個心腹去給馬超送信。

西涼這邊，馬超有一天晚上做了一個夢，夢見自己躺在雪地裡，被一群老虎撕咬。驚醒之後，他就跟眾將說了這件事。帳前心腹校尉龐德說：「這個夢是個不祥之兆，是不是您父親在許昌出事了？」話還沒說完，馬岱就踉踉蹌蹌、衣衫襤褸地跑了進來，哭著說了馬騰、馬鐵、馬休被害的事，馬超聽後哭倒在地，咬牙切齒地發誓要為父親和兄弟報仇。這時，劉備的使者也到了，馬超看了書信，劉備在信中讓他到曹軍後方，自己領荊州的人馬牽制住曹操，然後兩下夾攻除掉曹操，為馬騰報仇。馬超看完，決定立刻發兵。西涼軍馬正準備進發的時候，西涼太守韓遂派人來請馬超前去相見。馬超到了韓府，韓遂將曹操要害馬超的書信拿給馬超看，並表示願意一同去討伐曹操。兩家加起來二十萬大軍，就這樣殺奔長安。

長安郡守鐘繇一面派人告訴曹操，一面領兵布陣。西涼州前部先鋒馬岱領軍一萬五千，浩浩蕩蕩而來。鍾繇出城迎戰，與馬岱戰了不到一個回合就敗走回城了。馬超、韓遂隨後領兵到了，將長安團團住，但長安城牆堅固，城壕險深，西涼軍打了十天也沒能攻破。龐德對馬超說：「城中的水鹼大，不能吃，而且城裡也沒有柴，如今我們已經圍城十天，軍民饑荒，不如先收軍，到時如此如此，長安就能被攻下了。」馬超聽後覺得是個妙計，就傳令退兵。鍾繇見馬超的大軍遠去，就大開城門，放軍民出入。到第五天，馬超領兵殺來，軍民慌忙奔進城，關了城門，卻不知已經有西涼士兵混進城中，龐德就是其中一個。

當天晚上三更，鍾繇的弟弟鍾進把守的西門突然著火，鍾進忙去救火，被龐德一刀斬了，隨後龐德大開城門，馬超、韓遂率軍入城。鍾繇從東門逃出，退守潼關。曹操得知失了長安，慌忙收兵，不敢再去南征，派曹洪、徐晃帶領一萬人馬火速趕往潼關，替回鍾繇，並要求十天之內潼關不能失守。

曹洪、徐晃到潼關後，接替了鍾繇，但並不出戰。馬超領兵到關下，大罵曹家祖宗三代。曹洪大怒，要領兵出戰，徐晃勸他等曹操趕來後再做打算。以後的幾天裡，西涼士兵日夜輪流叫罵，曹洪每次都忍不住，多虧徐晃百般勸阻。到第九天的時候，曹洪見西涼軍放鬆警惕，就帶領三千人馬殺出關去，西涼兵扔下兵器就跑，曹洪在後面追殺。徐晃正在關上查糧，聽說了之後，連忙帶兵叫曹洪回去。這時，馬岱領兵斷了曹軍的後路，馬超、龐德分兩路殺來。曹洪、徐晃抵擋不住，棄關而逃，在路上遇見了曹仁，才得以逃脫。曹操見曹洪守關失敗，要殺了他，眾官苦苦求情，曹操才暫且饒了他一命。

曹操帶兵在離潼關不遠的地方安營紮寨。第二天，兩軍對陣，曹操見馬超威武不凡，心裡暗暗稱奇，說：「你也是漢朝名將的後代，如今為什麼要謀反呢？」馬超氣得咬牙切齒，大罵說：「你欺君罔上，罪惡滔天，又害了我的父親兄弟，這不共戴天的仇恨，我一定要報！」說完就殺了過來，於禁迎戰，八九個回合之後，於禁戰敗，張郃又出戰，二十個回合後戰敗，李通出戰，被馬超一槍刺死。馬超往後把槍一揮，西涼兵就一起衝殺了過去。曹軍抵擋不住，四下亂竄。馬超、龐德、馬岱帶領一百多名騎兵來捉曹操，曹操在亂軍中掉頭就跑，只聽見西涼士兵在後面大叫：「穿紅袍的那個人是曹操！」曹操慌忙脫下紅袍。西涼兵又大叫：「長鬍子的是曹操！」曹操又慌忙拔劍割了鬍子。馬超又喊：「短鬍子的是曹操！」曹操聽後，忙扯了一面旗角包住脖子。逃了一陣，曹操被馬超追上，曹操沒辦法，只好圍著樹繞圈子跑。馬超一槍刺去，卻刺在了樹上，等到拔下槍再追時，曹操已經逃出很遠了。馬超再去追趕的時候，被曹洪攔住了。兩人戰了四五十回合後，馬超沒了力氣，再加上夏侯惇也帶領人馬趕到，馬超怕自己被暗算，就撥馬回去了，後面的曹軍也沒有再追來。

曹操收拾了殘兵，堅守營寨，不准眾將領出戰。馬超每天領兵前來罵戰，曹操傳令，不能輕舉妄動，違令者斬。過了幾天，馬超又添了兩萬人馬來助戰，曹操聽後大喜，眾將都問：「馬超增加了人馬，丞相為何還如此高興呢？」曹操說：「等到我們勝利了，再跟你們說。」三天後，馬超又添了不少人馬，曹操還是很高興，在軍中設宴慶賀。諸將暗地裡笑話他，他說：「你們笑我破不了馬超，你們又有什麼好辦法？」徐晃說：「敵兵現在全部屯兵在關上，後方一定空虛。如果有一支部隊暗渡蒲阪津，斷了他們回去的路，這樣前後夾攻，敵兵必敗。」曹操聽後說：「這正是我所想的。」於是曹操就讓徐晃和朱靈領兵四千，渡到黃河西，埋伏在山谷中，等到曹操過了渭河，再前後夾攻。曹操又讓曹洪在蒲阪津安排船筏，留下曹仁守寨，自己領兵過了渭河。

馬超早就知道了這個消息，說：「曹操不攻打潼關，而是渡渭河，肯定是來攻擊我軍後方。我應該帶領一隊人馬守住北岸，讓他過不來。不到二十天，他便糧盡兵亂，再從南岸攻擊，那時候就能捉住曹操了。」韓遂說：「其實不必這樣，你可趁他渡河的時候，直接從南岸攻擊他後路，把他的人馬都趕到河裡淹死。」於是馬超就在曹軍渡河到一半的時候出兵，結果曹軍大亂，許褚把曹操帶上小船，護送他離開，渭南縣令丁斐見曹操有危險，忙放出一群牛馬，擾亂了西涼兵的陣腳，曹操才得以脫身。曹操回去重賞了丁斐，封他為典軍校尉。然後，曹操命部下沿北岸修築甬道，在河邊挖掘陷阱，防止馬超渡河。

馬超回去後，跟韓遂說：「剛才馬上就要捉住曹操了，突然有一個將士背著曹操逃上船離開了。」韓遂知道那人一定是許褚，就建議他要乘勝追擊，不能給曹操建立營寨的機會。於是，馬超讓韓遂帶著龐德率領五萬人馬去襲擊曹營，不料卻掉進了曹操設的陷阱裡，被曹軍圍困住。韓遂、龐德拼死才逃了出來，清點人馬的時候，發現損失了程銀、張橫兩員大將。馬超與韓遂商議，覺得還是在曹操立營寨之前攻打比較好，於是馬超自為前軍，龐德、馬岱為後軍，決定當天晚上就行動。

曹操知道馬超晚上會來劫寨，就派人埋伏在四周。曹操沒想到的是，馬超在當天晚上先讓成宜帶領三十個騎兵前去探路。成宜帶人衝進曹營，曹操埋伏的軍隊殺了出來，卻發現來的只有幾十個人。這時，馬超的三路大軍從後方殺來，一直戰到了天明，才各自收兵回去。曹操命人在渭河上架起三座浮橋，把糧車連起來當屏障。馬超聽說後，就命士兵每人帶一束草，殺到曹操寨前，堆起草點火。曹軍抵不住，都棄寨而逃，糧車、浮橋都被燒毀，西涼兵大勝。

曹操立不起營寨，荀攸就提議用渭河的沙土築城，誰知卻被龐德、馬岱來回衝擊，很快就倒了，曹兵損失慘重。曹操正在煩悶的時候，夢梅居士婁子伯來見，建議利用這段時間陰冷大風的天氣，用水澆土，等北風一吹就會結成冰城。曹操照辦，果然第二天就築成了冰凍的土城。

馬超得知消息後就帶兵前去觀看，看後大驚，覺得曹操是有神人相助。第二天，曹操出營，只帶了許褚一個人，在陣前叫馬超出來。雙方見面後，許褚說一定會捉住馬超，就向馬超下了戰書，馬超也揚言要殺死許褚。又過了一天，兩軍對峙，馬超跟許褚戰了一百多個回合不分勝負。馬匹困乏，於是二人回營換了馬之後，又戰了一百多個回合，還是不分勝負。許褚性起，卸了盔甲，兩人又鬥了三十多個回合，仍不分勝敗。曹操怕許褚有閃失，就派夏侯淵、曹洪夾攻。龐德、馬岱看到後也帶領騎兵衝了出去，又殺得曹兵大敗，退入寨內。

一天，曹操在城上看見馬超帶領一百多名騎兵在寨前往來如飛，又氣又恨，感嘆道：「馬兒不死，我無葬身之地矣。」夏侯淵聽了，出兵迎戰馬超，結果大敗而歸。馬超正要追殺，聽說徐晃、朱靈已經渡到黃河西，準備攻他後路，便無心再戰，收兵回營，商議怎麼應對。部下李堪說可以割地求和，韓遂也贊成這個意見。於是馬超就派韓遂的部將楊秋去講和。楊秋到了曹營說明來意後，曹操說：「你先回去吧，我明天找人回復你們。」楊秋走後，賈詡獻計曹操說：

「我們可以假裝答應，然後再使反間計，使馬超、韓遂自相殘殺。」於是曹操就命人搭浮橋，假裝撤軍。馬超又怕曹操使詭計，就跟韓遂商議，二人輪流調兵，分頭提防。

兩軍對陣時，曹操得知對方是韓遂出馬，就也到了營前，當著眾人的面在陣前故意與韓遂敘起舊情。兩人聊了好久才各自回去，早有人把這件事報告給了馬超，於是馬超問韓遂說：「你和曹操都說了什麼？」韓遂說：「我們只是談了談當年在洛陽的交情，軍事一概沒談。」韓遂的話引起了馬超的懷疑。而曹操這邊，賈詡又讓曹操給韓遂寫一封書信，語句朦朧，逢到關鍵處就塗改幾筆，然後派人送到了西涼軍營。馬超得知後趕來要看，韓遂便把信給了馬超，馬超看後，疑心就更重了。於是韓遂說：「你如果不信，等我明天到陣前跟他說話時，你就突然衝出來把他刺死。」

第二天，韓遂出陣，叫曹操出來答話。曹洪卻出馬施禮說：「昨天丞相委託您的事情，千萬別耽誤了。」說完就回馬走了。馬超聽後大怒，挺槍就要刺韓遂。眾將領百般阻攔才救下了韓遂的命。回營後，韓遂對馬超說：「賢侄不要再懷疑我了，我真的沒有反心。」馬超不信，含恨離去。韓遂想：「事情既已到了這一步，還不如投降了曹操。」於是就寫了密書，派楊秋送到曹寨，約定放火為號，共擒馬超。楊秋回來後讓韓遂做好準備，商議說請馬超來赴宴，在席間殺了馬超。幾人還沒商議好，馬超就已經聞訊趕來了，揮劍直砍韓遂。韓遂手無兵器，只以手相迎，被砍掉了左手。隨後馬超又砍死了馬阮、梁興，其餘三將各自逃生。馬超再找韓遂時，發現他已被人救走。於是馬超連忙上馬追趕，龐德、馬岱此時也到了，與韓遂混戰了一場。

突然，曹操的四路人馬殺來，前有許褚，後有徐晃，左有夏侯淵，右有曹洪。馬超與龐德、馬岱失散後便引百餘騎攔住渭河浮橋。天色微明時，李堪領兵到來，馬超追趕李堪時，於禁本想暗箭射馬超，卻誤射中了李堪。馬超冒著箭雨衝上浮橋，隨後坐下的馬卻被暗弩射中了，害得馬超栽倒在了地上。正危急時，龐德、馬岱殺來，救下馬超。三人殺出條血路，奔西北去了。

曹操追到安定才收了兵，回去之後曹操給各個將領封侯加爵，又派楊阜和韋康守涼州，夏侯淵和張既守長安，自己回許昌了。曹操回去後，更加**飛揚跋扈**＊，如同當年的董卓一樣。

詞語收藏夾

孔明揮淚斬馬謖——執法如山
曹操用人——唯才是舉
關羽守嫂嫂——情誼為重
關羽進刀鋪——貨真價實
關羽進皇宮——單刀直入
關羽做木匠——大刀闊斧

＊原指意態狂豪，不受約束。現多形容驕橫放肆，目中無人。飛揚：放縱；跋扈：蠻橫。

第二十一回

劉玄德領兵進西川

曹操的名聲傳遍了整個中原地區，這驚動了漢寧的太守張魯，張魯聚眾商議說：「西涼的馬騰被害，馬超又被打敗，這下曹操一定會攻打漢中。我想自稱漢寧王，抗拒曹操，你們有什麼主意？」閻圃（ㄆㄨˇ）說：「馬超兵敗，西涼人來漢中的有好幾萬。益州劉璋昏庸軟弱，不如先攻取西川四十一州為立足之本，然後再稱王。」張魯大喜，就與弟弟張衛商議起兵。

這益州太守劉璋是劉焉之子，漢魯恭王之後。劉璋殺了張魯的母親和弟弟，所以張魯一直仇視著他。聽說張魯要取西川，劉璋又急又怕，連忙召集眾官商議。益州別駕張松說：「主公放心，我有辦法讓張魯不敢再來。」劉璋忙問什麼辦法，張松說：「我聽說曹操稱霸中原，呂布、袁紹和袁術都被曹操滅了，現在他又打敗了馬超，可以說是天下無敵了。主公可準備好禮物，我願去許昌說服曹操攻打漢中，到時候張魯抵抗曹操還來不及，哪顧得上攻打西川呢？」劉璋聽後大喜，就讓張松帶著金銀珠寶去許昌，張松便偷帶著西川的地圖，帶著人馬和珠寶上路了。諸葛亮得到消息後，就立即派人去許昌打聽。

曹操自從打敗了馬超，就目空一切，整天飲酒作樂，國家大事都在相府商議。張松到了許昌後，每天都去丞相府求見曹操，但等了三天才見到他。曹操見張松相貌醜陋，本就有幾分不高興，交談的過程中又聽他言辭犀利，有衝撞之意，便大怒甩袖而去。楊修後來將張松接到自己的府中交談，發現他有過目不忘的才能，於是就向曹操求情，曹操聽後說：「明天我去西教場點兵，你帶他來看我的軍容，讓他回去告訴劉璋，待我下了江南，就去攻取西川。」

第二天，楊修與張松來到西教場。曹操的軍隊軍容整齊，盔甲鮮明。曹操叫來張松問：「你們西川有這麼英勇的軍隊嗎？」張松說：「我在我們那裡沒見過這種陣勢，我們是用仁義治理百姓的。」曹操變了臉色，瞪著張松，但張松完全不害怕。曹操傲慢地說：「我的部隊所到之處，攻無不克，戰無不勝，順我者生，逆我者死，你知道嗎？」張松說：「我怎能不知道呢？就像在濮陽攻打呂布，在宛城戰張繡，赤壁遇周郎，華容道戰關羽，割鬚棄袍於潼關，奪船避箭於渭水，真是天下無敵呀！」曹操聽後大發雷霆，罵道：「你膽敢揭我的短處！」隨後命令武士把張松推出去斬首，楊修、荀彧連忙勸阻，於是曹操就命人把張松亂棍打走。

張松回去後，收拾行李準備連夜回西川，但又怕回去後被人嘲笑，想到劉備以仁德著稱，於是就去了荊州，看看劉備是怎樣對待他的。張松剛走到**郢**（ㄧㄥˇ）*州界口，就被等候多時的趙雲接回了荊州。在荊州，關羽、趙雲熱情地款待了他。第二天，劉備與孔明、龐統親自來接他，遠遠望見張松，就下馬等候。隨後，劉備又設宴款待張松，酒宴上，劉備只說閒話，並不提西川的事情。劉備一連留張松飲宴三天，張松走的時候，劉備在十里長亭設宴給他送行，說：「今天一別，不知道什麼時候才能相見。」說完就哭了起來。張松深深感受到了劉備為人的寬厚仁愛，就勸劉備去攻取西川。劉備以劉璋也是漢室宗親為由，加以推辭，張松說：「劉璋軟弱無能，您如果不去攻取西川，曹操也會去，您應以西川為基礎，再向北攻取漢中，收復中原，匡複漢室。您如果想要取西川，我願為內應接應您。您覺得怎麼樣？」劉備說：「我與劉璋是同宗族的兄弟，如果去攻打，恐怕要遭到天下人的唾罵。」張松勸劉備要果斷，說西川要是被別人攻下，後悔也晚了。劉備又說自己不熟悉西川的地形，張松就趁機獻上了地圖，上面不僅標明了地理行程、山川險要，還標明了府庫錢糧。隨後，他又推薦法正、孟達作為內應來同劉備聯繫。劉備向他道謝後，諸葛亮又讓關羽護送他走了十幾里。

張松回到益州，找到法正、孟達，三人商量後，決定共為內應，迎劉備入川。張松見了劉璋，說曹操也想要奪取西川，只有到荊州請劉備來，才能抵抗張魯和曹操。劉璋說他也有這個想法，但就是不知道派誰去合適，張松就推薦了法正、孟達。於是，劉璋就寫了一封書信，命法正為使者，去荊州請劉備，又讓孟達帶領五千人馬，迎接劉備入川。劉璋府下的主簿黃權竭力反對請劉備入川，王累也不同意讓劉備進川，但劉璋不聽，堅定地認為劉備不會害了自己，便命法正立即去荊州。

法正去荊州見了劉備，呈上書信。劉備看了書信後大喜，設宴款待法正。宴會結束後，諸葛亮送法正回了驛館，而劉備卻仍猶豫不決，龐統見了說：「現在東有孫權，北有曹操，咱們不能實現宏圖大志，但益州人民富足，糧多財廣，是實現大業的基礎，況且如今又有張松作為內應，這是天意，您有什麼好猶豫的呢？」劉備說：「當今與我水火不容的人就是曹操，他用暴力征服，我就用仁德去安撫，每次與曹操相反，事情就可以成功，如今讓我為了貪圖小利而失信於天下，我實在是不忍心哪。」

龐統聽後，笑著說：「主公說的雖然也有道理，但在戰亂的年代，還要按照常理做的話就會寸步難行，我們在事成之後，報之以義，又何來失信這一說呢？如果現在不去攻取，最後還是會被別人取得，希望主公三思。」劉備最終聽從了龐統的話，讓諸葛亮、關羽、張飛、趙雲把守荊州，自己帶著龐統、黃

＊周朝時楚國的都城，在今湖北荊州。

忠、魏延、劉封、關平前往西川。

劉備剛進入西川境內，孟達就領兵來迎接。劉備派人先去益州報告劉璋，劉璋就下令讓沿途的州郡及時供應荊州軍錢糧，自己也到**涪**(ㄈㄨˊ)城去迎接劉備。黃權、李恢極力勸阻，王累甚至倒懸在城門上，然後割斷繩子，撞死在了地上，劉璋都不在意，依然要去涪城等候劉備，接劉備入川。劉備入城後，兩人相見，互敘兄弟之情。隨後劉璋又宴請劉備，宴會結束後各自回寨。劉璋對身邊的人說：「黃權、王累這些人不知道劉備的心意，胡亂猜疑，真是可笑。我今天見了劉備，發現他才是真正仁德的人，有了他的援助，我還怕什麼曹操、張魯？」說完就取黃金五百兩，命人去成都賞給張松。劉**璝**(ㄍㄨㄟˋ)、泠苞、張任、鄧賢等官員都認為劉備不可不防，劉璋卻不以為然，眾人無奈，只好連連嘆息而退。

劉備回去後，龐統問他：「主公覺得劉璋是個什麼樣的人？」劉備說：「劉璋是個誠實的人。」龐統說：「劉璋雖然善良，但他的手下都眼露凶光，明天你回請他，在周圍埋伏下刀斧手，以摔杯為號，在席上就殺了他，那樣咱們不費一刀一箭就可以攻下西川。」劉備不忍心殺害劉璋，龐統、法正再三相勸，劉備也沒有聽從。第二天，劉備在宴席上喝退了舞劍的魏延，放過了劉璋。晚上，劉備回寨，責怪龐統說：「你們怎麼想讓我陷入不義呢？以後千萬不能這樣了。」龐統只好嘆著氣出去了。

劉璋回寨後，劉璝等人都勸他趕緊回成都，說即使劉備不忍心殺他，劉備的部下也會動手的。但當時的劉璋非常信任劉備，根本不聽劉璝的話。這時，張魯整頓軍馬，準備進攻葭萌關。劉璋就請劉備前去迎敵，劉備當天就帶領人馬去了。眾將勸劉璋要守好各處關卡，防止劉備兵變，劉璋剛開始不聽，最後眾人再三規勸，劉璋才讓楊懷、高沛把守涪水關，自己回了成都。劉備到了葭萌關，嚴格約束軍士，廣施恩惠，深得民心。劉備進川的消息傳到了東吳，孫權就召集眾人商議。顧雍提議趁這次機會派兵截斷川口，收復荊州。孫權覺得是個妙計，就準備按此計行事。但這事被吳國太知道了，吳國太大罵孫權不顧自己妹妹的安危，不允許他攻打荊州。孫權不敢違背母親的命令，只好讓眾官退下。一會兒，張昭獨自進來，獻計說：「我們可以寫一封密信，說吳國太病危，想要見郡主，讓郡主連夜回東吳，再讓郡主把阿斗帶來，到時候就可以讓劉備拿荊州來換阿斗。」孫權聽後大喜，就派自己的心腹周善帶著書信去荊州見孫夫人。

孫夫人看信上說吳國太病危，不由落淚。周善說：「吳國太病重，日日思念夫人，您去晚了怕就見不上了。請夫人現在就帶上阿斗回去見她一面。」孫夫人說：「丈夫不在，我得跟軍師打個招呼。」周善說：「軍師如果要報知皇叔，再等他的回信，該怎麼辦？」孫夫人說：「如果我不辭而別，怕被阻攔。」周善說：「夫人不用擔心，我早已備好船隻，就等夫人走了。」於是孫夫人就領上七歲的阿斗，帶著三十多個隨從匆匆上船了。船剛要開，得知消息的趙雲就來了，趙雲問孫夫人為什麼不辭而別，孫夫人就把信中所說的內容告訴了趙雲，趙雲又問孫夫人為什麼要帶走阿斗，孫夫人說：「把阿斗留在荊州，只怕是沒人照顧。」趙雲要孫夫人留下阿斗，孫夫人不同意，趙雲便奪下阿斗，抱到船頭上。趙雲想讓船靠岸，但沒有幫手，進退兩難。孫夫人命人來奪阿斗，趙雲一手抱住阿斗，一手持劍，誰也不敢上前。雙方就這樣僵持著，最後多虧張飛及時趕到，殺了周善，才護著趙雲和阿斗回了荊州。孫夫人無奈，只好獨自回了東吳。張昭以阿斗為人質換荊州的陰謀就此破滅了。

孫夫人回去後，把事情的經過告訴了孫權，孫權大怒，要討伐荊州。眾人正在商議如何起兵時，忽報曹操領四十萬人馬來報赤壁之仇了，孫權不得不放棄攻取荊州的想法，先對付曹操。這時，長史張紘病故，留有遺書，孫權見遺書上說：秣陵有帝王之氣，應遷都秣陵，以為萬世基業。孫權就依言照辦，遷都

秣陵，改名建業，後來又聽從呂蒙的建議，在濡須口築塢來抵抗曹操。

曹操在許昌，威名越來越大，建安十七年十月，曹操再次南征。他來到濡須後，見東吳的軍隊戰船羅列，井然有序，軍士陣容，威武雄壯，說道：「生兒子就要生像孫權這樣的兒子。」正看著，南岸船隊飛駛過江，濡須塢中又殺出許多人馬。曹軍措手不及，一片混亂，這時，孫權帶領一隊人馬殺來，韓當、周泰也殺了過來，幸虧許褚拼死抵抗，曹操才逃了出來。當晚二更，吳兵又來劫寨，曹軍大敗，兵退五十裡。

幾天後，曹操夢見大江中波濤洶湧，升起了一輪紅日，再看天上，還有兩個太陽。江心那輪紅日飛起來，落在寨前的山上。曹操驚醒後，就帶著五十多名騎兵去山前看。正看著，孫權來了，曹操就命部下捉住孫權，這時左右兩路埋伏的吳軍殺出，箭如雨下。曹操慌忙奔逃，吳將緊追不捨，最後許褚領虎衛軍趕來才救下了曹操。曹操回去後想起自己做的夢，不由得想：「孫權絕對不是一般人，日後他一定會成為帝王一樣的人物。」於是他心中就有了退兵的想法，但又害怕被東吳恥笑，進退兩難。

就這樣相持了兩個多月，到了春天，細雨連綿，曹軍泡在泥水中，困苦異常。身邊的人有勸曹操收兵的，也有勸曹操進兵的，曹操正拿不定主意時，孫權派人送來一封書信，信中說到了曹操現在的處境，不宜在此久留，這說中了曹操的心思，於是曹操就下令班師回許昌。

孫權見曹操走了，自己就也收兵回去了，回去後與眾將商議說：「曹操雖然走了，但劉備的軍隊還在葭萌關，有什麼辦法可以攻下荊州呢？」張昭獻計說：「先不要出兵，不如寫兩封信，一封給劉璋，說劉備聯結東吳，要攻打西川，讓劉璋起疑心去攻打劉備；一封再給張魯，讓他進攻荊州，這樣劉備就首尾不能兼顧，然後我們再出兵攻打就可以成功了。」孫權聽從了他的建議，就派了兩名使者分別去送信。

烏雲踏雪

烏雲踏雪為關外名駒，千里絕塵，曾在長坂橋上與張飛將軍共退曹操雄師，為馬中英雄。傳說此馬和張飛一樣黑，若是晚上出行，沒有人能看得它。

第二十二回　諸葛孔明計定西川

劉備兵駐葭萌關已經很久了，深得人心。這天，他接到孔明的書信，知道了孫夫人已回東吳，又聽說曹操進兵濡須，就跟龐統商議說：「曹操和孫權，這二人無論誰勝，都是要來取荊州的，到時候我們該怎麼辦？」龐統就獻計讓劉備給劉璋寫信，說是曹操打東吳，自己要去支援孫權，向劉璋借兵糧。劉璋在楊懷、劉巴、黃權的勸阻下，只給了劉備老弱的軍隊和極少的軍糧。使者去見劉備時，劉備大怒，說：「我為你們禦敵，費力勞心，你們卻這麼吝惜錢糧，我怎麼讓士卒賣命呢？」於是就撕碎了回信，大罵不止，使者見狀慌忙逃跑了。龐統說：「主公過去只以仁義為重，今天撕毀書信，就意味著和劉璋以前的情義都斷絕了。」隨即龐統又獻上、中、下三策。上策為選精兵，奇襲成都；中策為假裝回荊州，為讓楊懷和高沛來送，借機奪取涪水關，殺了楊懷、高沛，再取成都；下策為退兵白帝城，返回荊州，然後再找機會取西川。

劉備選了中策，致書劉璋，說曹操部將樂進引兵到青泥鎮，他要回去親自領兵抵擋，來不及見面，特修書信告辭。張松聽說劉備要回荊州，信以為真，就寫書阻止，還沒派人送出，他哥哥廣漢太守張肅就來了。張松慌忙把書信藏在袖中，擺酒款待哥哥，席間卻不小心把信掉了出來，被張肅的侍從撿去了。席散後，侍從把書信呈給張肅，張肅看後大驚，於是連夜去見劉璋，密告其弟勾結劉備，想獻西川的事。劉璋大怒，派人把張松全家都殺了。劉璋又採用黃權的建議，命令各處關隘加兵防守，不准放荊州的人馬通過。

劉備兵回涪城後，楊懷、高沛商議，想要暗藏短刀，借勞軍為名，刺殺劉備。龐統早就猜到了二人用意，就讓劉備嚴加防備。於是劉備就穿上重甲，自佩寶劍。楊、高二人帶了二百人，又拿著羊酒來了，見劉備正在帳中與龐統說話，毫無防備，自以為得計，就施了禮上前敬酒。隨即劉備一聲令下，劉封、關平出來捉住了二人，搜出了短刀。黃忠、魏延隨後又把二百人困住。劉備不忍心下毒手，龐統就傳令把楊、高二人立即斬首，好言撫慰那二百人。當晚，龐統讓二百人為前隊，騙開了涪水關，劉備毫不費力地占了關。

劉璋聽說劉備殺了楊、高二將，占了涪水關，就採納黃權的建議，派劉璝、泠苞、張任、鄧賢點五萬大軍星夜開往雒城。泠、鄧二人在離城六十里的地方各下了一寨，劉、張二人負責守城。劉備知道後問：「誰可以去奪寨？」黃忠說：「我願意去。」劉備就讓他帶領本部人馬去奪寨。黃忠正要走，魏延卻說：「老將軍年歲已老，還是讓我去吧。」黃忠不讓，魏延硬爭。二人言語不合，就要動刀比武。劉備忙勸開二人，龐統說：「泠苞、鄧賢一共下了兩個營寨，你們二人各打一寨，先打下來的立頭功。」二人去後，龐統怕他們在路上相爭誤事，就讓劉備領劉封、關平隨後接應。

黃忠讓部下四更做飯，五更做好準備，天一亮就出發，從左邊山谷進軍。魏延派人打探清楚黃忠那邊的情況後，就命令部下二更做飯，三更出發，天一亮就趕到鄧賢寨前，想要搶頭功。半路上，魏延又想先打泠苞，再打鄧賢，把兩件功勞都搶來，於是就命令軍士直逼泠苞寨。泠苞的探子發現了，忙飛報泠苞。魏延軍走了半夜，本來就已經人困馬乏，泠苞又突然衝殺出來，魏延最終大敗而逃，還沒走出五里，鄧賢又率軍前來。魏延催馬快跑，不料突然馬失前蹄，把他摔了下來。此時鄧賢趕來，挺槍就刺，忽聽一聲弓弦響，鄧賢中箭落馬。泠苞剛想來救，黃忠已躍馬來到，直取泠苞。泠苞不敵，回馬就走，黃忠揮軍便殺。泠苞逃到寨前，卻見寨中換了旗幟，原來劉備已率劉封、關平收了寨。泠苞只好逃往雒城，還沒走出十里，突然衝出伏兵，用撓鉤把他拖下了馬。原來是魏延兵敗，怕回去受罰，就想出這個將功折罪的辦法來。劉備立起免死旗，下令凡川軍投降的一律不加傷害，願回家的回家，願留下的留下。黃忠安下寨後去見劉備，說魏延爭功兵敗，按軍法當斬。此時魏延押來泠苞，劉備便准他將功折罪，讓他拜謝黃忠救命之恩。劉備賞了黃忠，又為泠苞松了綁。泠苞說他願意投降，請求放他回去勸說劉璝、張任也來降。劉備就給了他馬匹，讓他回雒城。魏延說：「不可放他，他一去必不回來。」劉備說：「我以仁義待他，他不會負我。」

泠苞回到雒城，沒說自己是當了俘虜才被放回，卻說是奪馬逃回的。劉璋得知鄧賢戰死，駭然大驚。此時，劉璋的大兒子劉循說願領兵守雒城，劉循的大舅吳懿說願去輔助，隨後又推薦吳蘭、雷銅為副將。劉璋就給他們二萬人馬，讓他們去了雒城。到了雒城，吳懿問眾將：「該如何抵擋劉備？」泠苞說：「劉備的營寨地勢低，涪江水深流急，我們可挖開江堤。」於是吳懿派吳蘭、雷銅接應，讓泠苞去準備鋤頭、鐵鍬。

劉備讓黃忠、魏延各守一寨，自己就回了涪城。探子報稱，孫權派人勾結張魯，準備攻打葭萌關。孟達願去守關，又推薦霍峻為副將，劉備就讓二人去了。龐統回府後，有客人來拜訪。客人身材高大，頭髮很短，衣服不整。龐統心疑，就請法正來辨認，法正認出客人是蜀中豪傑彭羕。彭羕，字永言，因直言得罪了劉璋，被劉璋剪去頭髮，脖子上套了鐵箍，罰做奴隸。龐統把他當貴賓接待，後來彭羕說是來救數萬人的性命的。劉備得報，親自來見他，他才說：「將軍的兩座營寨緊臨涪江，蜀兵一挖堤，你們的人一個也逃不出來。」劉備連連點頭。他又說：「罡星在西北，太白臨頭，我軍當有不吉利的事，請慎重提防。」劉備就拜彭羕為幕賓，立即派人通知黃、魏提防蜀軍挖堤。黃、魏就一人一天輪流警戒。

這天夜裡，風雨大作。泠苞領五千人馬來挖堤，正好碰上了魏延。泠苞與魏延沒戰幾個回合，就被魏延活捉了。吳蘭、雷銅趕來接應，也被黃忠殺得大敗。魏延把泠苞押到涪關，劉備說：「我以仁義對待你，你卻不守諾言。這次饒不了你！」說完把泠苞斬了。隨後，劉備設宴酬謝彭羕，忽報諸葛亮派馬良送來一封書信，信上提醒劉備，罡星在西方，太白臨雒城，主我軍將帥凶多吉少，應小心提防。

劉備讓馬良先回荊州，他想隨後趕去，跟孔明商量此事。龐統卻認為孔明是怕他取川立大功，所以故意阻止他，就說：「太白臨雒城，正應我們擒斬泠苞，是劉璋的凶兆，主公不必疑心。」於是再三催劉備進軍。劉備到了黃忠的寨中，法正也畫出了通往雒城的地圖。龐統說：「我與魏延從南小路進軍，主公與黃忠從北大路進軍，咱們到雒城會合。」劉備要換龐統走大路，自己走小路，龐統堅持不換。劉備擔心龐統遇險，想讓他退守涪城。龐統卻讓劉備不必擔心，說死也要報劉備的知遇之恩。第二天，劉備與龐統正要分兵出發，龐統的馬突然栽倒，把他掀了下來。劉備就把自己的白馬跟他換了。

張任聽說劉備兵分兩路打來，就帶三千人馬到小路埋伏。魏延先過去，龐統隨後跟來。龐統見地勢險要，樹木叢雜，問：「這是什麼地方？」一個新投降的士兵說：「落鳳坡。」龐統大驚，說：「我道號鳳雛，地名對我不利，快退兵！」張任早就遠遠望見一個騎白馬的將軍，以為是劉備，於是就下令亂箭射向騎白馬的將軍，龐統連人帶馬最後都被射死了，年僅三十六歲。魏延聽到前軍報告，忙領兵殺回，但因山路狹窄，排不開兵，被張任居高臨下，射死不少軍士。魏延沒辦法，只好領殘兵直奔雒城。後有張任追來，前有吳蘭、雷銅攔路，魏延也被緊緊包圍了。正危急時，黃忠衝殺過來，救了魏延，二人一同趕到了城下。此時，劉璝出城接應，劉備接著大戰。張任又從背後殺到，劉備只得放棄了兩座營寨，奔向涪水關。張任緊緊追趕，幸虧劉封、關平領兵從兩路夾攻，反把張任殺退二十里。劉備回到涪水關，得知龐統遇難落鳳坡，一面吩咐黃、魏堅守，一面派關平去荊州請孔明。

七月初七晚上，孔明在荊州宴請眾官員，共說收川之事，忽見西方的一顆星從天上墜落，就知道是龐統死了，不由得大哭，酒宴因此不歡而散。幾天後，關平來到，呈上劉備的書信，龐統果然於七月初七遇難落鳳坡。諸葛亮忍住悲痛，安排道：「主公雖然沒明說留誰守荊州，只是讓我根據眾將的才能決定，但他讓關平送來書信，就是想讓關羽將軍守荊州，關羽將軍看在桃園結義的情分上，定要為主公守住此地。」關羽一口答應下來。諸葛亮又囑咐關羽一定要「北拒曹操，東和孫權」，然後讓馬良、伊籍、向朗、糜竺、糜芳、廖化、關平、周倉留下來輔佐關羽，又派張飛領兵一萬，走旱路去雒城，他與趙雲領兵走水路去，兩隊人馬在雒城會合。

張飛到了巴郡後，派人進城送信，讓嚴顏早早投降。嚴顏看後大怒，把送信的軍士割了耳鼻後又趕出城去。張飛看到回來的軍士後更是怒火中燒，領人到城下挑戰，一連罵了好幾天，嚴顏都忍住沒有出兵。張飛又讓大軍埋伏在寨中，只派幾十個人去罵，又罵了三天，也是白費功夫。於是張飛又生一計，派士兵四處打柴，尋找小路。嚴顏知道後，便派人扮作張飛的部下，隨打柴的士兵混進寨子，之後嚴顏派出的士兵回來說張飛已經找到了一條小路，準備晚上攻城。於是嚴顏就在三更領兵出城，埋伏在小路旁。隨後遠遠看見張飛帶領一隊人馬來了，嚴顏就連忙下令出擊。

但嚴顏不知道的是，這個開路的張飛是假的，真正的張飛正躲在背後。最終，嚴顏被背後真正的張飛活捉了。張飛進城後，安撫了百姓便開始審訊嚴顏。嚴顏不肯下跪，氣得張飛大罵，嚴顏說：「西川只有斷頭將軍，沒有投降將軍！」

張飛見他面不改色，大義凜然*，非常敬佩，便親自給他鬆綁，並以禮相待，嚴顏很感動，就投降了張飛。嚴顏自願為前部先鋒，每到一地，守將都開城投降。就這樣，張飛順利地到了雒城。

劉備知道諸葛亮要來雒城後，就與眾官商議。黃忠說：「張任每天都前來挑釁，見我軍不出兵，就放鬆了警惕，我們可以今晚去劫寨。」劉備聽從了他的建議，就與黃忠、魏延兵分三路，二更天出關劫寨，果然打敗了張任。第二天，劉備又帶兵前來，張任按兵不動。攻到第四天，劉備自己帶領一隊人馬去攻西門，讓黃忠、魏延打東門，留南門、北門放軍行走。南門外是高山，北門外是涪水，劉備就沒做攻打的打算。張任看劉備在西門，騎馬往來，從早上到中午，人馬漸漸疲憊，就讓吳蘭、雷銅引兵出北門，轉東門，去戰黃忠、魏延，自己領兵出南門，轉西門，攻劉備。劉備這時正要傳令退兵，突然殺出個張任來，頓時軍隊大亂，劉備只能從小路逃走，眼看就要被追上，恰好張飛趕到，截住了張任，救了劉備。劉備回去後聽說了嚴顏的事情，十分敬佩，就脫下自己的黃金甲送給了嚴顏。這時，探子來報，說黃忠、魏延向東退去了，張飛、劉備就兵分兩路，前去支援。吳蘭、雷銅見人馬前後受敵，心知不敵，只好下馬投降了劉備。

張任失去了兩員大將，心裡很鬱悶，於是一面派人向劉璋告急，一面準備與劉備決一死戰。第二天，張任領兵出城，與張飛交戰。戰了不到十幾個回合，張任就詐敗逃走，張飛緊追不捨，吳懿卻突然從背後殺出，把張飛圍在當中，多虧趙雲趕到，才救出張飛，活捉了吳懿，張任慌忙地退了兵。

張飛、趙雲將吳懿帶回寨中，劉備問他投不投降，吳懿無奈，只好投降。劉備大喜，就為他松了綁，又問了他城中的情況。吳懿說完，劉備覺得張任很難對付，就決定先捉了他。諸葛亮沿河看了地形，布置好了埋伏後，就親自前去誘敵。劉璋接到告急文書後，就派卓膺、張翼去雒城助陣。張任讓張翼跟劉璝守城，他和卓膺分前後兩隊出城迎敵。

諸葛亮乘坐四輪車，搖著羽扇，帶著一隊不整不齊的隊伍來到陣前。張任看到後冷笑一聲就帶兵殺了過去，剛過了金雁橋，劉備、嚴顏就從兩邊殺來。張任想掉頭回去，發現橋已經被毀了，就往北走，又發現趙雲早已帶兵等在那裡，只好向南逃去。張任引兵逃到蘆葦叢中，黃忠、魏延又殺了出來。張任的人馬至此損失了大半，就帶著剩下的幾十個人從小路逃跑，正好撞見張飛。張飛把張任活捉了，卓膺見大勢不好，就也投降了。張任寧死不屈，諸葛亮為保全他忠義的名聲，就把他斬了。

第二天，張翼在城中殺死了劉璝，開門投降，劉璋的兒子劉循也逃回了成都，劉備就順理成章地占領了雒城。諸葛亮一方面派人安撫周邊州郡，一方面準備攻打綿竹。法正此時說自己願寫一封書信勸劉璋投降，諸葛亮就讓他寫好，又派人送往了成都。

劉循逃回成都後，說雒城已經被劉備攻下了，於是劉璋連忙召集百官商議。正在商議的時候，諸葛亮派的人到了，劉璋看了法正的勸降書，大罵法正賣主求榮，忘恩負義，最後撕了書信，趕走了使者，又派費觀去防守綿竹。益州太守董和認為，西川和漢中唇齒相依，唇亡而齒寒，張魯一定會發兵幫助劉璋，所以就建議劉璋向張魯求救，劉璋聽從了他的意見。

再說馬超，他自從兵敗逃到羌人居住地後，與羌兵結好，還帶領著羌兵攻打隴西州郡，最終攻下了所有的州郡，只有冀城怎麼也攻不下。刺史韋康多次向夏侯淵求救，但因為沒有曹操的命令，夏侯淵不敢輕易發兵，韋康最終無可奈何，只好投降馬超。但馬超認為他不是真的投降，就殺了他全家。有人告訴馬超說：「楊阜曾經勸韋康不要投降，一定要殺了他。」馬超卻欣賞楊阜的忠義，讓他做了參軍。

＊由於胸懷正義而神態莊嚴，令人敬畏。大義：正義；凜然：嚴肅或敬畏的樣子。

一天，楊阜對馬超說自己要回去安排妻子的葬禮，想請兩個月的假，馬超同意了。其實，楊阜一直對馬超懷恨在心，於是他經過曆城的時候，就找薑敘借兵。姜敘與楊阜是姑表兄弟，姜敘的母親是楊阜的姑姑。在姑母的支持下，薑敘找來了統兵校尉尹奉、趙昂商議。趙昂的兒子趙月在馬超身邊做事，所以趙昂本不同意去攻打馬超，但最後在妻子的勸說下，還是決定犧牲兒子，與楊阜、薑敘一起攻打馬超。

馬超知道後大怒，立即殺了趙月，帶領龐德、馬岱殺了出去。姜敘、楊阜鬥不過馬超，大敗而走。這時，夏侯淵奉曹操的命令帶著軍隊趕來，對馬超的人馬前後夾攻。馬超難以抵擋，只好大敗而回，回到冀城叫門時，城上亂箭射下，原來是梁寬和趙**衢**（ㄑㄩˊ）叛變，把他的妻子楊氏和三個兒子一齊殺死在城頭，氣得馬超差點從馬上掉下來。但見夏侯淵帶兵追來，來勢洶洶，馬超只好領著馬岱、龐德等五六十個人逃了出來，一路打打殺殺到了曆城，殺了薑敘等人的全家。

第二天，夏侯淵帶兵趕到，馬超棄城而逃，沒走出二十里，又遇上楊阜兄弟八人攔路。雙方交戰中，馬超殺了楊阜的七個弟弟，把楊阜也刺成了重傷。後來夏侯淵殺到了，馬超只好往漢中去投奔張魯。張魯認為得到馬超，向西可以吞益州，向東可以抵抗曹操，就想招馬超為婿，但被大將楊柏勸下了。馬超因楊柏阻攔而對他心生怨恨，就想殺了楊柏。正好這時，劉璋派黃權來了，黃權說：「東西兩川，就像唇和牙齒一樣，西川如果被攻破了，那麼東川也就難保了。今日如果您願意出兵相救，我們願意割二十州作為謝禮。」張魯聽到割地，心中大喜，就同意了。於是馬超就與馬岱領兵出發，楊柏奉命監軍。此時的龐德生病不能走動，只好留在了漢中。

劉備的使者法正從成都回來，說鄭度勸劉璋燒盡田野的莊稼和各處的糧倉，領巴西百姓躲避在深溝中不開戰。劉備跟諸葛亮聽後都非常驚慌，法正又勸他們放心，說劉璋不會這樣做的。不到一天，果然傳來消息說劉璋沒有採納鄭度的建議。劉備聽後放了心，隨後，諸葛亮就派黃忠、魏延當先鋒去攻取綿竹。兩軍對陣，費觀差李嚴出戰，李嚴與黃忠大戰四五十回合，不分勝負。諸葛亮就讓黃忠收兵，決定用計來捉李嚴。第二天，黃忠按照諸葛亮所囑咐的，果然用詐敗計俘虜了李嚴，隨後押他回去見了劉備。劉備對人才的看重和愛惜使李嚴備受感動，於是李嚴表示自己願意去綿竹說服費觀投降。李嚴見了費觀後，說了劉備的仁德，費觀最後就開城投降了。劉備領兵進了城，正想攻取成都，忽有人來報說馬超正在攻打葭萌關，孟達、霍峻抵敵不住，請求支援。劉備大驚，忙問諸葛亮計策，諸葛亮說：「只有張飛和趙雲才可以抵抗馬超。」於是就派魏延做先鋒，張飛第二，並讓劉備在最後接應。

魏延先趕到葭萌關，與楊柏交戰，楊柏打不過，轉身就逃。馬岱趕來接應，與魏延戰了不到十個回合，也被打敗，只好逃走。魏延在後面追趕，馬岱反過身射了一箭，正射中魏延的左臂，魏延只好逃回去。馬岱反身追趕魏延時，恰好張飛趕到了，張飛殺退了馬岱，還想繼續追，卻被後面的劉備制止了。

第二天，馬超帶兵來到關下，劉備見馬超精神勇武，不由得暗暗讚嘆。馬超在下面叫陣，一直到中午，劉備才把急著出戰的張飛放出去。兩人大戰一百多個回合，不分勝負。張飛歇了一會兒，脫去頭盔，上馬又戰馬超，又打了一百多個回合。劉備看天已經晚了，就讓張飛明天再戰。張飛不聽，讓人點起燈籠火把，換了劉備的馬，繼續與馬超夜戰。二人又大戰了二十個回合，馬超就假裝敗走。張飛追過去的時候，馬超回手扔出銅錘，被張飛躲過。張飛掉頭就走，馬超也追了上去，張飛反身射了一箭，也被馬超躲過。二人隨後就各自收兵回營了。

第三天，張飛還想去戰馬超，諸葛亮攔住他說要用計謀收服馬超，隨後就讓劉備準備厚禮，暗中結交視財如命的楊松，然後再給張魯送封信，讓張魯收兵，並承諾保他為漢寧王。劉備聽從了諸葛亮的建議，就派孫乾為使者，帶著珍寶去了漢中。孫乾先結交了楊松，又把劉備的書信交給了張魯。張魯不信劉備可保他為王，楊松就在一旁勸說張魯，說劉備肯定能保他為王。張魯聽後非常高興，就派人讓馬超撤兵，但馬超不肯收兵。孫乾一方面讓楊松向張魯進言，說馬超想奪西川，自立為川地的主人；一方面散布謠言，說馬超要造反。馬超進退不得，左右為難。

諸葛亮知道了馬超的處境，就要親自去說服馬超投降。劉備怕他發生意外，堅持不讓他去。這時，正好李恢來投降，李恢與馬超有些交情，就自告奮勇要去說服馬超，諸葛亮就讓他去了。

馬超知道李恢是來當說客的，就先讓刀斧手埋伏起來，叮囑他們說：「我一下令，你們就把他砍成肉醬！」李恢來了之後，先說了自己是來當說客的。馬超威脅李恢說：「如果你說服不了我，我就殺了你。」接著，李恢把馬

超的處境、張魯的猜忌一一進行了剖析，馬超恍然大悟，但又覺得自己已經無路可走。李恢聽後說劉備的仁德是全天下都知道的，不如去投降他。就這樣，馬超殺了楊柏，投降了劉備。劉備設宴款待馬超時，又有人來報說劉晙、馬漢帶兵來戰，趙雲出馬迎戰，宴席的菜還沒端上來，趙雲就已把兩顆人頭獻了上來。馬超對趙雲的武藝很是佩服，隨後就請願要與馬岱去攻取成都。

馬超來到城下，跟劉璋說自己已經投降了劉備，讓他趕緊投降，劉璋不忍心百姓遭難就投降了。於是，劉備派劉璋去駐守公安，自己帶著人馬進了成都，開倉救濟百姓，大賞三軍，軍民都很歡欣。劉備又讓諸葛亮制定治國條例，諸葛亮說：「秦法暴虐，漢高祖就用寬容治民，用仁愛得到了民心。如今劉璋軟弱無能，刑法太輕，百姓不怕，西川的政治混亂，所以我就用重刑來治理，讓他們知道法律的威嚴。不服法的處以重刑，服法的就重賞，恩威並施，才能治好西川。」從此四十一州軍民都奉公守法。在諸葛亮、劉備的治理下，漢軍的實力日益增長。

風雲人物榜

姓名：諸葛亮

字：孔明

生卒：西元一八一－二三四年

謚號：忠武侯

歷史地位：三國時期蜀漢的丞相

經歷：諸葛亮出生在一個官吏之家，早年隨諸葛亮叔父諸葛玄到荊州，諸葛玄死後，諸葛亮就在鄧縣隆中隱居。經劉備三顧茅廬後，諸葛亮出山，輔佐劉備建立蜀漢。劉備稱帝後，封其為丞相。諸葛亮對內安撫百姓，對外聯吳抗魏，為實現興復漢室的政治理想，數次北伐，但都以失敗告終。二三四年，諸葛亮病逝於五丈原，終年五十四歲。

第二十三回 關羽赴會、曹操稱王

孫權聽說劉備攻下了西川，就與張昭、顧雍商量討回荊州的事。張昭獻計說：「劉備所倚仗的人，不過就是諸葛亮罷了。諸葛亮的哥哥諸葛瑾現在在東吳，您可以先假裝扣押諸葛瑾的家人為人質，再讓諸葛瑾去成都找諸葛亮要回荊州。」於是，孫權就假裝監禁了諸葛瑾的家屬，派他去討荊州。

劉備和諸葛亮商定好計策後，就將諸葛瑾接入賓館，諸葛瑾見到弟弟後，放聲大哭，訴說了孫權扣押他家人的事情。諸葛亮安慰了哥哥後，便領他去見劉備，諸葛瑾見到劉備後就呈上了孫權的書信。劉備看後，想著自己的夫人還在東吳，現在孫權又派人來討要荊州，不由得大怒，但諸葛亮不忍心哥哥的家人被當作人質，就哭著跪下求情。劉備說：「既然這樣，把長沙、零陵、桂陽三郡給他吧。」隨後就寫信給關羽，讓他交割三郡。

諸葛瑾到荊州見關羽時，呈上了劉備的書信，讓他先交割三郡。關羽說什麼都不肯交出三郡，諸葛瑾只好再去西川，劉備說：「我家弟弟很難說話。這樣吧，你先回去，等我收了東川、漢中諸郡，把他調去防守，那時候就可以交還荊州了。」諸葛瑾無奈，只好回去，把情況告訴了孫權。孫權大怒說：「你這次去反復奔走，是不是諸葛亮的詭計？」諸葛瑾說：「不是這樣的，我弟弟是真心實意的，只是關羽不聽命令。」孫權說：「既然劉備答應了先還三郡，那就派人去長沙、零陵、桂陽，看看情況如何。」於是就派官員去接收三郡，幾天後都被關羽趕了回來。孫權非常氣憤，叫來魯肅，責怪他說：「當年劉備借荊州，你是保人。如今他已經收了西川，仍不肯還荊州，你怎能坐視不管呢？」魯肅就獻計說：「我們現在不如屯兵於陸口，再派人請關羽來赴宴，勸說他歸還三郡，他如果同意就放了他，如果不同意就殺了他。」孫權同意後，魯肅就給關羽送去了請帖。

關羽接到請帖後，答應赴宴，便讓使者回去了。關平、馬良都認為宴會是魯肅的陰謀，勸關羽不要去。但關羽一點也不在意，只吩咐讓關平準備十隻快船，藏五百水軍，在江上等候。並囑咐到時候以搖紅旗為號來接自己。使者回去後報給魯肅，魯肅與呂蒙商議，決定讓呂蒙、甘寧各帶一隊人馬埋伏在江邊，以防萬一。

宴會上，等到酒喝得差不多的時候，魯肅才切入正題，說：「我有些話想要告訴將軍，希望您好好聽一下。之前你家哥哥借荊州暫住，說攻下西川之後就要歸還，現在你們已經得到了西川，荊州卻沒有還給我們，這不是不講信用嗎？如今皇叔願意先還三郡，將軍你又不聽從，於情於理都說不過去呀。」關羽說：「赤壁之戰中，我們漢軍也付出了很大的代價，要些土地作為報酬也是應該的。」魯肅說：「將軍與皇叔桃園結義，成為兄弟，你的哥哥同意割讓三郡，你難道還要推託嗎？」關羽還沒來得及回答，坐在下麵的周倉就厲聲說道：「這天下的土地，只有真正仁德的人才配占有，難道只能是你們東吳的嗎？」關羽呵斥說：「這是國家大事，不許你多嘴，給我退下！」周倉明白了關羽的意思，就到岸口把紅旗搖了搖，關平看到信號，就立刻開船過來了。關羽右手提大刀，左手挽魯肅，假裝喝醉了，說：「我今天喝多了，別提荊州的事，以免說醉話傷了兩家的和氣。等有時間我再派人請你去荊州商議。」魯肅嚇得**魂不附體***，被關羽扯到了江邊。呂蒙、甘寧怕關羽傷了魯肅，只好眼睜睜地看著關羽上船回了荊州。

孫權接到魯肅的報告，不由得大怒，就要發動全部的兵馬去奪荊州。這時，探子來報說曹操正準備發三十萬大軍來取江南，孫權不得不派重兵守衛濡須，抵抗曹操。

曹操正要發兵南征，參軍傅幹上書為曹操列舉了種種南征的弊端，又說了休養生息的好處。於是曹操就放棄了南征，開始興辦學校，禮賢下士，侍中王粲、杜襲、衛凱、和洽四人建議曹操稱魏王，荀攸卻勸說道：「丞相已經坐上了很高的位置，現在又要進升王位，這恐怕不合理。」曹操聽了之後很生氣，說：「你難道要跟荀彧一樣嗎？」荀攸聽後，憂憤成疾，十幾天後就死了，享年五十八歲。曹操厚葬了他，也沒有再提魏王的事。

曹操經常帶劍入宮，把漢獻帝和伏皇后當成玩偶。伏皇后提議，讓他父親伏完設法殺了曹操，但事情敗露，伏氏一家都被曹操殺了。隨後，曹操又讓漢獻帝把他的女兒曹貴人立為皇后，群臣敢怒不敢言。

曹操的權勢越來越大，就與大臣商議如何收復東吳，征服西川。賈詡建議曹操召回夏侯惇和曹仁，共同商議。二人回到許昌後，夏侯惇說：「先不要著急去攻打東吳和西川，應該先去取漢中，然後再去攻西川，這樣就可以一舉拿下了。」曹操依計，兵分三路，討伐漢中。

張魯聽說曹操要來攻打漢中，就與弟弟張衛商量禦敵之策，張衛認為漢中最險要的地方就是陽平關，應該先派兵去守陽平關。於是，張魯就派楊昂、楊任去把守陽平關。剛開始曹操被打得大敗，之後雙方又對峙了五十多天也沒交戰。後來曹操就假裝退兵，使楊昂、楊任放鬆警惕，然後命夏侯淵、張郃各自領三千人馬，走小路繞到陽平關後埋伏。楊昂聽說曹操退了兵，就跟楊任商議，想趁機攻打曹操。楊任覺得這

＊靈魂離開了身體。形容極端驚恐或在某種事物誘惑下失去常態。附：依附

是曹操的詭計，不能去追。但楊昂不聽，於是他帶著大部分的兵馬追擊，最後因大霧彌漫不得不停止前進。夏侯淵到關後，看見大霧，害怕有埋伏，不敢停留，卻誤走到了楊昂的寨前。留守的士兵以為是楊昂回來了，就打開門，把夏侯淵放了進來。曹軍一擁而入，發現是個空寨，就放起火來，士兵們都慌亂而逃，楊任拼死才逃了出來。楊昂回來後，也被張郃殺了。於是，曹操就占領了陽平關。

楊任回去後，又帶了兩萬人馬前來報仇，卻被夏侯淵一刀砍死。張魯知道後大驚，馬上召集眾人商議。龐德之前因為養病而沒有跟隨馬超去西川，所以閻圃建議派龐德去。張魯大喜，命龐德帶領一萬人馬出戰。曹操之前就很欣賞龐德，想把他拉到自己的隊伍，於是就採用車輪戰術，但龐德並沒有因此而疲憊。曹操的各將領回去後，都稱讚龐德有一身好武藝。賈詡最後建議用離間計收服龐德，曹操便依計交代了下去。

第二天交戰的時候，曹操假裝兵敗，龐德就奪了曹操的營寨，見寨中有很多糧草，大喜，便在寨中設宴慶祝。這時，徐晃、許褚、張郃、夏侯淵又殺了回來，龐德只得逃回了南鄭。與此同時，曹操派去見楊松的探子也找到了楊松。探子呈上曹操的書信和金銀財寶後，楊松大喜，說讓曹操放心，他自有辦法。於是，楊松連夜去見張魯，說龐德收了曹操的賄賂，這一次是曹操故意讓他贏的。張魯聽後大怒，召來龐德，說下一戰必須勝，不然就斬了他。這讓龐德心裡很不高興。

再次交戰的時候，龐德領兵殺出，許褚詐敗而逃，龐德就去追趕，看見曹操騎馬在山坡上，就想捉住曹操。沒想到他剛剛衝上山坡，就連人帶馬掉進了陷阱，被曹軍活捉，押著去見了曹操。曹操親自給龐德松了綁，問他願不願意投降，龐德想起張魯的不仁，就直接投降了曹操。曹操與龐德一起回寨，故意讓張魯看見。

第三次交戰的時候，張魯大敗，被曹軍捉住，不得不投降。曹操見他沒有燒毀糧倉，就封他做了鎮南將軍，又封賞了他的部下，只有楊松賣主求榮，被曹操砍了頭，主簿司馬懿勸曹操用得勝之兵立即攻西川，劉曄也用同樣的話勸曹操。但曹操想讓士兵休整一下，就決定按兵不動。

西川的百姓聽說曹操取了東川，猜想他肯定會來攻打西川的，就都非常恐慌。劉備請來諸葛亮商議，諸葛亮說：「曹操分兵在合淝，是害怕孫權攻來，如今我們把三郡都還給東吳，然後再派個能言善辯的人去說服孫權攻打合淝，那樣曹操肯定會改變主意。」於是，劉備就派伊籍先去荊州將這件事告知關羽，再去東吳。伊籍到秣陵見到孫權後，說明了來意，並分析了其中的利害，又說要把長沙三郡還給東吳，孫權覺得是個好主意，就同意了。於是，孫權就發兵先打皖城，再攻合淝。張遼根據曹操送來的計策設下埋伏，致使吳兵大敗。孫權損兵折將，差點被張遼俘虜，幸虧淩統、呂蒙、甘寧死命相救，他方才逃脫。孫權敗回濡須，又調來兵馬，準備再打合淝。張遼聽說孫權又殺了回來，連忙向曹操求救。曹操就留下夏侯淵守定軍山隘口，張郃守蒙頭岩等隘口，自己率四十萬大軍支援合淝。

孫權在濡須口整頓兵馬，忽然來人報說曹操領四十萬大軍前來支援張遼，張昭提議說：「現在曹兵剛到，我們應趁他們立足未穩，先給他們一擊，挫挫他們的銳氣。」淩統和甘寧聽後請命領兵出戰，孫權就讓淩統先去。淩統對戰張遼，兩人打了五十個回合不分勝敗。孫權怕淩統有什麼閃失，就讓呂蒙把他帶了回來。甘寧見淩統回來了，就請命帶領一百騎兵去劫營。二更時，甘寧讓每人在頭盔上插一根鵝毛為暗號，飛馬來到曹營，撥開鹿角就衝殺了進去。曹軍不知來了多少敵人，亂成一團，甘寧帶百騎在曹營中縱橫馳騁，逢人便殺。孫權又派周泰領兵來接應，甘寧闖了曹營後又回到了濡須。曹操怕其中有埋伏，也不敢追，就眼看著甘寧、周泰回去。孫權知道後大喜，重賞了甘寧。

第二天，張遼帶兵前來挑戰，淩統見甘寧立了功，就主動請命出戰。淩統與張遼派出的樂進大戰了五十個回合，不分勝負。後來曹休暗放冷箭，射中了淩統的馬，馬受了驚，把淩統摔在了地上。樂進正要殺淩統，甘寧突然一箭射中了樂進的臉，樂進負傷落馬。最後雙方都把自己的人救了回去。淩統感謝甘寧的救命之恩，二人**冰釋前嫌***，結為生死之交。又過了一天，曹操帶領中路軍，左路是張遼、李典，右路是徐晃、龐德，五個人每人各帶一萬人馬，殺到江邊。董襲、徐盛先出戰，大風吹翻了船，董襲被淹死，只剩下徐盛在李典軍中往來衝突。陳武聽見江邊的廝殺聲，帶領一隊人馬趕來，正好遇見龐德，又是一場混戰。孫權聽到消息，就帶周泰親自來接應，卻被張遼、徐晃包圍。曹操看到後，馬上讓許褚殺入軍中，許褚把孫權的軍隊截成了兩段，彼此不能相救。周泰經過三次的衝殺才把孫權救到船上，隨後周泰又回去救出了徐盛，呂蒙把身受重傷的兩個人掩護上船，陳武卻被龐德殺死在樹林中。眼看著曹軍占了上風，這時吳軍中的陸遜帶著十萬大軍及時趕到，殺退了曹軍。就這樣堅持了一個多月，吳軍覺得沒有獲勝的希望，為了百姓的安定，張昭、顧雍就提議跟曹操講和，答應每年進貢。曹操讓曹仁、張遼駐守合淝，自己收兵回了許昌。

曹操回到許昌，文武百官都要立他為魏王，只有尚書崔琰極力勸阻。曹操大怒，讓廷尉捕崔琰入獄，亂棍打死。建安二十一年五月，群臣表奏漢獻帝，讚頌曹操功德無量，要立曹操為魏王。曹操假意推辭一番，就心安理得地接受了魏王的封爵，從此更加耀武揚威，出入用天子的儀仗，還在鄴郡蓋了魏王宮，又商議著立世子。曹操本有五個兒子，長子曹昂死於宛城後，卞夫人又生了四個兒子——曹丕、曹彰、曹

＊人與人之間的矛盾、反感，在某一時刻像冰一樣融化。比喻人與人之間的矛盾被解除。

植、曹熊。曹植天生聰明，提筆成章，曹操想立他為世子。曹丕知道後，便去求賈詡想辦法，賈詡最後成了他的謀士，教他處處假裝孝順，曹丕漸漸討得了曹操的歡心。曹操後來想立世子，又躊躇不定，便問賈詡：「我想立世子，立誰呢？」賈詡故意不答，曹操問：「你在想什麼呢？」賈詡說：「我只是想起了袁紹、劉表父子。」曹操聽後大笑，就把曹丕立為了世子。

風雲人物榜

姓名：曹操

字：孟德

生卒：西元一五五—二二〇年

諡號：武皇帝

歷史地位：三國時期曹魏的建立者

經歷：曹操出生在官宦世家，曾擔任東漢丞相，後加封魏王，奠定了曹魏立國的基礎。曹操以漢天子的名義征討四方，對內消滅二袁、呂布、劉表、馬超、韓遂等割據勢力，對外降服南宏奴、烏桓、鮮卑等，統一了中國北方。二二〇年，曹操洛陽病逝，終年六十六歲。

第二十四回　老黃忠計奪天蕩山

曹操稱魏王后不久，東吳都督魯肅病故，劉備又派張飛、馬超進攻漢中。曹操就派曹洪領五萬兵馬去幫助夏侯淵和張郃守漢中。曹洪來到漢中，讓夏侯淵、張郃各守隘口，自己領兵去攻打西川的軍隊。張飛與雷銅駐守巴西，馬超到了下辨，命吳蘭為先鋒。吳蘭領兵前進時，正好碰見了曹洪的軍隊，吳蘭想要退兵，但他的手下任夔不服氣，想要挑戰曹洪。於是任夔去對戰曹洪，只三個回合就被曹洪斬了。吳蘭回去報給馬超，馬超責備他不該輕視敵人，一方面傳令緊守關口，不能出兵；一方面把消息報回成都。曹洪見馬超好幾天都不出來，害怕有詐，就退兵了。張郃嘲笑他膽小，堅持要領兵攻取巴西。曹洪認為張飛勇猛，不可輕敵，張郃卻不以為然，堅持要出兵，曹洪就先讓他立下軍令狀，又讓他領兵三萬攻打巴西。

張郃把三萬人馬分為三寨，分別是**宕**(ㄉㄤˋ)渠寨、蒙頭寨、蕩石寨。他從各寨選兵一半去攻打巴西，留一半守寨。張飛知道後，就與雷銅商議，雷銅向張飛提議說：「**閬**(ㄌㄤˇ)中山勢險惡，我們可以在那裡設埋伏。」張飛就給雷銅五千人馬去埋伏，自己領兵迎敵。兩軍交戰，張飛與張郃戰了二十多個回合後，雷銅領兵從背後殺出，曹兵大亂，最後張郃大敗而歸。

張郃回去後，仍舊分兵守住三寨，又配置了很多檑木砲石，堅守不出戰。張飛每天領兵罵戰，張郃只是自顧自地飲酒，就是不出來。雷銅領兵攻打蕩石、蒙頭二寨，被檑木砲石打回。張飛無計可施，只能每天派人罵戰，張郃也派人對罵，這樣相持了五十多天，張飛就把寨遷到山下，每天喝得酩酊大醉，坐在地上罵。劉備得知張飛每天喝酒，怕他酒醉誤事，忙問諸葛亮該怎麼辦。諸葛亮說：「您給張飛送三車好酒，讓他喝個夠。」劉備不明白，諸葛亮說：「你們弟兄多年，您難道還不知他的為人嗎？他雖然勇猛，但也是個有頭腦的人。如今他每天喝醉大罵，並非貪杯，只是為了誘敵而已。」但劉備仍怕張飛耽誤事，諸葛亮就讓魏延前去送酒。張飛接受了酒，讓魏延、雷銅各領一隊人馬在左右埋伏，看見紅旗擺動，就一齊發兵。待二人都安排好，他就又開懷暢飲。張郃從山上往下看，只看見張飛坐在大帳中飲酒，兩個士兵在前面摔跤取樂，心中大怒，覺得張飛是看不起自己，就決定當晚下山劫寨。

張郃帶領宕渠寨的人馬，讓蒙頭、蕩石二寨的人馬左右接應，趁著月色朦朧前去劫寨，遠遠就看見大帳中燈火輝煌，張飛仍在喝酒。張郃大喝一聲，直衝入中軍，一槍就刺中了帳中的「張飛」，卻發現是個草人。他想撤回時，被真正的張飛攔住去路，蒙頭、蕩石二寨的軍馬來救，也被魏延、雷銅打敗，還失去了兩個寨子。張郃不見救兵，又見山上火起，知道大寨也已經丟了，只好奔瓦口關去了。張飛大獲全勝，報回成都，劉備大喜。

張郃退到瓦口關，最初的三萬兵只剩下一萬，於是就派人向曹洪求救。曹洪收到張郃的求救後大怒，不肯發兵，直接派人前去督戰。張郃沒有辦法，只好派兵在關口兩側埋伏，等著張飛中計，沒想到卻等來了雷銅。雷銅和張郃戰了幾個回合，張郃就詐敗，雷銅追擊，卻中了埋伏，最終被張郃殺死。張郃又出戰，還想把張飛引進埋伏，卻被張飛識破了，沒有成功。張飛回寨後，讓魏延將計就計。第二天，張飛與張郃交戰，張郃又詐敗，誰知魏延卻領兵抄了他的後路，用裝上柴草的車子堵住了他的伏兵，後來又點一把火，把伏兵燒得鬼哭狼嚎。張郃損失不少人馬，只好退兵，閉關不戰。

張飛一連幾天都攻打不下，就把軍隊退了二十里，跟魏延帶著十幾個人去山上尋找小路。見幾個百姓從小路翻山過來，張飛就好言安撫百姓，問清了路線後，讓魏延去打瓦口關，自己帶人抄小路繞到關後。兩人前後夾擊，殺得張郃大敗，只好棄關而逃，回了南鄭。曹洪要依軍令狀斬他，行軍司馬郭淮勸道：「張郃雖然有罪，但他深得魏王的喜愛，我們不能輕易殺了他，現在可給他五千人馬，讓他去攻打葭萌關，將功贖罪。」曹洪就給了張郃五千人馬，讓他攻打葭萌關。

葭萌關的守將孟達、霍峻聽說張郃來打，霍峻覺得應該堅守不戰，但孟達要迎敵出戰，於是孟達就帶兵去與張郃交戰，結果大敗而歸，霍峻忙寫文書報回成都。諸葛亮說：「葭萌關危急，必須叫回張飛，才可以殺退張郃。」法正說：「瓦口關也是個重要的地方，不能把張飛叫回來，應該另派人去救葭萌關。」諸葛亮笑著說：「除了張飛，再沒有人能戰勝張郃了。」黃忠忍受不住，說：「先生怎能如此輕視我們？我願意去斬下張郃首級。」諸葛亮說：「您年紀大了，不適合再行軍打仗了。」黃忠氣得白髮都倒豎起來了，說：「我雖然年老，但還能拉開三石的硬弓，身上還有千斤的力氣。」說著他就從架上取過大刀，舞動如飛，又接連拽斷兩張硬弓。諸葛亮問：「將軍要去，誰為副將？」黃忠說：「就讓嚴顏跟我一起去吧，如果戰敗，我先獻上這顆白頭！」劉備大喜，就命二位老將前去救關。

二人來到葭萌關，孟達、霍峻也暗笑孔明指揮不當，心想：「如此緊要的關口，怎麼會派了兩個老將來？」黃忠對嚴顏說：「你看到了嗎？大家都笑咱倆年老，咱倆要立大功，讓大家心服口服。」二人商量好，黃忠出關迎戰張郃。張郃笑他：「真是不知道害羞，你這一大把年紀了，還想打仗嗎？」黃忠說：「你別欺我年老，我的寶刀不老！」二人交手，大戰二十回合，嚴顏領兵抄了張郃的後路，兩路夾擊，張郃大敗，退兵八九十里曹洪得知張郃又打了敗仗，堅決要斬了張郃。郭淮說：「如果把張郃逼急了，他投靠劉備就壞了。現在可派個大將去助戰，也是監視他，不讓他有其他的想法。」曹洪就派夏侯惇的侄子夏侯尚和韓玄的弟弟韓浩二人共領五千兵馬，前去助戰張郃。張郃說黃忠、嚴顏雖老，但都很厲害，仍然要提防。韓浩一心想為韓玄報仇，就與夏侯尚領兵去決戰。黃忠早已摸清了附近的地形和道路，嚴顏說：「天蕩山是曹操屯糧的地方，如果攻下那裡，漢中也就**唾手可得**＊了。」黃忠也很贊同，就分給了他一隊人馬，讓他去了。

黃忠得知夏侯尚和韓浩來戰，就帶兵迎戰。兩人一起夾擊黃忠，黃忠敗走，退了二十多里，之後黃忠戰一次敗一次，每次都敗走二十多里。張郃來勸夏侯尚和韓浩說：「黃忠有勇有謀，你們別中了他的詭計。」二人不信，仍去追趕。黃忠又敗幾次，退到關上。夏侯尚和韓浩就在關前紮寨，黃忠閉門不戰。孟達暗中發書信報告劉備，劉備很擔心，諸葛亮說：「這是黃忠的計策。」但趙雲等人都不信，於是劉備就派劉封到關上幫助黃忠。

劉封到後說明了來意，黃忠笑著說：「這是老夫的驕兵之計。今夜我就反擊，我留下的營寨是借給敵人存放糧食和馬匹的。今夜霍將軍守關，孟將軍跟我去搬運糧草，奪取馬匹，看我怎麼破敵。」二更時，黃忠領五千人馬殺出，夏侯尚和韓浩因為之前見黃忠不出關而放鬆了警惕，被黃忠破寨直入，殺得連滾帶爬，自相踐踏，死傷無數，夏侯尚和韓浩各自逃命。天亮的時候，黃忠接連奪回三座營寨，又繳獲了許多馬匹和糧草。張郃找到夏侯尚、韓浩，說：「天蕩山與米倉山是我軍屯糧草的地方，丟了這兩座山，就是丟了漢中。」夏侯尚說：「米倉山有我叔叔夏侯淵把守，那裡連著定軍山，不用擔心；天蕩山是我哥哥夏侯德把守，我們應當去那裡，保住那座山。」於是三人連夜到了天蕩山，夏侯德卻滿不在乎地說：「我有十萬大軍，你們可領去收復營寨。」張郃說：「你的軍隊應該堅守，不能輕舉妄動。」正說著，黃忠已領兵追來。夏侯德嘲笑黃忠不懂兵法，不聽張郃的勸告，就讓韓浩領三千人馬去殺敵。劉封見天色已晚，勸黃忠先休息，明天再戰，黃忠不聽，出馬直取韓浩，只用了一個回合，就一刀劈死了韓浩。蜀兵齊聲喊殺，衝上山來。張郃、夏侯尚慌忙迎敵。突然山後起火，夏侯德忙去救火，途中遇到了嚴顏，被嚴顏一刀斬下馬來。蜀軍兩路夾攻，魏兵大敗，張郃、夏侯尚只得放棄天蕩山，去定軍山投奔夏侯淵去了。

這個喜訊傳到成都，劉備和眾將都很高興，法正提議說：「主公可趁著這次勝利親自征討漢中。收了漢中，然後招兵買馬，積草屯糧，進可討賊，退可自守。這是上天賜給的大好時機，不可失去呀。」劉備和諸葛亮都認為很有道理。於是，建安二十三年七月，劉備以趙雲、張飛為先鋒，自己與諸葛亮領兵十萬去往葭萌關。到葭萌關後，劉備重賞了黃忠、嚴顏，說：「人家都說將軍老了，只有軍師知道將軍的能力，如今您果然立下了大功。這定軍山是曹軍屯糧的地方，得了定軍山，就沒有什麼值得擔憂的了，不知將軍還敢去嗎？」黃忠一口答應，諸葛亮制止說：「夏侯淵是名將，與張郃不能相提並論。要想勝他，必須讓關羽來。」黃忠不服氣地說：「當年廉頗都八十歲了，一頓還能吃一斗米、十斤肉，各諸侯都怕他，不敢進擾趙國，更何況我還不滿七十，軍師怎麼就說我老了呢？這次我不用副將，只帶三千兵，就能斬了夏侯淵。」諸葛亮再三勸阻，黃忠卻堅持要一人前去，諸葛亮無奈，只好派法正當監軍，隨黃忠去奪定軍山。

諸葛亮讓趙雲帶領一隊人馬，抄小路接應黃忠，並囑咐他如果黃忠勝了就不必出戰，敗了再去接應；又派劉封、孟達領兵三千，在山中險要去處多插旌旗，壯大聲勢，擾亂敵方軍心；然後派人到下辨把這個計畫告訴馬超；派嚴顏去瓦口關替回張飛、魏延，讓張、魏二人一起去漢中。張郃與夏侯尚來見夏侯淵，說了失敗的經過，夏侯淵慌忙派人報知曹洪，曹洪又連夜報回許昌。曹操知道後大驚，決定親自帶領四十

＊比喻容易得到。唾手：往手上吐唾沫。

萬人馬去救漢中。曹操讓夏侯惇為先鋒，讓曹休在後，自領中軍，使用天子的全副儀仗，場景非常壯觀。到了南鄭，曹洪跟曹操說了張郃兵敗的經過，曹操原諒了張郃，又派人讓夏侯淵進兵。張郃勸夏侯淵要提防黃忠，夏侯淵卻沒把黃忠看在眼裡，讓夏侯尚領三千兵作為前哨去叫陣，吸引黃忠，黃忠派陳式領兵一千迎敵。二人交手幾個回合，夏侯尚就掉頭逃走。陳式追上去後中了埋伏，被活捉了。黃忠大怒，第二天出戰時，夏侯尚與黃忠戰了只一回合，就被黃忠擒去了。於是雙方約定次日在陣前交換俘虜。夏侯淵帶著陳式，黃忠帶著夏侯尚，一聲鼓響，二人就分別往本陣跑。夏侯尚快跑回陣門時，被黃忠一箭射中後心，帶箭跑回。夏侯淵大怒，要來戰黃忠，剛戰二十回合，曹營忽然下令收兵，說看見山中有蜀軍的旗子，怕有埋伏，夏侯淵聽後便不敢再輕易出戰。

黃忠逼到定軍山下，與法正商議，法正說：「定軍山西面有一座高山，那座山上可看到定軍山的情況，將軍如果得了這座山，定軍山也就很容易攻下了。」當夜二更，黃忠占了山頭，法正說：「將軍可守在半山腰，我舉白旗時，將軍就別動，我舉紅旗時，將軍就殺下山去。」夏侯淵知道情況後就要出戰。張郃說：「這一定是法正的計謀，不可出戰。」夏侯淵說：「他居高臨下，能看到我寨中的動靜，怎麼能不戰呢？」於是夏侯淵就領兵到那座山下罵陣。法正舉起白旗，黃忠任他百般辱罵，就不出戰。等到午時，曹兵累了，大都下馬歇息了，法正就搖動紅旗。黃忠一見紅旗舉起，就一馬當先衝下了山，夏侯淵措手不及，被黃忠一刀連頭帶肩砍成了兩截。曹兵見後四散逃命，黃忠與陳式夾攻張郃。張郃敗走，帶著敗兵到漢水紮營，又派人飛報給曹操。曹操得知夏侯淵戰死，放聲痛哭，命徐晃為先鋒，親領大軍找黃忠報仇。

詞語收藏夾

如魚得水

出處：《三國志．蜀書．諸葛亮傳》：「孤之有孔明，猶魚之有水也。」

解釋：好像魚得到水一樣。比喻有所憑藉。也比喻得到跟自己十分投合的人或遇到對自己很合適的環境。

第二十五回

劉備漢中自立為王

黃忠殺死夏侯淵後，取了夏侯淵的首級向劉備獻功，劉備封他為征西大將軍，設宴慶功。這時牙將張著來報：「曹操帶領二十萬大軍來為夏侯淵報仇了。現在張郃正在米倉山搬運糧草，準備移到漢水北山腳下。」諸葛亮說：「曹操引兵到了這裡，卻一直勒兵不進，應該是怕糧草不足，我們如果現在派個人去燒了他們的糧草，那樣打敗他們就會很容易了。」黃忠請命前去，諸葛亮叮囑他不要輕敵，劉備說：「要是能殺死張郃，那比殺夏侯淵要強十倍。」於是黃忠再次請命，諸葛亮就讓趙雲去協助他，看誰立功。二人立馬下了營寨，趙雲說：「曹操立下十座營寨，將軍去奪糧，這事非同小可，將軍要用什麼計策呢？」黃忠說：「我先去，你暫且看著，如何？」趙雲說：「我先去。」二人都十分堅持，只好抓鬮決定，結果是黃忠先去。趙雲就跟他商議說：「假如您午時回來，我就按兵不動，如果您午時沒有回來，我就領兵前去接應。」黃忠答應後就回去了，然後讓副將張著做好準備，只留五百人守寨，其他人在四更去北山腳下捉張郃，劫糧草。趙雲回寨後，就囑咐張翼說：「如果我離開了，你定要守好寨子，不能輕舉妄動。」張翼應允。

當天晚上，黃忠和張著領兵偷渡漢水，天明時就到了北山，守糧的曹兵看到黃忠帶兵前來，只顧著逃命，哪裡管得了糧草。黃忠就命士兵取柴草堆在糧上，正準備放火，張郃領兵殺來，與黃忠交戰。曹操知道後，派徐晃去接應，徐晃將黃忠困住，張著帶領三百人馬逃了出來，卻被文聘包圍。

趙雲在軍中，等到午時還不見黃忠回來，就急忙帶領三千人馬去接應，臨行時又囑咐張翼說：「你要堅守營寨，兩邊多布置些弓箭，做好準備。」張翼答應後，趙雲提槍就殺向了曹營。正走著，文聘的部下慕容烈攔路，被趙雲一槍刺死。再往前走，又遇焦炳攔路，趙雲又將他一槍刺死。他衝到北山下，見張郃、徐晃正領兵圍攻黃忠，於是大喝一聲就殺進了重圍。張郃、徐晃膽戰心驚，不敢迎敵。趙雲救出黃忠，又救出了張著，邊戰邊走，所到之處，沒有人敢阻攔，曹軍都嚇得四散逃命。曹操大怒，親自領兵追趕趙雲。而此時的趙雲已經回寨了，張翼見曹兵追來，想關閉寨門。趙雲說：「不要關閉寨門，當年我在長阪坡，單槍匹馬，也沒把八十三萬曹軍放在眼裡。如今我們有兵有將，有什麼好怕的？」於是就派弓弩手埋伏到寨外壕溝中，把營內旗幟全放倒，自己一個人單槍匹馬立在門外。張郃、徐晃追過去後，見寨門大開，趙雲立在營外，不敢前進。曹操趕到後，下令衝殺，趙雲把槍一招，萬箭齊發，曹操掉頭就走，蜀軍追殺過來，曹軍自相踐踏，死傷無數。曹操正在逃跑的時候，忽然看見劉封、孟達從米倉山的方向殺來，知道他們定已放火燒了糧草。於是曹操就放棄了北山的糧草，先回了南鄭。趙雲占了曹營，黃忠奪得糧草，繳獲兵器無數。劉備知道後，對諸葛亮說：「趙雲一身都是膽哪！」於是劉備封趙雲為虎威將軍，大賞將士，擺宴慶祝。

這時，來人報說曹操派兵從斜穀小路殺來，準備取漢水，劉備笑著說：「曹操這次是要白來一趟了。」說完就領兵從漢水西邊迎敵。曹操派徐晃為先鋒，牙門將軍王平熟知地理，曹操就讓他為副先鋒，同徐晃一起去，自己屯兵定軍山北。徐晃、王平來到漢水後，徐晃命令軍士渡河列陣，王平怕劉備乘機攻擊，就不同意，徐晃舉了當年韓信背水一戰的例子，隨後便命令搭浮橋，過河紮營。黃忠、趙雲兵分兩路安營紮寨，任憑徐晃帶兵在營前叫罵，就是不出戰。到黃昏的時候，徐晃叫弓箭手向蜀軍射箭，黃忠對趙雲說：

「徐晃要撤兵了，我們可以趁機攻打。」話還沒說完，忽然來人報說曹兵的後軍果然向後退了。於是，黃忠、趙雲各自帶兵出擊，左右夾攻。徐晃大敗，曹軍死傷者無數。徐晃逃回營寨後，責怪王平不去救援，王平說：「如果我去營救，那這個寨子也就保不住了。況且我之前勸你不要渡河，你不聽才落得這個下場。」徐晃大怒，要殺了王平，王平見情況不妙，當晚就在軍中放了一把火，過河投奔了趙雲，趙雲又將他推薦給了劉備，劉備大喜，封王平為偏將軍。

徐晃逃回，跟曹操說王平投降了劉備。曹操大怒，於是親自率領大軍來奪寨。趙雲害怕自己孤軍難立，就退到了漢水的西面。諸葛亮跟劉備查看地勢時，發現上游有一座土山，可以埋伏上千人，於是就讓趙雲領五百兵帶著戰鼓去埋伏，並囑咐說聽到炮聲只打鼓，不要出戰。

第二天，曹操來挑戰，蜀營中沒有人出來，曹操就帶兵回去了。當天晚上，諸葛亮見曹營的燈都熄滅了，士兵也都睡下了，就下令放炮，趙雲聽見炮聲後就命人打鼓吹號。曹軍被驚醒，慌忙出戰，出來後發現沒有一個人。回營後剛剛睡下，炮聲又響了，隨後鼓聲和號聲也跟著響了起來。一連三天，每天晚上都是這樣，曹操就懷疑真的有埋伏，只好退兵三十里諸葛亮知道後，讓劉備渡漢水，背著漢水紮營。曹操派人下戰書，第二天兩軍對陣，曹操讓徐晃出馬，劉備讓劉封迎敵。二人戰了幾個回合，劉封打不過，掉頭就走，一路上扔了不少馬匹和武器，曹兵爭著去搶。曹操見劉備逃向漢水，怕有埋伏，就收了兵。這時，諸葛亮發出號令，黃忠、趙雲從兩邊殺了出來，打得曹兵大敗，只好逃往南鄭。不料南鄭早已被張飛、魏延奪取，曹操只得逃往陽平關。

劉備進了南鄭，安撫完民眾後，就對諸葛亮說：「曹操為什麼這麼快就敗了呢？」諸葛亮說：「曹操生性多疑，我就是利用這一點來取勝的。」劉備說：「曹操駐守陽平關，勢單力薄，先生要用什麼辦法打退他？」諸葛亮就派張飛、魏延兵分兩路去截曹操的糧道，讓趙雲、黃忠兵分兩路放火燒山。曹操知道這個消息後，心裡很疑惑，就問誰要去戰張飛，許褚請命出戰，曹操就給他一千精兵，讓他去接應糧草。押糧官見許褚來接應，認為萬無一失，就把車上的酒肉獻給他。許褚喝得酩酊大醉，趁著酒勁，就催著糧車行進。押糧官覺得天色已晚，而且山勢險峻，勸許褚天明再走，許褚卻覺得自己很勇猛，什麼都不怕，只管領兵前進。走到半路，張飛迎面殺了出來，許褚揮刀迎戰，卻因酒醉手腳不聽使喚，被張飛一矛刺中左肩，落下馬去，將士們救起他後就逃走了，張飛趁機奪下了糧車。

許褚回去後，曹操一邊讓人給他療傷，一邊親自領兵與劉備決戰。劉備派劉封出戰，曹操派出徐晃迎戰。幾個回合下來，劉封掉頭就逃。曹操領兵追趕，只聽蜀寨中炮聲連天，曹操害怕有埋伏，就急忙下令退兵。退兵過程中，曹軍自相踐踏，死了很多人。曹操逃到陽平關，剛剛歇下來，蜀兵趕到城下：東門放火，西門罵喊，南門放火，北門擂鼓。曹操嚇得魂飛魄散，忙棄關而逃，張飛、趙雲、黃忠又各領一隊人馬殺來。眾將保護曹操逃到斜穀界口，剛好碰到了曹操的次子曹彰領兵前來接應。曹操萬分高興，說：「這次一定能大破劉備！」隨後就帶兵返回。劉備聽說曹彰來到，便派劉封、孟達各領五千人馬迎敵，劉封在前，孟達在後。劉封與曹彰只戰了三個回合就大敗而歸。孟達剛想帶兵前進，卻見曹兵陣營大亂，原來是馬超、吳蘭從曹軍後路殺來了。孟達率軍與馬超和吳蘭夾攻，曹兵大敗。吳蘭去追趕時，被曹彰一戟刺死。雙方混戰一場後，曹操就收了兵在斜穀界口紮營。

曹操在斜穀界口駐紮了很長時間，想進軍卻被馬超攔著路，想退兵又怕被蜀兵恥笑，心中一直猶豫不決。這天，廚師送來雞湯，曹操見碗中有雞肋，就想起了心事，低頭沉思。這時，恰好夏侯惇來請示夜間口令，曹操就隨口說：「雞肋，雞肋。」夏侯惇傳令，口令為「雞肋」，行軍主簿楊修聽到後就讓手下軍士收拾行李，準備回家。夏侯惇知道後大驚，問為什麼要這樣做，楊修說：「我聽到今夜的口令，知道魏王不久就要退兵。雞肋吃著沒有肉，扔了又可惜。魏王進不能勝，退怕人笑，耗下去也沒什麼用，不如早點退兵回去，來日魏王必定班師。」夏侯惇覺得楊修說得有道理，就叫眾將都收拾行李準備回家。晚上曹操心裡煩躁，睡不著，就起來巡營，見此情況後大驚，忙問夏侯惇是怎麼回事。夏侯惇說明情況後，曹操大怒，命武士殺了楊修。

原來，楊修仗著自己有才能，為人十分狂放，常犯曹操的忌諱，又與曹植的關係十分密切，常教曹植讓曹丕難堪，甚至讓曹操難堪。曹操早就想殺楊修，這次剛好以擾亂軍心的罪名殺了他。

曹操殺了楊修，又裝模作樣要殺夏

侯惇。眾官一求情，曹操就免了夏侯惇的死罪，下令發兵。第二天，曹兵出戰，遇見了魏延。曹操讓龐德出戰，兩個人正在交戰的時候，馬超放火燒了曹營。曹操就下令讓全軍出擊，退後者斬。眾將奮力向前衝，魏延假裝敵不過逃跑，曹操就回兵戰馬超。他正在高處指揮，魏延此時又殺了回來，一箭把曹操射下了馬。魏延縱馬而來，正準備殺了曹操，龐德趕到，救下了曹操。曹操回寨後，發現自己被魏延射中了人中，斷了兩顆門牙，連忙叫醫士來治療，隨後又傳令退兵。曹操坐上**氈車**＊，剛出營，就見兩邊的山上火起，原來是馬超領兵來追殺了。曹軍日夜不停地跑，一直逃到京兆才放下心來。劉備命劉封、孟達、王平等人攻取上庸各郡，守將申耽等人聽說曹操敗走，就都投降了劉備。劉備安撫完民眾，又犒賞三軍，人心大悅。眾將都想擁戴劉備稱帝，就去找諸葛亮商議，諸葛亮也正有此意，眾人一拍**即合**†。於是諸葛亮就領著法正等人來見劉備，勸他登皇帝位，名正言順地討伐曹操。劉備大驚，反駁說：「我雖然是漢室宗親，但始終是個臣子，如果同意了這件事，那就是造反了。」諸葛亮勸道：「現在天下四分五裂，各路英雄並起，都稱霸一方。有德有才的人投靠主公，都想建立功名。主公這種行為，只怕會讓眾人失望，希望主公三思。」但劉備堅決不肯稱帝，諸葛亮就退了一步，讓劉備稱漢中王。劉備卻說：「沒有天子的詔書，稱王也是不合適的。」張飛大叫說：「異姓的人都能稱王，更何況哥哥是漢室宗親，別說是漢中王，就算是稱帝又有什麼不妥的呢？」諸葛亮也再次勸道：「主公先進位漢中王，然後再表奏皇上也不遲。」劉備推辭

＊以毛氈做車篷的車子。

†一打拍子就合於樂曲的節奏。比喻因情意相投或有利害關係，一下子就說到一起或結合在一起。拍：樂曲的段落，也稱打拍子。

不過，只好答應。

建安二十四年七月，劉備登壇稱漢中王，立劉禪為王世子，封許靖為太傅，法正為尚書令，諸葛亮為軍師，總理軍國大事；又封關羽、張飛、趙雲、馬超、黃忠為五虎大將，魏延為漢中太守；其餘文武官員也都各依功勞封賞。最後，劉備派人將表章送到許昌，交給了獻帝。

風雲人物榜

姓名：孫權

字：仲謀

生卒：西元一八二－二五二年

諡號：大皇帝

歷史地位：三國時期孫吳的建立者

經歷：孫權的父親孫堅和兄長孫策，在東漢末年群雄割據中打下了江東基業。孫策去世後，孫權繼位。赤壁之戰中孫權與劉備建立孫劉聯盟，擊敗曹操，奠定三國鼎立的基礎。西元二二九年，孫權在武昌稱帝，國號吳，孫權晚年在繼承人問題上反覆無常，引致群下競爭，朝局不穩。西元二五二年，孫權病逝，享年七十一歲，在位二十四年。

第二十六回　關羽戰龐德取襄陽

曹操得知劉備在漢中自立為王大怒，發誓一定要除掉劉備，於是就要發動全國的兵馬去討伐劉備。司馬懿獻計說：「孫權最初把妹妹嫁給了劉備，後又以吳國太病重為由把妹妹接了回去，而且劉備占著荊州遲遲不還給東吳，想必孫權也一定恨死了劉備。現在我們派個能說會道的人去東吳，勸孫權發兵取荊州，劉備到時候定會去救荊州，那樣您再去攻打漢中，他就首尾不能顧及了。」曹操依計，就讓滿寵為使者趕往東吳。孫權知道滿寵要來，就召集眾人商議，張昭說：「我們與曹操本來沒有什麼仇恨，就因諸葛亮的一面之詞，導致兩家戰爭連連，生靈塗炭。今天滿寵來，肯定是來講和的，我們可以以禮相待。」孫權就聽從了張昭的話，接見了滿寵。滿寵見了孫權後，就呈上曹操的書信。曹操在信中讓孫權先打荊州，自己再攻取兩川，雙方合力打敗劉備後再平分土地。孫權先讓滿寵去館舍歇息，然後和眾人商議該怎麼辦。顧雍提議說：「我們可以一面答應曹操，一面派人去荊州打聽關羽的態度。」諸葛瑾說：「關羽自從到了荊州，劉備就為他娶了妻子，生了一兒一女。我去為主公的世子向他求親，他如果答應了，我們就和劉備聯合抗曹，他要是不答應，我們就幫助曹操攻打荊州。」孫權依計，先送滿寵回了許昌，又派諸葛瑾去了荊州。諸葛瑾見到關羽，說自己是為代孫權的兒子向關羽的女兒求婚而來。關羽大怒，命人趕走了諸葛瑾。諸葛瑾狼狽地回去見了孫權，把情況一五一十地說了。孫權聽後大怒，覺得關羽太無禮了，然後就與文武官員商量如何討伐荊州。步**騭**(ㄓˋ)說：「曹操讓我們進攻荊州，是想嫁禍於我們。主公可派人去許昌，讓曹操派曹仁先攻荊州，到時候關羽一定會攻打樊城，主公就可趁機奪了荊州。」孫權同意後，就派使者到許昌，上書曹操。曹操得知孫權的態度後大喜，一面派滿寵為參謀，前往樊城助曹仁發兵，一面讓東吳領兵在水路接應。

劉備各方面都安排妥當後，就準備進攻中原。忽然來人報說，曹操已經聯合東吳，準備攻打荊州。劉備與諸葛亮商議時，諸葛亮建議說：「現在我們可以派人去給雲長送封賞，順便命令他取樊城，殺殺他們的威風，他們的攻勢自然就變弱了。」於是劉備派前部司馬費詩為使，前往荊州。費詩到了後，給關羽看了劉備的指令。關羽領命後就派傅士仁、糜芳為先鋒，先領一千人馬駐紮在城外。當夜二更，傅士仁、糜芳二人飲酒，不小心失了火，引著火藥，使營中著了火。關羽忙領兵救火，到四更才把火撲滅。他把傅士仁、糜芳叫回城，說：「我讓你們當先鋒，還沒出兵，你們就燒毀軍器糧草，用火藥炸死自己人，要你們有什麼用？」說完就要殺了他們。費詩連忙阻攔，關羽就下令各打二人四十棍，摘去先鋒印，讓糜芳守南郡，傅士仁守公安。隨後關羽又任命廖化為先鋒，關平為副將，自己領中軍，馬良、伊籍為參軍，共同攻打樊城。費詩則帶著來投奔關羽的胡班回了成都。

關羽祭了旗之後，就起兵向襄陽進發。曹仁聽說後，想堅守不出戰。副將翟(ㄓㄞˊ)元卻說：「魏王讓您聯合東吳取荊州，如今他自己來了，就是來送死的，為何要躲呢？」參謀滿寵說：「我聽人說關羽有勇有謀，千萬不能輕敵。」夏侯存說：「這些都是書生說的，你沒聽過水來土掩，將至兵迎嗎？」曹仁最後聽取了夏侯存的建議，讓滿寵守樊城，自己領兵迎敵。

關羽聽說曹兵來了，就派廖化、關平出戰。廖化與翟元交戰，不一會兒，廖化就假裝敵不過要逃走，翟元在後面追趕，關羽的軍隊退了二十里。第二天，關羽又敗了二十里。曹仁正在追廖化、關平，忽然就聽見後面喊聲大震，曹仁慌忙回軍，卻被關羽攔住了去路。曹仁不敢交戰，只好從小路回了襄陽，關羽沒有追趕他。過了一會兒，夏侯存領兵到了，見了關羽，大怒，就與他交鋒，只一個回合就被關羽砍死了，翟元見大事不妙，就連忙逃走，最後被關平追上砍死。曹軍的大部分士兵都淹死在了襄江裡，曹仁只好退守樊城。

關羽占領了襄陽後，犒賞三軍、安撫民眾，隨軍司馬王甫說：「將軍攻下了襄陽，雖然給了曹軍一個**下馬威**＊，但呂蒙駐紮在陸口，隨時準備著攻打荊州，我們不能不防啊。」關羽說：「我也是這麼想的，這樣，你到江邊，每隔二三十里就選擇一處高地修築烽火臺，每個烽火臺派五十個人看守。吳軍如果渡江了，晚上的話就以放火為號，白天的話就以放煙為號，我看到信號就親自帶兵攻打他們。」王甫說：「麋芳、傅士仁把守南郡和公安恐怕不會盡心竭力。不如派趙累去代替他們吧。」關羽並不在意，說：「趙累現在管理錢糧，也是個重要的任務。你就去修築烽火臺吧。其他的我自有安排。」隨後，關羽就讓關平準備好戰船，準備渡襄江攻打樊城。

曹仁退守樊城，對滿寵說：「我當初沒有聽從您的勸告，現在打了敗仗，丟了襄陽，該怎麼辦？」滿寵說：「關羽足智多謀，不能小看他，現在我們要做的就是堅守營寨，不出兵。」正在談論的時候，來人報說關羽攻過來了，曹仁大驚，滿寵依然堅持要堅守，呂常卻堅持要求出戰。於是，曹仁就給了呂常兩千人馬。呂常到渡口時，關羽已經過了江，曹軍一見，嚇得掉頭就逃，呂常攔都攔不住。關羽殺過來，殺得呂常大敗，殘敗軍連忙都奔回了樊城。曹仁緊守樊城，忙派人連夜到許昌求救。

＊原指官吏初到任時對下屬顯示的威風，後泛指一開始就向對方顯示自己的威力。

曹操知道後就封於禁為征南將軍，龐德為先鋒，讓他們帶領七支軍隊前往樊城。領軍將校董衡、董超見到於禁後，說：「龐德是馬超的老部下，不得已才投降了我們，現在馬超在劉備那裡被封為五虎上將之一，而且龐德的哥哥龐柔也在劉備那裡當官，讓他做先鋒是不是不太合適？」於禁忙去告訴曹操，曹操就免去了龐德的先鋒。龐德知道曹操是懷疑自己不忠心，於是脫下帽子，連連磕頭，把頭都磕出了血，說：「我雖是馬超的老部下，但現在各為其主。我殺了我的嫂子，早就和哥哥斷了親情。如今我在魏王部下，感恩還來不及，怎麼會有外心呢？」曹操挽起龐德，覺得他是真心的，就恢復了他的先鋒，又安慰了他一番。隨後龐德謝完恩就回去了。

龐德回家後，找木匠做了一口棺材。第二天，龐德請眾親友赴宴，把棺材擺在堂上，向親戚朋友說：「我要去樊城跟關羽決一死戰。這口棺材裡不是裝他就是裝我，絕不空回！」曹操派人向龐德傳令說：「關羽智勇雙全，不可輕敵。」龐德卻說：「我要把關羽三十年的名望掃光！」於禁也勸他要聽魏王的勸告，不能輕敵。

關羽聽說于禁來救樊城，龐德抬棺來決一死戰，不由得大怒，說：「天下英雄聽到我的名字，沒有一個不畏懼佩服的，龐德竟敢藐視我，我一定要親手殺了他！」關平請命替關羽去出戰龐德，關羽就讓關平出馬。關平與龐德大戰三十回合，不分勝敗。關羽又讓廖化去攻樊城，自己去戰龐德。二人大戰一百多回合，越打越有精神。魏軍怕龐德有什麼閃失，就叫回了龐德。關平也擔心自己的父親，就叫回了關羽。兩個人回去後都憤憤不平。

第二天，關羽再戰龐德，五十多個回合之後，龐德掉頭就走。關羽邊趕邊罵：「我會怕你的**拖刀計***嗎？」龐德其實是假裝使用拖刀計，之後又偷偷地拿出了弓箭，一箭射來，射中了關羽的左臂，最後關平殺出才救回了父親。龐德正要追趕，卻被於禁急忙叫了回來，原來於禁是害怕龐德立功。龐德不知道於禁的用意，只是不停地懊悔。

關羽回營後，見箭傷不深，也沒在意，敷上了藥，咬牙切齒地說：「我一定要報這一箭之仇！」眾將勸他歇息幾天，再去戰龐德。第二天，龐德來挑戰，關平把住關隘，不讓人報告給關羽。龐德一連來挑戰了十多天，都沒人出戰。龐德就跟於禁提議說：「我們不如趁關羽箭傷還沒好，讓七支軍隊一齊殺進寨子。」于禁怕他立功，說什麼也不答應，就讓七支軍隊在離樊城十里的地方安營紮寨，讓龐德屯兵穀後，不准進兵。

關羽傷好後，聽說於禁的軍隊在樊城外的山下紮寨，不由大喜，說：「魚進來罾中，就活不久了。」當時正值八月，下了幾天大雨，關羽就讓部下準備船筏。關平問：「準備船筏有什麼用？」關羽說：「襄江水漲，於禁屯兵窪地。等到水再漲的時候，我們就能放水淹他了。」曹軍督將成何見一直下大雨，對於禁說：「連日大雨，我們的軍隊屯兵在低處，關羽已經把軍隊移到高地，準備船筏，我們也應早點做準備。」于禁不聽，成何只好來見龐德，龐德說：「你說得有道理，他于將軍不肯移兵，明天我自移兵到別處。」當天夜裡，風雨更大，龐德聽見濤聲，出帳一看，大水鋪天蓋地地淹下來。曹軍爭相逃命，還是淹死了無數，于禁、龐德與眾將都上小山躲避。天剛剛亮的時候，關羽就領兵乘船殺來。于禁見沒有路可以逃，就投降了關羽。龐德與董衡、董超、成何帶領幾百人站在堤上，沉著抵抗。關羽下令放箭，射死了大部分的曹軍。董衡、董超也想投降關羽，卻被龐德殺死，最後成何也被關羽射死了。龐德上了一條小船，想逃往

＊武將制敵的一種方法，即詐敗逃走，引誘敵人追來，趁其不備又砍殺過來，使敵人措手不及。

樊城，周倉撐大筏趕來，撞翻了小船，活捉了龐德。關羽在帳中審問，刀斧手先押上了于禁，於禁當場磕頭求饒，求關羽不要殺了他，說自己也是受了曹操的指使。於是關羽就命人把他押到荊州的大牢。龐德被押上來，關羽勸他投降，他卻破口大罵，關羽大怒，下令把他斬首了，隨後又覺得可惜，便安葬了他的屍體。關羽趁著水勢還沒退下，就領兵再來攻樊城。

樊城周圍水勢浩大，城牆漸漸被泡塌，百姓們挑土搬磚都擋不住，各個將領都很害怕，就向曹仁提議說要退兵。曹仁也同意退兵，就準備船隻想要回去。滿寵說：「萬萬不可。水勢雖大，幾天後就會自動退去。將軍若放棄樊城，黃河以南就都要丟失了！」曹仁聽後便決心守城，讓軍民搬磚抬土，修復城牆。十幾天後，洪水果然退去了。

關羽自從捉了於禁、殺了龐德，名震天下。這天，關羽的兒子關興來軍前探望父親，關羽就將各個將領的功勞列出來，讓關興告訴劉備，對他們進行封賞。之後關興就辭別父親，回成都去了。關羽分兵一半去**郟**(ㄐㄧㄚˊ)**下***，自己領兵四面攻打樊城。一天，關羽在城下叫陣，讓曹仁早早投降。此時的曹仁正好在城樓上，就急忙召集了五百名弓箭手，隨著曹仁一聲令下，萬箭齊發，關羽在撤退的時候被射中了右臂，摔下馬去。曹仁見關羽落馬，就帶兵殺出，幸虧關平來得及時，殺退了曹仁，救回了關羽。

關羽回到寨後，拔下箭，發現箭上有毒，右臂已經變得青腫。關平與眾將想送關羽回荊州治療，關羽卻死活不聽。關平見他不肯退兵，只好到處找醫生。一天，一個老人從江東來到寨前，自稱是華佗，華佗說：「我聽說關將軍負傷中毒，所以專程趕來醫治。」關平聽後大喜，忙領華佗來見關羽。這時關羽正在與馬良下棋，華佗看了看傷口，說：「箭上是烏頭毒藥，已經深入骨頭，再不治療的話，這條胳膊就殘廢了。」關羽問怎麼樣才能治好，華佗說：「立一個木柱，上面釘個鐵環，將軍把胳膊伸進環裡，我用刀把

骨上的毒刮下來，敷上藥，再縫上傷口就行了。」關羽說：「不用那麼麻煩，您直接做手術吧。」說完，關羽喝了幾杯酒，邊跟馬良下棋，邊伸出胳膊讓華佗醫治。華佗取出尖刀，讓人捧盆在下麵接血。他割開皮肉，見骨頭已發青，就「嚓嚓」地刮起來。關羽邊喝酒吃肉，邊談笑下棋，看起來一點也不痛苦。不一會兒，華佗刮完了毒，敷上藥，縫合了傷口。關羽大笑著說：「胳膊一點也不疼了，先生真是神醫！」華佗說：「我行醫一輩子，從沒見過這樣能忍疼的，將軍真是個神人！」關羽設宴款待華佗，華佗叮囑關羽說：「將軍不要動怒，一百天就會徹底好了。」關羽又拿出一百兩黃金作為報酬，華佗卻說：「我是覺得將軍仁義才來救將軍的，並不是為了獲取利益。」華佗堅決推辭不肯接受，留了一帖藥就離開了。

＊地名，在河南。

詞語收藏夾

一身是膽

出處《三國志．蜀書．趙雲傳》注引《雲別傳》：「先主明旦自來至雲營圍視昨戰處，曰：『子龍一身都是膽耶！』」

解釋：形容膽量大，無所畏懼。

第二十七回 關羽敗走麥城喪命

曹操聽說關羽活捉了於禁，又殺了龐德，大驚，害怕關羽帶兵攻打許昌，就召集文武大臣來商量遷都的事情。司馬懿說：「不能遷都，如今劉備跟孫權的結盟被打破，關羽又立了大功，孫權肯定會不高興，您可以派使者去東吳說服孫權出兵攻打荊州，分散關羽的兵力，讓他首尾不能相顧。到時候我們再把江南的土地封給孫權，這樣就能解決樊城的危機了。」曹操聽從了司馬懿的建議，暫停了遷都的事情，派人給孫權送書信，又派徐晃領兵五萬，去救應樊城。

孫權看完曹操的書信後欣然答應，便讓使者回去了。使者走後，孫權又召眾人商議。張昭覺得曹操事成之後可能會反悔，怕東吳吃虧。孫權還未發言，人報呂蒙從陸口來了。呂蒙提議說可以趁著關羽攻打樊城的時候去討伐荊州，於是孫權就派呂蒙去陸口做好準備。呂蒙回到陸口，探子來報說江對岸每隔二三十里就修了一座烽火臺。呂蒙又聽說荊州的軍隊也已經整頓好，早就做好了準備，就覺得自己太著急了，不該急著去攻打荊州。但話已經說出去了，又無計可施，呂蒙就派人跟孫權說自己病了，暫時不能出戰。陸遜猜出呂蒙是在裝病，與孫權商量後，就前往陸口探病。陸遜到陸口見到了呂蒙，看他果然沒有生病的樣子，就說出了他的心病。呂蒙聽後就向陸遜請教解決辦法。

陸遜說：「關羽自恃英雄，覺得自己天下無敵，唯一顧忌的就是將軍了，將軍不如趁這次機會，辭去現在的職位，把陸口交給別人把守，再派人到處散播讚美關羽的話，關羽就會輕視陸口，把荊州的軍隊調到樊城，那時候您再攻打荊州就容易了。」呂蒙依計上書辭職，陸遜回見孫權，對孫權說了自己的計謀，孫權就把呂蒙召回建業養病，封陸遜為偏將軍、右都督，讓他代替呂蒙把守陸口。陸遜上任後，先寫了一封信，又準備了一份厚禮，派人前往樊城送給關羽。此時的關羽正在養傷，一直按兵不動，忽然來人報告說：「呂蒙病危，孫權派陸遜代替他把守陸口，現在陸遜特地派人前來拜見。」關羽說：「孫權真是見識短淺，用這種人來做將領。」使者見到關羽後，跪在地上說：「陸將軍派我來送書信和豐厚的禮品，一是祝賀將軍，二是來求和，希望將軍能收下。」關羽聽後高興得大笑，讓隨從收了禮物，就送使者回去了。使者回去報給陸遜，陸遜大喜，忙派人去打聽，得知關羽果然把大部分的兵力調到了樊城。陸遜把這個消息報告給孫權，孫權就與呂蒙開始商議攻打荊州的事情。

孫權想派自己的弟弟孫皎同呂蒙一起去，呂蒙說：「主公如果想讓您的弟弟出戰的話，就單獨派他去吧。我聽說周瑜跟程普為左右都督的時候，雖然事情是由周瑜決定，但程普仗著自己是個老臣，處處跟周瑜作對，兩個人很不和睦。後來程普發現周瑜確實是個人才，才服了他。現在我的才能比不上周瑜，孫皎又是您的弟弟，比程普還要親近，恐怕我們不能很好的相處哇。」孫權恍然大悟，就命呂蒙為大都督，讓孫皎在後面接應糧草。

呂蒙謝過孫權後，就領三萬人馬，八十多隻快船出發了。他選水性好的士兵換上白衣，扮成商人，在外面划船，精兵都埋伏在船艙裡；又讓韓當、蔣欽、朱然、潘璋、周泰、徐盛、丁奉相繼出發，其餘人都跟著孫皎在後面接應。之後，呂蒙一邊寫信給曹操，讓他從後面襲擊關羽，一邊派人告訴陸遜。船到了北岸後，烽火臺的士兵來盤問，吳軍就說：「我們是商人，江上風太大，到這裡避一避風。」隨後又獻上了許多財物。守軍相信了他們的話，就讓吳軍的船停到江邊。到了二更的時候，艙中精兵齊出，把幾座烽火臺的軍士捆了，都押上船。然後吳軍長驅直入，直奔荊州。快到了的時候，呂蒙對被俘獲的軍官好言相勸，並重賞了他們，讓他們做先導，騙開了荊州城門，吳軍衝進城去沒動一刀一槍，就收了荊州。呂蒙傳令，不准亂殺百姓，不得搶百姓的任何物品，若有違反，按軍法處置。另外，呂蒙又將關羽的家屬保護起來，不讓人打擾。

沒過幾天，孫權來到了荊州，讓潘濬掌管荊州，把於禁放出來還給曹操，又安撫百姓，犒賞三軍，設宴慶賀。孫權想趁機再收了公安和南郡，問眾人該怎麼辦。虞翻說：「我與把守公安的傅士仁交情很好，我願前去說服傅士仁投降。」孫權聽後大喜，馬上派虞翻帶領五百人馬去往公安。傅士仁聽說荊州失守了，急忙閉城堅守。虞翻來到公安，見城門緊閉，就把勸降書綁到箭上射進城裡。傅士仁看了勸降書，又想到關羽懲罰過他，就有了投降之意，於是便打開城門，放虞翻進城了。虞翻跟傅士仁各訴舊情後，虞翻就說孫權為人寬宏大度，又禮賢下士，傅士仁聽了之後大喜，隨後就同虞翻前往荊州投降。然後，孫權又派傅士仁去南郡招降糜芳。糜芳受了劉備的大恩，不忍心背叛，正在猶豫，關羽就派使者來催糧了。可是荊州失守，道路不通，糧食根本運不過去，糜芳正為難間，傅士仁二話沒說就殺了使者，並對糜芳說關羽早晚會殺了他。這時正好呂蒙帶兵殺到城下，糜芳大驚，就直接投降了呂蒙。就這樣，孫權沒用一兵一卒又占領了南郡和公安。

曹操知道孫權已經攻下荊州後，就親自領兵前往洛陽以救援曹仁，讓徐晃立即發兵去救樊城。

且說徐晃正坐在帳中，忽然來人報說關平在偃城、廖化在四冢（ㄓㄨㄥˇ），沿著漢水接連駐紮了十二個寨子。徐晃便派副將徐商、呂建假打著他的旗號去偃城打關平，自己帶領五百精兵從沔水去偃城後面襲擊。關平出戰，先後與徐商、呂建交戰了幾個回合之後，二人就敗走了。

關平追出去二十多里，忽然來人報說偃城失火了。關平這才知道中了計，於是又急忙回去救偃城。半路上徐晃又殺了出來，關平只好趕到廖化那裡去。

關平到了廖化的營寨，二人正在商量著該如何應對徐晃，忽然又有人來報說徐晃正在攻打北邊的第一個寨子。因為四塚的寨子鹿角有十層，很嚴密，連鳥也飛不進去，於是，關平、廖化就把大部分的人馬都調到了第一個寨子。

當晚，關平去襲擊徐晃，廖化守營。關平衝進徐晃的寨子後，發現沒人，就知道中了計。這時，徐商、呂建從兩邊殺出，追著關平一直到了四塚。關平和廖化實在敵不過，就棄寨逃到樊城去了。

兩人回到樊城，跟關羽說了事情的經過，又說有荊州失守的傳言。關羽不信，認為陸遜根本沒這麼大的本領，一定是謠傳。正說著，徐晃來挑戰，關羽的傷還沒有痊癒，但他堅持出戰。關羽受傷的那只手用不上力氣，與徐晃戰了八十幾個回合就漸漸敵不過了，忙收兵回寨。慌忙中，關羽只聽四下喊聲大震，原來是曹仁聽說曹操的救兵已到，就引軍殺了出來，與徐晃前後夾攻關羽。關羽大敗，渡過襄江，不敢進襄陽，只好去往公安。路上，探子突然來報說：「傅士仁、糜芳已經投降了東吳。」關羽大叫一聲，箭傷復發，昏倒在地。眾將把他叫醒，關羽對王甫說：「我當初沒聽你的話，現在追悔莫及。」隨後又問：「烽火臺為什麼不點火？」探子說：「呂蒙讓水軍扮作商人，擒了守台的士兵，因此不能舉火。」關羽聽後又氣又急。趙累說：「事情緊急，我們可以一面派人向成都求救，一面從旱路攻取荊州。」關羽就派馬良、伊籍去成都求救，自己領兵去奪荊州。

曹操到樊城後，重賞了徐晃。關羽在去往荊州的路上，覺得被吳軍和曹軍前後夾擊，進退兩難，就派使者前往荊州責備呂蒙不守信用，違背兩家共誅操賊的盟約。使者到荊州向呂蒙說明來意後，呂蒙說他只是奉命行事，接著又設宴款待了使者，請使者住進館舍。隨征家屬都來看使者，讓使者給他們的親人帶信，說他們都受到了呂蒙的優待，衣食不愁。使者回去見了關羽，說了呂蒙的意思，又說將領與士兵的家屬都受到了很好的照顧。關羽聽後大罵道：「這是奸賊之計，我生不能殺賊，死也要殺了他，以雪吾恨！」

這天，關羽向荊州進軍的時候，有很多人在半路上都逃回了荊州，關羽氣得大罵，催著快點前進。突然，蔣欽帶領著軍隊攔住了去路。關羽與蔣欽戰了不到三個回合，蔣欽戰敗逃走，關羽追了二十多里後，韓當和周泰就殺了出來，蔣欽也返回又戰，三路夾攻關羽。關羽連忙撤軍，沒走多少里，丁奉和徐盛又殺了出來，一直戰到黃昏，荊州兵都逃散了，關羽手下只剩了三百多人。三更

天的時候，關平、廖化殺進重圍，救出了關羽，先退到了麥城，等待援兵。趙累說：「這個地方離上庸不遠，可派人向劉封、孟達求救。」廖化就殺出重圍，來到上庸。他向劉封說：「將軍兵敗，被困在麥城，援軍一時半會兒還來不了，請二位將軍快發兵去救。」孟達說：「吳軍勢力太大，還是不要去救比較好。」劉封說：「他是我的叔叔，我怎麼能不救他呢？」孟達卻說：「你把他當叔叔，他卻沒把你當成自己人。當初劉備收你時，他就不高興。劉備坐上王位後，又是他建議立劉禪，不立你。他不顧叔侄的情義，你還在替他著想嗎？」劉封聽了孟達的挑撥，就以上庸人心不穩為由，拒絕發兵。廖化怎麼求二人都不行，只好大罵著離開上庸，去成都求救。

關羽被困在麥城，等了好多天也不見上庸的救兵，手下只有五六百人，大部分還是傷患，城中糧草也已經吃完。這時諸葛瑾來勸關羽投降，關平大怒，要殺了諸葛瑾。關羽看在諸葛亮的面子上，勸住了關平，趕走了諸葛瑾。諸葛瑾回去見孫權時，說：「關羽心如鐵石，絕不會投降的。」呂蒙猜測關羽晚上要突圍的話，一定會走小路，於是就派朱然領五千人馬去小路埋伏，又讓潘璋領兵五百去臨沮山的小路埋伏。

關羽在麥城清點人馬，只剩下了三百多人。當天晚上，逃走的士兵越來越多，援軍也不來，關羽就對王甫說：「我很後悔當時沒有聽您的話，現在我們該怎麼辦呢？」王甫哭著說：「今天的事，就是子牙*複生也沒有辦法了。」趙累說：「上庸的救兵一直不到，我們不如領著剩下的軍隊突破重圍，到西川領兵，再來奪回荊州。」於是關羽登城觀看，發現北門的吳軍不多，又打聽到北門的小路直通西川，就決定從北門突圍。王甫說：「小路定有埋伏，還是走大路為妙。」關羽不聽，王甫又哭著說：「將軍一路上要保重，我

＊即薑尚，西周時統帥，協助武王伐紂。

們死也不會投降，只等著將軍來救。」關羽也哭著向王甫道別，留下周倉帶一百人馬與王甫守著麥城。

關羽與關平、趙累帶二百人馬衝出北門，大約走了二十多里，突然被朱然領兵攔住了去路，關羽殺過去，朱然掉頭就逃。突然聽見一聲鼓響，四周的伏兵就殺了出來，關羽不敢再戰，從臨沮的小路逃走，朱然領兵在後面追殺。走了四五里，關平趕了上來，說趙累已經戰死。關羽再看看手下的人，只有十幾個了。潘璋殺來，關羽殺退他後，不敢再追趕，就往山後走。山後到處是蘆葦亂草，樹木叢生。五更的時候，忽然聽見一聲叫喊，吳軍伸出撓鉤套索，把赤兔馬絆倒，關羽栽下馬來，被馬忠活捉。關平趕來援救，也被潘璋、朱然率兵圍困住，最後也被活捉了。天亮後，關羽父子被押著去見了孫權。孫權喜愛關羽的忠義勇敢，想收了他，被他大罵了一頓。孫權無奈，就回去與眾人商量勸降關羽的事情，主簿左鹹說：「當年曹操得到關羽後，封侯賜爵，三天一小宴，五天一大宴，上馬一提金，下馬一提銀，如此大的恩惠也沒能留住他，他最後還是過五關斬六將而離去，現在主公已經捉住了他，只能殺死，以絕後患。」孫權沉默了很久，才決定把關羽父子斬首。當時是建安二十四年十二月，關羽享年五十八歲。孫權把赤兔馬賜給馬忠，那馬失去主人後也絕食而死。後來吳軍拿著關羽父子的人頭到麥城勸降，王甫大叫一聲，跳城自殺，周倉也拔劍自刎。自此，麥城被東吳占領。

歷史好奇問

關羽的臉為什麼是紅的？

傳說關羽當年殺了本地的一個欺壓百姓的惡霸之後被朝廷通緝，在潛逃期間遇見了一個婆婆，婆婆給了他一包粉，說塗在臉上就能混出城去，關羽就照做了。出城後，粉卻洗不掉了，於是他就一直是紅臉了。但從《三國志》以及其他的史料中，我們都找不到任何關於關羽是紅臉的記載。因此，歷史上的關羽是不是紅臉有待考證。《三國演義》中把關羽寫成紅臉，是一種文學創作，因為紅色代表了反抗精神，代表著正義，所以根據小說的時代背景，把關羽寫成了紅臉。

白白老師的
國學小教室

傳奇的關羽

關羽在我們心中是忠義勇猛的代表，這得歸功於《三國演義》的人物形象塑造，《三國演義》其實幫關羽的故事增添了很多虛構、誇飾成分。從關羽第一次大戰，他當仁不讓地出戰華雄，戰勝後回來，連酒都還是溫熱的，可見其速度之快、殺敵之俐落，形塑他勇猛無敵的形象。

過五關斬六將的情節，則形塑他忠誠於劉備的形象，不畏一路上的阻礙，只為回到劉備身邊。而放走曹操的環節，則展現他知恩圖報的大義，雖然他忠於劉備，但也不忘曹操對他的恩情。

至於關羽受箭傷，華佗為他刮毒治療，過程中關羽仍然喝酒下棋、談笑風生，毫不畏懼刮毒之痛，在此描述的不單是戰場上的驍勇，而是透過日常互動中，來塑造一代英雄的英勇。

在麥城的關羽，已有舊傷，加上兵力不足、缺乏糧草，最終戰死於麥城，每每讀到此，便會有不少的讀者為此悲傷遺憾，足見其在後世心中的重量。《三國演義》中的關羽驍勇善戰、忠義凜然、勇猛無畏，是豪傑輩出的時代裡，仍會發光發熱的英雄。

第二十八回 曹操身死、曹丕稱王

孫權得了荊襄九郡，多年的心願終於達成，心裡十分高興，於是犒賞三軍，大擺宴席。宴席上，孫權說：「這次能夠收復荊州，都是呂蒙的功勞。」於是孫權親自給呂蒙斟酒，呂蒙接過酒杯，突然把杯子一摔，揪住孫權大罵，樣子和口氣跟關羽一模一樣，眾將都嚇得跪在地上。呂蒙罵完就倒在地上，七竅流血而死。孫權厚葬了呂蒙。

張昭知道後，對孫權說：「主公殺了關羽父子，江東要大禍臨頭了。當年關羽、劉備和張飛桃園結義，發誓要同生共死，現在劉備占據著東川和西川，兵多將勇，諸葛亮智謀超群，劉備如果知道關羽戰死，一定會帶領全部的兵馬為他報仇，到時候我們就抵擋不了了。」孫權大驚，說：「是我疏忽了，如果這樣的話我們該怎麼辦呢？」張昭就獻計說：「主公可以把關羽的頭獻給曹操，這樣劉備就會認為我們是受曹操的指使殺害了關羽，一定會痛恨曹操，轉頭去攻打曹操。」孫權依計，就把關羽的頭用木匣裝起來，連夜派人送給曹操。

曹操聽說東吳派人送來了關羽的人頭，高興地說：「關羽死了，我能睡個安穩覺了。」司馬懿說：「這是東吳要把關羽的死嫁禍給咱們，所以您還是厚葬了關羽吧，以消除劉備的誤解。」曹操覺得有道理，就召東吳的使者入內，接過了裝著關羽首級的匣子。曹操打開匣子，見關羽的面容跟平常一樣，笑著說：

「**雲長別來無恙**＊啊。」話還沒說完，就看見關羽的嘴角上揚，眼珠轉動，頭髮和鬍子都立起來了。曹操嚇得昏倒在地上，很久才醒過來。之後，東吳的使者又將關羽顯靈附身呂蒙的事告訴了曹操，曹操更加害怕，就設大禮祭拜了關羽，用王侯的禮節把關羽埋葬在洛陽南門外，封他為荊王。

劉備自從到了成都，法正就勸他納了吳懿的妹妹做妃子。吳妃為劉備生了兩個兒子，一個叫劉永，一個叫劉理。忽一日，劉備只覺心驚肉跳，坐立不安，夜間總做噩夢。他派人請來諸葛亮，諸葛亮說：「這是主上思念關羽將軍，所以才做這些噩夢。」隨後他又勸了劉備一陣就出去了。諸葛亮剛走出中門，許靖就匆匆趕來了，對諸葛亮說：「我接到一份機密，特來向軍師報告：呂蒙襲取了荊州，關羽將軍已經遇害。」諸葛亮說：「我已從星象上看出來了，但怕嚇著主公，沒敢說。」劉備突然闖過來，扯住諸葛亮的衣袖質問：「這事你為什麼瞞我？」孔明道：「都是傳聞，還未經證實呢！」劉備說：「假如雲長遇害，孤王怎能獨自活著？」二人正勸劉備時，馬良、伊籍趕到，呈上了關羽求救的奏章。劉備還沒來得及看，廖化又趕來，哭訴了劉封、孟達不發救兵的事。劉備大驚，說：「我弟完了！」諸葛亮說：「劉封、孟達罪大惡極，我親自帶兵去救荊州。」劉備說：「我要親自帶兵去。」於是一面派人去閬中通知張飛，一面點撥人馬。未到天明，探子接連來報說關羽已經遇害。劉備大叫一聲，昏倒在地。眾人把他救醒，孔明更是苦勸了半日，劉備才稍有緩和。後來

關興慟哭†著來到，劉備又哭昏在地，直哭得淚溼衣襟，斑斑成血。劉備發誓：「我與東吳的仇恨，不共戴天！」隨後，又有探子來報：「東吳已把關羽的頭獻給曹操，曹操厚葬了關羽。」孔明已看出孫、曹的用心，就力勸劉備不可中計，以致於讓孫權或曹操從中獲利，又建議劉備只與關羽發喪，待到吳、魏不和，再乘機討伐。於是劉備傳旨，命川中大小將士都掛孝，親出南門，為關羽招魂。

曹操自從葬了關羽，每天晚上一閉眼就是關羽，很是害怕，就問眾人該怎麼辦，眾人一致認為是洛陽行宮裡有妖孽在作祟，於是就建議曹操再建一座新的宮殿。曹操就決定建一座名為「建始殿」的宮殿，只是沒有好的工匠，賈詡就推薦了蘇越。蘇越設計的宮殿很合曹操的心意，但曹操又愁沒有適合做宮殿頂樑柱的木材。蘇越說：「離洛陽城外三十里的躍龍祠旁有一棵大梨樹，有十幾丈高，可以作為建殿的材料。」曹操就立即命人去砍伐。但砍樹的人回來說那棵梨樹鋸不開，砍不斷。曹操就親自去看，附近的百姓說樹上有神人居住，不能砍了它。曹操大怒，拔出劍就向樹砍去，一劍下去，頓時發出了巨大的聲響，樹上噴出的血濺了曹操一身。曹操嚇得扔了劍，騎上馬就連忙返回宮裡了。

當天晚上，曹操夢見那棵梨樹上的神人要來殺他，大叫一聲，忽然驚醒，醒後就覺得頭痛難忍。自那以後，曹操命人求遍了良醫，都沒能治好他的病。後來華歆推薦了華佗，並說世上沒有華佗治不好的病，於是曹操就派人連夜請來了華佗。華佗為曹操診了脈，說：「魏王的病根在腦中，吃什麼藥也除不了根。現在只能服下痲沸散麻醉自己，然後我用斧子劈開您的腦袋，取出風涎，才能根除頭疼病。」曹操大怒問：「你難道想殺了我嗎？」華佗說：「關羽當初被有毒的箭射中，我為他刮骨療傷，關羽面無懼色，如今您得了這樣的小病，為什麼這麼多疑呢？」曹操說：「手臂中毒可以刮骨去毒，腦袋怎麼可以砍開呢？你一定是想要為關羽報仇，來謀害我！」於是曹操就命人把華佗押進大牢，嚴刑拷問。賈詡勸他不要如此對待名醫，曹操卻堅持認為華佗是想要害他。有位姓吳的獄卒經常照顧華佗，華佗知道自己難逃一死，就

＊分別以來一直都很好嗎？常用作別後通信或重逢時的問候語。恙：病

†放聲痛哭，號哭。慟

把自己著的醫書《青囊書》送給了他，希望吳獄卒能繼承他的醫術。吳獄卒把書拿回家藏好，沒過幾天，華佗果然遇害了。那本《青囊書》最後被吳獄卒的妻子燒毀，從此華佗的醫術失傳了。

曹操殺了華佗後，病情更加嚴重了。這天，孫權上書，讓他登基稱帝。曹操看後大笑說：「他是想讓我坐到火爐上啊。」眾官也勸他趁機登上帝位，曹操卻認為自己稱了王就已經到了最高的地位，不敢再奢求了。司馬懿說：「現在東吳已經歸附，我們可以給他們封官加爵，讓他們來抵抗劉備。」曹操同意後，就封孫權為驃騎將軍、南昌侯，領荊州牧，當天就派使者去東吳告知了孫權。

曹操漸漸覺得自己快不行了，就召來曹洪、陳群、賈詡、司馬懿等人安排後事。曹操說：「我縱橫天下三十多年，消滅了很多割據勢力，現在我快死了，不能再與你們相處了，就想把自己的家事託付給你們。我的大兒子曹昂是劉氏所生，但不幸早年死在宛城，卞氏生了四個兒子，曹丕、曹彰、曹植、曹熊，只有大兒子曹丕為人忠厚謹慎，可以繼承我的位置，你們要好好輔佐他。」隨後又讓人在彰德府講武城外設立**疑塚***七十二座，因為他怕人仇恨他而掘墓毀屍。囑咐完後，曹操長嘆一聲，淚如雨下，不一會兒就死了，享年六十六歲，當時是建安二十五年正月。

文武百官一面派人向曹操的四個兒子報喪，一面用金棺銀槨盛殮了曹操，連夜送往鄴郡。曹丕得知自己的父親去世後，失聲痛哭，率領大小官員出城十里，跪在路邊迎曹操的靈柩入城，放在偏殿，官員都披麻戴孝，聚集在殿上痛哭。

這時，中庶子司馬孚對曹丕說：「現在魏王去世，天下震動，您應當早點繼承王位，安撫民眾。」大臣們都說沒有皇上的詔書不能這麼做，兵部尚書陳矯拔劍割袍說：「誰還有意見，就跟這塊袍子一樣。」大臣們都嚇得不敢再說話了。恰好，華歆從許昌趕來，說他已經取得了詔書，原來華歆為了討好曹丕，自己造了一份詔書，逼迫漢獻帝降詔。漢獻帝只得聽從，封曹丕為魏王、丞相、冀州牧。曹丕即日登位。

曹丕登位後，設宴款待大小官員，宴席上忽然來人報說曹彰從長安領十萬大軍來了，曹丕大驚，對眾人說：「我這個弟弟性格剛烈，精通武藝，今天帶兵前來，一定是來跟我爭王位的，該怎麼辦？」諫議大夫賈逵自告奮勇，說自己願去為曹丕解圍。賈逵出城後，碰見曹彰，曹彰就問：「先王的玉璽在哪裡？」賈逵義正詞嚴地告訴他：「家中有一家之長，國家有一國之君。先王的玉璽在何處，這不是侯爺應該問的問題。」曹彰聽後無話可說，就與賈逵一同進城。走到宮門的時候，賈逵說：「侯爺此次前來是來奔喪的，還是來爭奪王位的？」曹彰說：「我只是來弔唁我的父親，沒有其他的意思。」賈逵說：「既然不是來爭奪王位的，那為什麼要帶兵入城呢？」曹彰聽後，立即叱退了身邊的士兵，獨身一人進了宮，去拜見曹丕。兄弟二人相見後，互相抱著大哭。曹彰把本部的兵馬都交給了曹丕，曹丕就讓曹彰去守鄢陵。

後來曹丕改建安二十五年為延康元年，封賈詡為太尉，華歆為相國，大小官員都升賞，又追諡曹操為武王，讓於禁為曹操建造陵墓。於禁來到墓室，見牆上畫著水淹七軍的故事，龐德寧死不屈，而自己卻跪拜在關羽的腳下。他知道這是曹丕嘲諷他晚節不終，又羞又惱，氣出了病，不久就死了。

華歆上奏曹丕說：「鄢陵侯曹彰已經交出兵馬回去了，臨淄侯曹植、蕭懷侯曹熊這兩個人竟然不來奔喪，按照常理應該治他們的罪。」曹丕覺得有道理，就派了兩個使者分別去曹植、曹熊那裡問罪。不到一天，蕭懷使者回來說：「曹熊怕您治他的罪，已經上吊自殺了。」曹丕讓人厚葬了曹熊，追封他為蕭懷王。過了一天，臨淄使者回來說：「曹植與親信丁儀兄弟整天喝得大醉。我到了他也不理不睬，二丁卻大罵不

* 為防破壞、偷盜而增設的假墓

止，因此曹植叫武士把我亂棍打了出來。」曹丕聽後大怒，就派許褚領三千虎衛軍，火速去臨淄城拿下曹植等人。

許褚領命後，來到臨淄城，殺了城上的守將，闖進曹植府中，見曹植與二丁都已經醉倒了，就把他們連同大小官員都綁了，押到了鄴郡，聽候曹丕發落。曹丕下令，先把丁儀兄弟殺掉。

曹丕的母親卞氏聽說曹熊自縊而死，心裡已經很悲痛了，又聽說曹植被捉，大驚，哭著對曹丕說：「你弟弟平時喝酒狂妄，就是仗著他的才華。不管怎麼說，他都是你的同胞兄弟呀，你就念及他是你弟弟的分上，饒他一命吧，這樣我死也瞑目了。」曹丕說：「我很欣賞他的才華，怎麼會害他呢？我只是想要懲罰一下他，讓他收斂一點罷了。」

曹丕出了偏殿就召曹植入見，華歆過來說：「剛才太后是不是勸殿下不要殺了曹

植？」曹丕說：「是。」華歆說：「您最好還是趕緊除掉曹植。」曹丕不敢違抗母命，華歆獻計說：「您可以設宴，讓曹植當場作詩，作得出就貶，作不出就殺。」曹丕依計設宴，並召來曹植，令他在七步內作詩一首，以兄弟為題，但字面上不能帶兄弟二字。曹植就作了流傳千古的七步詩：「煮豆燃豆萁，豆在釜中泣。本是同根生，相煎何太急。」曹丕聽後潸然淚下，貶曹植為安鄉侯。曹植拜辭後上馬而去。

三國有兵器

涯角槍

趙雲的槍，名「涯角槍」，意思是「海角天涯無對」，出於《三國志平話》。漢時槍與矛的形制相似，多以長木杆或竹竿為杆，裝上槍頭，配以槍纓製成。

第二十九回 曹丕建魏、劉備稱帝

曹丕自從繼位之後，更新了法律，威逼漢獻帝，所作所為比曹操還要可怕。劉備知道後大驚，就與文武官員商量說：「自從曹丕繼位後，皇上面臨著很大的威脅，現在孫權又歸附了曹魏，我想先去討伐東吳，給關羽報仇，再去討伐中原，除掉亂臣賊子。」話還沒說完，廖化哭著說：「關羽父子遇害，實際上都是劉封和孟達的錯呀，我請求殺了這兩個賊人。」劉備聽後就要派人捉拿他們，諸葛亮不同意，怕把他們逼急了會挑起兵變，就讓劉備升二人為郡守，等他們分開後再捉拿。於是劉備就派人升劉封為綿竹太守，去把守綿竹。

有個叫彭羕[一九]的人跟孟達關係很好，彭羕聽說劉備要處置劉封和孟達，就連忙寫了封密信派人送給孟達，送信的使者剛出南門就被馬超的手下捉住了，於是他被押去見了馬超。馬超知道了這件事就派人去邀請彭羕，並設宴款待他。二人喝了一會兒後，馬超說：「以前漢中王對你很好，怎麼現在漸漸冷淡了呢？」彭羕喝多了，大罵說：「劉備那個老東西昏亂無度，我一定會找他報仇的！」馬超又試探著說：「我也怨恨他很久了。」彭羕說：「將軍您帶著自己的軍隊，再聯合孟達的軍隊從外面攻打，我領兵從內部攻打，這樣就可以打敗劉備了。」馬超假裝答應，回去後就派人把事情的經過詳細地告訴了劉備。劉備知道後大怒，下令把彭羕押進大牢，並拷問情況，彭羕在獄中後悔已經來不及了。劉備問諸葛亮：「彭羕有謀反之意，應該怎麼辦？」諸葛亮說：「彭羕雖是狂放之士，但是留久了必生禍患。」於是劉備就殺了彭羕。

孟達得知彭羕已經死了，嚇得驚慌失措，這時劉備的使者又來了，要調劉封去綿竹。於是孟達忙請來上庸、房陵都尉申耽、申儀商議，申耽、申儀建議孟達去投奔曹丕。孟達恍然大悟，當天晚上就帶著五十多個人投靠曹丕去了。劉備知道孟達投靠曹丕後大怒，要發兵追捕孟達。諸葛亮說：「您可以下令讓劉封去討伐他，讓他們兩個自相殘殺，不管劉封成功還是失敗，都是要回到成都的，到那時候您再殺了他。」於是劉備就命劉封去討伐孟達，劉封領命，領五萬人馬直逼襄陽。

曹丕正在跟大臣們議事，來人報說蜀地的孟達前來投降，曹丕還在猶豫不決的時候，又來人報說劉封領兵來攻打襄陽，揚言要擒獲孟達。曹丕對孟達說：「你如果是真心想要投靠我，就去把劉封的人頭給我帶來。」孟達說：「臣一定會說服劉封一起投降。」於是曹丕封孟達為散騎常侍、建武將軍、平陽亭侯、新城太守，讓他去守襄陽和樊城。孟達一到襄陽，就寫了封信派使者送去勸劉封投降。劉封看後大怒，撕了勸降書，殺了前來的使者，隨後就帶兵攻打襄陽。孟達領兵迎戰，兩人交戰不到三個回合，孟達就假裝戰敗逃走，劉封追了二十多里後，周圍埋伏的曹軍都殺了出來，夏侯尚和徐晃也從兩邊殺來，劉封只好逃往上庸，到城下叫門。得知上庸太守申耽已經投降了曹丕，劉封又領著一百多個殘兵逃回成都，哭著向劉備說明了情況。劉備大怒，說：「你還有臉來見我？」劉封說：「關叔父有難，並不是孩兒不救，是孟達故意挑撥是非。」劉備更生氣了，罵道：「你是個人，不是個木偶，怎麼能聽信賊人的讒言？」說完就命人斬了劉封，事後才知道劉封拒絕孟達招降，撕書斬使的事情。劉備殺了兒子懊悔不已，再加上思念關羽，不久就染上了重病，只好按兵不動。

曹丕把追隨他的文武官員都升了官，又帶著三十萬人馬回故鄉沛國譙縣，祭祀祖先。這年八月份，有人說在石邑縣看見了鳳凰，臨淄城出現了麒麟，在鄴郡發現了黃龍。於是，中郎將李伏、太史丞許芝商量說：「這種種現象，都是魏代漢的徵兆哇，可讓漢獻帝讓位給魏王。」隨後就與華歆等四十多位官員來請漢獻帝讓位給曹丕。獻帝懼怕曹家的勢力，嚇得不敢出面，曹洪、曹休就帶劍入宮，強行請獻帝讓位。獻帝最後被逼無奈，只好宣布退位，把漢朝的天下讓給了曹丕。曹丕假意推辭了一番後就答應了接管天下。但曹丕害怕自己會背上謀朝篡位的罵名，就讓漢獻帝建了一個「受禪壇」，又挑了一個好日子，在大臣和百姓面前把皇位讓給自己。曹丕自立為大魏皇帝，改延康元年為黃初元年，國號大魏，追封曹操為太祖武皇帝，貶漢獻帝為山陽公，將其趕出了許昌。大臣們請曹丕拜謝天地，曹丕剛要拜，突然壇前刮起一陣怪風，飛沙走石，壇上的蠟燭都被吹滅了，曹丕嚇得暈倒在壇上。大臣們急忙把他救起，過了好久他才醒過來，回去後又大病一場，多日沒有上朝。等曹丕身體稍微有所好轉，就封華歆為司徒，王朗為司空，並把其他的大小官員也都一一封了賞。後來，曹丕懷疑許昌的宮中有妖怪，就決定遷都洛陽。

劉備聽說曹丕篡權自立為大魏皇帝，並在洛陽大造宮殿，又有傳言說漢獻帝已經被暗害，放聲大哭，下令讓百官掛孝，並設立祭壇祭奠漢獻帝。劉備最後因為此事得了重病，不能理事，一切政務都讓諸葛亮代理。諸葛亮與許靖、譙周商議，說天下不可一日無君，想要立劉備為漢帝。於是二人就帶領著大小官員上表，請漢中王即皇帝位。劉備聽後大驚，說：「你們要讓我成為不忠不義的人嗎？」諸葛亮說：「並不是您想的那樣，曹丕篡權，您才是漢室的後裔，理應繼承皇位讓漢朝延續下去。」劉備聽了勃然大怒，說：「你難道要我效仿逆賊的做法嗎？」說完一甩袖子就走了。

三天後，諸葛亮又帶著大臣們入朝，許靖說：「皇上已經被曹丕害死，您要是不登基稱帝，出兵討伐逆賊，那就是不忠。現在天下的人沒有一個不想讓您稱帝，為皇上報仇雪恨，您如果不聽從我們的建議，那就會讓百姓失望了。」劉備說：「我雖然是漢景帝的後代，但並沒有為百姓做過什麼，如果我做了皇帝，那跟篡權有什麼不同呢？」諸葛亮苦苦相勸，劉備說什麼也不答應。於是諸葛亮就設了一個計，與大臣們都商量好之後，就假裝生病不出門。

劉備聽說諸葛亮病了，就親自到他的府中探望。劉備來到諸葛亮的床邊，問：「先生得的是什麼病呢？」諸葛亮說：「我現在非常焦慮，怕是活不了多久了。」劉備又問：「先生在擔心什麼呢？」但問了好幾遍，諸葛亮都只是說自己病得很重，不回答劉備的問題。劉備又再三詢問，諸葛亮才嘆著氣說道：「我自從走出茅廬，跟隨著漢中王到現在，我提的建議您都會聽從。如今您得到了東川和西川兩地，卻要眼睜睜地看著曹丕篡權，慢慢毀掉漢朝的基業，大臣們都想讓您稱帝，滅魏興劉，但沒想到您卻堅決不答應。再這樣下去，大臣們的心裡都會產生怨恨，過不了多久人心就散了。到時候孫權和曹丕如果前來攻打的話，兩川就保不住了。我怎能不擔憂呢？」劉備說：「不是我要拒絕，而是如果我聽從了你們的建議登基稱帝，肯定會遭到天下人的議論的。」諸葛亮說：「古人說過：『名不正，則言不順。』如今您登基名正言順，天下人有什麼可議論的呢？」劉備說：「等先生病好之後咱們再這麼做也不遲。」諸葛亮聽了後，一下子從床上坐起來，敲了敲屏風，大臣們就都從後面走了出來，跪在地上說：「漢中王既然答應了，就選個好日子舉行登基大典吧。」劉備大驚說：「你們這是讓我做不忠不義的人哪。」隨後，諸葛亮就送劉備回了宮，著手準備登基大典。

建安二十六年四月十二日，劉備稱帝，讀完祭文後，諸葛亮帶領眾官員獻上玉璽，劉備接過玉璽，又想推辭，諸葛亮說：「您平定四方，功德無量，更何況您還是漢室宗親，現在已經告知了天神，您為什麼又要推託呢？」劉備只好答應，改年號為章武元年，立長子劉禪為太子，次子劉永為魯王，三子劉理為梁王，諸葛亮為丞相，許靖為司徒，大小官員也都封了賞，並大赦天下，兩川的百姓都歡欣鼓舞。

劉備稱帝之後，就一心想著起兵討伐東吳，趙雲勸說道：「國賊是曹操，而不是孫權，現在曹丕篡位，人神共憤，陛下可以趁這次機會，進攻中原，如果我們放棄攻打曹丕而去討伐孫權，雙方一交戰不知道要打到什麼時候，還請陛下三思。」劉備說：「孫權害死了我的結拜兄弟，傅士仁、糜芳、潘璋、馬忠都跟我有仇，我恨不得吃他們的肉，殺了他們全家，你為什麼要阻止我呢？」趙雲說：「與曹丕的仇恨，是天下人的仇恨；與孫權的仇恨，是您的個人恩怨，還希望陛下以天下為重。」劉備說：「我如果不為關羽報仇，就算擁有了這萬里江山，又有什麼用呢？」於是他沒有聽趙雲的勸諫，調集七十萬人馬，又借五萬番兵，共七十五萬大軍，準備起兵討伐東吳。

話說張飛在閬中聽說關羽被害，日夜痛哭，手下的將領讓他喝酒解愁，但沒想到他一喝醉怒氣更盛，將士稍有觸犯，他就用鞭抽打，甚至有的將士被他活活打死。張飛每天都望著東吳的方向咬牙切齒，然後放聲痛哭。這天，忽然來人報說劉備派使者前來為其授爵，張飛就設宴款待使者。在宴會上，張飛問：「我二哥被人害死，如此深仇大恨，大臣們為什麼不上奏起兵討伐東吳呢？」使者說：「還有好多人建議先攻打曹丕，再去攻打孫權。」張飛大怒，說：「這是什麼話！我們兄弟三人桃園結義，發誓同生共死，如今我二哥遇害，我怎麼能夠獨享富貴呢？我願意為先鋒去討伐東吳，活捉孫權來祭奠我二哥。」說完張飛就與使者一同回了成都。

劉備每天操練軍隊，要親自征討東吳，於是大臣們就去見了諸葛亮，說：「現在皇上剛剛登基就要親自率領軍隊征戰，不以江山社稷為重，丞相為什麼不去勸勸呢？」諸葛亮說：「我苦苦勸了很多次，只是陛下不聽啊。今天你們跟我一起去教場再進諫一次。」於是諸葛亮就帶領大臣們上奏說：「陛下剛剛登基，如果向北討伐曹丕，就是為天下人伸張正義，如果是討伐孫權，派一個大將去就可以了，何必要親自去呢？」劉備聽了後，稍微有些回心轉意。

這時張飛來了，抱住劉備的腳就大哭，指責劉備當了皇帝，就忘了桃園三結義的情分，不給關羽報仇。這一來，又把劉備的火挑了起來，說：「我跟你一起去，你帶兵從閬中出發，我領兵與你在江洲會合。」張飛臨走時，劉備再次叮囑說：「我知道你喝了酒就容易暴怒，毒打部下，被你打的人肯定會懷恨在心，況且你打完又把這些人安排在自己的身邊，這是禍患的開端，你以後一定要寬以待人，不要再像之前那樣了。」張飛答應後就離開了。

第二天，劉備準備發兵。學士秦宓再次苦勸劉備不可為報私仇而親自冒險，劉

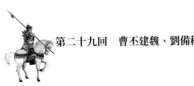

備聽後竟要殺了秦宓。秦宓笑著說：「我死了沒什麼遺憾，只可惜陛下剛剛建立的基業，過不了多久就要垮掉了！」劉備聽後大怒，直接命人把他囚禁了起來，說等報仇回來再跟他算帳。諸葛亮上奏救秦宓，劉備竟把奏書扔到地上，不許任何人再勸諫。隨後，劉備讓諸葛亮保護著太子把守兩川，讓馬超、馬岱和魏延守漢中抵擋魏軍，然後就命趙雲為後軍，負責護送糧草，自己點齊人馬，在章武元年七月帶兵去討伐東吳了。

詞語收藏夾

黃忠叫陣——不服老
張飛吃秤砣——鐵了心
張飛睡覺——不閉眼
劉備編草鞋——內行
呂布戲貂蟬——英雄難過美人關
張飛繡花——粗中有細

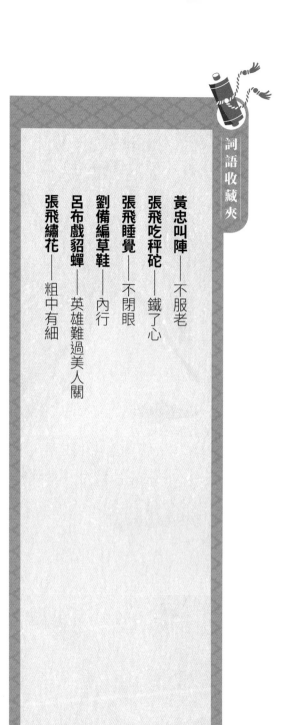

第三十回 張飛被害、劉備伐吳

張飛回到閬中，下令全軍三天內置辦好白旗白甲，然後披麻戴孝去攻打東吳。第二天，張飛手下的將領范疆、張達來反映，說：「白旗白甲在短時間內很難準備好，還請您寬限幾天。」張飛大怒，說：「我急著去報仇，恨不得明天就到東吳，你竟然敢違抗我的命令。」於是張飛就命人把他倆綁在樹上，各抽五十鞭，抽完又指著他們說道：「明天必須把東西備好，如果辦不齊就殺了你們示眾！」二人被打得口吐鮮血，於是回營商量，范疆說：「今天我們兩個受了這麼重的刑罰，明天怎麼可能完成他交代的任務？更何況張飛這人性格剛烈，如果我們完不成，他肯定會殺了我們的。」張達說：「等到他來殺我們，不如我們先殺了他。」范疆問：「我們怎麼才能近張飛的身呢？」張達說：「要是我們二人命不該死，就可以趁他喝醉的時候殺了他。」二人商量妥當後，就決定當天晚上動手。張飛在帳中神情恍惚，心煩意亂，就問手下的人：「我今天心神不寧，坐立不安，這到底是怎麼回事呢？」手下人說：「一定是因為您思念關羽將軍的緣故。」於是張飛就叫人拿酒來，與手下的人同飲，不知不覺就喝醉了，倒在了床上。范疆、張達得知消息後，在初更偷偷潛入張飛的帳中。張飛睡覺有不閉眼的習慣，二人見到後，根本不敢動手，但聽見張飛鼾聲如雷，才敢上前殺了他，張飛享年五十五歲。兩人當天晚上割了張飛的人頭，帶著幾十個人，連夜就投奔東吳去了。第二天，軍中其他人發現後，想要追趕二人已經來不及了。

劉備剛出征，就覺得心驚肉跳，坐臥不安。他出了帳，看見西北方向的一顆星忽然墜地，就連夜派人問諸葛亮，諸葛亮說：「這是損失了一員大將啊，三天之內，必有人來報。」劉備因此按兵不動，三天後，吳班來報說張飛遇害了。劉備放聲大哭，昏倒在地。

第二天，張飛的兒子張苞身穿重孝，領一隊人馬飛奔而來，跪倒在劉備的腳下，說：「范疆、張達殺了我的父親，然後帶著父親的人頭投靠東吳去了。」劉備聽後悲慟欲絕，飲食不進，群臣苦苦相勸，才稍稍吃點東西。劉備讓張苞與吳班領本部人馬打先鋒，為張飛報仇。張苞正想起兵，見關興飛馬來了。劉備看見關興，又想起了關羽，不由得又放聲大哭，說：「我想起以前我還是一個普通百姓的時候，與關羽、張飛就結為兄弟，發誓要共生死。現在我登基當上皇帝，本想著與他們共用榮華富貴，沒想到他們卻都早早死於非命。如今我見到這兩個孩子，怎麼能不悲傷呢？」說完他又痛哭起來。之後，劉備就下令起兵去攻打東吳。這時，張苞請命做先鋒前去攻打，劉備剛要把先鋒印交給張苞，就被關興給攔下了。正在二人爭執不下的時候，劉備說：「我自從與你們的父親結成異姓兄弟之後，親如骨肉，現在你們應該相親相愛，同心協力，共同為父報仇。」後來，劉備得知張苞比關興大一歲，就讓關興拜他為兄。劉備讓吳班為先鋒，張苞、關興護駕，水陸大軍並進，殺奔東吳。

范疆、張達把張飛的人頭獻給了孫權，又把事情的經過詳細地告訴了他。孫權聽後就收留了他們，然後對大臣們說：「現在劉備登基當了皇帝，正帶領著七十多萬大軍御駕親征。對於如此大的陣勢，我們該怎麼辦？」大臣們聽後都面面相覷，這時諸葛瑾說自己願為使臣，前去與劉備講和。孫權大喜，就派諸葛瑾前去說服劉備退兵。

章武元年秋八月，劉備的大軍在白帝城屯兵，諸葛瑾前來求見，劉備問諸葛瑾：「先生遠道而來，有什麼事嗎？」諸葛瑾說：「之前關公在荊州的時候，我家主公多次前來求親，關公都沒有答應。後來關公攻下了襄陽，曹操又多次寫信給我家主公，讓他去襲擊荊州，我家主公也都沒有答應。只是呂蒙與關公的關係不好，所以呂蒙才擅自帶兵去攻打荊州。這些是呂蒙的錯，跟我家主公沒有關係，現在呂蒙已經死了，那些怨恨也平息了。況且孫夫人一心想要回來，我們也想著把夫人送回來，並將荊州和那些投降的將領也一併交還給您，東吳願與您永結盟好，共同討伐曹丕。」劉備聽後大怒，說：「你們東吳害了我的弟弟，現在還想來說服我退兵？」諸葛瑾說：「還請您以大事為重，不要拘泥在小事上。」劉備聽了更加憤怒，說：「我與東吳的殺弟之仇不共戴天。想讓我退兵，除非我死了。要不是看在你弟弟是我朝丞相的分上，我早就殺了你了。今天就暫且放你回去，告訴孫權，讓他等著受死吧。」諸葛瑾見劉備不聽勸，只好先回去。

諸葛瑾回去後，把情況如實告訴了孫權，孫權大驚，說：「如果真是那樣的話，我們就危險了。」中大夫趙諮說：「您可以寫一個表，然後我作為使者去把此表獻給曹丕，跟他說明現在的局勢，讓他去攻打劉備，那樣我們就可以擺脫困境了。」孫權大喜，於是就派趙諮前往許昌。

趙諮到了許昌後，向曹丕說明了情況，曹丕就接受了表章，封孫權為吳王，加九錫。趙諮謝恩後就離開了。趙諮走後，大夫劉曄說：「現在孫權害怕劉備的大軍，所以才來求救，不如我們趁著劉備攻打東吳的時候，再派兵去襲擊東吳，這樣蜀軍打外面，我們攻裡面，過不了多久東吳就會滅亡，隨後蜀國就會被孤立起來，我們到時候再一舉拿下蜀國。」曹丕說：「我既不會去幫助東吳，也不會去幫助蜀國，等到他們雙方交戰一方被滅掉了以後，我們再去攻打另一個又有什麼難的呢？我已經決定了，你不用再多說了。」說完就派使者去了東吳，給孫權封了王，卻一直不肯發兵。

孫權情急中就派孫策的養子孫桓為左都督，朱然為右都督，領水陸五萬兵馬前去抗擊劉備。關興與張苞一同出戰，與孫桓大戰了幾場。最後孫桓大敗，雙方各自收了兵。第二天，孫桓又帶兵前來挑戰，最後又以失敗告終。這兩次交戰中，東吳的李異、謝旌、譚雄、崔禹等許多將軍都相繼戰死，於是孫桓只好連忙派人去向孫權求救。聽說彝陵可以屯兵，孫桓就帶領兵馬逃去了彝陵。孫權接到孫桓的求救後大驚，連忙召集大臣們商議該如何應對，張昭說：「可命韓當為正將，周泰為副將，潘璋為先鋒，淩統為**合後***，甘寧為救應，前去征戰。」孫權沒有別的辦法，只得任用韓當、周泰、潘璋等老將，讓他們領兵十萬再去抗擊。此時甘寧正生病，也帶病出征。

劉備見關興、張苞連打勝仗，感嘆道：「當年跟隨朕的老將都沒用了，但兩個侄子如此英雄，還怕不能掃平孫權？」正說著，忽然來人報說：「韓當、周泰領兵前來。」劉備正要派人去應戰，身邊的人就上奏說：「黃忠帶著五六個人去投奔東吳了。」劉備笑著說：「黃忠不是那樣的人。他只不過是聽我說老將年老無用的話，不肯服老，獨自迎戰去了。」隨後，劉備怕他發生意外，又派關興、張苞前往，並囑咐他們說：「如果黃忠打了勝仗，你們就不用管他，如果他打了敗仗，你們就快去把他救回來。」二人領命後就出發了。

黃忠帶著五六個親信來到彝陵營中，吳班等人把他接到營中，問：「老將軍來有什麼事嗎？」黃忠說：「我從長沙跟隨陛下到現在，任勞任怨，雖然我現在七十多歲了，但仍然能吃十斤肉，能拉開二石的弓，能駕馭千里馬。昨天陛下說我們這些老將年邁無用，所以我特意來應戰東吳，證明我還沒有老。」正說著，就來人報說吳兵的前軍已經到了，黃忠奮然而起，出帳上馬。馮習等人都勸他不要去，黃忠不聽，騎上馬就走了。吳班只好讓馮習帶兵前去助戰。

黃忠上了戰場，先斬了潘璋的部下史跡。潘璋大怒，出戰，黃忠奮力拼殺，潘璋打不過就逃走了。

黃忠乘勢追殺，全勝而歸。路上遇到了關興和張苞，關興說：「我們奉旨前來協助將軍，既然將軍大獲全勝，就請跟我們回營吧。」黃忠不聽。第二天，潘璋又前來挑戰，黃忠上馬就要去迎戰，關興等人想要去助戰，但黃忠不讓，自己帶著五千人馬就去了。

二人戰了幾個回合後，潘璋假裝敗走，黃忠奮力追趕，邊追邊喊著要為關羽報仇。黃忠追了三十多里，突然四面喊聲大震，埋伏的吳兵一起殺了出來，右有周泰，左有韓當，前有潘璋，後有淩統，他們把黃忠包圍了。這時候又刮起了大風，黃忠正想退兵，山坡上馬忠帶領一支軍隊衝來，一箭就射中了黃忠的肩膀，黃忠險些從馬上摔下來。正當吳軍要把黃忠捉住的時候，關興、張苞殺來，把黃忠救了回去。

關興、張苞把黃忠帶回劉備的大營，發現黃忠的箭傷已經很嚴重了。劉備得知消息，親自來看望他，覺得黃忠受傷是自己的過錯。黃忠說：「我只是一介武夫，今生有幸能夠遇到陛下才實現了抱負。我今年七十五歲了，也是活得足夠長了，還希望陛下今後能保重身體，早日平定中原。」黃忠說完就不省人事了。當天晚上，黃忠死在了營帳中。

劉備悲痛不已，不由得嘆道：「五虎大將，現在已經失去了三個，我還不能復仇，真是痛心哪！」於是劉備把大軍分成八路，水陸並進，讓黃權帶領水路兵馬，自己率大軍從旱路進發。韓當、周泰領兵迎敵，被關興、張苞殺了兩員部將，大敗而逃。劉備的八路兵馬勢如破竹，殺得吳軍屍橫遍野，血流成河。這時甘寧正在船中養病，聽說蜀軍殺過來了，也不顧病重，連忙上馬迎敵。甘寧遇見番王沙摩柯，見他氣勢洶洶，不敢與他交戰，掉頭就走，卻被一箭射中了頭部。甘寧帶著傷，逃到了富池口，下馬坐到大樹

＊指軍隊中的後衛。

下，傷重而死。樹上幾百隻烏鴉圍著甘寧的屍體叫個不停。孫權得知後，哀痛不已，下令厚葬了他，並建了一座廟來祭奠他。

劉備乘勝追殺，奪了猇亭*。吳軍嚇得四散逃走，劉備收兵後，見眾將領都在，卻唯獨不見關興，就急忙讓張苞等人去找他。原來，關興在追殺吳兵時，正巧遇到了仇人潘璋，就一路追他進了深山，後來又迷了路。看著天已經晚了，關興就到一位老人的家裡投宿，進屋之後，關興發現老人的屋子裡竟然掛著父親關羽的畫像，一問才知道，荊州地方的百姓都很敬仰關羽，希望蜀軍能夠奪回荊州，為關羽報仇雪恨。到三更天的時候，潘璋也到這家投宿，關興見了潘璋就一劍殺死了他，並奪回了關羽的青龍偃月刀，隨後他把潘璋的人頭拴在馬上，辭別了老人就離開了。馬忠得知潘璋被害後，領三百人馬趕來，把關興團團圍住。關興正衝殺的時候，張苞也領兵趕來，救出了關興。馬忠大敗而逃，關興、張苞乘

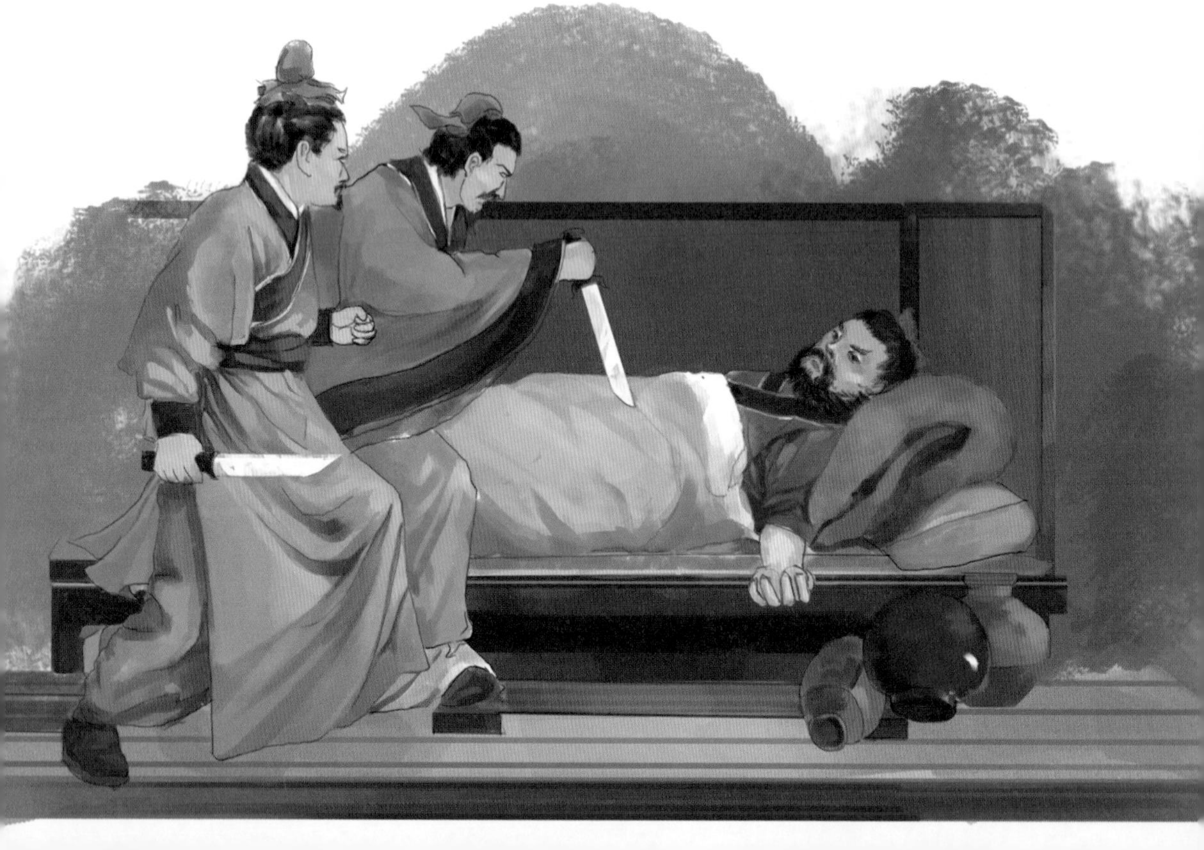

勝追擊，路上發現糜芳、傅士仁來接應馬忠，只好收兵回營，一起回去見劉備。關興獻上潘璋的人頭，說明了事情的經過，劉備又驚又喜，隨後便下令犒賞三軍。

＊地名。位於湖北宜都

第三十一回 陸遜火燒蜀軍連營

卻說馬忠回見韓當、周泰，收聚敗軍。當夜三更，軍士都大哭不止。糜芳偷聽到一個軍士說：「我們都是荊州之兵，卻因為呂蒙的詭計害了主公的性命，如今劉皇叔御駕親征，東吳早晚都得完，劉皇叔現在恨的人也就是糜芳和傅士仁了。我們何不殺了這兩個賊子，然後去蜀營投降呢？」另一個軍士說：「不要急，等有了機會咱們就動手。」

糜芳聽後大驚，於是與傅士仁商議說：「軍心變動，我們二人性命難保。現在劉備恨的就是馬忠，我們何不殺了他，將他的首級獻給劉備呢？」傅士仁答應後，二人又商量好計策，三更時分就入帳殺了馬忠，帶著他的首級往猇亭而來。

傅士仁、糜芳見到劉備後，哭著說：「我們並不想造反，只是中了呂蒙的奸計，不得已才投降的，如今聽說陛下親自前來，就殺了馬忠，為將軍報仇，希望陛下能夠放過我們。」劉備聽後大怒，說：「我離開成都也很長時間了，那會兒怎麼沒見你們來請罪呢？現在東吳的局勢危險了，你們才想著將功贖罪，以保全自己的性命。我如果現在饒了你們，那我死後還有什麼臉面去見我二弟？」說完，劉備就讓關興在營中設關羽的靈位，親自捧著馬忠的人頭放在關羽的牌位前，接著又讓關興扒了糜芳、傅士仁的衣服，親自殺了他們來祭奠關羽。張苞突然跑進來，哭著問劉備自己父親的仇何時能報，劉備讓他放心，發誓定會殺了范疆和張達來祭奠張飛。張苞這才放心，哭著謝恩後就離開了。

這個時候，劉備的聲威大震，東吳的人都嚇得肝膽俱裂，日夜號哭。韓當、周泰得知後大驚，趕忙上奏給孫權，說：「糜芳、傅士仁殺了馬忠去投奔劉備，結果都被劉備殺了。」孫權知道後，心裡很害怕，就召集文武官員商議。步騭說：「劉備所恨的人，是呂蒙、潘璋、馬忠、糜芳、傅士仁。現在這些人已經死了，只有范疆、張達還活著，我們不如獻出這兩個人，連同張飛的人頭一起還給劉備，並答應交還荊州，送孫夫人回去，上表求和，共同剷除魏國，這樣蜀軍自然就會退了。」孫權聽從了步騭的建議，就用沉香木匣裝上張飛的頭，用囚車押上范疆、張達，派程秉為使者，前去猇亭。

劉備聽說東吳派使者押著范疆、張達前來請罪，就讓張苞在營中設了張飛的靈位。當劉備看見木匣裡張飛的人頭時，放聲大哭，張苞把范疆、張達萬剮凌遲，以祭奠父親張飛的在天之靈。張苞殺了二人後，劉備的怒氣還沒消，發誓一定要滅了東吳。馬良說：「現在仇人都已經殺光了，也算是報仇雪恨了。東吳大夫程秉也來了，說要還荊州，並送回孫夫人，希望與我們結盟，共同滅魏，正在等您的回話。」劉備大怒說：「我最大的仇人就是孫權，如果與東吳結盟，就是違背了當年跟兩位弟弟桃園結義時的誓言，我必定要先滅了東吳，再消滅魏國。」說完就要殺了使者，眾官苦苦求情，劉備才放了程秉一馬。

程秉慌慌張張地回到東吳，報孫權說：「劉備不肯講和，也不聽眾官員的勸說，勢必要先滅東吳，再滅魏國，現在該如何是好哇？」孫權聽後大驚，不知怎麼辦才好，這時，闞澤說：「過去東吳大大小小的事情都靠周瑜來解決，周瑜死後，魯肅代替了他。魯肅死後，呂蒙又代替了魯肅。現在呂蒙雖然不在了，但荊州還有陸遜，他雖然是個書生，但很有雄才大略，絲毫不遜於周瑜。之前大敗關羽的計策就是他想出來的。您若能用陸遜的話，定可擊退劉備，挽救敗局。」張昭、顧雍、步騭都認為陸遜太過於年輕，沒有什麼經驗，用他會誤了大事。但孫權不顧他們的反對，築起高壇，拜年輕無名的陸遜為大都督。陸遜怕那些老將不服他，孫權就把自己的佩劍贈給陸遜，給他先斬後奏的權力。

韓當、周泰知道這個消息之後大驚，說：「主公為何讓一介書生統領整個東吳的兵馬？」其實不光韓當和周泰，其他將領也都不服氣。之後，陸遜與各將領商議如何破蜀。陸遜說：「主公命我為大都督，讓我帶領軍隊攻破蜀軍，軍隊有軍隊的規矩，還希望各位能夠遵守，如有人觸犯軍規，就得按軍法處置。」周泰說：「安東將軍孫桓是主公的侄子，現在被困在彝陵城中，裡面沒了糧草，外面沒有救兵，還請都督想辦法救出孫桓，讓主公安心。」陸遜說：「孫桓將軍深得軍心，一定能夠堅守，沒必要去營救，等我攻破了蜀軍，他自然就得救了。」將領們都暗地裡偷笑著離開了。韓當對周泰說：「讓一個書生做主將，東吳真的要完了。」周泰說：「我剛才試探了他一下，他竟然一點辦法都沒有，這個樣子怎麼能打敗蜀軍呢？」

第二天，陸遜下令，讓各將牢守隘口，不准出戰。眾將領就嘲笑他軟弱，沒有聽他的命令。又過了一天，陸遜對各個將領說：「我奉主公的命令為大都督，統領整個軍隊，昨天下令要你們堅守不出戰，你們為什麼不聽命令呢？」韓當說：「我自從跟著主公平定江南，身經百戰，其他的將軍也是經歷了大大小小的戰役，如今你是大都督，就應該早早想出一個好計策，然後調撥軍馬，攻打蜀軍，但你只會讓我們堅守不出戰，難道是要讓老天去破蜀軍嗎？況且我們都不是貪生怕死的人，為何要讓我們失去銳氣呢？」其他將軍也都隨聲附和。陸遜聽後，抽出寶劍，聲稱誰再多嘴就斬了誰，眾人便都憤憤地離開了。

劉備的大隊人馬從西川到猇亭，紮了四十多座營寨，連綿七百多里，白天旌旗遮天，夜晚火光通明。當劉備聽說東吳用陸遜做大都督時，就問陸遜是什麼人，馬良說：「陸遜雖然是一介書生，但年幼多才，很有謀略，之前東吳攻破荊州的計策就是他提出的。」劉備知道是陸遜害死關羽後，大怒，發誓一定要捉住陸遜。於是他不聽馬良的勸說，堅持要領軍前去攻打陸遜。

韓當見劉備帶兵殺來，就派人報告給陸遜，陸遜怕韓當擅自行動，就急忙前去觀看。到了後，陸遜看見韓當騎馬立在山上。看著殺來的蜀軍，韓當對陸遜說：「大軍中一定有劉備，我要帶兵攻打。」陸遜說：「劉備帶兵東下，連著打了十幾場勝仗，氣勢正旺，我們現在只能堅守，不能出戰，靜觀其變。我們只要堅守不出，蜀軍就不能與我們交戰，到時候他們一定會把營寨移到山上的林子裡，那時我就有辦法取勝了。」韓當雖然嘴上答應了，但心中仍是不服氣。

劉備派一支軍隊前去挑戰，無論怎麼罵，陸遜就是不讓出戰，還親自去檢查各個隘口，撫慰將士。劉備見東吳不出戰，心中很焦躁。眼看就到了夏天，天氣漸漸熱了起來，先鋒馮習說：「天氣變熱，而我們卻在烈日下安營紮寨，要去取水很不方便哪。」於是劉備就下令把營寨都遷到樹林中，度過炎夏，待到秋天天氣涼了再發起進攻。馬良擔心地說：「我們的營寨移動，吳軍來追趕怎麼辦？」劉備說：「那就命吳班帶一萬老弱殘兵到吳營附近駐紮，然後再選取八千精兵埋伏在山谷中，陸遜知道我們移營一定會趁機攻打，那時再讓吳班詐敗，陸遜若是帶兵追趕，我們就帶兵截斷他的後路，這樣就可以捉住他了。」大臣們聽後都說劉備神機妙算，個個自嘆不如。這時，馬良說：「我最近聽說丞相在東川查看各處的隘口，防止魏軍攻打，陛下為什麼不把我們安營紮寨的地點畫成圖本請教一下丞相呢？」劉備說：「兵法我也是懂得的，不用去問丞相。」最後在馬良的一再堅持下，劉備才同意去請教諸葛亮。馬良領命後就去給諸葛亮送圖本了，劉備移兵到樹蔭下避暑。

韓當、周泰得知劉備移營到了山林裡避暑，就連忙報給了陸遜。陸遜大喜，就帶兵親自前去查看，看見吳營附近只剩不到一萬的蜀軍，大部分還是老弱病殘，周泰就請命出戰。陸遜看了很長時間，說：「前面的山谷中隱隱約約透著殺氣，那裡一定有埋伏，不能輕易出兵。」眾將領聽了，都認為陸遜軟弱無能，對他更加不服。

第二天，吳班前來挑戰，徐盛、丁奉請命出戰，陸遜笑著說：「這一定是蜀軍的誘敵之計，我們再等三天，三天後肯定能發現端倪*。」徐盛說：「三天後他們都移完營了，我們還能去攻打嗎？」陸遜說：「我就是要等他移完營。」各將領都哂笑著出去了。過了三天，各位將領在關上觀望，看到吳班的兵馬都退去了。陸遜說：「殺氣來了。劉備一定會從山谷出來。」話還沒說完，只見蜀兵擁著劉備過來了。將領們不得不佩服陸遜的才能。陸遜定了破蜀的計策之後，就派人告知孫權，孫權得知後大喜，就派出東吳的大軍前去接應。

劉備領兵進入了東吳境內，沿江安營紮寨。黃權認為水軍沿江而下，進容易，退就難了，於是就請命為先驅，讓劉備在後陣，以防萬一。其他大臣也贊成黃權的建議，但劉備不聽。

曹丕知道後，大笑說：「劉備要敗了。他不懂兵法，哪有連營七百里能抗敵的呢？更何況在山林駐紮是兵法大忌，劉備一定會敗在陸遜的手上。」曹丕又說：「陸遜得勝之後，肯定全力攻打西川，我們可以助吳攻蜀的名義發三路大軍，等到吳兵追擊蜀軍的時候，我們再一舉拿下東吳。」隨後，曹丕派曹仁、曹休、曹真各領一隊人馬，暗襲東吳，自己親自領兵接應。

馬良帶地圖來見了諸葛亮，諸葛亮看了圖後大驚失色，說：「誰讓這樣安排的？讓陛下趕緊殺了這個人！」馬良說：「是陛下自己決定的。」諸葛亮長嘆道：「漢朝氣數盡了。如果陸遜用火攻，要怎麼解救呢？戰線拉七百里長，怎麼互相支援呢？我只能設法保住成都，讓陛下到白帝城避難。我已經在魚腹浦埋伏下十萬大軍，吳兵不敢追趕。」馬良很吃驚，說：「我經過魚腹浦多次，卻沒見到先生埋伏的十萬大軍。」諸葛亮說：「你以後就知道了，現在快去救陛下。」於是馬良火速趕往了營中。

陸遜見時機已到，就派末將淳於丹發動試探性的進攻，淳於丹大敗而回，這讓劉備更加放心了。陸遜隨後便命令各部將領，帶上能點火的東西，分頭襲擊劉備的營寨。徐盛、丁奉不相信陸遜的話，不願白白浪費吳兵的性命。陸遜卻說：「此計一定能成功，只是瞞不過諸葛亮，真慶倖他不在這裡。」當天晚上，吳兵分頭行動，到處放火。劉備的營寨轉眼間就變成了火海，蜀兵被燒得焦頭爛額，屍橫遍野。關興、張苞保住劉備，好不容易才逃出火海，卻又被陸遜的大兵圍困在了馬鞍山。關興、張苞在前面開路，讓傅彤斷後，幾人保護著劉備殺下山來。正奔走間，朱然領兵攔住了去路，沒過多久，陸遜也領兵追殺過來。劉備大叫說：「我就要死在這裡了。」正危急之間，趙雲殺來，一槍刺死了朱然，救出劉備，逃往了白帝城。陸遜聽說趙雲來救，忙命部下不要再趕。傅彤卻被團團圍困，東衝西突，直到力盡累死。蜀軍的許多文官武將寧死不屈，不是戰死，就是自殺，只有杜路、劉寧投降了東吳。吳軍中謠傳說劉備已死在亂軍中，孫夫人聽了這個消息後，悲痛不已，也跳江自殺了。

陸遜率軍追趕蜀軍，來到夔（ㄎㄨㄟˊ）關附近，忽見前面臨山傍江有一股沖天的殺氣，於是忙讓兵馬退後十里，排列陣勢。陸遜再看時，殺氣又不見了。他便派人前去偵探，探子回來說：「只見江邊有八九十堆亂石頭，不見一個蜀軍。」陸遜找當地人詢問，當地人說：「此地名叫魚腹浦，當年諸葛亮入西川的時候，讓士兵擺下亂石，從那以後亂石內常有雲氣升騰，所以才會覺得有殺氣。」於是陸遜就領幾十個騎兵來看，只見石頭擺得有一定的規律，四面八方都有門，陸遜覺得這是騙人的把戲，就領人走了進去。這時突然刮起了一陣狂風，飛沙走石，什麼也看不到，隱隱約約只能聽到刀劍和擂鼓的聲音，陸遜不由得大驚，

＊事情的頭緒、跡象。

說：「我中了諸葛亮的計了！」他想要退出去，卻已經無路可走了。後來一個老人忽然走了過來，把陸遜等人都領了出去。陸遜拜謝後，問老人是誰，老人說：「我是諸葛亮的岳父黃承彥。我女婿擺的這個陣，叫八陣圖，分為八個門，每時每刻都在變化，能抵得上十萬精兵，他曾經囑咐我說如果碰見東吳的將領困在裡面，一定不要救。但我不忍心，就把你救了出來。」陸遜再次拜謝了老人之後就離開了。

第三十二回　劉玄德遺詔托孤兒

陸遜回營，不由得感嘆：「諸葛亮真不愧是臥龍啊，我不能及。」於是就傳令收兵。左右說：「劉備兵敗勢窮，被困在白帝城，我們正好可以乘勢攻打他，但現在您見了個石陣就要收兵，為什麼呢？」陸遜說：「我並不是怕八陣圖，而是怕曹丕乘機偷襲東吳。」退了兩天，三路探子來報：「魏軍已兵分三路，連夜趕來。」陸遜說：「果然不出我所料，我已經派兵據守了。」

劉備逃到白帝城，馬良也趕到了，見到蜀軍大敗，懊悔不已，就轉達了諸葛亮的話。劉備聽後，悔恨地說：「我要是早聽丞相的話，也不至於流落至此，我現在還有什麼臉面回成都去見各位大臣呢？」於是劉備就下令在白帝城駐紮，把館驛改為永安宮，住了下來。不久之後，劉備生了病，而且越來越重。章武三年的夏天，劉備的病本來就很嚴重了，再加上思念關羽和張飛，愈發嚴重，兩眼昏花，也不願見到身邊伺候他的人，於是就讓他們都退下，然後獨自躺在床上，感嘆道：「我也要不久於人世了。」隨後，劉備就派使者前往成都，請丞相諸葛亮、尚書令李嚴、魯王劉永、梁王劉理來永安宮，讓太子劉禪留守成都。諸葛亮到了永安宮，見劉備病危，就跪拜在了龍床前。劉備讓他坐在床邊，說：「因為有你來輔佐我，我才成就了這樣的大業。但我目光短淺，沒有聽從你的建議，導致兵敗，如今悔恨成疾。阿斗年少無知，所以不得不把國家大事託付給你了。」

諸葛亮勸劉備說：「您要保重身體，才不會辜負天下人的期望。」劉備發現馬良的弟弟馬謖還在一旁，就讓他先退下，然後對諸葛亮說：「馬謖言過其實*，不可重用。你應該好好觀察他。」隨後又傳眾大臣進殿，取筆墨寫了遺詔，說：「我本想與大家同滅曹賊，共扶漢室，不料現在就要分別了。勞煩丞相把遺詔交給太子，你們都要好好管教他。」諸葛亮哭著說：「我等願效犬馬之勞。」劉備一手擦淚，一手拉著諸葛亮說：「先生的才能勝過曹丕十倍，必定能安邦定國。如果太子能夠成才，你就輔佐他，如果他不能成才，你就當這成都的主人。」諸葛亮哭拜在地，頭都磕出了血，說：「臣一定會竭盡全力，拼死輔佐幼主。」劉備又請諸葛亮坐好，囑咐劉永、劉理說：「你們記住，我死之後，你們弟兄幾人要把丞相當父親對待。」說著，就讓兩個兒子拜見諸葛亮，隨後又囑咐大臣說：「我已經托孤給丞相，你們都不可怠慢他。」接著又囑

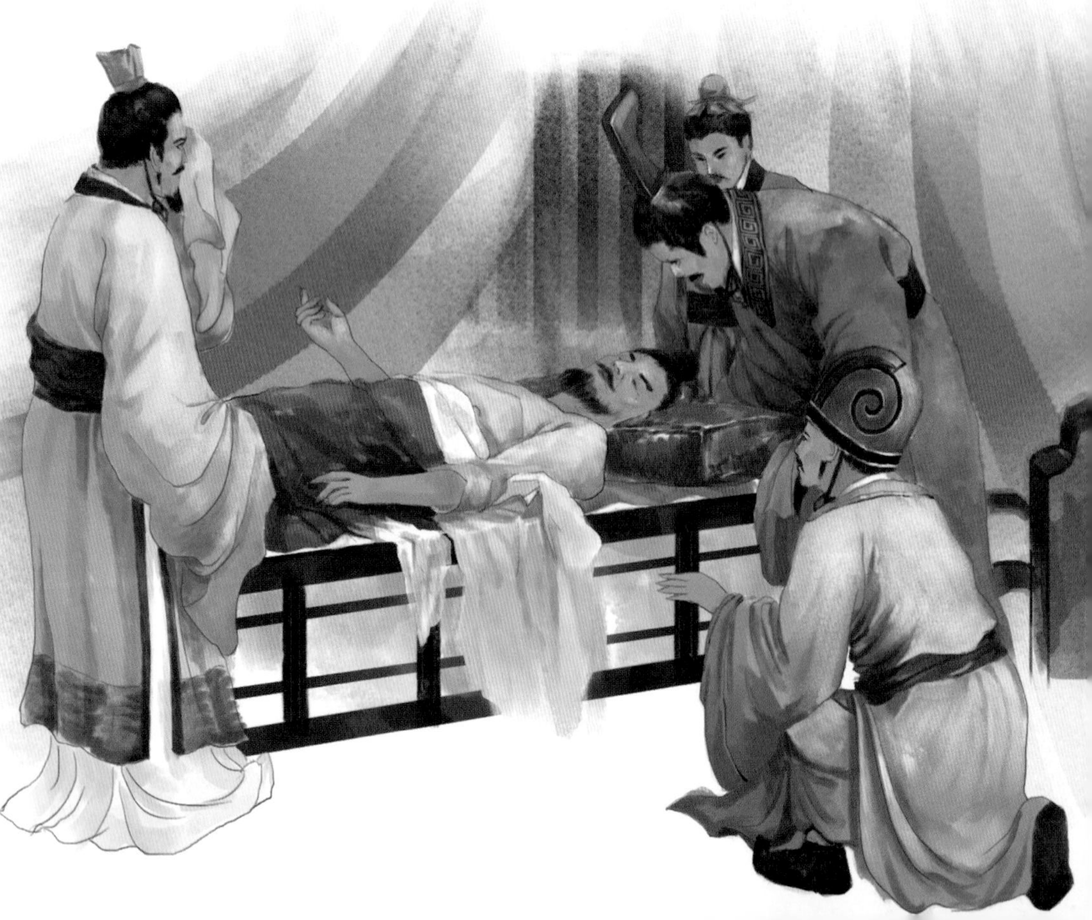

咐趙雲要好好照顧他的兒子。最後對其他大臣說：「我不能一一吩咐，還請大家自愛。」說完，劉備就死了，享年六十三歲，當時是章武三年四月二十四日。之後諸葛亮與百官護送劉備的靈柩回到成都，宣讀了劉備的遺詔，立太子劉禪為皇帝，改元建興。劉禪封諸葛亮為武鄉侯，領益州牧；追謚劉備為昭烈皇帝；尊吳氏為皇太后。

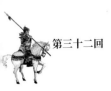

曹丕聽說劉備死了，大喜，說：「劉備死了，我就沒有什麼可愁的了，不如趁著蜀國無主，起兵討伐。」賈詡說：「劉備雖然死了，但他必會把大事都託付給諸葛亮，諸葛亮受了劉備如此大的恩惠，定會竭盡全力輔佐幼主，陛下不能貿然進攻啊。」司馬懿卻不贊同賈詡的看法，他主張用五路大軍四面夾擊蜀國，讓諸葛亮首尾不能照應。於是他獻計說：「可收買鮮卑國國王軻比能，令起羌兵十萬，攻打西平關；讓蠻王孟獲領蠻兵十萬，攻打益州、永昌、**牂牁**、越**巂**等地；再派人去跟孫權講和，許諾割地，讓吳國起兵十萬，攻兩川峽口；讓孟達領上庸兵馬，西攻漢中；命大將軍曹真領兵十萬，由京兆取陽平關。五路共五十萬人馬，諸葛亮就是薑子牙重生，也無法同時抵擋。」曹丕聽後大喜，便依計吩咐了下去。

劉禪自即位以來，朝中大事都由諸葛亮處理。諸葛亮與百官建議他娶張飛的女兒為皇后，他就娶了張飛的女兒。八月，邊關來人報說：「魏國起五十萬大軍，分五路進逼兩川。」劉禪忙派人去請諸葛亮，諸葛亮卻以生病為由不出。一連派使者請了好幾次，諸葛亮都不出來，劉禪只得親自來到相府，門口的侍衛不敢阻攔。他就步行進去，進了第三道門，見諸葛亮正拿著竹杖在池邊看魚。劉禪等了很長時間，才說：「丞相還好吧？」諸葛亮連忙扔下竹杖叩拜，劉禪問：「現在形勢危急，丞相為什麼不想辦法抵擋曹兵

＊原指言語浮誇，超過實際才能。後也指話說得過分，超過了實際情況。實：實際。

呢？」諸葛亮大笑，請劉禪到屋裡坐下，才說：「現在的形勢我怎麼能不知道呢？我並不是在看魚，而是在想辦法攻退五路的敵軍。羌王軻比能、蠻王孟獲、反將孟達、魏將曹真，這四路我都已經想出了退敵之策。但孫權這一路，我還想不到合適的人選，所以正在思考。」劉禪聽後，又驚又喜，說：「丞相果然是神機妙算哪！還請丞相說一下退兵的計策吧。」諸葛亮說：「我之前就知道軻比能要進攻西平關，馬超在羌人中很有威望，羌人都把他當作神威天將軍，所以我已經派人連夜去讓馬超緊守西平關，這一路就不用擔心了。孟獲進攻益州四郡，就讓魏延領一隊人馬從左邊出去、從右邊進來，再從右邊出去、從左邊進來，孟獲雖然勇猛，但也很多疑。這樣一來，他就會起疑心，不知道我們到底有多少兵馬，一定不敢進攻，所以這一路也會安全。孟達攻打漢中，我知道孟達與李嚴是生死之交，所以就仿照李嚴的筆跡給孟達寫了一封信，到時候孟達一定會拖病不出，以慢軍心。這樣，這一路也不用憂愁了。曹真帶兵攻打陽平關，我已經派趙雲帶領一隊人馬前去防守，但是不出戰，曹真見我們不出戰，不久後定會退兵。四路的兵馬都不用愁了，為了保險起見，我又讓關興、張苞各領三萬人馬，在要緊的地方屯兵，以便接應。東吳的這一路人馬應該不會輕易出動，若是其他四路打了勝仗，孫權自會帶兵攻打我們，若是這四路敗了，東吳也就不敢進兵了。臣猜測孫權記著曹丕當時三路進吳，應該不會輕易聽他的派遣。即便如此，我們也應派一位能言善辯之人到東吳去，跟他們說清楚利害，最好能先退了東吳這路。」劉禪聽後大喜。

隨後，孔明送劉禪出府，百官在門外迎候，都不知皇上為何面帶笑容，只有戶部尚書鄧芝也一直在笑。諸葛亮知道他猜中了自己的心思，就請他留下，把出使東吳的重任交給了他。孫權聽說蜀國派鄧芝來了，就命人在大殿前放了一個大鼎，裡面盛著幾百斤油，下麵架上烈火，派一千名身材高大的武士拿著刀、斧排成兩行。鄧芝進來，坦然地穿越刀叢，來到殿前，見鼎中的油已燒滾，又面帶微笑地走到孫權面前，深深作了個揖。孫權大怒，問：「你見了我為什麼不跪拜？」鄧芝說：「我是天子的使臣，不拜小邦的主人。」孫權更生氣了，說：「你不自量力，想憑你的三寸不爛之舌仿效**酈食其說齊**＊的故事來說服我嗎？那你就快點下到油鼎裡去吧！」鄧芝大笑著說：「都說東吳賢士多，想不到竟然怕一個讀書人！我是為了吳國的利害來的，你排列武士，燒滾油鼎，不會顯得東吳的氣量太小了嗎？」孫權無言以對，只好命令武士退下，請鄧芝坐下，請教三國間的利害關係。鄧芝侃侃而談，分析了各國的長處、短處，並說明了魏國讓吳國攻蜀的目的是想坐收漁翁之利。說完，鄧芝就提起衣裳要往鼎裡跳。孫權連忙讓人攔住他，請他到後殿，用迎接貴賓的禮節接待他，又提出要與蜀再結聯盟，共同抗魏。為了表示誠意，孫權派張溫為使，隨鄧芝去見劉禪。劉禪對張溫很恭敬，諸葛亮還設宴款待了他。張溫見蜀國這樣對待他，就傲慢了起來。他離開時，劉禪賞賜了他許多東西，又在城南郵亭設宴，讓百官為他送行，於是他的態度更加傲慢了。

突然，一個喝醉的官員搖搖晃晃地走了進來，只作個揖就入座了。張溫看到後很不高興，就問他是什麼人，諸葛亮說：「他是益州的學士秦宓。」張溫想刁難一下秦宓，就問道：「你身為學士，不知道曾經學過知識嗎？」秦宓說：「蜀中三尺高的小孩都上學，更何況我呢？」接著，他就和張溫展開了一場辯論，把張溫駁得無言以對。於是張溫站起來答謝說：「早就知道蜀中多豪傑，今日恰巧碰到豪傑，真讓我茅塞頓開。」諸葛亮怕張溫太難堪，就安慰他說：「酒桌上的話，就當是玩笑好了，我知道你對治國安邦的道

＊楚漢相爭時，酈食其作為劉邦的使者，勸說齊王田廣歸順於漢，齊王聽了酈食其的話就解除了戰備，劉邦手下的大將韓信卻乘機攻打了齊。齊王認為是被酈食其出賣，所以就把他烹死。酈食其。

理都很瞭解，又何必在意這樣的玩笑呢？」說完，諸葛亮又讓鄧芝去東吳，向孫權答禮。張溫回去後向孫權轉達了劉禪、諸葛亮的意思，願兩國永結聯盟。孫權設宴款待鄧芝，說：「等我們聯合消滅了魏國，天下太平後，兩家就共同治理國家，豈不是件美事？」鄧芝說：「天上不能有兩個太陽，百姓不能有兩個皇上。假如我們共同滅了魏，不知道天命歸誰。但為君者各修其德，為臣者各盡其忠，這樣就沒有戰爭了。」孫權認為鄧芝說得很真誠，就重重地賞賜了他，並送他回蜀國。從此，蜀國跟吳國再次結成同盟。

曹丕得知孫權不僅不進攻蜀地，反而與蜀再結聯盟，大怒，說：「如今東吳與蜀國聯合，一定會來攻打中原，不如我先起兵討伐。」於是曹丕就不顧大臣反對，派司馬懿留守許昌，親自率領三十多萬大軍去討伐東吳。孫權知道這件事後大驚，立馬召集文武官員來商議。顧雍向孫權提建議說：「我們可以一面派使者請劉禪從漢中出兵，進攻中原，一面派大將據守長江。」孫權正擔心沒有大將可以去，老將徐盛挺身而出，說自己願領兵守長江。孫權就封徐盛為安東將軍，領建業、南徐的人馬抵抗曹丕。徐盛領命後就下令讓士兵多配製器械，多設旌旗，來做防守。但孫權的侄子孫韶年輕氣盛，不服從命令，硬要渡江去迎戰曹丕。徐盛為了維護軍紀，就下令把孫韶砍了。孫韶被武士押出轅門，孫權得知消息後慌忙趕來，救下了孫韶，又去向徐盛求情。徐盛看在孫權的面子上，就饒了孫韶。但是孫韶仍不服氣，當天晚上就領著三千精兵偷偷渡江去了。徐盛怕他有什麼閃失，就連忙派丁奉率三千精兵去救應。

曹丕乘龍舟來到廣陵，不見南岸有一兵一卒，眾謀士覺得這是吳兵設下的詭計，不可貿然進攻。晚上，曹丕又去看了看南岸，仍然不見一點燈火，有人猜測說肯定是吳兵見曹兵勢大，都嚇跑了。一天上午，等江面的霧都散盡，曹丕才真真切切地看清楚，江南岸從南徐直到石頭城，一百多里都布滿了營寨，插滿了旗幟，站滿了軍士。曹丕看後大驚，自知不可取江南。突然，刮起一陣狂風，白浪滔天，龍舟眼看就要翻了。文聘忙駕小船趕來，他先跳上龍舟，然後又背著曹丕跳下小船，劃進小河避風。探子此時又來報說趙雲領兵來直取長安了。曹丕大驚，慌忙傳令回軍。就在這時，孫韶領人殺來。魏軍已無鬥志，自然難以抵擋，淹死無數。眾將救出曹丕就逃往淮河，這時兩岸的蘆葦突然著起火來，燒向了龍舟，曹丕慌忙離船上馬，又碰到丁奉帶軍殺來。張遼為保護曹丕，急忙截住丁奉，卻被丁奉一箭射中了腰部。最後徐晃救下了張遼，二人一起保護著曹丕回了許昌。孫韶、丁奉奪得的馬匹、車輛、船隻、器械不計其數。吳將徐盛大獲全勝，孫權重賞了他。張遼回到許昌後，箭傷迸裂，不久就死了，曹丕厚葬了他。

風雲人物榜

姓名：司馬懿

字：仲達

生卒：西元一七九－二五一年

諡號：宣文侯、宣王、宣皇帝

歷史地位：三國時期曹魏的名將

經歷：司馬懿曾任曹魏的大都督、大將軍、太尉、太傅，是輔佐了魏國三代的托孤輔政的重臣，多次征伐有功，成功抵御了諸葛亮北伐，後又遠征平定遼東。西元二五一年，司馬懿在洛陽去世，享年七十三歲。

白白老師的國學小教室

劉備託孤

劉備白帝城託孤是歷來許多人討論的一件事，我們一起來看看《三國演義》的原文，劉備死之前對諸葛亮說：「君才十倍曹丕，必能安邦定國，終定大事。若嗣子可輔，則輔之；如其不才，君可自為成都之主。」大意是諸葛亮的才能遠勝於曹丕，若繼承人劉禪的能力可以承擔，就加以輔佐他，若劉禪的能力不足，諸葛亮可自立為主。

比較有趣的是諸葛亮的反應，《三國演義》描述：「孔明聽畢，汗流遍體，手足失措，泣拜於地曰：『臣安敢不竭股肱之力，效忠貞之節，繼之以死乎！』言訖，叩頭流血。」為什麼諸葛亮聽完會汗流遍體，手足失措，泣拜於地？這比較像是驚恐害怕的樣子。

接著劉備又請諸葛亮坐於榻上，喚魯王劉永、梁王劉理上前，吩咐他們將來要尊重丞相，以父親的態度孝敬諸葛亮，不可怠慢，還命二王拜諸葛亮。諸葛亮最後說：「臣雖肝腦塗地，安能報知遇之恩也！」表達即使是死，也無法報答劉備對他的知遇之恩。

以上這段君臣互動其實很有意思，給人的揣想空間很大，諸葛亮的驚恐，可能來自於認為這是過大的恩寵，他自覺承受不起，也可能是內心知道劉備對自己猜忌懷疑，深怕回答不好，恐有殺身之禍。

歷來關於劉備託孤有不同的討論，有人認為劉備是真心向諸葛亮託付遺言和使命，也有人認為劉備是在考驗諸葛亮對劉家的忠誠度，如果諸葛亮有絲毫反叛自立之心，劉備當下就會除去他。

第三十三回　諸葛孔明七擒孟獲

諸葛亮在成都，大事小事都親自處理，東西兩川，夜不閉戶，路不拾遺，加上連年豐收，軍備充足。建興三年，益州派人來報說：「蠻王孟獲率十萬兵前來攻打，建寧太守雍闓（ㄎㄞˇ）勾結蠻王，牂牁太守朱褒、越嶲郡太守商定投降，只有永昌太守王伉率領軍民抵抗。」於是諸葛亮就讓趙雲撤軍，安排馬超領兵防魏，李嚴領兵防吳，自己率領人馬南征。劉禪和眾大臣都覺得南方是不毛之地，且多瘴氣，勸諸葛亮不要親自去。諸葛亮說：「那裡的百姓不服王法，只有我親自去，才能根據具體情況，斟酌處理，別人無法決斷。」

這天，諸葛亮告別了劉禪，命蔣琬為參軍，費禕為長史，董厥和樊建為掾*史，趙雲和魏延為大將、總督軍馬，王平、張翼為副將，領五十萬大軍向益州進發。路上，諸葛亮遇見了關羽的小兒子關索。關索自從荊州失守逃出後，就一直在鮑家莊養病，才剛有所好轉。他在路上得知東吳的那些仇人都已經被殺了，就準備到西川面見皇帝，正好在路上碰到了諸葛亮。諸葛亮聽了關索的遭遇後，很是吃驚，立馬派人告知皇上，然後又讓關索打先鋒，一同征南。雍闓聽說諸葛亮親征，就與高定、朱褒兵分三路迎敵。諸葛亮用計謀使得三人自相殘殺，最後只剩下了高定一人。高定自覺不是諸葛亮的對手，就投降了。諸葛亮接受了高定，封他為益州太守。

＊屬員。

諸葛亮在行軍的途中遇見了馬良的弟弟馬謖，馬謖特奉劉禪的旨意前來犒勞軍隊。諸葛亮問馬謖：「將軍對平定南蠻有什麼策略？」馬謖說：「儘管我們可以用武力征服蠻方，但蠻人不服王法，時間長了還會再反。所以最好的辦法就是採用攻心戰術，收服他們的人心，這樣他們才永遠不會再反。」諸葛亮聽後，覺得這個戰術正合他的心意，就留下馬謖為參軍。

孟獲得知諸葛亮帶兵攻來，就命第一洞元帥金環三結、第二洞元帥董荼那、第三洞元帥阿會喃各領兵五萬，分三路迎敵。諸葛亮派王平、馬忠等人出戰，卻不用趙雲、魏延，二人心中不滿，就自己帶兵去攻打。金環三結慌忙迎敵，被趙雲一槍刺死，魏延、王平前來助戰，前後夾攻，殺得蠻兵大敗。董荼那、阿會喃只好帶著殘兵逃走，在逃跑的過程中又中了張嶷、張翼的埋伏，被活捉。原來，這一切都是諸葛亮的計謀，諸葛亮故意激怒趙雲、魏延，讓他們二人去偷襲敵軍。後來，諸葛亮又設宴款待了董荼那、阿會喃，好言安慰後，就放了他們。

孟獲得知三路元帥兵敗，便親自領大軍迎敵，與王平交戰。他見王平的隊伍鬆散，就很瞧不起諸葛亮，派忙牙長去戰王平。王平與忙牙長打了幾個回合後撥馬就逃，孟獲追趕二十多里。這時張嶷、張翼分兩路殺來，王平、關索也轉頭殺了回來，四人就這樣把孟獲團團圍住。孟獲殺出重圍逃向錦帶山，又被趙雲截住，只好帶著幾十個騎兵逃入山谷。趙雲在後面窮追不捨，孟獲見無路可逃，就扔下馬翻山而逃。這時，魏延突然攔路，把孟獲活捉了，蠻兵見勢也都投降了。諸葛亮先是好言撫慰了被俘的蠻兵，然後又問孟獲服不服氣。孟獲說：「我是因為路險才被捉的，當然不服。」諸葛亮就放他回去，讓他整頓人馬後再來決戰。

孟獲回去後，渡過瀘水，把船都扣在南岸，依山傍崖築土城防守。

蜀兵攻來，過不了河，再加上天氣炎熱，諸葛亮就讓呂凱選擇陰涼的地方安營紮寨。後來，馬岱押解著糧草和解暑的藥到了，諸葛亮就讓馬岱領三千人馬，到下游一百五十里水淺處渡瀘水。馬岱領兵來到沙口，士兵見水淺，許多人都脫了衣服遊過去。誰知遊到一半的時候，士兵們都倒在水裡，一個個口鼻流血死了。諸葛亮知道後，忙請教當地百姓，他們說：「夏天瀘水有毒，白天天熱，毒氣更盛，凡是涉水的都會中毒死亡。只有等到夜間水冷，毒氣輕了，才能乘船筏渡水。」諸葛亮又給了馬岱五百精兵，讓他晚上過河。

馬岱過了河後，領兵守住路口，截獲了大量糧草。此時的孟獲還在吃喝玩樂，覺得蜀軍渡水必死。當他得知馬岱偷渡過來，並截了糧道時，並沒放在心上，只是派忙牙長領兵退敵。忙牙長見了馬岱，只與他交手了一個回合就被殺死了。蠻兵敗回，報告孟獲，孟獲就派董荼那領兵去戰馬岱，又派阿會喃領兵守沙口。馬岱見董荼那領兵來了，大罵他忘恩負義。董荼那羞慚難當，沒與馬岱交手就回去見了孟獲，說自己打不過馬岱。孟獲覺得他與蜀兵有勾結，就重打了他一百大棍。董荼那懷恨在心，就在晚上趁孟獲喝醉的時候把他綁了，並過河把他獻給了諸葛亮。

孟獲以手下人自相殘殺為由，仍不肯歸順，諸葛亮就又放了他，還讓他去參觀蜀軍的營寨。孟獲回去後，把董荼那與阿會喃殺了，又讓自己的弟弟孟優帶領一百多蠻兵，並帶著犀角、象牙等珍寶過河假裝投靠諸葛亮。諸葛亮將計就計，就命趙雲、魏延等將領做好準備，然後召見了孟優。

孟優跪拜說：「我哥哥感謝丞相的不殺之恩，派我送來珍寶，慰勞大軍。」孟獲得知弟弟受到優待，就命令各洞酋長於夜晚二更跟隨他去偷襲蜀營，並讓孟優在裡面接應。當夜，孟獲點齊三萬人馬，眾酋長帶著引火的東西，一同偷渡過瀘水，衝入了蜀軍大寨。孟獲進去後，才發現是一座空營，只有孟優與眾蠻兵醉倒在地上。孟獲知道中了計，急忙救起孟優等人，正要回兵，趙雲、魏延、王平就分三路殺來了。孟獲單槍匹馬衝出包圍，到了瀘水岸邊見幾十個蠻兵划船迎來，於是慌忙登船，不料卻被眾軍捆住。孟獲仔細一看才發現，這些蠻兵都是馬岱領人裝扮的。

諸葛亮見到孟獲後，又問孟獲服不服，孟獲說：「這次我被俘並不是因為你高明，都是孟優貪吃造成的。」於是諸葛亮又放了他和所有俘虜。當他回去後，才發現魏延已經趁機過了河，占領了他的老巢，於是只好領著部下回了銀坑洞。孟獲越想越氣憤，就下令讓人帶上珠寶往八番九十三甸借兵，沒幾天就借使刀牌**獠丁**＊數十萬大軍。諸葛亮知道後，親自去察看地形。到了西洱河，他讓士兵造木筏渡河，但木筏一放下水就沉了。呂凱告訴諸葛亮，只有竹筏才能漂起來。於是諸葛亮就調了三萬人馬砍伐毛竹，搭起竹橋，在橋北、橋南下三個營寨，互相呼應。

孟獲領兵到來，諸葛亮見刀牌獠丁橫衝直撞，非常兇猛，就讓手下關閉寨門，任憑蠻兵辱罵，就是不許出戰。幾天後，諸葛亮讓馬岱等到退兵後就拆了浮橋，又到下游重搭，讓張翼領兵斷後。關索保護諸葛亮離開，寨中依舊燈火通明，孟獲不知虛實，不敢進攻。第二天天亮後，孟獲奪下了三座空營，繳獲了許多糧草，誤以為是蜀國有事，諸葛亮才會這麼快撤軍，於是就命蠻兵上山砍竹，準備渡河。夜晚，突然刮起狂風，蜀兵從四面殺來，蠻兵獠丁自相殘殺。孟獲見大勢不妙，就帶上自家親信殺了出去，沒走出多遠，就被趙雲截住了。孟獲拼盡全力從趙雲的手中逃出，走了一會兒，又被馬岱攔住去路。最後孟獲只帶著幾十個殘兵，逃進山後，剛轉過山口，就見前面的樹林中推出一輛小車，諸葛亮坐在車上哈哈大笑。孟獲大怒，率人殺過去，忽然聽見一聲巨響，孟獲連人帶馬都跌進了陷阱。魏延把孟獲等人都捆回了大營。諸葛亮招降了諸洞酋長和蠻兵，設宴款待他們後就放他們回家了。

魏延押來孟獲，諸葛亮問：「你被我捉了四次，還有什麼話說？」

孟獲說：「我中了你的詭計，死不瞑目！」諸葛亮下令讓武士把孟獲推出去砍了，他扭頭說：「你要是敢放我回去，我一定會報這四次被俘之仇！」諸葛亮就讓左右給他鬆綁，讓他坐下，問他為什麼不服，孟獲說：

「你總是施詭計，所以我不服。下次我如果再被活捉，就真的服氣了，並承諾永不反叛。」於是諸葛亮第四次放了他。

孟獲帶著數千殘兵敗將向南行去，遇見孟優帶兵來迎，二人抱頭痛哭。孟優提議說：「眼下天氣炎熱，我們不如到禿龍洞朵思大王那裡躲避，蜀兵受不了酷暑，自會退兵。」於是二人就領敗兵到了禿龍洞，朵思大王把他們迎入洞，說：「我這裡只有兩條路，一條是大路，就是大王來的那條路，可以通行人馬。只要把路口壘死，孔明就算有百萬人馬也飛不過來。再一條是小路，路上有許多毒蟲蛇蠍，而且還有瘴氣。這一路沒有水，只有四眼泉。每眼泉都有劇毒，人喝了之後必死無疑。」孟獲這才放下心來，整日與朵思大王飲宴。

諸葛亮正在進軍，探子突然來報說：「孟獲躲進了禿龍洞不出來，大路山勢險惡，又有重兵把守，不能前進。」諸葛亮就讓王平用蠻兵當嚮導，尋找小路。王平領人找到一處泉，眾軍見泉水清甜，爭著喝水，喝下後都不會說話了。孔明得知後，親自去察看，卻也沒有辦法。他見山上有一座廟，便到了廟前，此廟是伏波將軍馬援的廟。諸葛亮焚香禱告，求馬援保佑。馬援的神靈被感動，就派山神指點諸葛亮去萬

＊蠻人。

安溪求萬安隱者，萬安隱者既可以救中毒的軍士，也可以驅趕瘴氣。第二天，諸葛亮備下禮物，讓王平領上中毒的軍人跟他去萬安溪。諸葛亮說明來意後，隱者就讓小童領眾軍喝了安樂泉水，他們的啞病竟然都好了。隱者告訴諸葛亮，蠻洞多毒蟲，柳花落入水中，水都有毒，不可飲用，只有挖井取水。隨後他又贈送給諸葛亮許多薤葉**芸香***，說人只要在口中含一片葉子，就可避瘴氣。諸葛亮請教隱者姓名，得知隱者竟是孟獲的大哥孟節。孟節因不滿弟弟的作為，才隱居深山。諸葛亮要保舉他為蠻王，卻被他謝絕。諸葛亮只好拜謝告辭。

回到大營，諸葛亮命軍士掘地打井，這樣，蜀軍就有了水源，從小路到了禿龍洞，紮下營寨。朵思大王得報後大驚，孟獲就準備下山與諸葛亮決一死戰。這時，銀冶洞二十一洞主楊鋒領三萬人馬來助戰，但為了報諸葛亮的救命之恩就反捉了孟獲、孟優和朵思，獻給諸葛亮。諸葛亮重賞了楊鋒父子，給他們各自封了官爵，然後又質問孟獲服不服。孟獲說：「是因為本洞人自相殘害才導致我又被你活捉，當然不服。我要回故鄉銀坑山，依據三江之險，再跟你一決勝負。」諸葛亮聽後就放了孟獲兄弟與朵思，說：「要是再被我抓住，我就滅了你們九族！」

孟獲等人回到銀坑山，聚集了一千多名同宗族的人，商議怎麼報仇，孟獲妻子的弟弟說：「西南有個八納洞，洞主是木鹿大王。他精通法術，騎著大象作戰，能呼風喚雨，驅使毒蛇猛獸。他手下的三萬神兵更是勇猛無敵。大王備下禮物，請他助戰，還怕什麼蜀兵？」孟獲就派國舅齎書去求援，派朵思去守三江城。這時，蜀兵已經攻來，孟獲正愁無法抵抗，夫人祝融氏便請命領兵出戰。祝融氏出戰，張嶷、馬忠都不是她的對手，最後都被捉住。後來諸葛亮用計捉住了祝融夫人，換回了馬忠等人。木鹿大王帶著洞兵和猛獸來幫助孟獲，他嘴裡念著咒語，手裡搖著蒂鐘。忽然刮起了一陣狂風，那些猛獸便張牙舞爪地衝向蜀兵，蜀兵根本抵擋不住，被殺得大敗。諸葛亮知道後，就讓人把十輛紅油櫃車推到帳前，又留十輛黑油櫃車在後面，紅油櫃車裡面是木刻彩畫的巨獸，都是用五色絨線做的絨毛，用鋼鐵做的爪牙。隨後，諸葛亮又讓人在巨獸的嘴裡裝滿了易燃的東西，選拔了一千多人操縱巨獸。最終諸葛亮打敗了木鹿大王，又捉住了孟獲，孟獲說：「你要是第七次捉住我，我就歸順，並且再也不會叛亂。」於是，諸葛亮又把他放了。

孟獲派人到烏戈國求救，國王兀突骨帶領三萬藤甲軍去幫孟獲。諸葛亮就用那十輛黑油櫃車，把兀突骨和他的軍隊都燒死在山谷裡了。孟獲在逃跑的時候被馬岱活捉。諸葛亮派人擺酒給孟獲壓驚，並給孟獲傳話，說是再放他回去整頓兵馬。孟獲很感動，帶著兄弟和妻子跪在地上感謝諸葛亮的大恩大德，諸葛亮這才出面，退還了奪來的土地，讓他繼續管理南中。

三國有名馬

快航

快航是孫權的愛馬，可與躍檀溪的的盧媲美。此馬為青蔥色斑點馬，疾馳如風，衝擊力強，是三國名馬之一。

＊一種多年生具濃香的木質草本植物，花黃色，全草可入藥

白白老師的國學小教室

《三國演義》對七擒七縱的渲染

「七擒七縱孟獲」是家喻戶曉的故事，由於當時南方少數民族動亂，諸葛亮為了安定南方少數民族，決定親自率兵出打南中(如今的雲南、貴州和四川西南部)。而孟獲是當時南中地區的豪強，獲得當地土著和漢人信服，《三國志．諸葛亮傳》中就紀錄諸葛亮七擒七縱孟獲，最後孟獲投降，諸葛亮安定了南中。

但其實《三國志．諸葛亮傳》並沒有詳細紀錄諸葛亮到底怎麼七擒七縱孟獲，是《三國演義》中才加以渲染，增加了許多故事情節，讓七擒七縱孟獲的故事更加著名。《三國演義》中草船借箭、借東風的故事可見諸葛亮的才智，而「七擒七縱孟獲」則可進一步顯現諸葛亮以德服人的智慧。

第三十四回　孔明伐魏、姜維歸降

蜀漢建興四年，曹丕染上寒疾，醫治不愈，不久就死了，年僅四十歲。曹丕死後，他的兒子曹睿登基，追謚曹丕為文皇帝，追謚母親甄氏為文昭皇后，文武官員也都各有升賞。當時雍、涼二州沒有太守，司馬懿就請求去守西涼，曹睿便下令讓他掌管雍州、涼州的兵馬。

諸葛亮得到消息後，覺得司馬懿深謀遠慮，日後一定會成為蜀漢的大敵，就想儘快發兵去伐魏。馬謖說：「我們剛南征回來，軍馬疲乏，不適合再出兵，先生不如用個離間計，挑撥曹睿與司馬懿之間的關係，借曹睿之手殺了司馬懿。」

諸葛亮依計派奸細到鄴郡城門上張貼榜文，以司馬懿的名義指責曹丕奪了弟弟曹植的王位，登基後也沒有好的德行，辜負了曹操對他的期望，並揚言要領兵推翻曹睿的統治，另立一個新的君王。守城的將士揭了榜，就報給了曹睿。曹睿看到榜文後大驚，忙問大臣們該怎麼辦。華歆說：「司馬懿請命去雍、涼就是為了掌握兵權。當年太祖武皇帝說過：『司馬懿的野心很大，不能給他兵權，不然日後必為禍患。』今天他想造反，您應當立即殺了他。」曹睿聽後就要親自領兵討伐司馬懿。曹真勸道：「他是文皇帝托孤的大臣，不可輕易討伐他呀。更何況我們現在還不知道這件事是真是假，若突然發兵會把他逼反的。還請陛下仔細想想，這可能是蜀國和吳國的離間計，挑撥我們君臣之間的關係，他們好趁機攻打。」曹睿聽後覺得也很有道理，就以巡遊的名義，親領十萬御林軍到安邑察看情況。

司馬懿為了顯示他的兵練得好，就領幾萬人馬來迎接曹睿。曹睿看到兵馬，誤以為司馬懿要造反，就命曹休領兵迎敵。司馬懿得知情況後，就跪在路邊迎接。曹休指責司馬懿圖謀不軌，司馬懿爭辯說：「這一定是蜀、吳使的離間計。為了表明忠心，我願立即帶兵去討伐蜀國。」華歆見曹睿猶豫不決，就說：「不能給他兵權，要麼就罷了他的官職，讓他回家。」曹睿就撤了司馬懿的職，解除了他的兵權，換曹休統領雍州和涼州的兵馬。

諸葛亮知道這一消息後，就給劉禪上奏《出師表》，要求北伐。譙周又依天象說魏不可伐，劉禪也不忍心讓諸葛亮再經歷艱難危險，就拒絕了他的請求。但諸葛亮堅持要出征，於是就命郭攸之、董允、費禕總理朝政，命向寵等官員守成都。劉禪無奈，只好封諸葛亮為平北大都督，讓他領魏延、張翼、王平等幾十名將領誓師北伐；又派李嚴把守川口，提防吳兵。

建興五年三月丙寅日，蜀漢丞相兼平北大都督諸葛亮出兵北伐。臨走時，趙雲站出來問諸葛亮：「丞相為什麼不派我出戰？」諸葛亮說：「馬超已經病故，這就像折了我的一條手臂。將軍年事已高，假如有個三長兩短，會動搖了你的一世英名。」趙雲說：「我自追隨先帝，每仗都打先鋒。大丈夫就該戰死疆場，丞相如果不讓我當先鋒，我就一頭撞死在這裡！」鄧芝也站出來，說他願意助戰趙雲。諸葛亮沒有辦法，只好派趙雲領五千精兵、十員副將打先鋒，前去北伐。

曹睿得知諸葛亮率三十萬大軍前來進攻，就問誰能領兵抗敵。夏侯淵的兒子夏侯楙(ㄇㄠˋ)要為父報仇，主動請戰。夏侯楙本是夏侯淵的兒子，後來過繼給了夏侯惇。夏侯淵被黃忠殺死後，曹操就招夏侯楙做了駙馬。夏侯楙雖掌握兵權，卻未上過戰場。曹睿見他主動請戰，就封他為大都督，讓他調關西軍馬迎敵。王朗出來勸說道：「駙馬沒上過戰場，諸葛亮又足智多謀，怕他不可勝任。」夏侯楙大怒，指責王朗勾結諸葛亮，隨後又說：「我自幼就熟讀兵法，雖然年幼，但倘若沒有生擒諸葛亮，誓不歸來。」眾官聽後都不敢再勸，任憑他連夜趕到關西，調了二十餘萬人馬迎敵。

諸葛亮得知夏侯楙領兵迎敵，便與眾將商議對策。魏延說：「我可引五千精兵出子午谷，截斷魏兵的退路，然後再與先生的大軍前後夾攻，收復咸陽以西的大片土地。」諸葛亮卻說：「這樣做太冒險了，如果被敵人知道了，他們兩頭夾擊，咱們就會全軍覆沒。」魏延很不高興地退下了，諸葛亮隨後傳令趙雲進兵。夏侯楙派西涼大將韓德領著四個兒子及八萬羌兵打先鋒。韓德父子帶兵到了鳳鳴山，碰上了趙雲。趙雲出馬殺向韓德，韓德的大兒子韓瑛出戰，戰了不到三回合就被趙雲刺死了。隨後，二兒子韓瑤又出戰，戰了幾個回合也敵不過趙雲，敗下陣來。三兒子韓瓊、四兒子韓琪便前去助戰，與韓瑤一同圍攻趙雲。趙雲並不害怕，一槍刺中了韓琪。韓瓊用箭射趙雲，射了三箭都被趙雲打落，隨後趙雲一箭就射中他的腦門，韓瓊從馬上摔下來，死了。韓瑤見狀揮著大刀殺來，趙雲躲過了韓瑤四五次攻擊後就把他活捉了。韓德見四個兒子都被趙雲擒殺，嚇得肝膽俱裂，撥馬就逃。鄧芝趁勢指揮蜀兵掩殺，大獲全勝。收兵後，鄧芝稱讚：「將軍已經七十多歲了，還像以前一樣英勇。今天打敗敵軍的四員大將，這樣的戰績真是世上少見哪！」趙雲說：「丞相嫌我年老不肯用我，我要讓他看看我到底還有沒有用。」隨後他就命人把韓瑤押送大寨，向諸葛亮報捷。

韓德見了夏侯楙，哭訴了兵敗的經過，夏侯楙就親自領兵迎戰趙雲。韓德為了給自己的四個兒子報仇，掄起開山大斧就殺向了趙雲，但還沒戰三個回合就被趙雲一槍刺死了。接著，趙雲挺槍殺向夏侯楙，夏侯楙嚇得逃回營寨，魏兵敗退十多里。程昱的兒子程武認為趙雲有勇無謀，想設下埋伏捉他。夏侯楙就派董禧、薛則各領三萬人馬埋伏。第二天，鄧芝見夏侯楙又來挑戰，就讓趙雲小心埋伏。趙雲根本沒放在心上，直接上馬出陣。二人戰了幾個回合後，夏侯楙假裝敗走，引趙雲入了埋伏。然後魏兵從四面殺出來，趙雲左衝右突，魏兵卻越殺越多。趙雲見夏侯楙在山上指揮，就想衝上去殺了他，卻被山上的檑木砲石打了回來，就這樣一直殺到天黑也沒有衝出去。趙雲見魏兵紛紛衝上來，仰天長嘆：「我不服老，可今天要死在這裡了！」突然，張苞帶兵殺來，殺了薛則，救下了趙雲，衝出了重圍。趙雲就與張苞向西北方向走去，半路又碰上了關興。

關興殺了董禧，前來接應，三人帶兵殺了回去。夏侯楙從未見過這種陣勢，最後慌張地大敗而逃，去了南安郡。

趙雲與張苞、關興攻打南安，一連十天也沒能打下來，諸葛亮就親自去察看了地形。看完地形後，諸葛亮覺得南安易守難攻，而天水和安定離南安很近，於是就決定先去攻打這兩個地方。諸葛亮得知天水太守是馬遵，安定太守是崔諒，就定下計來，派魏延、關興、張苞依計行事，又派兩名心腹軍士假扮夏侯楙的部下去向崔諒求救。隨後，他又指揮軍士搬運柴草，堆在城下，聲稱要燒城。魏兵聽說後，都嘲笑諸葛亮辦事糊塗。安定太守崔諒聽說蜀兵圍困了南安，害怕蜀兵攻安定，於是忙點軍士守城。這時，探子來報說夏侯楙的心腹裴緒來見。崔諒連忙將裴緒請了進來。裴緒說：「南安危急，駙馬派我來向您求救，希望您快去救援。」崔諒怕駙馬怪罪，於是留下文官守城，自己帶上人馬去解圍，剛走到半路，就見南安火光沖天。崔諒到了離南安五十里的地方被關興、張苞前後夾攻，魏兵被殺得大敗。崔諒從小路逃出包圍圈，回到城下時，發現安定城已被魏延占領了。無奈之下，崔諒又逃去了天水，卻剛好碰見了諸葛亮，不得不投降。諸葛亮用接待上賓的禮儀接待了崔諒，讓他去勸說南安太守楊陵投降，然後再生擒夏侯楙。崔諒讓諸葛亮退兵二十里，自己獨自進城去見楊陵。崔諒見了楊陵後，二人商議了一下就去見了夏侯楙，最後決定將計就計，把蜀兵騙進城再殺死。崔諒隨後就出城去見諸葛亮，說：「楊陵想獻城，活捉夏侯楙，只是手下沒有幾個勇士，不敢輕易動手。」於是諸葛亮就讓崔諒帶上隨他投降的士兵，裡面再混上一部分蜀兵，夜間舉火為號，裡應外合將夏侯楙拿下。崔諒聽了諸葛亮的話就讓關興、張苞混入魏軍。黃昏時，崔諒領人來到城下，先射了一封書信給楊陵。楊陵看後，又交給了夏侯楙。夏侯楙知道諸葛亮中計，就命人開門放崔諒等人入城。見楊陵開了城門，關興、張苞就隨崔諒入了城，突然關興一刀砍死了楊陵。張苞大叫：「你們這種詭計，怎麼能瞞住丞相？」說完又一矛刺死了崔諒。關興登上城，放起火來，蜀兵見到火光就蜂擁著殺進了城。夏侯楙忙開南門逃跑，正好遇上王平，只交手一個回合，就被王平活捉了。

天水太守馬遵兩次接到夏侯楙的告急文書，正商議著要發兵救南安，卻被中郎將姜維阻止了，姜維說：「這一定是諸葛亮的計策，我軍一出城，肯定會中了蜀兵的埋伏。」接著他又給馬遵出了一條計策，準備活捉諸葛亮。

馬遵依計，讓姜維帶三千精兵假裝去救南安，自己與梁虔領兵出城埋伏，留下梁緒、尹賞守城。趙雲埋伏在城外，見天水兵出城，就一面領兵攻城，一面派人傳令讓張翼、高翔截擊馬遵。趙雲中了計，首尾不能相顧，只好帶兵撤走。諸葛亮本就知道姜維很厲害，這次又聽趙雲對姜維的計策和武藝讚不絕口，就親自領兵到天水。當天晚上，四下火光沖天，一支魏軍衝進蜀寨，關興、張苞急忙保護諸葛亮殺出重圍。諸葛亮回頭看，只見一帶火把宛如長蛇，不由嘆道：「兵不在多，在於用兵的人指揮之佳，姜維真是將才呀！」他問安定人：「姜維的母親在哪裡？」安定人回答：「在冀城。」諸葛亮又打聽到上邽是天水屯糧的地方，就派魏延攻打冀城，趙雲攻打上邽，他自己領兵在離天水三十里的地方安營紮寨。馬遵的探子探得蜀軍三路出擊，姜維得知後便請求去救冀城。之後，諸葛亮就派人四處傳播謠言，說姜維已經投靠了蜀國，準備獻出冀城；然後又讓夏侯楙去招降姜維，夏侯楙一逃離諸葛亮就逃去了天水，跟馬遵說姜維已經投降敵軍了。馬遵聽了夏侯楙的話還不是很相信，後來諸葛亮又派人假扮姜維帶著軍隊來攻打，馬遵這才徹底相信姜維叛變。

姜維在冀城糧食不夠，遙遙望見蜀兵正往魏延寨中運糧，就領三千人馬去搶糧，蜀兵見狀扔了糧車就逃。姜維搶了糧食剛想回城，卻被張翼、王平夾攻了一陣，等他回到城下時，魏延早已奪了城。姜維只好帶著十幾名親信奔往天水城，路上卻又被張苞截殺了一陣，最後他單槍匹馬地來到天水城下，馬遵令城上亂箭射下。姜維只得奔向上邽城，城上樑虔大罵他是反賊，又讓人用亂箭射他。他仰天流淚，只好投長安去，沒走出多遠，被關興攔住了去路。姜維剛要回馬，卻見諸葛亮乘四輪車來了。諸葛亮用羽扇指著他讓他投降，姜維走投無路，只好下馬投降。諸葛亮高興地說：「我自從出了茅廬，遍訪賢才，想把平生的學問傳下去，卻一直找不到人。今天得到姜維，滿足了我的願望！」姜維拜謝，獻上了攻下天水的計策。當天姜維就給尹賞、梁緒寫了書信，射進城中。卻被小校拾得，呈與馬遵，馬遵向夏侯楙說：「尹賞、梁緒想為姜維做內應，應及早殺了他們。」夏侯楙就多次派人去請他們。尹賞見事情緊急，就跟梁緒開了城，投降了諸葛亮。夏侯楙、馬遵見大事不好，就帶數百人投奔羌胡城。諸葛亮進了城，梁緒說：「梁虔是我的弟弟，我會勸他投降。」於是就去說服梁虔獻出了上邽。諸葛亮重賞了招降的幾個人，讓梁緒任天水太守，尹賞為冀城令，梁虔為上邽令。

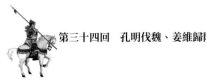

曹睿得知諸葛亮連取三城，就問大臣們：「誰可以去殺退蜀軍？」

王朗保奏大將軍曹真為大都督，曹真舉薦雍州刺史郭淮為副都督，王朗為軍師，於是曹真、郭淮、王朗率軍二十萬，十一月出兵。大軍過了渭河後下寨，眾將領商議退敵的策略。王朗說：「我親自出馬，只要一番話，就能讓諸葛亮拱手投降。」於是曹真就派人向諸葛亮下了戰書。

第二天，雙方在祁山下擺開陣勢，諸葛亮乘四輪車出陣。王朗先與諸葛亮寒暄了一下，然後又從曹操戰黃巾、平董卓說起，吹捧曹操是如何的神武，並指責諸葛亮是在與天抗爭，勸他早些投降。諸葛亮聽後哈哈大笑，指責王朗背叛朝廷，投降奸賊，助曹丕廢除獻帝，本是漢朝元老，最終卻成了個十惡不赦的叛賊，並說他將來在九泉之下也沒有臉面去見漢朝的二十四位皇帝。這一番話字字句句都擊中了王朗的要害，氣得王朗大叫一聲，栽下馬來，當時就死了。

第三十五回　孔明彈琴退司馬懿

話說王朗死後，曹真就派人把王朗的屍體運回了長安。郭淮說：「諸葛亮一定會趁機來劫寨，我們應派兩路人馬反劫蜀寨。」曹真聽後就命先鋒曹遵、朱贊各領一萬兵，繞過祁山，共劫蜀寨，自己與郭淮各領一隊人馬，埋伏在寨外。

諸葛亮回去後，就讓趙雲、魏延去劫寨。魏延進諫說：「曹真深懂兵法，必定會料到我們會趁著王朗死的機會去劫寨，他肯定會防的。」諸葛亮笑著說：「我就是要讓曹真知道我去劫寨了。他們一定在祁山之後設下了埋伏，等我們的兵馬過去就來劫寨。我讓你們二人引兵前去，到山腳後面紮寨，任魏兵來劫我的這個寨。你們看火起為號，兵分兩路，魏延你守住山口，趙雲引兵殺回，必會遇到魏兵，故意放他們回去，我乘勢攻打，他們必會自相殘殺。」於是二人領命去了。諸葛亮又叫來關興、張苞，下令說：「你們二人各自引一隊人馬，埋伏在祁山要路，放魏兵過來，再從魏兵來的路殺到魏寨去。」二人也領命去了。諸葛亮隨後又讓馬岱、王平、張翼、張嶷埋伏在寨外，四面迎擊魏兵，自己領眾將士退到了寨後，以觀動靜。

二更時，曹遵先到了，殺入寨中後卻發現是空寨，於是慌忙退兵。此時朱贊也恰巧趕到了，誤以為曹遵是蜀兵，就向他殺去。直到兩人交手後，才知道是中了計。隨後王平等人又殺了出來。曹遵、朱贊敵不過，只好帶著殘兵逃了回去。曹遵和朱贊回到寨中時，魏兵以為是蜀兵來劫寨，慌忙點火為號，曹真、郭淮便領兵殺出，又是一場自相殘殺。這時關興、張苞乘機分兩路進攻，魏延也領兵殺來，魏軍死傷無數，敗退十多里。曹真後來又請羌兵來助戰，也被蜀兵打敗了。魏兵屢次被蜀兵打敗，無奈只能向曹叡求救。曹叡得知曹真損兵折將，羌兵大敗而回的消息後，不知如何是好。華歆提議曹叡御駕親征，太傅鍾繇卻說自己願用身家性命擔保，讓曹叡重新起用司馬懿，並說只有他才可與諸葛亮抗衡。於是曹叡降旨，恢復了司馬懿的官職，並加封他為平西大都督，讓他調南陽諸路軍馬到長安會師。

正當諸葛亮在祁山的營寨中商議該怎麼進兵的時候，李嚴讓兒子李豐前來求見。李豐說：「孟達降魏後曾受到曹丕的重用，但自從曹叡繼位後，他就被朝中的人妒忌、排斥，於是他就想重新歸漢，說願意領金城、新城、上庸三處人馬直取洛陽，配合丞相攻取長安。」諸葛亮聽後大喜，重賞了李豐。這時，探子來報說：「曹叡恢復了司馬懿的官職，並加封他為平西大都督，讓他領本地人馬，到長安會師。」諸葛亮聽後大驚，馬謖說：「曹叡如果攻來，把他打回去就行了，丞相怕什麼？」諸葛亮說：「我怎麼會害怕他呢？我只是擔心司馬懿掌握兵權後，孟達不是他的對手。如果孟達起兵的事被司馬懿發現，司馬懿肯定會殺了他。要是孟達死了，中原就沒那麼容易到手了。」於是諸葛亮就寫了封信給孟達，讓他提防司馬懿。孟達收到諸葛亮的信後，不僅不當一回事，反而嘲笑諸葛亮太多疑了，於是寫了封回信，說即使司馬懿得知此事，也得派人到長安奏明曹叡才能動手，這樣一來一回至少要一個月，那時候自己早就做好了防備，請諸葛亮放心。諸葛亮收到回信，看後憤怒地把信扔在了地上，說：「孟達必然要死在司馬懿的手中！司馬懿既擔任了要職，就會**通權達變***，肯定不會奏明曹叡再動手。不出十天，他必會帶兵趕到。」說完便命令來送信的人火速返回，並讓他告訴孟達嚴守祕密，否則後果不堪設想。

司馬懿正在宛城調遣軍馬準備出征，申儀派人前來告密，說孟達要造反，司馬懿聽說後便帶人馬不停蹄地趕往了新城。孟達與申儀、申耽約定好要一起反魏，二人假裝答應，卻又以兵器糧草沒準備好為由，故意拖延時間。這天司馬懿派參軍梁畿（ㄐㄧ）傳令，讓孟達立即帶兵聽候命令。孟達問：「都督什麼時候起程？」梁畿說：「已經起程，直奔長安去了。」孟達送走梁畿，立即通知申儀、申耽，讓他們明天起兵直取洛陽。這時城外忽然塵土沖天，一隊人馬飛奔而來。孟達登城觀看，大吃一驚，忙命人拽起吊橋。徐晃收不住馬，直衝到壕邊，被孟達一箭射中了額頭，魏將忙將徐晃救走。孟達射退了魏軍，正想開城追殺，卻看到司馬懿已率軍將城圍困了，於是長嘆道：「果然不出諸葛亮所料！」徐晃被救回營後，傷重而死，享年五十九歲。

第二天，孟達登城巡視，看到申儀、申耽領兵來了，就開城迎接，沒想到申儀、申耽卻反過來要殺他。孟達剛想回城，李輔、鄧賢就從城中射下箭雨。孟達無計可施，只好迎敵，最後打得人困馬乏，被申耽一槍刺死了。

司馬懿寫表奏明此事，曹睿升了申儀、申耽的官職，讓他們跟隨司馬懿西征。司馬懿來到長安，見了曹睿，曹睿賜給他一對金鉞斧，並交代說以後遇到重大的事情，可先斬後奏。司馬懿就保舉張郃為先鋒，離開長安去破蜀兵。曹睿又派辛毗、孫禮領兵五萬，去助曹真。

司馬懿領二十萬人馬出了關，對張郃說：「諸葛亮生性謹慎，不會隨便行事。如果是我，我就出兵子午穀，直接拿下長安。但他現在肯定出兵斜穀，來取郿城了。我已經讓曹真據守郿城，讓辛毗、孫禮守箕

＊做事能適應客觀情況的變化，懂得變通，不死守常規。通、達：通曉，懂得；權、變：權宜，變通。

穀。秦嶺西側有一條路，名街亭，附近有座列柳城。這兩處是通往漢中的咽喉。我們可直取街亭，離陽平關也就不遠了。諸葛亮如果知道我們要攻占他們的街亭要路，斷了他們的糧道，必然會退兵，我們就可大獲全勝。他若不退兵，全軍也會因糧食被截斷而餓死。」張郃聽後對司馬懿佩服得五體投地。司馬懿又囑咐他說：「諸葛亮不是孟達，你為先鋒，要處處小心，不能中了計。」

探子來報諸葛亮，說：「孟達已死，司馬懿去攻街亭了。」諸葛亮聽後大驚，忙召集眾將領，說：「孟達辦事不嚴謹，死是必然的。現在司馬懿出關攻打街亭，要斷了我們的咽喉，誰敢去守街亭？」馬謖說：「我去。」諸葛亮說：「街亭雖小，卻事關重大，萬一丟失了，我軍就全完了。你雖精通兵法，但街亭無險可守，司馬懿不是平常人物，張郃又是名將，怕你不是對手。」馬謖說：「我自幼熟讀兵書，怎麼會守不住一個街亭呢？假如出了差錯，您就殺了我全家！」見馬謖立下軍令狀，諸葛亮就給他兩萬五千精兵，又派王平協助他。臨行時，諸葛亮囑咐王平說：「我知道你一向做事謹慎，所以才把這個重任交給你，你一定要好好守著街亭，在要道安營紮寨，不要讓魏軍偷偷過去。安下營後，你畫一幅地形圖送來，凡事不能輕舉妄動，一定要小心。」諸葛亮深怕二人有閃失，又派高翔領一萬兵駐列柳城，派魏延領兵到街亭後面駐紮。孔明安排妥當後，才派趙雲、鄧芝各引一軍出箕穀為疑兵，他親率一軍，讓姜維當先鋒，出斜穀直取郿城。

馬謖來到街亭，看了看地形，笑著說：「丞相真是多心了，這種地方，魏兵怎麼敢來呢？」王平勸他說：「將軍萬萬不能大意，還是要遵照丞相的命令在五路總口下寨。」馬謖卻不以為然，見附近有一座孤山，山上生滿樹木，就要在山上駐兵。王平苦勸，馬謖不聽，堅持在山上駐兵。王平沒辦法，只好請求分給他一些兵，另下營寨，這樣就可以互相支援。二人正爭執間，只見難民成群結隊地逃來，說是魏兵快到了。馬謖賭氣說：「我就給你五千人馬，等我破了魏兵，你可不能在丞相面前搶我的功勞。」王平就在離山十里的地方下寨，畫了地圖，派人連夜送給諸葛亮。

司馬懿在城中，讓司馬昭去前面探路，囑咐他說如果街亭有兵把守，就按兵不動。司馬昭領命後就前去查看，回來後說街亭果然有兵把守，司馬懿感嘆道：「諸葛亮真是個神人哪！我比不上他。」司馬昭說：「父親為何長他人志氣，滅自己威風？我看見街亭的道上並沒有營寨，軍隊都駐紮在山上了。街亭應該很容易就可以攻破。」司馬懿聽後大喜，就打聽守街亭的將領是誰，手下人說是馬謖，司馬懿笑著說：「馬謖徒有虛名，實際上是個庸才，諸葛亮用這樣的人，只會耽誤了大事。」於是司馬懿就下令讓張郃帶領一支軍隊去擋住王平，又讓申耽、申儀兵分兩路圍住馬謖駐紮的山頭，斷了蜀軍的水源，吩咐他們等蜀兵自亂陣腳，再前去攻打。

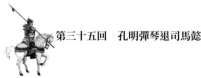

第二天，司馬懿帶領大軍把馬謖紮寨的山團團圍住了。馬謖下令進攻，蜀兵見到浩浩蕩蕩的魏軍，嚇得肝膽俱裂，都不敢下山。馬謖見狀就親自帶兵衝下去，但魏軍紋絲不動，蜀兵只好又退回山上。馬謖沒有辦法，只好緊閉寨門，等著王平的救援。與此同時，王平被張郃攔住，抵擋不過只能逃走。馬謖的士兵被困在山上，饑渴難耐，很多人都跑下山投降了，馬謖根本阻止不了。晚上，司馬懿又命人在山上放火，魏延前來救援卻正好中了司馬懿的埋伏，恰巧王平及時趕來救下了魏延。兩人隨後就帶兵去投奔了高翔，三人商量後就去偷襲魏軍的營寨，沒想到又中了魏軍的埋伏。無奈之下，三人只好帶著殘兵逃往陽平關。

再說諸葛亮看了王平的地圖後，氣得拍案大罵，指責馬謖坑了大軍，正想派楊儀去替回馬謖，探子又來報說街亭、列柳城已全部失守。諸葛亮長嘆道：「要完了，這是我的過錯呀！」於是諸葛亮忙叫來關興、張苞，下令說：「你們二人各領三千精兵去武功山的小路埋伏，看到魏軍過來就擂鼓吶喊，等到他們退兵了，你們就去陽平關。」然後他又讓姜維、馬岱領兵埋伏，再差心腹之人把天水、南安、安定三郡的

官民儘量撤到漢中，同時派人把姜維的母親也接到漢中。安排好後，諸葛亮自己領了五千人馬去西城搬運糧草。忽然探子來報說：「司馬懿領十五萬大軍殺來。」諸葛亮身邊沒有能戰的將領，領的兵也已經有一半運糧走了，只剩下兩千五百人。眾將士都**面如土色**＊，諸葛亮卻沉著地指揮，讓人把旗幟放倒，大開四門，每門派二十名士兵扮成百姓去灑掃街道，並叮囑他們不可亂動。布置好後，諸葛亮身披鶴氅，來到城上，讓兩個小童站在身旁，焚香撫琴。魏軍前哨來到城下，不敢前進。司馬懿趕來後，見諸葛亮笑容可掬，在城上手揮五弦，身邊香煙嫋嫋，城門口有二十多個百姓在打掃街道。他心中狐疑，最後讓後軍改前軍，向北退兵。司馬昭說：「諸葛亮根本沒有軍隊，一定是在故弄玄虛。」司馬懿卻說：「諸葛亮一生謹慎，從不冒險，我們進兵，可能就會中了他的計。」於是司馬懿就撤了兵，諸葛亮見魏兵都退了，拍手大笑，傳令說：「司馬懿很快就會回來，讓城中百姓都去漢中。」司馬懿正從武功山小路退兵，張苞突然殺出，魏軍大亂，隨後關興又殺出。魏兵不知道有多少蜀兵，紛紛丟盔棄甲逃命去了。關興、張苞也不去追，收繳了戰利品就退了兵。司馬懿見蜀兵有埋伏，就退回到了街亭。曹真得知諸葛亮退了兵，急忙帶兵追趕，卻撞見姜維、馬岱，馬岱一刀劈了先鋒陳造，嚇得魏軍抱頭鼠竄。

趙雲接到退兵的命令，對鄧芝說：「你打著我的旗號先走，我在後面埋伏；咱們一步步互相保護，以保萬無一失。」郭淮領兵來到箕谷，吩咐先鋒蘇**顒**（ㄩˊ）說：「趙雲英勇無敵，你要多加小心。」蘇顒根本沒把趙雲放在眼裡，並揚言要活捉了他。但後來他見趙雲的旗號過來，就連忙退兵。此時趙雲從背後殺來，一槍把他刺死了。魏將萬政趕來後，認出是趙雲也不敢前進。趙雲等到黃昏，才撥馬緩緩退去。郭淮到後，萬政說趙雲英勇如舊，自己不敢追趕，郭淮就命大軍追趕。正追著，忽聽趙雲大喝一聲，魏軍嚇得紛紛栽下馬來。萬政去迎敵，被趙雲一箭射中盔纓，跌下山澗。趙雲說：「我饒你性命，快去叫郭淮來！」萬政聽後脫命而回。

郭淮不敢再追趙雲，與曹真奪回三座空城就以為己功。趙雲護送著車仗人馬往漢中而去。

司馬懿聽說蜀兵都回漢中了，就來到西城。沒走的百姓告訴他，城中只有兩千五百的兵馬，而且沒有一個將領，沒有任何埋伏。他又打聽到關興、張苞只各帶了三千兵馬，別無其他軍馬，不由得長嘆道：「我真的不如諸葛亮啊！」他安撫了各處，就回長安見了曹睿，請求派大軍趁勢攻東西二川。尚書孫資說：「南鄭不是用兵之地，假如現在我們起大軍伐蜀，只怕東吳會乘虛而入。現在不如養精蓄銳，待吳、蜀互攻時，我們再進攻他們。」司馬懿覺得這個辦法可行，就同意了，於是曹睿就留郭淮、張郃守長安，回師洛陽。

諸葛亮回到漢中，沒有見到趙雲和鄧芝，正要派關興、張苞帶兵去接應，就看到趙雲、鄧芝回來了，沒有損失一人一馬一輛車。諸葛亮連忙領眾將出去迎接，拉著趙雲的手，誠懇地說：「是我用人不當才落得這樣的下場，各處都損兵折將，為什麼只有你沒有任何損失呢？」鄧芝說了趙雲退兵的經過，諸葛亮說：「這才是真將軍哪！」於是賞給趙雲五十斤黃金，賞趙雲的部下一萬匹絹。趙雲謝絕說：「三軍沒立功勞，我們當將軍的都有罪，若我反而受賞，是丞相賞罰不明。請把東西存在倉庫裡，到冬天給士兵們做棉衣。」諸葛亮嘆道：「先帝活著時，常稱讚趙雲有德行，果然如此。」於是諸葛亮就答應了趙雲的請求。

＊臉色跟土的顏色一樣。形容驚恐之極。

第三十六回

諸葛孔明四出祁山

馬謖、王平、魏延、高翔回來後，諸葛亮問王平：你為什麼不勸馬謖？」王平隨後就把事情的經過詳細地告訴了諸葛亮。諸葛亮讓王平退下，叫來馬謖。馬謖知道自己罪孽深重，於是他讓人把自己綁了，來給諸葛亮請罪。諸葛亮生氣地問：「我千叮嚀萬囑咐，街亭是我軍的根本，你當時用全家性命給我擔保。如今卻敗軍折將，失地陷城，這都是你的過錯！我如果不殺了你難以服眾，我會好好照顧你的家人，你放心地去吧！」馬謖哭著說：「我自知死罪難逃，只願我死後丞相不要歧視我的兒子，我在九泉下也就沒有遺憾了。」諸葛亮說：「你放心，我會把你的兒子當自己的親生兒子來看待。」刀斧手把馬謖推出轅門，正好碰到蔣琬從成都趕來，蔣琬知道情況後就向諸葛亮求情。諸葛亮說：「當年孫武之所以能制勝天下，就在於他的軍法嚴明。如今天下紛爭，若執法不嚴，怎麼治理軍隊？」隨後就傳令立即行刑。等士兵把馬謖的頭獻給諸葛亮的時候，諸葛亮痛哭不止。蔣琬問：「馬謖已正軍法，丞相為什麼痛哭？」諸葛亮說：「先帝在白帝城臨終時囑咐我，說馬謖不能重用，如今我不是哭馬謖，而是恨自己不明，愧對先帝呀！」

諸葛亮隨後寫下表章，讓蔣琬帶給劉禪，請求自貶丞相之職。劉禪看了表章，於心不忍。費禕認為治國要以法為重，丞相打了敗仗，請求自貶是正確的。於是劉禪就降旨貶諸葛亮為右將軍，代理丞相之職，命費禕到漢中傳旨。諸葛亮嚴格檢討了自己的過失，立誓要再討中原。從此，諸葛亮惜軍愛民，勵兵講武，製造攻城渡河的器材，聚積糧草，做了長遠的打算。

曹睿瞭解到諸葛亮的作為後，就召司馬懿商量如何取川。司馬懿說：「現在天氣炎熱，蜀軍據守天險，很難攻下。」曹睿又問：「如果現在蜀兵又來攻擊我們，怎麼辦？」司馬懿說：「我們不如讓雜號將軍郝昭把守陳倉道口，他足可以抵擋蜀軍入侵。」於是曹睿就下旨調郝昭去守陳倉。此時曹睿又接到揚州曹休的奏章，說東吳鄱陽太守周魴願意投降魏國，並列舉了東吳可取的七件事。

司馬懿與曹睿一起看了條陳，司馬懿說：「我願意領一支軍隊去助曹休。」賈逵說：「我們不能輕易相信哪！」司馬懿不想錯過機會，又怕真的中計，就與賈逵一起去助曹休。

曹休派眾將領去奪取皖城、陽城、江陵等重鎮。不料周魴是詐降，東吳已拜陸遜為輔國大將軍、平北都元帥，並布下了奇兵。周魴怕曹休不信自己投降，就割了自己的頭髮。但是賈逵仍然看出了他的奸詐，勸曹休不要相信他。曹休不但不信賈逵的話，還要斬了賈逵，經眾將求情，才免了賈逵的死罪，削去了他的兵權。

周魴暗自慶倖，悄悄把這件事報告給了陸遜，陸遜就依計設下埋伏。曹休讓周魴當嚮導，周魴卻把魏軍引進埋伏圈，自己脫身走了。曹休雖知中計，卻並不害怕，只調兵遣將迎敵。吳兵從四面八方殺來，最後曹休損兵折將，大敗而逃。徐盛窮追不捨，正危急時，賈逵引兵來救，曹休方才脫險，羞愧地說：「我不聽你的忠告，落得大敗。」司馬懿等得知曹休大敗，就也都退兵了。

蜀漢建興六年九月，曹休大敗於石亭，氣出了病，回洛陽後不久就死了。司馬懿回到洛陽，眾官問他為什麼也退兵，他說：「諸葛亮知道曹都督打了敗仗，一定會來攻打長安，我不回來，誰能去營救呢？」眾官都暗暗嘲笑司馬懿膽小。

諸葛亮得到消息後，準備再次北伐，於是先設宴召集眾將，商議如何作戰。忽然一陣大風從東北吹來，把院中的松樹吹斷了。諸葛亮說：「這風預示著我們又要損失一員大將啊。」眾將都不信，在喝酒的時候，趙雲的兒子趙統、趙廣趕來，說趙雲在三更時病重而死，諸葛亮聽了直跺腳，痛哭說：「國家折了棟樑，我又失去了一隻臂膀！」隨後諸葛亮又讓他們到成都報喪，劉禪知道後也放聲大哭，說：「當年如果不是趙雲，我恐怕就死在亂軍中了！」於是劉禪就追封趙雲為大將軍、順平侯，將他厚葬於成都錦屏山東面，建立廟堂，封趙統為虎賁中郎，趙廣為牙門將。這時，楊儀送來了諸葛亮的《後出師表》。諸葛亮在表中先闡明漢、賊不兩立，又分析了天下大勢，認為再不乘機北伐中原，以後就再也無力北伐了。他立誓要為了漢朝的事業**鞠躬盡瘁***死而後已。劉禪看了表章，批准了諸葛亮北伐的請求。於是諸葛亮就起軍三十萬，命魏延為先鋒，直奔了陳倉道口。

曹睿知道後，與大臣們商量對策。曹真想將功贖罪，就請求領兵出戰，又推薦王雙為先鋒。於是曹睿賜給王雙錦袍金甲，封他為虎威將軍、前部大先鋒，封曹真為大都督。隨即曹真領兵十五萬，會合郭淮、張郃，分兵把守隘口。

諸葛亮領兵到了陳倉，見路口築起一城，有大將郝昭把守，於是就讓魏延攻打。郝昭堅守不出，魏延很長時間都沒有攻下來。諸葛亮大怒，命部下用雲梯攻城，卻被郝昭用火箭點燃雲梯，燒死了許多士兵。諸葛亮又用衝車衝城，郝昭讓人把巨石鑿孔，用繩子穿上，把諸葛亮的衝車都打折了。諸葛亮又讓廖化挖地道，計策再次被郝昭破解了，接連二十多天，也沒攻下這座土城。後來，探子來報說魏軍先鋒王雙殺來，諸葛亮便派裨將謝雄迎敵，龔起去接應。二人迎戰王雙，先後被殺。諸葛亮大驚，又派廖化、王平、張嶷迎敵，張嶷被王雙的流星錘打傷，幸虧有廖化、王平，才把他救了下來。諸葛亮見接連損兵折將，王雙又在土城外安下營寨，只得另想辦法。姜維提議說：「可派一大將在此下寨固守，再令人提防街亭方面的進攻，然後大軍去襲祁山。」諸葛亮依計，命王平、李恢領兵防守街亭的小路，魏延領兵守陳倉口，馬岱為先鋒，關興、張苞前後救應，一齊率兵抄小路出斜谷向祁山進發。

曹真急於立功，到洛陽分調郭淮、孫禮東西把守，派王雙去救陳倉，得知王雙連斬蜀將後心中大喜，讓中護軍大將費耀代理前部總督。這天，軍士從山谷中捉來奸細，曹真親自審問。

那人跪下說：「小人不是奸細，是有機密來送給都督。」曹真就讓人給他松了綁，又讓身邊的人都退下。那人見狀說：「小人是姜維的心腹，奉命來送密書。」曹真接過書信，看信上說姜維誤中了諸葛亮的奸計，只能暫時投降，如今他已騙得諸葛亮的信任，願與都督曹真裡應外合，共破蜀兵。他會在蜀營舉火為號，燒掉蜀兵的糧草，活捉諸葛亮來贖罪。曹真看後非常高興，就重賞了那人，讓他回去與姜維約定時間。費耀得知這件事後說：「諸葛亮、姜維廣有謀略，這怕是他們的奸計。不如由我領兵前往。」曹真就給了他五萬人馬，讓他去攻打蜀軍。費耀領兵進入斜穀，剛衝上去，蜀兵就退去了，他剛要追，蜀兵又殺回來。等他再想對陣，蜀兵又退，一連三次，一直拖到了第二天的午時。魏軍怕蜀軍突然攻擊，所以一天一夜不敢休息。剛想做飯時，蜀軍又殺過來。諸葛亮坐在四輪車上，說：「快叫曹真出來答話。」費耀說：「曹都督是金枝玉葉，怎能跟反賊見面？」孔明把羽扇一揮，蜀兵就衝殺了過去，費耀急忙退兵，退了不到三十里，就看見蜀軍後方起火。費耀以為這是裡應外合的信號，就領兵殺回。快到著火處的時候，關興、張苞從兩邊殺出，山上箭如雨下。費耀知道中了計，連忙領兵後撤，又被姜維攔住。費耀見四面受敵，人困馬乏，只好拔劍自殺。魏軍死傷無數，活著的都投降了蜀軍。諸葛亮連夜趕

＊指恭敬謹慎，竭盡心力。

到祁山下寨，重賞了姜維。

曹睿得知曹真兵敗，忙問司馬懿怎麼辦。司馬懿說：「讓曹真堅守各處關隘，不要出戰。不出一個月，蜀兵自然就退了，到那時再追擊，就能活捉諸葛亮。」於是曹睿就讓太常卿韓暨傳旨，命曹真堅守不出。司馬懿又叮囑韓暨說：「你見了曹真後，千萬別說是我的主意，只說是皇上的聖旨即可。」韓暨到曹真的寨中傳了旨，郭淮看出了是司馬懿的主意，提議讓王雙加強巡邏，提防蜀兵運糧。孫禮又獻計說：「我用糧車裝上乾柴，撒上硫黃，故意說是糧草，引蜀兵來劫糧，然後再放火燒車，定能擊敗蜀軍。」曹真就讓他依計行事，傳令王雙加強巡邏，郭淮提調箕穀、街亭，讓張遼的兒子張虎為先鋒，樂進的兒子樂綝為副先鋒，同守第一營，堅守不出戰。

諸葛亮得知孫禮押送糧車來到，知道這是魏軍的計策，是在故意引誘蜀軍去劫糧。於是當天晚上，諸葛亮就派馬岱到魏軍屯糧的地方放火，孫禮以為這是魏兵給他的信號，就帶兵殺出，卻被馬忠、張嶷、馬岱內外夾攻，被火燒得人馬亂竄，死傷無數，只好領著殘兵冒著大火逃走。張虎、樂綝看到火光，就帶領人馬奔向蜀寨，到了卻沒有看到一個人，於是又急忙回兵，此時吳班、吳懿殺了過來。張虎、樂綝拼盡全力才衝出包圍，回到本寨後卻發現寨子已被關興、張苞攻下了。曹真又一次戰敗，再也不肯出戰。

諸葛亮派人傳令給魏延，讓他拔寨退兵。曹真派人到蜀寨打探時，才發現只剩下了空營，蜀軍已退兵兩天了，於是張郃就領兵追擊。魏延在夜裡二更的時候拔寨退往漢中，王雙知道後忙帶兵追趕。眼看就要趕上了，卻看見自己的營寨火光沖天，又慌忙退兵。不料半路上突然衝出幾十個人，王雙措手不及，被魏延一刀斬了。魏兵不知道情況，四散逃命。曹真接到郝昭的報告，知道王雙已經被殺，憂慮成病，只好先回到洛陽。

孫權得知曹真損兵折將，就要起兵伐魏。張昭建議讓孫權稱帝之後再起兵，其他大臣也齊聲附和。於是孫權就在四月於武昌南郊築壇稱帝，改黃武八年為黃龍元年。隨後孫權回到建業，商議如何伐魏。

此時，諸葛亮打聽到郝昭病重，就命魏延、姜維去攻打陳倉，讓關興、張苞前去接應。郭淮聽說郝昭病重，就讓張郃速去替他。就在這時，蜀軍攻入城中，郝昭受到了驚嚇，不久就死了。魏延、姜維來到城下，諸葛亮讓他們立即攻取散關。二人到散關後，魏兵都已經逃走了，剛進了關，張郃領兵來了。二人分兵防守，張郃不得不退兵，最後被魏延追殺一陣，大敗而逃。諸葛亮領兵出斜穀，再出祁山，安下營寨，讓姜維、王平各引一萬人馬分別去攻取武都、陰平。

張郃逃回長安，向郭淮、孫禮說明了情況。郭淮聽後大驚，就留張郃守長安，讓孫禮守雍城，自己領兵守郿城，又派人到洛陽告急。曹睿知道諸葛亮殺過來後，不知道該怎麼辦。司馬懿說：「蜀國不會忘記猇亭之仇，他們與東吳的聯盟只是暫時的，陸遜當然也知道這一點，所以東吳只會坐山觀虎鬥，絕不會真出兵。」於是曹睿就封司馬懿為大都督，帶兵西征。司馬懿來到長安，得知武都、陰平沒有消息，忙派郭淮、孫禮前去接應。二人領兵從隴西小路進軍，正走著，探子來報說陰平已被王平攻破，武都已被姜維攻破。二人急忙退兵，諸葛亮乘車攔住路說：「郭淮、孫禮，你們不要走，司馬懿的計怎麼能瞞過我呢？你們不投降，還想跟我決戰嗎？」郭淮、孫禮聽後驚惶失措。關、張、王、薑四將從前後夾攻，魏兵大敗，二人只好扔了馬匹，翻山逃走。張苞催馬趕來，不小心跌入山澗，摔成重傷。諸葛亮忙讓人把他救起來，送他回成都養傷。

郭、孫二人見到司馬懿後，說了兵敗的經過。司馬懿說：「諸葛亮考慮得比我周到，並不是你們的錯。」說完就吩咐張郃、戴陵各領一萬兵抄蜀兵的後路，自己再從前面接應。張郃、戴陵還沒走出三十里就被數百輛車攔住了去路，剛想退兵，只見四下火起，伏兵殺出。諸葛亮在山上大叫，讓二人早早投降。張郃衝殺了出去，回頭不見戴陵，又殺進去救出戴陵。司馬懿見張、戴再敗，不得不感嘆自己不如諸葛亮。劉禪念及諸葛亮的功勞，就恢復了他的丞相職務。

諸葛亮見司馬懿不出戰，就傳令讓各寨都退兵。張郃等認為蜀兵糧盡而退，應該追擊。司馬懿卻說：「蜀國去年大豐收，不愁軍糧，撤兵一定是誘敵之計。」所以就只派人去跟蹤，沒再派兵追趕。軍士回報說蜀兵只退了三十里就下寨了，司馬懿聽後更認為諸葛亮撤軍是在誘敵。過了半個月，蜀兵又退三十里下寨。司馬懿混在軍中看了，回營說：「這就是諸葛亮的誘敵之計，不能再去追了。」又過了十多天，諸葛亮又退三十里下寨。張郃等一再請戰，司馬懿被纏不過，只好讓張、戴領兵三萬，副將數十名，小心進軍，他自領精兵

在後面接應。張、戴領兵出發，只顧窮追猛趕，勢如急風暴雨。當時正是六月，天氣十分炎熱，趕了二十多里，人馬都汗如雨下。待趕到五十里外，魏兵都氣喘吁吁。諸葛亮在山頭把紅旗一展，前有馬忠、張嶷、吳懿、吳班，後有王平、張翼，眾將領率伏兵一齊殺出。張、戴率魏兵拼死抵抗，卻無法衝出重圍。這時，司馬懿從後面殺來，王平與張翼兵分兩路，分頭抵擋魏軍。姜維、廖化在山頭見王平等陷入危急，急忙拆開諸葛亮的錦囊，然後立即領兵殺向魏營。司馬懿一路上留下不少探子，很快就得知蜀軍出奇兵去端他的老窩了，只好回兵救援。張、戴殺不出去，只好翻山逃走。數萬魏兵和幾十員將領都成了蜀兵的刀下鬼。司馬懿回寨，見蜀兵退去，收拾了敗兵，把眾將大罵一頓，聲稱今後誰再輕敵妄動，定按軍法斬首。眾將羞愧難言。諸葛亮正想乘勝進軍，徹底消滅魏軍，卻得到張苞傷重身死的噩耗，不由得放聲大哭，口吐鮮血，昏倒在地。眾人把他救起，治療了半個多月，他仍昏昏沉沉，不能理事。蜀兵只好退回漢中，諸葛亮自回成都養病。

三國有兵器

青龍偃月刀

該刀因刀背如鋸齒，又名「冷艷鋸」，重八十二斤，是一種刀刃部分為半月形，刀上鑄刻有龍的大刀。偃月，半弦月。偃月刀出現於唐宋時代，用於操練。以示威武雄壯，並非實戰所用。《三才圖會·器用》卷六：「關王偃月刀，刀勢即大，其三十六刀法，兵仗遇之，無不屈者。刀類中以此為第一。

第三十七回　諸葛亮病逝五丈原

建興八年七月，曹真請求伐蜀，曹叡就拜曹真為大司馬、征西大都督，封司馬懿為大將軍、征西副都督，劉曄為軍師，領四十萬大軍進軍漢中，郭淮、孫禮也各自領兵出發。

諸葛亮病好了之後，每天操練人馬，排練八卦陣。他得知司馬懿進犯的消息後，就命張嶷、王平領一千人馬去守陳倉。二人面面相覷，不明白丞相為什麼要讓一千人抵擋四十萬大軍。諸葛亮說：「這個月大雨接連不斷，雖然魏軍有四十萬，但也不敢冒險，所以用不著派太多的人去，我帶領大軍在漢中駐紮一個月，等到魏軍退兵的時候，再乘勝追擊，就能大獲全勝。」二人得知了諸葛亮的計謀後，才放心地領兵前去。諸葛亮領大軍出了漢中，傳令各處關隘預備一個月的柴草糧食，以防秋雨，等候大軍出征。

曹真、司馬懿領兵來到陳倉城。曹真想要進兵，司馬懿說：「最近會有大雨，我們得趕緊退兵。」果然，大雨連下了一個月，沒有糧草，餓死的魏兵不計其數。曹叡知道後只好傳旨，讓曹真、司馬懿退兵。曹真與司馬懿設下兩支伏兵後才緩緩撤軍。

諸葛亮得知魏軍撤退，料到必有埋伏，就命令魏延、張嶷、杜瓊、陳式出箕谷，馬岱、王平、張翼、馬忠出斜谷，到祁山會師。曹真與司馬懿走了十多天，不見蜀軍追來。曹真放下心來，但司馬懿知道諸葛亮的心思。於是二人打賭，以十日為期限，分別把守箕谷和斜穀。司馬懿屯兵祁山東的箕穀，布下伏兵，嚴陣以待。魏延等四將正領兵前行，鄧芝從後面趕來，傳達諸葛亮的命令，讓他們提防埋伏，不可輕進。

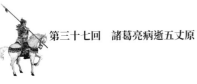

陳式嘲笑諸葛亮多疑，魏延也抱怨說：「丞相若用我的計，兵出子午穀，現在早占領長安多時了。」鄧芝再勸，二人也不聽，結果被司馬懿帶兵截殺。曹真這邊根本不相信蜀兵會來，於是就放鬆了警惕，沒有任何準備。到了第七天，探子回報說谷中有一小隊蜀兵活動，曹真就派秦良領五千人馬去巡邏。秦良剛到穀口，那些蜀兵就慌忙退去。他領兵趕了五六十里也不見蜀兵，後來中了蜀兵的埋伏，被廖化一刀斬了。曹真好不容易才逃了出去，正危急時，司馬懿領兵來救下曹真，殺退了蜀兵。曹真這次羞愧得無地自容，氣成大病，臥床不起。諸葛亮正要進兵，得知曹真生病，就想到他病重不起，一定是留在了軍中，於是就寫下一封書信，狠狠地羞辱了曹真一番。曹真看後，氣得**捶胸頓足**＊，當天晚上就死了。

建興九年二月，正是魏太和五年，諸葛亮又起兵伐魏，司馬懿願單獨領兵，抗擊蜀軍，曹睿就親自送他出征。司馬懿讓張郃為先鋒，讓郭淮守隴西，他自領大軍，讓各個將領分路進兵。諸葛亮到了祁山，遲遲不見李嚴運糧到來，就留王平、張嶷等人守大營，自己帶領姜維、魏延到鹵城。鹵城太守自知難敵諸葛亮，就開城投降了。諸葛亮留張翼、馬忠守鹵城，自己領兵去隴上割麥。前軍報說司馬懿領著大軍來了，於是諸葛亮就讓人推著三輛一模一樣的四輪車出去；又讓姜維帶一千人護車，五百兵擂鼓，埋伏在上邽後面，每輛車用二十四人，都穿黑衣，披著頭髮光著腳，手裡拿著劍圍著四輪車。隨後，諸葛亮又讓三萬兵帶上鐮刀、繩子，準備割麥；讓關興裝作天蓬神，手執七星幡，步行車前，自己坐在車上，望魏營而去。司馬懿知道後，出營察看，然後派兩千人馬去捉拿諸葛亮。但無論怎麼追，就是追不上。魏兵大驚，勒馬停下。諸葛亮見魏兵不追，又轉過車來。魏兵猶豫一陣，又放馬趕來，卻還是怎麼也追不上。司馬懿領兵趕來，說：「諸葛亮會八門遁甲，這是六甲天書內的縮地法，不能再去追了。」司馬懿剛想退兵，只聽鼓聲震天，三方推出三輛四輪車，車上各坐一個諸葛亮。他覺得這是諸葛亮請來的神兵，就急忙領兵奔進上郪，閉門不出。此時，三萬蜀兵早就把隴上的小麥割完，運到鹵城打麥去了。之後司馬懿才知道是中了計。

司馬懿為了切斷蜀軍回去的路，就讓郭淮、孫禮去攻打劍閣，他親自帶兵攻打鹵城。諸葛亮見魏兵多日不出戰，就猜到魏軍要襲劍閣，於是就派姜維、馬岱各領一萬人馬守住險要的地方抵抗魏兵。楊儀說：「之前丞相說兵馬一百天一換，現在到了該換的時候了。」諸葛亮便命令蜀兵收拾行裝，準備回家。這時，忽然來人報說司馬懿帶兵前來攻打了，楊儀就建議該換的兵暫時先不換，等到新兵來了再換。但諸葛亮堅持要換兵，不更改命令。士兵們見諸葛亮信守諾言，都很感動，並表示願捨命一戰，報答丞相。魏軍剛剛趕到，累得人困馬乏，剛想歇口氣，蜀兵就殺了出來，魏軍抵擋不住就撤了兵。蜀軍奮力追殺，殺得魏兵屍橫遍野，血流成河。諸葛亮大喜，犒賞三軍。

這時，李嚴派人來報，說東吳要起兵攻打蜀國，諸葛亮聽後大驚，就火速帶兵退回西川。張郃帶兵追趕，卻中了諸葛亮的埋伏，與部下都被射死了。

諸葛亮回去後，費禕來見，說：「聖上問丞相為什麼突然撤軍？」諸葛亮說：「李嚴發書告急，說東吳準備入川，所以我才回師。」費禕說：「李嚴向皇上奏稱軍糧已辦，丞相無故回師，所以皇上才讓我來問丞相的。」諸葛亮派人打聽後才知道，原來是李嚴沒準備好軍糧，怕丞相怪罪，故意騙回諸葛亮，再妄奏天子，掩飾過失。諸葛亮大怒，要按軍法斬了李嚴。劉禪知道後也要斬了李嚴，蔣琬勸道：「李嚴是先帝托孤的大臣，請皇上饒了他的死罪。」於是劉禪就把李嚴貶為平民，遷到梓潼閑住。

諸葛亮回到成都後，命李嚴的兒子李豐為長史，積草屯糧，整治軍器，撫恤將士，準備三年後再出征。

＊敲胸口，跺雙腳。形容非常懊喪或非常悲痛。捶：敲打；頓：跺。

不知不覺三年已過。建興十二年二月，諸葛亮見兵精糧足，就準備再次北伐。他讓姜維、魏延為先鋒，三十四萬蜀軍兵分五路，到祁山會師。司馬懿知道後來到長安，調了四十萬人馬在渭濱下寨。諸葛亮得知魏軍在北原下寨，就分派眾將明攻北原，暗燒浮橋，要一舉消滅渡過河的魏軍先鋒。司馬懿識破了諸葛亮的計謀，殺得蜀軍大敗，吳班中箭落水而死。諸葛亮正在發愁的時候，費禕從成都來到，於是諸葛亮就讓他出使東吳，請孫權發兵。最後孫權起兵三十萬，分三路進兵。

這時，司馬懿派鄭文來詐降，被諸葛亮識破，諸葛亮將計就計，殺得魏軍大敗，司馬懿只好帶著殘兵逃回了本寨。諸葛亮回寨後，立刻把鄭文斬了。

第二天起，諸葛亮每天都派兵挑戰，魏兵一直閉門不出。諸葛亮就乘車察看地形，見附近一個山谷，形狀像一個葫蘆，就問當地人是什麼穀，當地人說是上方穀，又叫葫蘆穀。為了能夠在中原長久用兵，諸葛亮就命隨軍匠人到上方穀中製造木牛流馬，派馬岱領兵防守，不准任何人出入。木牛流馬搬運糧食非常便利，又不吃草喝水，可晝夜不停運輸。過了幾天，造好牛馬，諸葛亮就命高翔領一千人駕著木牛流馬，從劍閣往祁山大寨運糧。

司馬懿得知蜀軍用木牛流馬運糧，不由得大驚，就派張虎、樂 各領五百人馬，裝扮成蜀兵的樣子去搶幾匹回來。二人於夜間抄小路埋伏好，等到高翔經過的時候，就殺出來，搶了三五匹木牛流馬就回去了。司馬懿見此馬如此神奇，十分高興，便召來能工巧匠，命他們把木牛流馬拆開，按尺寸仿造，不到半個月，就造出了兩千多匹。於是司馬懿就讓鎮遠將軍岑威帶著一千人驅木牛流馬去隴西運糧。

這一切都在諸葛亮的預料之中，諸葛亮得知司馬懿也造了木牛流馬後，就吩咐王平領一千人馬，扮作魏軍去北原，又派張嶷領五百人馬，扮作六丁六甲神兵，派姜維、魏延同領一萬人馬，去北原接應，派馬忠、馬岱領二千兵去渭南挑戰。

岑威領軍驅趕木牛流馬從隴西運來了糧食，看到迎面過來一支巡邏隊也沒在意。待到兩支隊伍在路上相錯時，突聽一聲大喊，蜀兵就衝殺了過來。魏兵當時被殺了大半，岑威也被王平一刀砍死。

郭淮知道兵敗後，急忙領兵前去救援。王平就讓士兵把木牛流馬的舌頭一扭，扔下就跑。郭淮帶士兵驅牛馬，牛馬卻一動不動。這時，魏延、姜維各領兵殺來，王平也扭頭殺回，郭淮大敗。王平又讓士兵把牛馬舌頭扭回，牛馬又能行走了。郭淮看見，想領兵再追，只見山後煙雲突起，擁出一隊神兵，魏軍無不害怕，不敢再去追趕。司馬懿聽說北原兵敗，忙領兵來救，此時張翼、廖化又領兵殺出，魏兵四處逃散，司馬懿單槍匹馬，逃進了一個林子裡。廖化趕來，司馬懿繞樹而轉，廖化一刀砍在樹上，等拔出刀時，司馬懿已經逃遠了，他見司馬懿的金盔在東面，就拾起金盔望東追去。不料司馬懿扔下金盔後是向西逃了，廖化沒有追到司馬懿，只好拿著金盔回寨見諸葛亮，諸葛亮重賞了廖化。魏延在一旁看到後很不高興，抱怨了幾句，諸葛亮只當沒聽見。

司馬懿回寨後，深溝高壘，堅守不戰。諸葛亮見司馬懿不肯出戰，就讓馬岱在上方穀中建造木柵，堆積乾柴，用柴草搭成窩鋪，內外都埋上地雷，然後又讓高翔帶著木牛流馬假裝運糧，引誘魏兵來劫糧。魏將多次向司馬懿請戰，於是，司馬懿就派夏侯惠、夏侯和各領五千人馬出戰，不想這次竟輕輕鬆松地打敗了蜀軍。之後的幾次交戰中，魏軍也是大獲全勝。

被俘的蜀兵告訴司馬懿說諸葛亮現在不在祁山，而是在上方穀屯糧。於是司馬懿就命令眾將：「明天你們合力攻取祁山大寨，我隨後接 應。」司馬師不知父親為什麼這樣安排，便等眾人退下後問司馬懿，司馬懿說：「我軍攻打祁山寨，蜀兵一定會前去救援，我就偷偷到上方穀燒他們的糧草，他們首尾不能接應，一定會大敗。」

第二天，魏兵陸續出營，前去攻打祁山寨，司馬懿父子三人帶兵攻打上方穀。司馬懿見裡面沒有埋伏，只有屯糧的草房，就追進穀中。剛進山谷，司馬懿突然感覺不對，於是慌忙下令退兵，這時滿山高喊，火把亂丟下來，堵住了穀口。穀中草房燃起熊熊烈火，地雷轟隆隆地爆炸開來。司馬懿手足無措，與兩個兒子抱頭痛哭，說：「我們父子三人都要死在這裡了。」誰知這時下了一場暴雨，澆滅了烈火，淋溼了火藥。司馬懿忙與兩個兒子逃了出去，他們逃到魏營，發現營寨已經被蜀軍占領，只好又逃到北岸，燒斷浮橋。諸葛亮知道後，不由長嘆道：「謀事在人，成事在天。」

諸葛亮屯兵五丈原，每天派人挑戰，司馬懿就是不出戰。諸葛亮就派人送去一套女裝與一封書信羞辱司馬懿。司馬懿假裝不在乎，笑著招待使者，問諸葛亮的日常生活。使者說：「丞相**夙興夜寐***，日理萬機，吃的卻很少。」司馬懿對眾將說：「諸葛亮吃得少，事情多，恐怕是活不長久了。」使者回去報告給諸葛亮後，諸葛亮長嘆道：「他很瞭解我呀。」

之前東吳起兵三十萬去攻打魏國，滿寵用計把東吳的糧草都燒毀了。孫權無奈，只好撤兵。諸葛亮知道後長嘆一聲，昏倒在地，半晌才醒過來，說：「我的舊疾復發，怕是不能活了。」晚上，他夜觀天象，發現自己的命星昏暗，就用祈禳法來延長自己的壽命。諸葛亮讓姜維領四十九人在帳外護衛，自己在帳內設祭物，地上分布七盞大燈，外布四十九盞小燈，中間安放本命燈，如果七天之內本命燈不滅，他的壽命就能增加十二年，如果滅了就必死無疑了。連著六天燈都亮著，諸葛亮心裡很高興。

司馬懿夜觀天象，看到諸葛亮的命星昏暗，猜知諸葛亮病重，就派夏侯霸帶一千兵去五丈原試探。魏延見夏侯霸兵到，慌忙到帳中報告，因腳步急，竟將主燈撲滅了。姜維看到後大怒，要殺了魏延，諸葛亮勸住姜維，說：「這就是天命啊。」隨後就讓魏延出戰。魏延殺出寨，把夏侯霸趕出了二十多里。

諸葛亮對姜維說：「我本想竭盡全力，恢復中原，振興漢室，奈何天意如此，我把生平所學寫進了一部書裡，共二十四篇，我看手下除了你沒有可以傳授的人，現在就把此書交與你，希望你以後好好攻讀。」姜維哭著接受了。諸葛亮又傳授姜維連發弩的圖本，讓他依法製造使用，然後又叮囑說：「要認真防守陰平，此處雖險，久後必有失。」姜維答應後，諸葛亮又叫馬岱入帳，給他傳授了密計；又叫來楊儀，給他一個錦囊，說：「我死後，魏延肯定會造反，到時你就看這個錦囊。」諸葛亮調度完，便昏迷過去，到天黑才醒。劉禪得知消息後大驚，急忙派尚書李福連夜趕到軍中，詢問後事。諸葛亮流著淚說：「我不幸中道身亡，誤了國家大事。我死後，你們應該盡忠保主。國家的舊制度，不可更改。我所用的人，也不可隨便撤換。我的兵法已傳授姜維，他能繼承我的遺志，為國家出力。」說完就死了，享年五十四歲，當時是建興十二年八月二十三日。

＊早起晚睡。形容勤奮。夙：早；興：起來；寐：睡。

白白老師的
國學小教室

守護一生的承諾

諸葛亮晚年總共北伐曹魏五次，第一次北伐失守街亭，只能揮淚斬馬稷。最後一次北伐，積勞成疾，壯志未酬，病死於五丈原。

儘管與曹魏的軍事實力有落差，晚年的他始終堅持北伐，或許是考量軍事上，處於被動狀態，終究會被曹魏併吞，不如先發制人；或許是他沒有忘記，當年二十七歲的約定，諸葛亮向劉備提出隆中對，那是一個青年時期提出的友誼承諾，將來有天要一起完成天下大業。在劉備死後，諸葛亮仍然堅持著信約，要完成當年的約定。

壯志未酬，留給人無限的遺憾，卻也留給後人無限的感動。那份承諾，諸葛亮用盡一生守護，縱然沒有完成大業，卻也寫進了史書、小說、戲曲中，寫進了每個人心中。

第三十八回　曹氏敗落、司馬氏掌權

話說諸葛亮死後，魏延在帳中做了一個夢，夢見自己的頭上長了兩個角。他醒來後心裡很疑惑，就問行軍司馬趙直是吉是凶。趙直想了好一會兒，說是大吉之兆，魏延聽後大喜。趙直離開時碰見了費禕，對他說：「其實魏延的夢是大凶之兆，因為怕他怪罪，我就沒說出來。」然後又囑咐費禕保守祕密後就離開了。費禕來到魏延營中，讓身邊的人都退下後，就說丞相臨終時再三說讓魏延斷後。魏延得知諸葛亮把後事都托給了楊儀，很不服氣，於是仗著有兵符在手，就要領兵去戰司馬懿。費禕苦苦相勸，魏延就是不聽，費禕只好說讓楊儀把兵權讓他，魏延才勉強聽命。費禕回見楊儀，說了魏延如何不肯服從命令。楊儀說：「丞相早看出他想反，我用兵符試探，果然如丞相所說。既然如此，讓姜維斷後就行了。」說完他就送諸葛亮的靈柩先走了，讓姜維斷後。魏延等不到費禕，就讓馬岱去打探，回來的人說：「姜維在斷後，前軍已退走了。」魏延知道費禕騙了他大怒，想殺了費禕，於是就讓馬岱助他。司馬懿帶兵到五丈原的時候，發現蜀兵已經都退完了，這才知道諸葛亮真的死了，於是馬上帶兵去追。剛追到山腳下，司馬懿遠遠看見蜀兵殺了過來，諸葛亮坐在戰車上。司馬懿大驚，馬上下令撤軍，跑了五十里後還驚魂未定，問身邊的人：「我的頭還在嗎？」之後他才知道，車上坐的不是諸葛亮，而是一個木雕。楊儀和姜維帶著蜀兵退到棧閣道口，沒想到魏延已經燒了棧道。楊儀就趕緊派先鋒何平去攔截魏延，在何平的勸說下，魏延的大部分士兵都逃走了。姜維在城上見魏延、馬岱耀武揚威，問楊儀：「魏延勇猛，又有馬岱相助，怎麼辦？」楊儀說：「丞相臨終留一錦囊，讓我臨敵時再打開。」楊儀拆開信封，看了後，指著魏延笑道：「丞相早知你會反，讓我提防你，果然不假。你敢連叫三聲『誰敢殺我』，我就把漢中獻給你。」魏延大笑說：「楊儀你聽著，別說三聲，就是叫三萬聲，又怎麼著？」於是大叫起來：「誰敢殺我？」一聲未叫完，馬岱就在他後面高叫：「我敢殺你！」隨後手起刀落，直接把魏延斬在馬下。劉禪念及魏延之前的功勞，就厚葬了他。自諸葛亮死後，姜維在漢中操練軍馬，積草屯糧，時刻準備北伐。

曹魏景初三年正月，曹睿病死，死之前把太子曹芳託付給了司馬懿和曹真的兒子曹爽。司馬懿、曹爽扶曹芳稱帝，追謚曹睿為明帝，尊郭後為太后，改元正始元年。曹爽與司馬懿同掌大權，有事必先與司馬懿商議。曹爽的門客何晏等人從中挑撥，說當年曹真是被司馬懿氣死的，讓曹爽設法奪取司馬懿的兵權。曹爽就奏知曹芳，說司馬懿勞苦功高，應拜為太傅。司馬懿知道曹爽的用心，就裝病不出，司馬師、司馬昭也辭職在家。

曹爽掌握大權後，就讓他的弟弟曹羲、曹訓、曹彥總領御林軍，封何晏等人做了高官。曹爽每天飲酒作樂，所用的東西都與皇宮裡的一樣，各處進貢的東西他也都先留下最好的，剩下的再送進皇宮。一時間，曹爽勢傾朝野。

後來，曹芳改正始十年為嘉平元年，封李勝為荊州刺史。曹爽讓李勝去試探司馬懿，司馬懿見李勝來了，就斜臥床上，裝聾作啞，故意在喝湯時灑了一身。李勝回去後報告給了曹爽，曹爽知道後終於放下心來。

一天，曹爽請曹芳去祭祀先帝，大大小小的官員都隨著出城。曹爽帶領三個弟弟、五個親信與御林軍擁著曹芳出了城。司馬懿得知此事，立即領著兩個兒子召集舊部發動兵變，奪取了軍權，騙回了曹爽等人，趁機查出了曹爽府中的違禁品，把曹氏兄弟與幾個親信都殺了頭。

曹爽死後，曹芳就封司馬懿為丞相，加九錫*，父子三人同領國事，司馬懿突然想道：「曹爽雖然被滅了九族，但夏侯玄還守在雍州等地。夏侯玄是曹爽的親族，如果他突然造反，該怎麼辦呢？一定要早早除掉他。」隨後司馬懿就派使者去往雍州，讓夏侯玄來洛陽議事。夏侯玄的叔叔夏侯霸知道後，就帶兵三千造反。郭淮領兵與夏侯霸交戰，夏侯霸大敗，損失了一大半的兵力，無奈之下，就投奔了蜀國。

姜維得知了這個消息後，剛開始不信，落實了之後才讓夏侯霸入城。夏侯霸哭著向姜維說明了事情的原委，姜維就設宴款待了夏侯霸，詢問魏國的虛實，夏侯霸說：「司馬懿只顧著篡權，目前還沒有時間去管鄰國。只是魏國有兩個後起之秀，雖然年輕，但如果讓他們領兵，就會成為蜀、吳的大患。他們一個名叫鍾會，字士季，是太傅鍾繇的兒子，一個名叫鄧艾，字士載，幼年喪父，素有大志，他雖口吃，卻天資敏捷。這兩個人最可怕了。」於是姜維就帶著夏侯霸到成都拜見劉禪。姜維說：「司馬懿謀殺了曹爽，又要來害夏侯霸，所以夏侯霸來投靠了我們。現在司馬懿父子專權，曹芳軟弱無能，魏國要危險了，我願領兵去攻打中原，振興漢室來報答陛下，完成丞相的遺願。」雖然費禕極力反對，但劉禪仍准了姜維的請求，命他去討伐中原，以光復漢室。

姜維初次出兵，因請羌兵相助，拖延了時間。兩支先鋒部隊被圍困後，姜維去援助，又中了郭淮的部將陳泰的埋伏，只得退守牛頭山。郭淮後來又斷了蜀軍的糧道，姜維只好敗退陽平關。司馬師領兵追來，姜維已按孔明的圖本造出連弩，一弩可發十箭，射死魏軍無數，司馬師拼命逃出。姜維折兵幾萬，無功而還。

* 古代天子優禮大臣，所賜與的車馬、衣服、樂則、朱戶、納陛、虎賁、弓矢、鈇鉞、秬鬯等九種物品。

魏嘉平三年八月，司馬懿患了重病，身體一天不如一天，他知道自己快不行了，就把兩個兒子叫到床前，說：「我輔佐魏國皇帝多年，官授太傅，作為臣子，我已經達到了頂點。人們都懷疑我有二心，我因此常常感到害怕，我死之後，你們要好好管理朝政。一定要謹慎，再謹慎。」說完就死了。隨後，司馬師跟司馬昭上奏給了曹芳。曹芳下令厚葬司馬懿，封司馬師為大將軍，總領尚書機密大事；封司馬昭為驃騎上將軍。

再說東吳，孫權的兩任太子都相繼死去，於是孫權又立三兒子孫亮為太子，此時，陸遜、諸葛瑾也都死了，東吳大大小小的事情都交給了諸葛瑾的兒子諸葛恪管理。吳太元元年八月初一，東吳忽起大風，江海湧濤，平地上的水也有八尺深，吳主先陵所種的松柏都被風連根拔起，一

直飛到了建業城南門外，倒插在路上，孫權因此受到了驚嚇，臥病在床。第二年四月，孫權的病情越來越嚴重，於是就叫來諸葛恪和呂岱交代後事，說完就死了，享年七十一歲，這年是蜀漢延熙十五年。孫權死後，諸葛恪立孫亮為帝，改元建興元年，追謚孫權為大皇帝。

司馬師得知孫權身亡，孫亮年幼，就起兵三十萬，分三路伐吳。諸葛恪總領兵馬禦敵，用老將丁奉大破魏兵，最後三路魏兵都撤回。諸葛恪大獲全勝，想乘勝北伐中原，於是就聯絡姜維去伐中原，自己率二十萬大軍取新城。吳兵連攻了一個月，都未攻破新城，諸葛恪反中箭負傷，只好退兵。魏軍得知後乘勢追殺，大敗吳兵。諸葛恪怕眾官議論他的過失，就先搜集眾官的過失，輕者流放遠方，重者斬首示眾。內外官僚，無不毛骨悚然。孫堅弟孫靜的曾孫孫峻見諸葛恪專權，擅殺公卿，就設宴款待他，於席間把他殺了，並將他的心腹張約剁成了肉泥，將他的家屬全部斬首了。孫亮隨後封孫峻為丞相、大將軍、富春侯，總督兵馬，吳國大權盡歸孫峻。

蜀漢延熙十六年秋，姜維起兵二十萬，以廖化、張翼為左右先鋒，夏侯霸為參謀，張嶷為運糧使，出陽平關討伐魏國。隨後他又聯絡羌王出兵，於是羌王起兵五萬前往南安。司馬師知道後，令司馬昭為大都督，徐質為先鋒，領兵去隴西。兩軍在董亭相遇，廖化、張翼都打不過徐質，蜀兵被迫退兵三十里。隨後姜維設計困住魏軍，夏侯霸領兵扮成魏兵，偷襲魏營，殺得魏兵大敗。司馬昭領六千人退守鐵籠山，卻被姜維團團圍困。郭淮聽說司馬昭兵困鐵籠山，就要領兵去救，於是陳泰設計，先用詐降計破了羌兵，活捉了羌王，又讓羌王領羌兵去見姜維，並命魏兵混在羌兵中。最後姜維中計，被殺得大敗。郭淮見姜維手無寸鐵，就縱馬趕來。姜維只有一張弓，掛著空箭壺，見郭淮趕得急，就虛扯弓弦，連響十餘次，郭淮躲時，見無箭射來，就箭射姜維。姜維順手接住箭，反射郭淮，正中了郭淮的面門。郭淮被魏兵救回，最終因流血過多而死。姜維雖然兵敗，卻殺了郭淮、徐質，挫動了魏國的銳氣。

司馬昭回到洛陽，與司馬師一起專權，大臣們都很害怕。當年曹操對付獻帝的那一套，報應到了他重孫的頭上。曹芳密謀除掉司馬氏二人，於是寫下血詔，讓張愷後的父親張緝等人帶出宮去，沒想到被司馬師和司馬昭發現了。二人大怒，腰斬了張緝、夏侯玄和李豐，用白練絞死了皇后張氏，廢了曹芳，立高貴鄉公曹髦為帝，改年號為正元元年。鎮東將軍毌丘儉、揚州刺史文欽知道司馬兄弟擅自行廢立之事後大怒，於是就詐稱奉太后的密旨，以文欽的兒子文鴦為先鋒，召集兵馬討伐司馬兄弟。此時的司馬師左眼上長了一個肉瘤，醫生為他割除後，正在府中養病，來人報說淮南造反，他就決定親自領兵征討。淮南反叛被平息後，司馬師的眼疾已經很嚴重了。他知道自己快死了，於是一面班師回許昌，一面派人請來司馬昭，囑咐他說：「你可繼我的職務，大事不可交給別人，否則就是自取滅亡。」他把大印交給弟弟，大叫一聲就死了，此時是正元二年二月。

曹髦知道後，派使者讓司馬昭駐守許昌。鐘會說：「司馬師剛死，將軍您如果駐守許昌，萬一朝中有什麼變化，到時候後悔也來不及了。」司馬昭覺得有道理，就還兵洛陽，駐於洛水南岸。曹髦知道後大驚，只好封司馬昭為大將軍，從此朝中大小事情，都交由他處理。姜維得知消息後對劉禪說：「司馬師剛死，司馬昭掌握著大權，他一定不敢擅自離開洛陽，我願趁著這個機會帶兵攻打曹魏，恢復中原。」於是姜維帶領五萬人馬進兵枹罕，到了洮水，雍州刺史王經就領兵七萬前來應戰。王經看見蜀兵都背對著洮水，就想把蜀兵都趕到水裡去。蜀兵退到洮水岸邊後，姜維大聲對將士們說：「情況緊急，大家要一起努力，打敗敵軍。」於是眾將一起奮力殺回，魏兵大敗。張翼、夏侯霸抄在魏兵後面，把王經困在了中間。魏兵自相踐踏，死傷慘重，王經帶著一百多個騎兵逃回城中，再也不敢出來。

張翼覺得應該借著這次勝利趕快退兵，以免出什麼意外。姜維不聽，執意要帶兵攻打狄道城，兗州刺史鄧艾和征西將軍陳泰兵分兩路來救援，鄧艾讓魏兵帶著旌旗、鼓角埋伏在山谷中。等到蜀兵過來後，魏兵就擂鼓吹角，搖旗吶喊。姜維看見漫山遍野都是魏兵的旗號，以為自己中了埋伏，慌忙退了兵。隨後，姜維留下一部分兵馬在營寨虛張聲勢，自己帶領大軍去偷襲南安。但鄧艾識破了姜維的計謀，他讓陳泰先去攻占蜀兵的營寨，然後再去截斷姜維的後路。姜維損失慘重，而這時蜀兵的營寨也已經被魏軍奪取。姜維沒有辦法，只好從小路逃走。陳泰、鄧艾前後夾擊，困住了姜維。姜維人困馬乏，怎麼衝都逃不出去。盪寇將軍張嶷為了救出姜維，被亂箭射死。姜維逃回漢中後，就上表自貶為後將軍。

鄧艾見蜀兵都退了，就與陳泰設宴慶祝，犒賞三軍。陳泰上表了鄧艾的功勞，於是司馬昭給鄧艾加官進爵，封鄧艾的兒子鄧忠為亭侯。

詞語收藏夾

髀肉復生

出處：《三國志．蜀書．先主傳》裴松之注引晉．司馬彪《九州春秋》：「備曰：『吾常身不離鞍，髀肉皆消；今不復騎，髀裡肉生。』」

解釋：髀：大腿。因為長久不騎馬，大腿上的肉又長起來了。形容長久過著安逸舒適的生活，無所作為

第三十九回 姜伯約九伐中原

曹髦改正元三年為甘露元年，司馬昭自為天下兵馬大都督，總想著謀權篡位。司馬昭有一心腹叫賈充，他對司馬昭說：「現在主公雖然掌握著朝中大權，但天下的人不一定會都服從，應該先偷偷地調查一下，然後再做計畫。」司馬昭覺得有道理，於是就讓賈充去打探一下。

賈充領命後，就去了淮南，拜見鎮東大將軍諸葛誕。諸葛誕設宴款待賈充時，賈充就故意問諸葛誕：「近來洛陽的大臣們都認為當今皇上軟弱無能，不能治理天下，司馬大將軍三輩輔佐治理朝政，功德無量，完全可以代替曹髦治理魏國。您覺得呢？」諸葛誕聽後大怒，賈充連忙解釋說：「這些話都是從別人那裡聽到的，不必介意。」

第二天，賈充回去見司馬昭，把事情的經過詳細地告訴了司馬昭。司馬昭聽後大怒，對諸葛誕懷恨在心，再加上賈充在一旁煽風點火，司馬昭就想早點除掉諸葛誕。諸葛誕知道事情的來龍去脈後，非常生氣，於是就去投奔了東吳，準備起兵討伐司馬昭。在後來與司馬昭的交戰中，諸葛誕大敗，一家老小都被司馬昭殺死，滅了三族，吳兵也有一半的人都投降了曹魏。

姜維知道諸葛誕起兵討伐司馬昭的事情後大喜，就向劉禪請命進兵長城，還親自選拔了蔣舒和傅僉隨軍出征。長城城內的糧草很多，人手卻很少。長城的鎮守將軍司馬望是司馬昭的同族哥哥，聽說蜀兵快到了，他急忙與屬下商量，最後在離城二十里的地方安營紮寨。蜀兵到了後，兩軍交戰，司馬望打不過姜維，就拋寨入城，閉門不出。鄧艾帶兵去救司馬望，與姜維交戰，分不出勝負。於是，鄧艾在渭水安營紮寨後，就告訴長城的守軍不要出戰，等著司馬昭帶兵來，形成三路，夾擊姜維。司馬昭殺了諸葛誕後，就火速趕去營救，姜維害怕被魏兵圍困，就傳令退兵，臨走時他嘆息道：「這次伐魏又成畫餅了，還是先回去吧。」

蜀漢景耀元年的冬天，大將軍姜維命張翼、廖化為先鋒，王含和蔣斌為左軍，蔣舒和傅僉為右軍，胡濟為合後，自己與夏侯霸為中軍，共起兵二十萬，拜別了劉禪，往漢中進發。姜維與夏侯霸商議，應該先攻打哪個地方，夏侯霸說：「祁山是個重要的地方，當年丞相諸葛亮六出祁山，足以說明祁山是個要地。」姜維聽從了夏侯霸的建議，就命令三軍向祁山進發，在穀口下寨。

此時的鄧艾正在祁山的寨中，聽到來人報說蜀兵在穀口下寨，大喜。原來，鄧艾早就派人在魏營和蜀營之間挖了地道，就等著姜維前來，再從地道偷襲蜀兵。

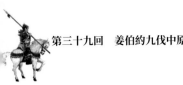

當天晚上二更，魏軍從地道裡鑽進去，襲擊了王含、蔣斌把守的左營。兩人拼死抵不住，只好棄寨而走。姜維在帳中聽見左寨的喊殺聲，就料到肯定是魏兵裡應外合，共同夾擊，於是急忙上馬，到軍帳前下令說：「誰要是敢輕舉妄動就斬了他，如果有敵兵到了營邊，不需要多問，只管放箭就行。」果然，魏兵的十次攻擊都被蜀兵用箭射了回來，一直到天明，魏兵不敢再進兵。鄧艾收兵回寨後，不由得感嘆：「姜維深得諸葛亮的兵法，兵在夜而不驚，將聞變而不亂，真是個人才呀！」

第二天，兩軍在祁山前交戰，雙方布好陣後，兩軍交戰，但雙方的陣法都沒有錯亂。這時，姜維把手中的旗子一揮，蜀兵的陣法突然變成了長蛇卷地陣，把鄧艾困到了中間。四面喊聲震天，鄧艾不知道這個陣法，心裡很害怕，眼看著蜀兵漸漸逼近，自己帶領著眾將又衝不出去，不禁仰天長嘆：「我因為一時的逞能，中了姜維的計呀！」後來司馬望從西北方向殺來，救出了鄧艾，但魏兵在祁山的九個營寨都被蜀兵占領了。鄧艾帶著殘兵敗將，退到渭水南邊安營紮寨。之後，鄧艾問司馬望是如何救出他的，司馬望說：「我小時候在荊南學習，崔州平、石廣元是我的朋友，我們曾經談論過這個陣法，這個陣法叫長蛇卷地陣，我看蛇頭在西北方向，所以就從西北方攻擊，最後就破陣了。」於是，鄧艾就派司馬望與姜維鬥陣，自己帶一隊人馬從祁山後面偷襲。姜維接到戰書後，就覺得其中有詐，廖化說：「鄧艾肯定是想趁著鬥陣的時候來偷襲。」姜維也是這麼想的，於是就讓張翼、廖化帶領一萬人馬去後山埋伏。

第二天，兩軍對峙，姜維對司馬望說：「既然要鬥陣，先讓鄧艾出來，我布陣給他看。」司馬望說：「鄧艾有了更好的計策，現在還不能出來。」姜維大笑說：「那算什麼好點子呀，不過就是讓你在這布陣拖住我，他自己帶兵從後面偷襲罷了。」司馬望聽後大驚，這時，姜維把手中的鞭子一揮，兩側的士兵就殺了出來，殺得魏兵丟盔棄甲，紛紛逃命。

鄧艾領兵來到山後，突然聽見一聲炮響，頓時鑼鼓喧天，廖化帶領埋伏好的蜀兵殺出，鄧艾拼死突出重圍，身上卻被蜀兵射中了四箭。逃回渭南的寨子後，鄧艾就與司馬望商議退兵之策。司馬望說：「最近蜀漢的皇帝劉禪整日沉迷於酒色，寵倖宦官黃皓，不理政事，我們可以用反間計讓他召回姜維，這樣我們的危機就可以化解了。」於是，鄧艾就派黨均帶著金銀珠寶去成都聯結黃皓，並到處散播謠言，說姜維怨恨劉禪，不久就會投靠魏國。黃皓上奏給劉禪，劉禪便下詔讓姜維連夜班師回朝。姜維接到命令後，心裡很疑惑，但又不知道發生了什麼事，只能傳令退兵回去。

廖化對姜維說：「所謂『將在外，君命有所不受』。現在就算是皇上下的詔書，我們也不能回去。」張翼說：「蜀國的人因為將軍您連年動兵，都已心生怨恨，不如趁這個機會收回人馬，安撫民心，再做打算。」姜維認同了張翼的看法，就讓廖化、張翼斷後，防止魏兵追擊。

姜維回了成都後，就問劉禪為什麼讓他回來，劉禪說：「將軍在外久久不回來，恐怕士兵們都已經很疲勞了，所以才召將軍回來，沒有別的意思。」姜維說：「我已經攻占了魏兵祁山的寨子，馬上就要大獲全勝了，不想半途而廢。這一定是鄧艾的反間計。」劉禪聽後沒有說話。姜維又說：「陛下不要因為聽信小人的讒言而懷疑我。」劉禪過了好久才說：「我不是懷疑你，你先回漢中，如果魏國有動靜，你再去討伐就行了。」姜維無奈，只好嘆著氣離開了。

黨均知道後就把這件事報給了鄧艾和司馬望，兩人又報給了司馬昭。司馬昭知道後大喜，就有了占領蜀國的想法，賈充勸司馬昭不可輕舉妄動，又告訴他說曹髦作了一首詩，把他比作泥鰍。司馬昭大怒，發誓一定要除掉曹髦。

司馬昭逼迫曹髦封他為晉公，加九錫。曹髦哭著對尚書王經等人說：「司馬昭想要篡權，這是人人都知道的事，我不能坐在這裡等死，還希望你們能幫我討伐他。」王經說：「魯昭公就是因為容不下季氏，才會失去自己的國家，現在國家大權在司馬氏的手上，朝內大大小小的官員都對他阿諛奉承，況且陛下身邊沒有什麼侍衛，沒有可以賣命的人。如果陛下不能忍下去，恐怕就會大難臨頭了，千萬不可輕舉妄動。」但是不管王經怎樣勸說，曹髦就是不聽，堅持要與司馬昭決一死戰。於是曹髦帶著宮中的三百多人，親自去討伐司馬昭。剛到皇宮南門，賈充領兵來到，讓成濟刺死了曹髦。

司馬昭到後見到曹髦已經死了，裝作很吃驚的樣子，哭著用頭撞地，又派人報給各個大臣。隨後，司馬昭為了掩人耳目，下令把殺死曹髦的成濟滅了三族，又立曹奐為帝，改元景元元年。

姜維聽說司馬昭殺了曹髦，立曹奐為帝，笑著說：「我這次伐魏又有理由了。」於是，姜維給東吳寫信，讓其起兵向司馬昭問罪；然後自己又起兵十五萬，車輛數千乘；又以廖化、張翼為先鋒攻打子午谷，三路兵馬一齊殺向祁山。

鄧艾正在祁山的寨子裡訓練人馬，聽說蜀兵兵分三路殺來，就召集眾將商議對策。參軍王瓘自願請命到蜀營裡去詐降，再裡應外合擊殺蜀兵。鄧艾聽後大喜，就給了王瓘五千人馬。

王瓘見到姜維後，哭著跪在地上說：「我是王經的侄子王瓘，司馬昭殺了皇上，又將叔叔滅門，我對他恨之入骨，現在特地帶五千人馬來投降，希望將軍能夠剷除奸党，給叔叔報仇。」姜維假裝很高興，說：「你既然是真心來降，我一定會好好待你，現在軍中最大的問題就是缺乏糧草，我有幾千輛糧車停在川口，你把這些糧車運到祁山，我去攻取祁山的寨子。」王瓘大喜，以為姜維中了計，立馬就答應了。姜維讓王瓘帶著三千人馬去押運糧草，自己留下兩千人馬去攻打祁山。

夏侯霸對姜維說：「將軍為什麼要相信王瓘的話呢？我之前在魏國的時候，雖然知道的不是很詳細，但並沒有聽說王瓘是王經的侄子，這裡面肯定有問題，希望將軍明察。」姜維哈哈大笑說：「我早就知道這是王瓘的詐降之策，現在只不過是將計就計罷了。司馬昭的謀略並不比曹操差，他既然將王經滅門，又怎麼會讓他的侄子在外領兵呢？」於是姜維讓人在路上埋伏。不出幾天，果然就捉住了給鄧艾送信的人，姜維問了情況，搜出了私信。信裡說在八月二十日，王瓘會從小路把蜀兵的糧草運到魏營，讓鄧艾派兵在壇山谷接應。姜維把日期改成了八月十五日，又殺了送信的人，另派人裝作王瓘的心腹給鄧艾送信。鄧艾拿到書信後大喜，等到八月十五日的時候，鄧艾領五萬精兵趕來，從高處遠眺，看見無數糧車接連不斷，鄧艾怕有埋伏，就在原地等候。忽然，傅僉從山後殺來，蜀兵把魏兵殺得七斷八續，鄧艾下馬混在步軍中，爬山越嶺逃走了。

王瓘聽說鄧艾中了計，就下令燒毀糧車，然後又把去漢中的棧道點著了，姜維擔心漢中有什麼閃失，就撇下鄧艾，連夜從小路來追殺王瓘。王瓘走投無路，只好跳江自殺。

蜀漢景耀五年十月，姜維派人連夜修了棧道，整頓軍糧兵器，又從漢中水路調撥船隻，準備出師北伐。姜維問廖化：「我們應該先攻打哪裡？」廖化說：「連年的戰爭，使得軍民都不安生，這樣不切合實際，強行北伐恐怕不太妥當。」姜維大怒，就留下廖化守漢中，自己帶兵三十萬去攻取洮陽。

司馬望得知此事後，對鄧艾說：「姜維詭計多端，難道是打著攻取洮陽的旗號來偷襲祁山？」鄧艾說：「以前姜維每次都會挑我們屯糧的地方進攻，而今洮陽沒有糧食，姜維就會認為我們只會守著祁山，所以他先去攻取洮陽。然後再囤積糧草，聯結羌人。」於是，鄧艾、司馬望兵分兩路去救洮陽。

夏侯霸帶領五百人馬來攻取洮陽，到城下之後，看見城門大開，夏侯霸心生疑惑。將領們說人們都棄城逃跑了，只留下了一座空城，他看見很多百姓都往西北方向逃走了，這才放心進城，不料還是中了魏兵的埋伏，夏侯霸與五百名士兵都被射死在城下。

鄧艾、司馬望帶兵兩下夾擊姜維，蜀兵被打得大敗。為了穩住軍心，姜維決定偷襲魏兵祁山的九個寨子，就讓張翼帶兵去攻打祁山。眼看張翼就要攻破祁山了，鄧艾又帶兵殺了回來。張翼沒有了退路，正在危急的時候，姜維也帶兵趕來了。鄧艾應付不過來，只能急忙收兵退回祁山寨。

風雲人物榜

姓名：姜維

字：伯約

生卒：西元二二〇—二六四年

歷史地位：三國時期蜀漢著名軍事家、軍事統帥

經歷：姜維在諸葛亮去世後繼承諸葛亮的遺志，繼續率領蜀漢軍隊北伐曹魏，前後共出兵十一次，然而終究回天乏術。蜀漢滅亡後，姜維希望憑自己的力量復興蜀漢，假意投降魏將鍾會，打算利用鍾會反叛曹魏以實現恢復漢室的願望，但最終鍾會反叛失敗，姜維也被魏兵所殺。

第四十回　蜀吳被滅、三國歸晉

劉禪在成都寵信宦官黃皓，又沉迷於酒色，不理朝政。當時的右將軍閻宇沒有立過一次功，就因為攀附黃皓而被封了大官。閻宇聽說姜維統兵在祁山，就告訴了黃皓，並讓他上奏劉禪把姜維召回，換成自己。黃皓向劉禪一說，劉禪就聽從了他的話，一連下了三道詔書，把姜維召了回來。

姜維回去後要見劉禪，劉禪卻一連十天不上朝，姜維心中很是疑惑。這天，姜維在東華門碰見了祕書郎郤正，姜維問他：「皇上召我回來，我不知道是為什麼，你知道是什麼原因嗎？」郤正笑著說：「將軍怎麼會不知道呢？黃皓想讓閻宇立功，所以上奏皇上把你召回來，後來聽說鄧艾善於用兵，閻宇又不敢去了，就把這件事給擱置了。」姜維大怒，要殺了黃皓，最後被郤正勸住，姜維只好忍著。

姜維上書讓劉禪殺掉黃皓，以除後患。但劉禪卻認為黃皓只不過是一個小小的宦官，成不了什麼大氣候，就沒有聽從姜維的勸告，並讓黃皓給姜維跪拜認錯。黃皓哭著說自己不會干涉朝政，讓姜維放他一馬。姜維只好生氣地離開，出來的時候正好碰見郤正，就把這件事告訴了他。郤正說：「將軍離大禍不遠了，您如果有危險了，那國家就完了。」姜維問郤正：「那該怎麼辦？」郤正說：「隴西有一地方叫遝中，將軍可以去那裡，一來可以等到麥子熟了屯糧，二來可以守隴西諸郡，三來可使魏兵不敢進擾漢中，四來將軍在外掌握著兵權，可以躲避禍患。這是保國安身的計策，將軍應該早點做打算。」姜維聽後大喜，就上奏劉禪，到遝中屯田去了。

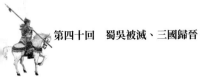

聽說姜維在遝中屯田，司馬昭很生氣，說：「姜維多次進擾漢中，一直除不掉他，這是我的心腹大患哪！」賈充說：「姜維受到了諸葛亮的傳授，我們現在派一個猛將去刺殺姜維，這樣就不用勞動兵馬了。」荀勖(ㄒㄩˋ)說：「劉禪沉迷於酒色，信任小人黃皓，大臣們都有避禍的想法。姜維在遝中屯田，也是因為如此。主公要是派兵討伐，一定會大獲全勝。」經過荀勖的推薦，司馬昭就派鄧艾、鍾會共同伐蜀。

但是朝中的很多人都反對伐蜀，司馬昭就殺了其中一個，然後對其他大臣們說：「我自從東征後，已經歇了六年了，我早就有征吳伐蜀的想法，如今一切都準備妥當了，可以先平定蜀國，然後再吞併吳國。蜀國的兵將守在成都的有八九萬，守邊境的不到四五萬，姜維屯田的士兵也不過六七萬，我已派鄧艾去牽制住姜維，又派鍾會兵分三路襲擊漢中，只要我們攻下了蜀國的邊城，他們就不敢抵抗了。」

魏景元四年七月，鍾會帶領大軍從斜谷、駱穀、子午谷分三路向漢中進發，又派人送檄文給鄧艾，約定共同攻取漢中。鄧艾派雍州刺史諸葛緒帶兵切斷姜維回去的路，又讓天水太守王頎(ㄑㄧˊ)帶兵從左面進攻遝中，讓隴西太守牽弘從右面進攻遝中，派金城太守楊欣帶兵偷襲姜維的後面，自己帶三萬人馬去接應鍾會。

姜維聽說魏兵大舉進攻的消息，就上表劉禪，讓他派張翼和廖化分別帶兵守陽安關和陰平橋，並說兩個地方如果失守，那漢中也就保不住了。此外，姜維還讓劉禪派人到東吳求救，讓東吳派兵增援。

劉禪適時改景耀六年為炎興元年，整天與黃皓玩樂。劉禪接到姜維的奏章後，就問黃皓該怎麼辦，黃皓說：「一定是姜維想立功名，故意危言聳聽。陛下請放心，我聽說城中有一巫婆，能測得吉凶，可以召她來問問。」劉禪聽了黃皓的話，就請來了巫婆，巫婆說：「陛下可享受太平，不用問別的事，幾年之後，魏國的土地就都歸陛下了。」劉禪信以為真，就把姜維的奏章拋在了腦後，只管在宮中飲酒作樂。

鍾會與鄧艾兵分兩路，鍾會收陽平關，鄧艾取陰平橋。雖然蜀國各地守將拼命奮戰，終因勢單力孤而抵擋不住。劉禪聽信了黃皓的讒言，不肯發救兵，才讓那鍾會一路過關斬將，所向無敵。姜維雖領遝中兵馬抵抗，取得了局部的勝利。但後來鄧艾偷襲了陰平，直取江油。江油太守馬邈猝不及防，只得獻城投降。

鄧艾乘勝進軍，又取涪城。敗兵逃回成都，報給劉禪，黃皓卻說：「這是謠言。」之後劉禪再派人去請巫婆時，早已不知去向。諸葛亮的兒子諸葛瞻是劉禪的駙馬，他繼承了父親的爵位，但因黃皓弄權，只好託病不出。當他得知鄧艾已到蜀中時，就與兒子諸葛尚領兵七萬，大戰鄧艾，雖然最初連勝了幾仗，但最後也因魏軍陸續開來，被圍困在了綿竹。他向吳國求救，卻遠水解不了近渴，最後父子二人相繼戰死，綿竹失守。劉禪知道綿竹失守後，就聽從譙周的話，要投降魏國。後主的第五子北地王劉諶苦苦勸諫，反被他斥退。

劉禪命譙周做了降書後，就命人豎起降旗。劉諶得知父親投降，先殺了三個兒子，又到昭烈帝廟向祖父哭訴了父親的罪過，隨後拔劍自殺了。劉禪埋葬了子孫，又綁了自己，抬上棺材開城投降了鄧艾。然後他又派太僕蔣顯到劍閣，命令仍在死守的姜維等人投降。

眾將痛哭失聲，誓不降魏。姜維見眾將心齊，便設詐降計，投降了鍾會。姜維與鍾會見面後，竭力吹捧鍾會，貶低鄧艾。鍾會欣喜若狂，就與姜維結拜為兄弟。鄧艾得了成都，**居功自傲***，得知姜維降了鍾會，非常妒忌，便在成都擅使威福。司馬昭得知，怕他在成都自立為王，就調他回朝，封他為太尉，順便把他的二子也都封了侯，但他理也不理。司馬昭隨後又派衛瓘為監軍，讓他到鍾會的軍中封鍾會為司徒、縣侯，並封他的二子為亭侯，讓鍾會制約鄧艾。姜維乘機獻計說：「鄧艾出身微賤，這次僥倖成功，但

* 自以為有功勞而驕傲自大。

他反意已露，您應該起兵討伐。」說完又把孔明在隆中繪製的西川地圖獻給了鐘會，表面上說鄧艾如果占據西川會自立為王，煽動鐘會占據西川為王，實則讓二人相鬥，他好乘機複蜀。

鐘會聽了姜維的一番話，就上書司馬昭，說鄧艾封劉禪為扶風王，為的就是討好蜀人，然後再自立為西川王。鐘會又截下鄧艾的表文，篡改得非常傲慢，再報送到洛陽。司馬昭大怒，於是與曹奐共同領兵出征，又派人命令鐘會立即逮捕鄧艾。姜維建議鐘會說：「現在可讓衛瓘去成都捕鄧艾，鄧艾必會殺了衛瓘，那時您再出兵就更加名正言順了。」於是鐘會就讓衛瓘去捕鄧艾，衛瓘的部下看出是陰謀，勸他不要去，衛瓘卻自有主見，他先發檄文到各處，說明只捕鄧艾一人，至於鄧艾的部下，凡投降者都加官進爵，凡反抗者滅三族。隨後，衛瓘只帶著數十人，押著兩輛囚車就去了成都。鄧艾的部下見他到來，紛紛投降。

還沒等鄧艾起床，衛瓘就闖進府中，把鄧艾父子都逮捕了。鐘會隨後進駐成都，姜維就勸他據西川為王。二人正密鑼緊鼓地商議如何行動時，就收到了司馬昭的書信，說要親臨成都。原來，

司馬昭早就疑心鍾會想造反了。鍾會大驚，不知該如何是好，姜維就讓他把將官全部扣押，逼他們簽名造反，不簽名的一律活埋。監軍衛瓘得知，與眾將暗通消息，讓眾將與他裡應外合擒鍾、薑二人。眾將一齊發難，衛瓘領兵攻來，鍾會被亂箭射死，姜維持劍往來衝殺，不幸突然心痛難忍，仰天大叫：「我的計不成，是天命啊！」隨後就橫劍自殺了。鄧艾部將見鍾會已死，就飛馬去追救鄧艾。衛瓘怕鄧艾複職，對他不利，只能派田續追殺鄧艾。鄧艾父子剛被救出囚車，卻見田續飛馬來到。二人難以抵擋，俱被殺死。

此時吳國已由孫休掌管。吳主孫休得知蜀國已亡，便命援軍撤回，封陸遜的兒子陸抗為鎮東大將軍，領荊州牧，鎮守江口，提防魏軍；又讓老將丁奉沿江設營數百座，孫異守各處隘口。司馬昭留衛瓘守成都，遷後主劉禪到洛陽，封他為安樂公。隨劉禪到洛陽的官員也都被封了侯，只有黃皓是誤國的奸賊，被淩遲處死。劉禪到司馬昭府上謝恩，司馬昭設盛宴招待他，見蜀官都很感傷，只有劉禪面帶喜色，就問：「你還想念蜀國嗎？」劉禪說：「此間樂，不再想蜀國了。」司馬昭自此對他再沒什麼顧慮。

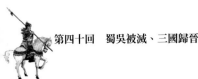

眾大臣見司馬昭收蜀有功，就勸他由晉公稱晉王。曹奐雖為天子，卻與當年的獻帝沒有兩樣，只好任人擺布，封司馬昭為晉王。司馬昭有二子，長子司馬炎，次子司馬攸。司馬師無子，所以司馬昭把司馬攸過繼給了司馬師。司馬昭既為晉王，就立司馬炎為世子。司馬昭如同當年的曹操，在朝中橫行無忌。他正想自立為帝時，突患重病，不治而死。司馬炎嗣位為晉王，仿效曹丕，廢了魏王曹奐，登上帝位，改國號為晉，改元泰始元年，追贈祖父司馬懿為宣帝，伯父司馬師為景帝，父親司馬昭為文帝。

吳主孫休聽說司馬炎稱晉帝，知道他必要伐吳，最後憂慮成疾而死。眾大臣就立烏程侯孫皓為帝，改元為元興元年。孫皓生性兇暴，沉溺酒色，寵倖宦官岑昏，擅殺高官。他遷都武昌，大興土木，日常供應還要從建業溯流運去，吳民苦不堪言，怨聲載道。傳言：「寧飲建業水，不食武昌魚；寧還建業死，不在武昌居。」他不聽大臣的勸阻，卻聽術士尚廣的妖言，揚言要一統天下。

司馬炎得知，派都督羊祜(ㄏㄨˋ)駐襄陽，伺機伐吳。羊祜見東吳派陸抗守荊州，知道伐吳的時機還不成熟，就精簡軍隊，屯田八百餘頃，積聚了十年軍糧。他與陸抗和平相處，互通往來。孫皓得知後就撤了陸抗，換孫冀守荊州。孫皓恣意妄為，凡有勸諫的大臣，動不動就殺頭。他在位十餘年，殺了四十多位大臣。羊祜見時機已到，就上表司馬炎，請求出兵。司馬炎卻聽了賈充等人的話，不肯出兵。羊祜因年老，只好回家養病。司馬炎前去探望，羊祜說：「孫皓暴虐尤甚，吳人恨之入骨，不戰就可攻克。假如他死了，再立一位賢明的君主，吳國就不可征伐了。」司馬炎這才恍然大悟，羊祜後來又推薦杜預接替他，說完就死了。

杜預鎮守襄陽，積極備戰。司馬炎又派多路大軍同時進軍。龍驤將軍王濬、廣武將軍唐彬，率水陸大軍二十萬，乘數萬艘戰船東下。孫皓得知，忙調兵遣將防守。岑昏提議，打造數百條巨大的鐵鍊，攔截在長江的險要處，晉船碰上自會沉沒。孫皓就命工匠打造攔江鐵鍊。

杜預兵到之處，所向披靡，殺得吳軍大敗，都望風而降。王濬率水軍順流而下，得知吳國造鐵鍊攔江，就命造大筏無數，上立草人，燃著巨大的火炬。大筏撞上鐵鍊，沒過多久就把鐵鍊燒斷了。水軍戰船也攻無不克。吳國的一些忠臣雖奮力抵抗，但因大勢已去，無力挽回敗局，相繼戰死。眾臣見國勢危難，紛紛請孫皓立即斬了岑昏，然後讓軍民奮力死戰。孫皓堅持不肯殺岑昏，眾大臣就一擁而上，活剮了岑昏，生吃了他的肉。眾臣出城抗擊晉軍，卻遇大風，船不能行。王濬的部下見風大，提議等風止再戰，王濬不聽，冒風前進。吳將張象僅率一船數十人，只好投降。王濬說：「你如果是真心投降，請立個功勞吧。」於是張象打開城門，接入了晉兵。孫皓得知晉兵已經進城，想自殺，大臣都勸他學劉禪自縛請降。孫皓就綁了自己，抬上棺材投降了。王濬為孫皓松了綁，燒了棺材，把他遷往洛陽。司馬炎封孫皓為歸命侯。

自此三國歸晉，天下重新歸於一統。

歷史好奇問

史上周瑜真的是被諸葛亮氣死的嗎？

不是，據《三國志》記載，「是時劉璋為益州牧，外有張魯寇侵，瑜乃詣京見權曰：「今曹操新折衄，方憂在腹心，未能與將軍連兵相事也。乞與奮威俱進取蜀，得蜀而並張魯，因留奮威固守其地，好與馬超結援。瑜還與將軍據襄陽以蹙操，北方可圖也。」權許之。瑜還江陵，為行裝，而道於巴丘病卒，時年三十六。周瑜逝世前曾建議孫權搶先攻取益州（四川）並已經取得了孫權的同意，可就在他回江陵準備發兵時，中途死於巴丘（今湖南岳陽），可見周都督絕對不是被諸葛亮氣死的。

白白老師的國學小教室

英雄的結局

《三國演義》的最終回是晉統一天下，呼應了全書的開頭：「天下大勢，分久必合，合久必分。」但晉的統一不是歷史和英雄豪傑的結局，歷史仍然在時代的流轉下前進，不斷更迭翻演；仍然在眾人的演繹詮釋中，翻演出不同的一頁。

「滾滾長江東逝水，浪花淘盡英雄。是非成敗轉頭空，青山依舊在，幾度夕陽紅？白髮漁樵江渚上，慣看秋月春風。一壺濁酒喜相逢，古今多少事，都付笑談中。」英雄的肉身會在時間的長河裡殞落，卻留下不滅的氣概、精神，如今的我們都像白髮漁樵，擁有閒逸的韶光，可以坐在小窗前，細品一本《三國演義》，笑談古今多少事。

學習筆記欄

故事館　故事館系列　056

經典文學之旅系列：三國演義

少年读经典：三国演义

作者	羅貫中
編著	劉敬余
審訂	白白老師
封面設計	李岱玲
內文排版	李岱玲
企劃編輯	王瀅晴
主編	陳如翎
行銷企劃	林思廷
出版二部總編輯	林俊安

出版發行	采實文化事業股份有限公司
業務發行	張世明・林踏欣・林坤蓉・王貞玉
國際版權	劉靜茹
印務採購	曾玉霞・莊玉鳳
會計行政	李韶婉・許俽瑀・張婕莛
法律顧問	第一國際法律事務所　余淑杏律師
電子信箱	acme@acmebook.com.tw
采實官網	http://www.acmebook.com.tw
采實臉書	http://www.facebook.com/acmebook01

ISBN	978-626-349-728-3
定價	450 元
初版一刷	2024年7月
劃撥帳號	50148859
劃撥戶名	采實文化事業股份有限公司

104台北市中山區南京東路二段
95號9樓
電話：(02)2511-9798
傳真：(02)2571-3298

國家圖書館出版品預行編目(CIP)資料

經典文學之旅系列：三國演義 / 羅貫中著. -- 初版.
-- 臺北市：采實文化事業股份有限公司, 2024.07
368面；17x23公分. --(故事館系列；56)
ISBN 978-626-349-728-3(平裝)

857.4523　　113008205

文化部部版臺陸字第113137號至第113140號，許可期間自113年5月16日起至117年3月30日止。

采實出版集團 ACME PUBLISHING GROUP

故事館

故事館